El relojero de Filigree Street

El relojero de Filigree Street

Natasha Pulley

Traducción de
Aurora Echevarría

Lumen

narrativa

Título original: *The Watchmaker of Filigree Street*

Primera edición: febrero de 2016

© 2015, Natasha Pulley
© 2016, de la presente edición en castellano para todo el mundo:
Penguin Random House Grupo Editorial, S.A.U.
Travessera de Gràcia, 47-49. 08021 Barcelona
© 2016, Aurora Echevarría Pérez, por la traducción

Printed in Spain – Impreso en España

ISBN: 978-84-264-0261-5
Depósito legal: B-25.927-2015

Compuesto en M.I. maqueta, S.C.P.
Impreso en Rodesa
Villatuerta (Navarra)

H 4 0 2 6 1 5

Penguin
Random House
Grupo Editorial

Para Claire

PRIMERA PARTE

1

Londres, noviembre de 1883

En la sala de telegrafía del Ministerio del Interior siempre flotaba un olor a té. Su procedencia era un paquete de una marca prestigiosa que había en el fondo del cajón del escritorio de Nathaniel Steepleton. Antes de que se hiciera extensivo el uso del telégrafo eléctrico, la oficina era un armario que se utilizaba para guardar los utensilios de limpieza. Thaniel había oído comentar en más de una ocasión que si no se había ampliado era por la persistente desconfianza del ministro del Interior hacia los inventos navales, pero aun cuando no hubiera sido así, el presupuesto del departamento nunca alcanzaba para cambiar la moqueta original, a la que le gustaba conservar los fantasmas de los viejos olores. Además del té de Thaniel, había sal de limpieza y arpillera, y a veces barniz, aunque hacía años que nadie barnizaba allí. En lugar de escobas y plumeros, doce telégrafos se alineaban encima de un escritorio alargado. Durante el día había tres por operador, cada uno conectado a distintos lugares de dentro y fuera de Whitehall, con una etiqueta que así lo indicaba en la fina caligrafía de un empleado olvidado.

Aquella noche las doce máquinas estaban silenciosas. Entre las seis de la tarde y las doce de la noche se quedaba un solo operador en la oficina para atender los mensajes urgentes, pero en los tres años que llevaba trabajando en Whitehall, Thaniel nunca había visto que sucediera nada a partir de las ocho. Desde la sala de telegrafía, los cables recorrían el edificio y se extendían por todo Westminster. Uno atravesaba la pared del Ministerio de Asuntos Exteriores, otro la de la sala de telegrafía de las cámaras del Parlamento. Dos se unían a los racimos de cables que colgaban por la calle hasta llegar a la oficina central de Correos de Saint Martin's Le Grand. Los otros estaban directamente conectados a la vivienda particular del ministro del Interior, a Scotland Yard, al Ministerio de Asuntos Indios, al Ministerio de Marina y a otras subsecretarías. Algunos de ellos eran inútiles, pues habría sido más rápido asomar la cabeza por la ventana principal y gritar, pero el jefe administrativo lo consideraba impropio de un caballero.

El reloj de Thaniel marcó las diez y cuarto con el minutero torcido que siempre se quedaba un poco atascado sobre el doce. La hora del té. Se reservaba el té para las noches. A media tarde ya había oscurecido, y a esas horas hacía tanto frío en la oficina que se veía el vaho del aliento y sobre las teclas de latón del telégrafo se formaban gotas de condensación. Era importante tener una bebida caliente esperándolo. Sacó la caja de Lipton, la colocó en diagonal dentro de la taza y, con el *Illustrated London News* del día anterior bajo el brazo, se abrió paso hasta la escalera de hierro.

Mientras bajaba, resonó un re sostenido de un amarillo brillante. No habría sabido decir por qué el re sostenido era amarillo. Cada nota tenía su propio color. Le había resultado útil cuando todavía tocaba el piano porque si se equivocaba el sonido se volvía marrón. Ese don era algo que siempre había guardado en secreto. Si lo oían hablar de escaleras amarillas lo tomarían por loco, y al contrario de lo que sostenía el *Illustrated News*, no estaba bien visto que el gobierno de Su Majestad contratara a ciudadanos locos.

La gran estufa de la cantina nunca estaba fría; los rescoldos de fuegos anteriores no tenían tiempo de apagarse del todo entre las últimas horas de la noche y las primeras de la mañana. Removió los carbones y estos cobraron vida con una llamarada. Esperó a que hirviera el agua apoyado en una mesa, contemplando su propio reflejo combado en el hervidor de bronce. Este era mucho más cálido que sus colores reales, que eran fundamentalmente grises.

En cuanto lo abrió, el periódico crepitó en el profundo silencio. Esperaba encontrar alguna noticia interesante, pero solo había un artículo sobre el último discurso pronunciado por el señor Parnell en el Parlamento. Ocultó la nariz en la bufanda. Con un poco de esfuerzo podría prolongar los preparativos del té hasta quince minutos, una parte apreciable de una de las ocho horas que todavía tenía por delante. Pero en las siete restantes no había gran cosa que hacer. Resultaba más fácil cuando el libro que leía no era aburrido y cuando los periódicos tenían algo mejor que hacer que examinar con desconfianza las presiones de los irlandeses por la independencia, como si el Clan na Gael no se hubiera pasado los últimos años lanzando bombas a las ventanas de los edificios gubernamentales.

Hojeó el resto del periódico. Anunciaban *The Sorcerer* en el Savoy. Ya la había visto, pero la perspectiva de ir de nuevo lo animó.

El hervidor silbó. Sirvió el té despacio y, sosteniendo la taza contra el esternón, volvió a subir las escaleras amarillas hacia la aislada luz de la lámpara de la oficina de telegrafía.

Uno de los telégrafos repiqueteaba.

Se inclinó, al principio solo con curiosidad, aunque al advertir que se trataba de la máquina de Great Scotland Yard se apresuró a sujetar el extremo del papel de la transcripción. Casi siempre salía arrugado a partir de las tres pulgadas. La máquina crepitó como amenazando con triturar el papel, pero cuando Thaniel tiró de él cedió. Los últimos puntos y guiones del código salieron temblorosos, con la caligrafía de un anciano.

«Los fenianos... me han dejado una nota prometiendo que...»

El resto todavía repiqueteaba a través del mecanismo, lanzando pequeñas estrellas fugaces en la sala en penumbra. Thaniel no tardó en reconocer el estilo del operador. El jefe del departamento, Williamson, codificaba de la misma forma titubeante en que hablaba. Cuando salió, el resto del mensaje era entrecortado, lleno de pausas.

«... detonarían bombas en todos los edificios p...úblicos el... 30 de mayo de 1884. Dentro de seis meses. Williamson.»

Thaniel tiró de la máquina hacia sí agarrándola por la llave.

«Soy Steepleton del MI. Por favor, confirme último mensaje.»

No tuvo que esperar mucho la respuesta.

«Acabo de encontrar... la nota en mi escritorio. Amenaza de bomba. Promesas de... hacerme saltar de mi taburete. Firmado "Clan na Gael".»

Thaniel se quedó inmóvil, encorvado sobre el telégrafo. Williamson enviaba él mismo sus telegramas, y cuando sabía que se dirigía a un operador conocido firmaba Dolly, como si formaran parte del mismo club de caballeros.

«¿Está bien?», le preguntó Thaniel.

«Sí.» Un largo silencio. «Un poco alterado... lo reconozco. Me voy a casa.»

«No puede irse solo.»

«No harán... nada. Si anuncian bombas para mayo, habrá bombas en mayo. Es el... Clan na Gael. No son de los que se esconden con bates de críquet.»

«Pero ¿por qué lo dicen ahora? Podría ser un truco para que deje la oficina a cierta hora.»

«No, no. Para... asustarnos. Quieren que Whitehall sepa que se acerca el día. Si hay suficientes políticos que temen por su vida prestarán más atención a las exigencias irlandesas. Han dicho "edificios públicos". No se tratará solo de evitar el Parlamento durante un día. Yo no les intereso. Con franqueza, yo... conozco a esta gente. He encerrado a suficientes de ellos.»

«Tenga cuidado entonces», tecleó Thaniel a regañadientes.

«Gracias.»

Mientras el receptor acústico todavía repiqueteaba la última palabra de su jefe, Thaniel arrancó la transcripción y echó a correr por el oscuro pasillo hasta una puerta situada al fondo debajo de la cual se veía luz procedente de una chimenea. Llamó con los nudillos y abrió. En el interior el jefe administrativo alzó la vista y frunció el entrecejo.

—No estoy aquí. Más vale que sea importante.

—Un mensaje del Yard.

El jefe administrativo se lo arrancó de las manos. La habitación era su oficina, y había estado leyendo en la mullida butaca situada junto a la chimenea, con el cuello y la corbata abandonados en el suelo. Cada noche sucedía lo mismo. El jefe administrativo anunciaba que se quedaba a dormir porque su mujer roncaba, pero Thaniel empezaba a creer que a esas alturas ella debía de haberse olvidado de él y cambiado las cerraduras. En cuanto el jefe administrativo terminó de leer la nota, asintió.

—Está bien. Puede irse a casa. Será mejor que informe al ministro del Interior.

Thaniel asintió y salió rápidamente. Nunca le habían dicho que se marchara antes de hora, ni siquiera cuando se encontraba mal. Mientras recogía el abrigo y el sombrero, oyó un griterío al final del pasillo.

Vivía en una pensión justo al norte de la prisión Millbank, tan cerca del Támesis que todos los otoños se inundaba el sótano. Ir caminando desde Whitehall hasta su casa por la noche resultaba inquietante. Bajo las farolas de gas, la niebla empañaba los escaparates de las tiendas cerradas, más destartaladas conforme se acercaba a su casa. El deterioro era tan homogéneo que podría haber caminado a través del tiempo, observando cómo los mismos edificios envejecían cinco años por cada paso que daba, todo inanimado como en un museo. No obstante, se alegraba de salir de la oficina. El Ministerio del Interior era el edificio público de mayores dimensiones de Londres. Sería sin duda uno de los objetivos de mayo. Ladeó la cabeza como si así pudiera evitar el pensamiento y hundió las manos en los bolsillos.

El mendigo del barrio dormía bajo el amplio porche de la pensión.

—Buenas noches, George.

—Buenas noches.

Una vez dentro, Thaniel subió las escaleras de madera haciendo el menor ruido posible, porque las paredes eran delgadas. Su habitación, que daba al río, se encontraba en la tercera planta. Aunque la pensión tenía un aire lúgubre por fuera —la humedad y la niebla habían cubierto de moho las paredes exteriores—, el interior ofrecía mejor aspecto. Las habitaciones eran sencillas y limpias, y en cada una había una cama, una estufa y un lavabo instalado. Por norma, todos los huéspedes eran hombres solteros, y se les daba una cama y una comida al día por el precio anual de cincuenta libras. Prácticamente lo mismo, de hecho, que a los reclusos de la prisión contigua. A veces sentía amargura al pensarlo. Había aspirado a ser algo más en la vida que un preso. Mientras subía las escaleras vio que la puerta de su habitación estaba entreabierta.

Se detuvo a escuchar. No tenía ninguna posesión que mereciera la pena robar, aunque a primera vista la caja cerrada que guardaba debajo de la cama pareciera valiosa. Un ladrón no podía saber que estaba llena de partituras de música que llevaba años sin tocar.

Dejó de respirar para oír mejor. Si bien todo estaba silencioso, dentro podría haber alguien conteniendo la respiración. Esperó un tiempo considerable antes de abrir unos dedos la puerta y retrocedió con brusquedad. No salió nadie. Dejó la puerta abierta para que entrara la luz, cogió una cerilla de la cómoda y la rascó contra la pared. Al acercar la llama al pábilo de la lámpara, sintió un hormigueo y le ardió el cuello con la certeza de que alguien se disponía a pasar de un empujón por su lado.

Pero cuando se encendió la lámpara, la habitación estaba vacía.

Con la cerilla consumida en la mano, se quedó apoyado contra la pared. No había nada fuera de su sitio. La cabeza de la cerilla se desprendió y cayó con un ruido sordo sobre el linóleo, dejando una mancha de polvo negro. Thaniel miró debajo de la cama. La caja de las partituras seguía intacta. También los ahorros que guardaba para su hermana bajo la tabla suelta del suelo. Solo cuando colocó de nuevo la tabla reparó en que salía humo del hervidor de agua. Lo tocó con las yemas de los dedos. Estaba caliente, y al abrir la portezuela de la estufa vio que las brasas seguían rojas.

Los platos sucios que había dejado en la encimera ya no estaban. Eso daba que pensar. Un ladrón tenía que estar desesperado para robarlos. Abrió el armario para ver si también se habían llevado la cubertería, y encontró los platos y los cuencos amontonados en el interior. Todavía estaban calientes. Los dejó y registró la habitación de nuevo. No faltaba nada, o al menos nada que echara en falta. Al final volvió a bajar a la calle, perplejo. Fuera el frío era más intenso que unos minutos antes. Al abrir la puerta de un empujón entró el aire de golpe, y Thaniel cruzó los brazos con firmeza antes de salir. George seguía dormido en el porche.

—¡George! —lo llamó sacudiéndole mientras contenía la respiración. El anciano olía a ropa sucia y a pieles de animal—. Han entrado en mi habitación. ¿Ha sido usted?

—No tiene nada de valor —gruñó George, con una autoridad que Thaniel decidió no cuestionar en ese momento.

—¿Ha visto a alguien?

—Podría ser.

—Yo... —Thaniel buscó en los bolsillos—. Tengo cuatro peniques y una goma elástica.

George suspiró mientras se incorporaba en su nido de mantas mugrientas para aceptar las monedas. Entre los pliegues chilló su hurón.

—No lo he visto bien porque estaba dormido. Mejor dicho, intentando dormir.

—Entonces ha visto...

—Unas botas.

—Entiendo —dijo Thaniel.

Toda su vida, George había parecido un hombre de mediana edad, y por engorroso que fuera había que hacerle ciertas concesiones.

—Pero aquí vive mucha gente.

George le lanzó una mirada irritada.

—Si usted se pasara el día entero tirado en el suelo, conocería las botas de todos los inquilinos, y ninguno de ustedes lleva unas marrones.

Thaniel no conocía a la mayoría de los vecinos, pero se inclinaba a creerlo. Según tenía entendido, todos eran empleados de alguna clase; como él, formaban parte de la multitud de abrigos y sombreros negros que inundaban Londres por la mañana y por la tarde durante media hora. Sin proponérselo, bajó la vista hacia sus zapatos negros. Eran viejos, aunque estaban bien lustrados.

—¿Algo más?

—Por Dios, ¿se ha llevado algo importante?

—Nada.

George silbó entre dientes.

—Entonces, ¿qué más le da? Es tarde. Algunos queremos dormir antes de que el guardia nos eche al salir el sol.

—Vamos, no se queje. Siempre regresa cuarenta segundos después de que se haya ido el guardia. Una persona misteriosa irrumpe en mi habitación, lava los platos y se va sin llevarse nada. Me gustaría saber por qué.

—¿Está seguro de que no ha sido su madre?

—Sí.

George suspiró.

—Unas pequeñas botas marrones. Con unas letras extranjeras en el talón. Tal vez un muchacho.

—Devuélvame mis cuatro peniques.

—Váyase a la mierda. —George bostezó y se tumbó de nuevo.

Thaniel salió a la calle vacía con la leve esperanza de ver a un muchacho con botas marrones en alguna parte. El suelo tembló cuando un tren tardío se abrió paso bajo tierra, arrojando una nube de vapor a través de las rejillas de la acera. Caminando con menos prisas volvió a entrar. Subir los tres tramos de escalones de dos en dos le produjo dolor de cabeza.

De nuevo en su habitación, volvió a abrir la portezuela de la estufa. Se sentó en el borde de la cama con el abrigo todavía puesto y alargó las manos hacia las brasas. A su lado una forma oscura le llamó la atención. Se puso rígido porque al principio creyó que era un ratón, pero la forma no se movió. Era una caja de terciopelo atada con una cinta blanca. Nunca la había visto. La cogió. Pesaba. En la cinta había una etiqueta redonda grabada con motivos de hojas. En caligrafía angular se leía: «Para el señor Steepleton». Thaniel desató la cinta y abrió la caja. La bisagra estaba rígida pero no chirrió. En el interior había un reloj de bolsillo.

Lo sacó muy despacio. Era de un oro rosado que nunca había visto. La cadena se deslizó detrás de él con todos los eslabones totalmente lisos, sin la menor fisura u ondulación que dejara ver por dónde estaban soldados. Le dio cuerda entre los dedos hasta que la arandela del extremo le golpeó suavemente el gemelo del puño de la camisa. El cierre no se abrió al apretarlo. Se lo llevó al oído, pero el mecanismo continuó silencioso y el eje se negó a girar. Sin embargo, en los engranajes de su interior unos dientes debían de haber cobrado vida, porque a pesar del frío húmedo la funda estaba caliente.

—Es tu cumpleaños —musitó de pronto hacia la habitación vacía, y le flaqueó el ánimo, sintiéndose estúpido.

Debía de haber sido Annabel. Ella conocía la dirección por las cartas que él le había escrito y tenía una llave de la habitación que él le había enviado en caso de emergencia. Siempre había supuesto que, al no contar con dinero para comprar el billete de tren, las promesas de su hermana de ir a Londres se quedarían en nada. El muchacho misterioso que había visto George debía de ser uno de sus hijos. La caligrafía la habría delatado antes si no hubiera estado tan cansado y distraído. A pesar de que era tarea del mayordomo, cuando el viejo duque daba una cena siempre era su hermana quien escribía las tarjetas con el nombre de los comensales. Thaniel se recordaba sentado a la mesa de la cocina cuando era demasiado pequeño para tocar el suelo con los pies, resolviendo problemas de aritmética mientras, delante de él, la pluma de Annabel se deslizaba sobre las tarjetas y su padre preparaba moscas para pescar en un tornillo de banco.

Thaniel sostuvo en la mano el reloj un rato más antes de dejarlo en la silla de madera que había junto a la cama, la que le servía de mesilla para los gemelos y los cuellos. El oro reflejó la luz ámbar y brilló del color de una voz humana.

2

Thaniel estaba convencido de que Annabel se encontraba bien. Era una mujer pragmática incluso antes de tener a sus hijos. Pero nunca había estado en Londres, y no había dejado ningún recado a la casera ni a los conserjes del ministerio.

Más para aliviar su propia inquietud que por un temor real por ella, Thaniel mandó desde el trabajo un telegrama a su oficina postal de Edimburgo, por si ya había regresado. Sin embargo, de vuelta a casa compró galletas y azúcar para preparar un té como era debido en caso de que ella aún no se hubiera marchado. El colmado del final de Whitehall Street había empezado a abrir muy temprano para atraer a los empleados que terminaban el turno de noche.

Annabel no estaba en su habitación cuando regresó. Mientras Thaniel cocinaba llamaron con suavidad a la puerta. La abrió con las mangas todavía enrolladas, y empezó a disculparse de que el piso oliera a comida a las nueve de la mañana, pero se detuvo al ver que no era Annabel sino un muchacho con una insignia de la oficina de Correos y un sobre en las manos. Este le tendió una tablilla con sujetapapeles para que firmara. El telegrama era de Edimburgo.

¿De qué estás hablando? Estoy en Edimburgo, como siempre. No me he movido de aquí. El MI por fin te ha vuelto loco. Enviaré whisky. Me han dicho que tiene propiedades beneficiosas. Felicidades. Siento haberme olvidado de nuevo. Con cariño, A.

Thaniel dejó la hoja del revés a su lado. El reloj seguía encima de la silla donde lo había dejado. Debido al vapor que se elevaba de la cazuela estaba empañado, pero el oro todavía zumbaba con el color de una voz.

A la mañana siguiente pasó por la comisaría al ir al trabajo, aturdido por el cambio de horario que siempre se le hacía difícil a mitad de semana. En el mostrador le soltaron un resoplido y el agente le preguntó, no del todo sin razón, si el culpable podía ser Robin Hood. Asintió y se rió, pero en cuanto salió le invadió de nuevo la preocupación. En la oficina mencionó el incidente durante el descanso. Los demás telegrafistas lo miraron de forma extraña y solo respondieron con ruiditos que demostraban un vago interés. Después de eso guardó silencio. Durante las semanas siguientes esperó que alguien reclamara el reloj como suyo, pero nadie lo hizo.

Thaniel no solía reparar en el crujido de los barcos que había al otro lado de la ventana. Siempre se oía, volviéndose aún más intenso cuando subía la marea. Cesó una fría mañana de febrero, pues el río había congelado los cascos durante la noche. Lo despertó el silencio. Se quedó inmóvil en la cama escuchando y observando cómo el aliento se volvía blanco en el aire. El viento silbaba en el marco de la ventana, que estaba suelto donde el vidrio se había encogido. Este se había empañado casi por completo, pero alcanzó a ver parte de una vela recogida. La lona no se movió siquiera cuando el siseo dio paso a un silbido. Al cesar el viento no hubo nada. Thaniel parpadeó un par de veces, porque de pronto todo se veía demasiado pálido.

Aquel día el silencio tenía una orla plateada. Volvió la cabeza sobre la almohada hacia la silla donde descansaban los cuellos y los gemelos, y un sonido débil se hizo más nítido. Notó las mantas frías y húmedas por fuera al sacar el brazo para levantar el reloj. Como de costumbre, estaba más caliente de lo que debería. Cuando lo movió la cadena casi resbaló por el borde de la silla, aunque era lo bastante larga para no caer y se convirtió en un cable flojo de oro.

Al llevárselo al oído descubrió que el mecanismo funcionaba. Era un sonido tan débil que no sabía si acababa de ponerse en marcha o había funcionado todo el tiempo enmascarado por otros sonidos. Apretó el reloj contra la camisa hasta que dejó de oírlo, luego lo levantó de nuevo e intentó compararlo con la versión de silencio de tonos sombríos que recordaba del día anterior. Finalmente se incorporó y apretó el cierre. Seguía sin abrirse.

Se levantó y se vistió, pero se detuvo con la camisa a medio abotonar. No sabía si era posible siquiera que un mecanismo de relojería se pusiera por sí solo en marcha tras permanecer dos meses parado. Seguía dándole vueltas al asunto cuando reparó en el picaporte de la puerta. Estaba levantado. La empujó. La puerta no estaba cerrada con llave. La abrió. A pesar de que no había nadie en el pasillo, este no estaba silencioso; el agua zumbaba en las tuberías, y se oían pisadas y golpes repentinos a medida que los vecinos se preparaban para ir a trabajar. Desde el robo de noviembre, Thaniel no había dejado de cerrar la puerta con llave ni un solo día, al menos que él recordara; no obstante, era cierto que de vez en cuando tenía despistes importantes. Cerró de nuevo la puerta.

Al salir se detuvo, golpeó con suavidad el marco de la puerta y entró de nuevo para coger el reloj. Si alguien estaba manipulándolo, al dejarlo en la habitación todo el día únicamente le pondría las cosas más fáciles. La sola idea le revolvió el estómago, aunque a saber qué clase de ladrón regresaba para hacer unos ajustes a un regalo que había dejado previamente. No la clase de ladrón que iba con un bate de críquet y una máscara, pero él no conocía todas las variedades. Lamentó que el agente de policía se hubiera mofado de él.

Seguía pensando en el picaporte levantado mientras subía las escaleras amarillas desenrollándose la bufanda. El frío sumado al contacto de las teclas de los telégrafos le había dejado las yemas de los dedos tan ásperas que se le enganchaban en la lana. Iba por la mitad de la escalera cuando el jefe administrativo bajó y le soltó un fajo de papeles.

—Para su testamento —le dijo por toda explicación—. Tiene hasta finales de mes, ¿entendido? O nos ahogaremos en papeleo. Y ocúpese de Park, ¿quiere?

Desconcertado, Thaniel siguió andando hasta la sala de telegrafía, donde el empleado más joven acababa de estallar en lágrimas. Se detuvo en el umbral e hizo acopio de algo que al menos se parecía a la compasión. Creía con firmeza en el derecho a llorar en público de un soldado que sobrevivía a los cuidados de un cirujano y de un minero al que rescataban tras el hundimiento de un pozo, pero no estaba convencido de que un empleado de una oficina del Ministerio del Interior tuviera algún motivo para llorar. Sin embargo, también era consciente de que quizá era injusto al pensarlo. Park levantó la vista cuando él le preguntó qué ocurría.

—¿Por qué tenemos que escribir nuestro testamento? ¿Nos van a lanzar una bomba?

Thaniel se lo llevó al piso de abajo para prepararle una taza de té. Al conducirlo de nuevo a la planta de arriba, encontró a los demás en un estado similar.

—¿Qué está pasando aquí? —preguntó.

—¿Ha visto esos papeles del testamento?

—Solo son una formalidad. Yo no me preocuparía por ello.

—¿Los habían repartido antes?

Él se rió, tuvo que hacerlo, pero se obligó a hacerlo bajito y con disimulo.

—No, pero estamos hasta el gorro de formularios innecesarios. ¿Recuerda el juramento de no aceptar dinero de los servicios de la Inteligencia prusiana a cambio de información naval secreta? ¿O cuando nos topamos con un espía prusiano en una de sus numerosas redadas cerca del horrible puesto de té y café de Trafalgar Square? Espero que hayamos estado todos muy vigilantes. Solo firme y déselo al señor Croft cuando pase.

—¿Qué va a escribir usted?

—Nada. No tengo nada que pueda interesar a nadie —respondió Thaniel, pero luego cayó en la cuenta de que no era cierto. Sacó el reloj del bolsillo. Era de oro auténtico.

—Gracias por cuidar de mí —le dijo Park mientras doblaba y desdoblaba un pañuelo—. Es muy amable. Es como tener a mi padre aquí.

—De nada —murmuró él, antes de sentir una pequeña punzada. Estaba a punto de replicar que no era mucho mayor que los demás cuando se percató de que no habría sido justo. No importaban los años de diferencia. Él era mayor; aunque todos hubieran tenido la misma edad habría seguido siendo mayor.

En cuanto los doce telégrafos empezaron a repiquetear al unísono, ambos dieron un respingo. El papel de las transcripciones se arrugaba a la velocidad de los mensajes, y hubo una avalancha cuando los empleados corrieron a coger un lápiz para apuntar los códigos. Como todos se concentraban en las letras individuales, Thaniel fue el primero en percatarse de que los doce telégrafos decían lo mismo.

Urgente, ha explotado bomba en...
Estación Victoria destruida...
... estación ha sufrido grandes desperfectos...
... escondida en la consigna...
... sofisticado mecanismo de relojería en consigna...
Estación Victoria...
... los oficiales eliminados, posibles heridos...
... Clan na Gael.

Thaniel llamó a gritos al jefe administrativo, que entró como un rayo con el chaleco manchado de té. Una vez se hizo cargo de la situación, el resto del día se dedicó a agilizar el intercambio de mensajes entre los ministerios y Scotland Yard, y a negarse a hacer declaraciones a los periódicos. Thaniel no tenía ni idea de cómo lograban bloquear las líneas directas de Whitehall, pero siempre lo hacían. Del pasillo llegó un grito. Era el ministro del Interior pidiendo a voces al director de *The Times* que prohibiera a sus periodistas bloquear los cables. Antes de que terminara el turno a Thaniel le dolían los tendones del dorso de las manos y las teclas de cobre habían conseguido que su piel desprendiera un olor a monedas.

Ninguno habló de ello, pero en lugar de separarse al final del turno, regresaron juntos a la estación Victoria. Encontraron un gran gentío, ya que los trenes habían dejado de funcionar durante el día, y a medida que se acercaban al edificio vieron ladrillos desperdigados por todas partes. Como el resto de la gente estaba más interesada en averiguar cuándo se restablecería el servicio, no les resultó difícil llegar a la desvencijada consigna. Las vigas de madera habían volado como si algo monstruoso se hubiera desatado. Entre los escombros se veía un sombrero de copa y una bufanda roja que se había vuelto gris por donde la escarcha la había adherido a los ladrillos. Los agentes de policía estaban limpiando los casquetes desde el exterior, con el aliento convertido en vaho blanco. Al cabo de un rato empezaron a mirar con cautela a los cuatro telegrafistas. Thaniel comprendió que debía de chocarles ver a cuatro empleados delgados y vestidos de negro detenidos mucho más tiempo que nadie en una pulcra hilera, observando. Se separaron. En lugar de irse a su casa, Thaniel rodeó primero el parque de Saint James, recreándose la vista con el césped recién brotado y los parterres vacíos y rastrillados. Sin embargo, era un espacio tan abierto que las grandes fachadas del Ministerio de la Marina y el del Interior todavía parecían estar cerca. Deseó encontrarse en un bosque de verdad. Le hubiera gustado visitar Lincoln, pero en la casa del guardabosques ahora había otro hombre y en la gran mansión residía otro duque.

Regresó a su casa dando un rodeo para evitar el Parlamento.

—¿Ha visto esto? —le preguntó George, el mendigo, cuando pasaba, tendiéndole un periódico.

La mayor parte de la portada era un aguafuerte de la estación ferroviaria que había volado por los aires.

—Ahora mismo.

—Qué tiempos. Esto no habría ocurrido cuando yo era niño.

—Pero en aquella época quemaban a todos los católicos, ¿no? —replicó Thaniel.

Bajó la vista hacia el grabado. Verlo en un periódico lo hacía más real, y de pronto se enfadó consigo mismo. Se suponía que debían tener sus asuntos en orden. En orden significaba en un estado que pudieran entender los familiares si todo iba mal en mayo. Annabel nunca vendería un objeto como un reloj, aunque se matara para vestir a los chicos con ropa que les cupiera. No tenía sentido dejárselo a ella.

—Ja, ja —gruñó George—. Espere, ¿adónde va?

—A la casa de empeños. He cambiado de opinión sobre algo.

Más allá de la prisión había un prestamista que se llamaba a sí mismo joyero pese a las tres bolas doradas que colgaban fuera de la casa de empeños.

El escaparate estaba decorado de cualquier modo con objetos de oro de aspecto gastado y cubierto de anuncios de otras tiendas o de personas con artículos de segunda mano demasiado grandes para llevarlos en persona. El más reciente era uno de los avisos que la policía había difundido pidiendo a la población que estuviera alerta. Tal vez era una pedantería de empleado, pero empezaban a irritarle esas cosas. Los terroristas no iban por ahí arrastrando cables y espoletas.

—Qué tontería, ¿verdad? —comentó el prestamista al verlo fruncir el entrecejo—. Llevo meses pegándolos por la tienda. No hago más que decir que todos nuestros terroristas ya están encerrados. —Señaló con la cabeza la prisión—. Pero allí los tiene. —Había otro pegado encima del mostrador y lo arrancó para dejar ver el que había debajo. La cola lo había vuelto translúcido y debajo había otro, de modo que la palabra «alerta» se veía débil y sesgada.

—Están en todas partes en Whitehall —dijo Thaniel, y sacó el reloj—. ¿Cuánto vale esto?

El prestamista echó un primer vistazo, luego lo miró con detenimiento y meneó la cabeza.

—No. Lo siento pero no acepto uno de los suyos.

—¿Cómo dice? ¿De quién es?

El prestamista parecía enfadado.

—Mire, no pienso caer en lo mismo. Con dos veces es suficiente, gracias. La misteriosa desaparición de relojes es sin duda un truco brillante, pero tendrá que probar suerte con alguien que no lo haya visto antes.

—No es un truco. ¿De qué está hablando?

—¿De qué estoy hablando? Pues de que duran poco tiempo empeñados. Alguien me vende uno, le pago una buena cantidad por él y un día después el maldito reloj desaparece. Lo he oído contar por toda la ciudad, no es cosa mía. Será mejor que siga su camino si no quiere que llame a la policía.

—Pues tiene una vitrina llena de relojes que al parecer han conseguido seguir empeñados —protestó Thaniel.

—Pero ¿ve alguno como ese? Largo de aquí. —El prestamista le enseñó el mango de un bate de críquet que guardaba debajo del mostrador.

Thaniel levantó las manos y salió. Fuera unos niños jugaban a indios y vaqueros, y tuvo que caminar en zigzag para sortearlos. Miró de nuevo la casa de empeños con ganas de volver a entrar y pedir los nombres de los individuos que habían intentado vender los relojes, pero dudaba que recibiera algo más que un golpe de bate por la molestia. Frustrado, regresó a su casa y dejó el reloj de nuevo en la silla que hacía las veces de mesilla.

Si era cierto lo que había dicho el prestamista, no encontraría ninguna casa de empeños que lo aceptara. Empezó a sentir una presión hormigueante en mitad de la columna vertebral, como si alguien le hubiera apoyado los dedos en forma de pistola entre las vértebras. Dobló el brazo hacia atrás y se apretó allí el pulgar con fuerza. La gente hacía estafas con relojes caros, y él a veces se olvidaba de cerrar la puerta con cerrojo. Entre todas las probabilidades casi estaba descartado que alguien hubiera entrado dos veces en su habitación, le hubiese dado cuerda al reloj y a continuación hubiera hecho imposible que se deshiciera de él. Para empezar, se necesitaba mucho dinero para disgustar a todos los prestamistas de Londres. No logró convencerse.

Al día siguiente Thaniel sacó los papeles del testamento que había guardado en el fondo de su cajón, debajo del paquete de Lipton. Salieron salpicados de polvos de té. Los sacudió y llenó los espacios en blanco con caligrafía cuidadosamente clara. Mientras describía el reloj y dónde encontrarlo, la tinta se acumuló en la punta de la pluma y cayó sobre el nombre de Annabel. Meneó la cabeza una vez y pasó el resto de las hojas innecesarias antes de firmar la última.

Poco después la meteorología dio un repentino giro y los días se volvieron soleados. Llegaba la primavera y Thaniel empezó a sorprenderse a sí mismo mirando la mantequilla y el queso en las tiendas y haciendo cálculos mentales para saber si sobreviviría. Llevó ropa vieja y fundas de almohada al asilo de pobres del otro lado del río y cuando regresó limpió los marcos de las ventanas por fuera.

3

Oxford, mayo de 1884

El año académico tocaba a su fin. A la luz casi estival la piedra arenisca había adquirido tonos dorados y la glicina descendía por los altos muros. Bajo el cielo azul, donde el aire olía a adoquín recalentado, Grace se frotó el pelo y se sintió como un filisteo por desear que lloviera.

En invierno siempre creía que le iba más el verano. Por desgracia no era cierto, pues al cabo de una semana de buen tiempo estaba harta del calor. En el cielo no había rastro de nubes, de modo que decidió pasar el día en el ambiente fresco de la biblioteca con un libro que había pedido la semana anterior. Tenía en mente un experimento y quería averiguar cómo se había realizado tiempo atrás. Le pareció una buena idea al salir de su casa, pero ahora que casi había llegado estaba empapada en sudor y lamentando que no dejaran beber limonada en el interior del edificio.

Mientras cruzaba la plaza principal de la Biblioteca Bodleiana, los carteles de las paredes que anunciaban los bailes y las obras de teatro universitarias se agitaron en la cálida brisa. El año anterior había desistido de forma categórica de ir al teatro por culpa de una espantosa representación de *Eduardo II* en el Keble. Un viejo profesor de clásicas interpretó el papel de Eduardo y un licenciado el de Gaveston. A Grace le traía sin cuidado lo que hicieran los profesores y los licenciados de clásicas en su tiempo libre, pero le molestaba que le cobraran un chelín por verlo. Colocándose bien el bigote falso con todo el disimulo que pudo, subió ruidosamente los escalones de la Cámara Radcliffe. En el sótano se encontraba la sala de lectura más oscura de la biblioteca. Se llevó una mano al sombrero al cruzarse en la puerta con el portero. Este la ignoró, ocupado en cortar el paso a una joven que no había sido lo bastante precavida para robarle ropa de caballero a un amigo.

—Disculpe, señorita. ¿Adónde cree que va? —le preguntó con tono afable.

La joven parpadeó desconcertada hasta que recordó que no iba acompañada.

—Ah, por supuesto. Lo siento. —Se volvió inmediatamente.

Grace sintió un temblor en la ceja y siguió bajando las escaleras de caracol. Nunca había entendido por qué alguien hacía caso a la norma sobre las mujeres no acompañadas y las bibliotecas. Ya fueran profesores, alumnos o supervisores del orden, todos sabían que bastaba que pusieran letreros de «prohibido pisar el césped» para que se cruzara a saltos. Quien no lo sabía no entendía lo que era Oxford.

La sala de lectura tenía una distribución circular. Todas las estanterías eran idénticas y, a pesar de estar al final del cuarto y último año, Grace se desorientaba cada vez que buscaba el mostrador principal. Hasta hacía poco se guiaba por los letreros de las columnas que indicaban el tema de las estanterías cercanas, pero el mes anterior habían cambiado de sitio la sección de teología. Tras localizar el mostrador, cruzó el suelo de baldosas y pidió su libro en un susurro. Lo había encargado con el nombre de Gregory Carrow, un viejo primo que había dejado la universidad hacía décadas, aunque los bibliotecarios nunca comprobaban los nombres, solo requerían que el solicitante fuera un estudiante o ex alumno.

—*The American Journal of Science*..., ¿para qué lo quiere? —le preguntó el bibliotecario con un tono un poco irritado al entregárselo.

Al igual que los conservadores de los museos, los bibliotecarios eran reacios a permitir que se tocaran los libros. Era evidente que creían que el universo estaría mejor si no estuviera lleno de estudiantes.

Grace sonrió.

—Estoy montando estanterías. Es lo bastante sólido.

Él parpadeó.

—No puede sacar libros de la biblioteca.

—Lo sé. He construido un sótano secreto. Gracias —añadió ella, y se llevó el libro a un escritorio. Llevaba más de una semana esperando esa publicación. La Biblioteca Bodleiana guardaba un ejemplar de cada libro que se había publicado alguna vez desde su fundación, aunque en sus estanterías solo se encontraban los que se utilizaban con más frecuencia.

—He estado buscando esa americana nueva por todas partes, Carrow.

Grace se volvió en redondo en su silla y dio un alarido cuando Akira Matsumoto le arrancó el bigote postizo.

—Resultas un hombre bastante convincente sin él —le dijo mientras se sentaba frente a ella.

Grace le dio una patada por debajo de la mesa. Le dolía la parte superior del labio. Estaba a punto de decirle que bajara la voz, pero se dio cuenta de que, aparte del bibliotecario del mostrador, solo estaban ellos dos en la sala. Todos los demás se habían ido a disfrutar del sol.

—¿Qué haces aquí? Creía que cultivabas la poesía japonesa en la sala de lectura de arriba. ¿O has venido a pedirme prestado el bigote para que te dejen pasar?

Matsumoto sonrió. Era el elegante hijo de un noble japonés, y más que un estudiante era un turista extraordinariamente rico. Se había matriculado en el New College y por tanto tenía acceso a la universidad, aunque por lo que Grace sabía no estudiaba nada; solo había perfeccionado su inglés ya impecable y traducido poemas japoneses. Él afirmaba que era una empresa difícil y trascendental. Cuanto más insistía él, más se convencía Grace de que se trataba de un proyecto fantasioso.

—Estaba en la cafetería cuando he visto pasar mi americana y la he seguido. ¿Puedo recuperarla?

—No.

Presionó el libro de ella con un dedo enguantado. Fuera, Grace se había achicharrado con la americana prestada y el cuello almidonado, pero Matsumoto no parecía sudar.

—«Sobre el movimiento relativo de la Tierra y el éter luminífero.» ¿Con qué se come eso del éter luminífero?

—Es la sustancia a través de la cual se mueve la luz. Como el sonido en el aire o las ondas en el agua. Es muy interesante. Es como el enigma de los elementos de la tabla periódica que quedan por descubrir: sabemos matemáticamente que tienen que existir pero nadie lo ha demostrado aún por medio de experimentos.

—Santo cielo —suspiró él—. Es increíblemente árido.

—El hombre que escribió este artículo estuvo a punto de conseguirlo —continuó Grace.

Hacía tiempo se había propuesto que Matsumoto aprendiera algo de ciencia. Era vergonzoso tratar con un hombre que creía que Newton era el nombre de un pueblo.

—Su experimento no funcionó solo porque los parámetros no eran exactos y lo llevó a cabo entre demasiadas vibraciones superfluas. Sin embargo, el diseño era excelente. Esta máquina que ves aquí se llama interferómetro. Debería funcionar. Si yo pudiera construir una igual pero con algunas mejoras, algo a prueba de vibraciones…, pongamos que en los sótanos de piedra de un *college*, sería tan emocionante.

—Te diré qué es emocionante —la interrumpió él—. La traducción que acabo de terminar del *Hyakunin Isshu*.

—Que Dios te bendiga.

—Calla, Carrow, y finge que estás encantada.

Ella arrugó la nariz.

—Enséñamela entonces.

Él sacó el libro de su bolsa de tela. Era un bonito volumen en cuarto, y cuando lo abrió ella vio que estaba impreso en japonés en una página y en inglés en la otra.

—Pulido y terminado por completo. Me siento muy orgulloso de él. He hecho imprimir un único ejemplar por vanidad; mejor dicho, por la de mi padre. Lo he recogido de la imprenta esta misma mañana.

Grace lo hojeó. Los poemas solo tenían unos pocos versos.

—Ve al número nueve —dijo él—. No pongas esa cara. Son los poemas más hermosos de todo Japón y una medicina para tu alma numérica.

Grace leyó el noveno poema.

El color de las flores
se ha desvanecido,
mientras que en pensamientos ociosos
mi vida vanamente transcurre
viendo caer las largas lluvias.

—Eso no dice mucho en favor de los hombres, ¿verdad? —dijo ella.

Matsumoto se rió.

—¿Y si te digo que la palabra con la que designamos el color es la misma con la que vosotros designáis el amor?

Grace lo leyó de nuevo.

—Sigue pareciéndome trillado.

Uno de los defectos de Matsumoto era asaltar a sus conocidos con su persistente y sugerente encanto hasta que todos lo adoraban. Le gustaba que lo veneraran. Grace había conocido a sus otros amigos y los desaprobaba. Lo seguían como perros detrás de un cazador.

—Es inútil —suspiró él, guardando de nuevo el pequeño libro—. Ahora aparta ese horrible libro científico, Carrow, o llegaremos tarde.

Grace no sabía de qué hablaba.

—¿Adónde?

—La Sociedad Nacional para el Sufragio Femenino da una charla en tu universidad. Empieza dentro de un cuarto de hora.

—¿Cómo? —protestó Grace—. No te he dicho que iría. Son todas unas idiotas adictas al té…

—No hables de ese modo de tus compañeras —la interrumpió Matsumoto, levantándola de la silla—. Deja el libro y ven.

Estas cosas son importantísimas, y el movimiento, además, empieza a asustar un poco. Esa tal Bertha es capaz de atacarte con una aguja de tejer si descubre que te has escaqueado de ir a la reunión.

Grace intentó zafarse, pero él le sacaba una cabeza y demostró una fuerza inesperada bajo su atildado atuendo. Ella solo logró inclinarse lo justo para dejar caer la publicación en el carrito de devoluciones.

—¿A qué estás jugando? Te trae sin cuidado el sufragio femenino.

—Por supuesto que me importa. Merecéis tener vuestros derechos.

—Tienes que admitir que a ti también te dan miedo las agujas de tejer…

—Chist —dijo Matsumoto mientras pasaban en silencio por delante del bibliotecario.

Cuando llegaron al pie de las escaleras, él la cogió del brazo y la hizo subir.

—Si quieres saberlo, he organizado la más exquisita partida de póquer en la antesala donde estarán esperando los maridos y hermanos engañados, pero la querida Bertha no dejará pasar a un miembro del sexo no bello si no va acompañado de un ejemplar del más bello.

—Entiendo. Y quieres que yo te abra las puertas a esa partida.

—Exacto.

Grace pensó en ello. Quería indignarse, pero ni siquiera un pulpo tendría donde agarrarse para justificar una negativa después de haber tirado de Matsumoto por todas las bibliotecas de Oxford durante los últimos cuatro años.

—Bueno…, de acuerdo, es justo.

—Excelente. Te invitaré a una copa de vino esta noche.

—Gracias. Pero una vez que termine la partida, si puedes anunciar en voz alta que te propones ir a tu club…

—Sí, sí, claro. —Él la besó en la coronilla y ella distinguió el olor de su colonia cara. Sintió que se sonrojaba.

—¡Te desharás de mí!

Acababan de llegar a lo alto de las escaleras. El portero los miró con recelo.

—Has estado a punto de delatarte hace un momento. —Matsumoto se rió cuando ya no podían oírlo—. Las mujeres nunca habéis cultivado el arte de la verdadera amistad.

—Las mujeres no trepamos unas sobre otras…

—Ahí va un coche de alquiler…, ¿puedes pararlo? Siempre pasan de largo si lo hago yo. Deben de verme como un presagio de la invasión del hombre amarillo.

Grace echó a correr para detener el cabriolé. Los de Oxford siempre estaban en mejores condiciones que los de Londres, y a pesar del tiempo caluroso los asientos del interior olían a abrillantador para cuero y a sal de limpieza. Matsumoto se deslizó junto a ella.

—Al Lady Margaret Hall, por favor —dijo Grace, y el vehículo se puso en marcha sobre los adoquines.

El Lady Margaret Hall se encontraba al final de una avenida larga y ancha. Por fuera no era más atractivo que una casa de campo de piedra blanca, donde habían cultivado enredaderas de Virginia y lavanda pero que poco tenía de imponente. En la residencia solo se alojaban nueve estudiantes.

Sin embargo, ese día había mucha más actividad que de costumbre. Estaban llegando otros cabriolés y mujeres con sombrillas se dirigían hacia las puertas de dos en dos o unos pasos por delante de sus maridos. Al ver a Matsumoto, algunos de los hombres fueron derechos a él con expresión esperanzada.

—Ah, Grace, ¿has decidido unirte a nosotras?

—Buenas tardes, Bertha. —Grace sonrió, aunque se le notó cierto rictus en el semblante.

Bertha vivía en la habitación contigua a la suya y estudiaba clásicas, la asignatura más inútil de la universidad. Era difícil comunicarse con una persona que pasaba casi todas las horas del día enfrascada en la ingeniosidad lingüística de hombres que llevaban dos mil años muertos. Ya era bastante duro aguantar a Matsumoto, pero los clasicistas eran católicos honorarios. En esos momentos Bertha controlaba la puerta principal como un obispo.

—¿Tal vez te gustaría cambiarte y ponerte algo más cómodo antes de entrar? —le preguntó, arqueando las cejas al ver la ropa prestada de Grace.

—Sí. Hace demasiado calor. —Grace se quitó la americana y se la devolvió a Matsumoto—. Enseguida vuelvo. No hace falta que me esperéis.

—¿Quién es este? —le preguntó Bertha—. No puedes traer criados, no hay espacio.

—Es Akira Matsumoto. No es mi criado sino el primo segundo del emperador.

—¿Habla inglés? —le preguntó Bertha, levantando mucho la voz.

—Sí —dijo Matsumoto sin inmutarse—, aunque mi sentido de la orientación deja mucho que desear en todos los idiomas. ¿Puede recordarme dónde debo esperar? Alguien me lo dijo la última vez, pero ahora mismo no me acuerdo.

A Bertha le pilló desprevenida.

—Todo recto y a la izquierda. Hay refrescos y…, sí.

Matsumoto sonrió y se deslizó por su lado para dirigirse hacia la antesala y el olor a humo de pipa. Grace lo observó alejarse. No habría sabido decir si era seductor por el amor arraigado que profesaba por la humanidad o por el encanto con que siempre conseguía todo lo que quería. Era tentador pensar que lo primero era ingenuo y lo segundo mucho más probable, siempre se mantenía a la altura. Las reservas de cordialidad de Grace, en cambio, disminuían en picado al cabo de veinte minutos. Meneó la cabeza y subió despacio las escaleras para cambiarse.

Su hermano le había comprado un reloj de bolsillo por su cumpleaños. Se abría por los dos lados. Por uno estaba la cara del reloj; por el otro, un entramado de filigrana. Cuando abría la tapa posterior la filigrana adquiría la forma de una pequeña golondrina. Unos ingeniosos rieles permitían que volara y descendiera en picado por el interior de la tapa con el ruido metálico de sus alas de plata. Se lo llevó para tener algo con que entretenerse. La reunión ya había empezado, de modo que tuvo que entrar sin hacer ruido y sentarse en el fondo. Deslizó un dedo sobre la marca del fabricante del dorso del reloj. K. Mori. Italiano, probablemente; llovía demasiado sobre los ingleses para que salieran con algo tan imaginativo.

Bertha estaba de pie donde solía encontrarse la mesa destinada al profesorado y otras autoridades, y se ruborizaba de un modo encantador con las manos entrelazadas delante de ella mientras pronunciaba su discurso. De vez en cuando las asistentes aplaudían. Decía lo de siempre. Grace abrió y cerró tres veces el reloj con un sonoro chasquido, contemplando el vuelo de la golondrina. El sonido probablemente era molesto para las mujeres que había sentadas en el mismo banco, pero dos de ellas hacían punto.

—Así que propongo que esta sociedad ofrezca su apoyo al grupo del señor Gladstone en la medida de lo posible —decía Bertha—, ya sea a través de nuestra influencia en las relaciones masculinas o por medio de donativos al partido. ¿Alguien desea decir algo?

Una dama con un gorrito blanco levantó la mano.

—Tengo mis dudas acerca del señor Gladstone. No acaba de inspirarme confianza. Mi tío es frenólogo y dice que la forma de su cráneo es la de un mentiroso.

—Tonterías —replicó alguien—. Mi marido trabaja en el Ministerio del Interior y dice que es todo un caballero. En Navidad siempre reparte vino a todos sus empleados.

Grace daba vueltas al reloj en las manos, lamentando que el ingenioso señor Mori no hubiera diseñado una forma de acelerar el tiempo. Solo habían transcurrido veinte minutos. La reunión duraría al menos una hora. Bertha tardó casi todo ese tiempo en aprobar su moción. En cuanto se llegó a un acuerdo general, el portero se asomó y carraspeó.

—¿Señoras? Los caballeros acaban de declarar su intención de retirarse a sus clubes.

Hubo un revuelo mientras las mujeres se apresuraban a detener a sus parientes antes de que las dejaran atrás. Grace salió primero y encontró a Matsumoto esperándola fuera, apoyado contra el marco de la puerta.

—Misión cumplida. No ha sido tan duro, ¿no?

—No has estado allí. Salgamos, salgamos. Si las mujeres consiguen algún día el voto me iré a vivir a Alemania.

Él torció los labios en una mueca divertida.

—Qué poco femenino de tu parte.

—¿Las has escuchado? Vamos, no podemos apoyar a Gladstone con ese peinado que lleva de lo más peculiar, pero espera, es un hombre realmente encantador, aunque tiene una nariz curiosa…

Mientras salían de nuevo a la calle, donde había refrescado, él arqueó las cejas.

—Detesto decir lo obvio, Carrow, pero tú eres una de ellas.

—Soy un ejemplar atípico —replicó Grace—. Yo he recibido una educación como Dios manda. No me paso el tiempo hablando de vajillas. Nadie que lo haga debería estar cerca siquiera de ese maldito voto y no digamos del Parlamento. Santo cielo, si permitieran ahora la entrada a las mujeres, la política exterior se decidiría por el estado de las patillas del káiser. Te juro que daré una patada a todo el que me pida una firma. —Guardó silencio unos minutos—. ¿No me habías prometido una copa de vino?

—Así es. —Matsumoto sonrió—. Si vuelves al New College.

—Cómo no…

—Eres ridícula, espero que lo entiendas.

—Lo entiendo. —Suspiró—. ¿El vino es blanco? El tinto sabe a vinagre.

—Por supuesto que es blanco. Soy japonés. Me gustaría ir andando, si no te importa, ahora que hace más fresco —añadió, señalando con la cabeza el cielo nublado.

—Sí, a mí también.

Mientras caminaban él la tomó del brazo.

—Debo decir que no apruebo este vestido. Es horrible. Mi sastre es infinitamente mejor.

—Ya lo creo. ¿Puedo recuperar esa americana?

—Puedes. —Él se la echó sobre los hombros.

Olía a él en lugar de a ella.

—Es la que llevabas antes.

—Quería mantener la nueva en buen estado.

Se levantó el viento y Grace se cubrió las manos con las mangas de la americana. Se detuvo al ver que había un solo botón en cada manga y que tenía forma de golondrina plateada. Alzó la vista.

—Son extraordinarios.

—¿De veras? En realidad los compré a propósito. Siempre he tenido debilidad por las golondrinas. De niño solía contemplar bandadas y bandadas desde las murallas del castillo. En Japón a veces vuelan en grandes formaciones que van tomando formas de lo más extrañas. Se entiende por qué en la época medieval la gente creía ver espíritus o algo por el estilo en ellas. Me recuerdan a mi hogar.

Grace sacó su reloj y le enseñó la filigrana en forma de golondrina del interior. Matsumoto casi nunca hablaba de Japón. Si lo mencionaba era de pasada para ilustrar las deficiencias de los ingleses, pero nunca le había descrito su país. Ella suponía erróneamente que no pensaba en él.

Matsumoto sonrió.

—¿Me permites?

Ella le pasó el reloj. Él le dio vueltas en las manos. La pesada golondrina se quedaba erguida con independencia de cómo lo sostuviera.

—Hay algo en él que me resulta familiar —murmuró. Entrecerró sus ojos negros—. ¿Quién es el fabricante?

—Un italiano.

Él pareció aliviado.

4

Londres, 30 de mayo de 1884

Thaniel observaba desde la cama cómo el sol iluminaba el techo. Se había acostado hacía una hora, pues se había quedado limpiando la rejilla y la chimenea y el interior de los armarios, totalmente vacíos a excepción de la vajilla. De pronto tuvo la sensación de estar levantándose a medianoche. Por lo general los viernes hacía el turno nocturno, pero el jefe administrativo había reorganizado el horario para que los codificadores más rápidos entraran a las ocho de la mañana, dejando así que los más lentos trabajaran de noche. Aunque aquel día carecía de importancia; si el Clan na Gael cumplía su promesa, hacia la medianoche el Ministerio del Interior estaría a salvo o habría desaparecido. Thaniel había dejado la ventana abierta toda la noche y volvía a oírse crujir la alta embarcación con las jarcias chirriando debido a la humedad. Alguien reparaba el casco. Le llegaba el olor a alquitrán.

Esperó a que el reloj de pared diera las siete. Fuera, la niebla creaba un ambiente sofocante y claustrofóbico, y tuvo que arrancarse las sábanas.

En el silencio matinal se oyó el chasquido del reloj de bolsillo al abrirse. Volvió la cabeza sin mover el resto del cuerpo. Presionado por un dedo invisible, el cierre descendió y la tapa se deslizó no más deprisa que el caparazón de una ostra. En cuanto se abrió del todo volvió a permanecer inanimado. Él esperó, pero no volvió a moverse. Al final levantó el reloj cogiéndolo por la cadena.

La esfera era de vidrio para dejar ver el mecanismo interior. Funcionaba. La hora era la correcta. Bajo las manecillas, el volante de plata pendía de un alambre fino, y las ruedas dentadas que hacían girar el segundero se movían bajo las piedras preciosas que servían de cojinetes. Detrás había más piezas de un engranaje muy complejo y mucho más sofisticado que el de un reloj corriente. Resultaba imposible decir qué medía. De la tapa abierta cayó flotando un papel redondo que se le posó del revés en una rodilla. Le dio la vuelta. Una orla de hojas delicadas rodeaba la marca del fabricante:

K. Mori
Filigree Street, 27
Knightsbridge

Mori. No sabía qué clase de nombre era. Sonaba italiano. Encajó el papel de nuevo en la tapa y su mirada no cesó de volver a él mientras se levantaba, se afeitaba frente al espejo y se ponía la corbata y el cuello. La cuestión de si llevar el reloj encima o no se volvió más inquietante de lo necesario. Por fin lo cogió. Quería enseñárselo a Williamson. Mientras cerraba la puerta detrás de él, echó una última ojeada a la habitación. Todo estaba limpio, más limpio de como lo había encontrado, y ordenado. Si Annabel tuviera que acudir para ocuparse de sus pertenencias solo tendría que dedicar media hora a recoger lo que él había dejado.

Salió en medio de la niebla dispersa. Aún era densa sobre el río, convirtiendo los mástiles de los barcos en fantasmas esqueléticos y reteniendo el olor estanco del agua. Pasó por delante del Parlamento y la abadía de Westminster, cuyos altos muros envolvían el camino en una sombra que todavía contenía el frío de la noche, y a continuación ascendió hasta Whitehall Street y su hilera de edificios nuevos y relucientes. Notó cómo se le tensaba el nudo que se le había formado en la boca del estómago. La bomba de la estación Victoria había sido un pequeño mecanismo de relojería del tamaño de una caja de zapatos. Los resortes de un reloj corriente podían durar más de un día. Había muchas probabilidades de que la nueva bomba ya estuviera colocada.

Al verse obligado a concentrarse en el trabajo y actuar, intentó calmarse. Era una estupidez pensar que iba a estallar una bomba en Whitehall. Si todo se paralizaba, el Clan na Gael no tendría que molestarse en utilizar dinamita para lograr que se detuviera la administración pública. Nunca había conocido a un irlandés, pero de pronto decidió que estaba perdido si se pasaba el día entero temblando de la preocupación.

Los pitidos y las pausas llegaban al ritmo entrecortado de la codificación de Williamson.

Bomba con mecanismo de relojería localizada y... desactivada en la base de la columna de Nelson. Oficial de campo informa que parece... compleja. Se utilizaron buenos resortes y dieciséis paquetes de dinamita. El temporizador estaba programado para detonar dentro de... trece horas, es decir, a las 21 h. Enviando agentes uniformados para volver a registrar el MI hoy, se ruega acuse de recibo...

Thaniel sostuvo el extremo del papel de la transcripción con una mano mientras con la otra sujetaba el asa de bronce de la palanca. En cuanto Williamson se detuvo, respondió: «BD, Dolly, mensaje recibido».

Una pausa. BD significaba «buenos días», pero Thaniel cayó en la cuenta de que Williamson, con su meticulosa forma de teclear, quizá no lo sabía. Su inglés había evolucionado con rapidez desde que trabajaba de telegrafista. Utilizaba abreviaturas para todo. BD: «buenos días», SG: «sigue adelante», 1: «un momento», VM: «vete a la mierda», generalmente al Ministerio de Asuntos Exteriores.

«¿Cómo… sabe siempre que soy yo?»

«Por su manera de teclear.»

«Los del MI son… inquietantes a veces. ¿Irá… a tomar algo luego? Todos parecen… estar haciendo planes para bajar al… Rising Sun.»

Era un bar situado frente a Scotland Yard, más abajo de Trafalgar Square.

«Eso espero —contestó Thaniel—. No tengo previsto morir al servicio del gobierno británico. No pagan lo suficiente. ¿Recuerda ese reloj que dejaron en mi casa?»

«¿S…í?»

«Antes estaba cerrado. Se ha abierto esta mañana. Creo que debería echarle un vistazo.»

«¿Qué tamaño tiene?»

«El tamaño de un reloj.»

«Entonces no es explosivo. Es… muy raro, hoy no hay tiempo para nada que no contenga… dinamita. Lo siento. Debo irme.»

«Espere. Ha dicho que el temporizador de la bomba que han encontrado en la columna estaba programado para las nueve de la noche. Si hay otras bombas, ¿debemos esperar que estallen a la misma hora?»

Un largo silencio. Luego: «Sí».

Thaniel entregó el primer mensaje al jefe administrativo y arrugó el resto de las transcripciones en una bola que tiró a la papelera. Cuando volvió vio que se estaba desarrugando poco a poco como los tendones de una criatura muerta al relajarse. Lo observó y se sintió también arrugado. Últimamente le dolía el cuello porque nunca tenía tiempo para hacer estiramientos o caminar.

—Williamson dice que se espera que ocurra todo a las nueve de esta noche —soltó de repente en voz alta.

Se hizo un breve silencio mientras los otros tres telegrafistas interrumpían sus codificaciones. En ese momento retumbó en el aire un estruendo de tiros que hizo que los cuatro dieran un respingo antes de deshacerse en carcajadas nerviosas. Solo era la Guardia Montada. Todos los días a las ocho de la mañana había disparos en el patio de armas. Thaniel sacó el reloj para estar seguro. Las manecillas de filigrana marcaban las ocho. El oro rosado brillaba del familiar color de una voz humana.

—¡Vaya! —soltó Park con un entusiasmo frágil—. ¿De dónde lo ha sacado?

—Es un regalo.

El papel de la transcripción de Park susurró y a continuación crujió al enroscarse. En cuanto hubo apuntado el mensaje, bajó la vista hacia el papel redondo con el nombre del fabricante del reloj.

—Mori —leyó en alto—. Es muy conocido, ¿verdad?

—No lo sé —respondió Thaniel con franqueza.

La otra máquina central también se puso en marcha y tuvieron que darse la espalda.

El jefe administrativo le pasó a Thaniel una carpeta por encima del hombro mientras escribía. Estaba llena de mensajes que debían ser telegrafiados ese día. Sin dejar de escuchar el intercambio central y de transcribir con la mano derecha, Thaniel abrió la carpeta y empezó a teclear los primeros mensajes con la derecha al ritmo del coro de abertura de *Iolanthe*. La había visto el año anterior. La música de Arthur Sullivan solía camuflarse detrás de letras bobas de ópera cómica, pero por debajo de estas los verdaderos colores eran tan buenos como cualquier pieza de los compositores más respetables. Todavía guardaba el programa y una litografía dentro de la caja de música.

—¿Cómo lo hace? —le preguntó Park, que se había vuelto hablador desde que habían roto el silencio habitual.

Los dos operadores del otro extremo miraron también a Thaniel, escuchando con disimulo.

—¿Cómo hago qué?

—Escribir con una mano y codificar con la otra.

—Oh. Es como tocar el piano.

—¿Dónde ha aprendido a tocar el piano? —le preguntó Park.

—Mi… padre era guardabosques en una gran mansión, y el caballero que vivía en ella era concertista de piano y no tenía hijos. Se moría por enseñar. Si yo le hubiera dicho que no, lo habría intentado con el perro.

Se rieron.

—¿Es bueno?

—Ya no.

Los agentes de Williamson llegaron poco después. Thaniel quería que echaran un vistazo al reloj, pero Williamson le había restado importancia y los otros operadores se habrían asustado si hubiera insistido. En cuanto acabaron de mirar debajo de los telégrafos, Thaniel se ensimismó en los garabatos de los códigos a medida que enviaba los mensajes de la carpeta. La mayoría de ellos no significaban nada para él, eran simples fragmentos de conversaciones que no había oído enteras. Solo unos pocos tenían sentido. El Ministerio de Asuntos Exteriores se disponía a dar un baile el mes siguiente y había un mensaje confirmando un pedido de seis barriles de champán.

—Steepleton, ¿eso es de Gilbert y Sullivan?

Miró al jefe administrativo.

—Sí. ¿Por qué?

—¡Preste atención a los mensajes! ¡El destino del país podría estar en sus manos!

—No lo creo. Están llenos de champán de lord Leveson.

—Acabe de una vez. —El jefe administrativo suspiró.

Los agentes de policía regresaron tres horas después y declararon que el edificio estaba despejado. En tan poco tiempo no podían haber hecho más que pasearse por los pasillos y echar un vistazo a unos pocos armarios. El jefe administrativo anunció de pronto que todos los que habían empezado el primer turno podían tomarse un descanso para beber un té y comer algo. Seguirían trabajando hasta las nueve. Después de eso estarían libres, de una manera o de otra.

Contento por tener la oportunidad de estirar las piernas, Thaniel se dirigió con tranquilidad a la pequeña cantina, donde se puso a la cola para recibir el plato de sopa que solo repartían gratuitamente ese día. El murmullo de las conversaciones que solía oírse en la cantina casi se había reducido a silencio. De hecho, se oía el ruido de la sopa al ser servida en los platos. Thaniel intentó pensar en cómo había acabado allí.

Cuatro años antes, se había considerado afortunado al aceptar ese empleo. Hasta entonces había trabajado de contable en una fábrica de locomotoras de Lincoln. Fue un período frío y desagradable. En el Ministerio del Interior el sueldo era mejor y los empleados no tenían que comprar su propio carbón. Pero la telegrafía nunca variaba. Era tan fácil como escribir una vez que aprendías el código morse, y él no tenía suficientes estudios para ascender mucho más. Había una vaga posibilidad de que le promocionaran a ayudante del jefe administrativo en algún momento de ese año. Al enterarse de la noticia se sintió satisfecho y acto seguido se horrorizó de su reacción, porque contentarse con un empleo tan aburrido significaba que, sin darse cuenta, se había encogido hasta encajar en él. Nunca había sido su intención trabajar cuatro años de telegrafista.

Pero lo cierto era que resultaba imposible mantener a una viuda y dos hijos con un empleo en una orquesta. Tras la muerte del marido de Annabel, Thaniel vendió el piano. No pudo ir a conciertos ni a la ópera durante bastante tiempo, aunque poco a poco remontó. Ahora compraba entradas baratas una vez cada temporada más o menos. La parte amputada de su ser a veces todavía daba punzadas, pero permitir que Annabel acabara en un asilo de pobres habría sido peor que una punzada.

Ahora, cuando los irlandeses no amenazaban con volar Whitehall, trabajaba entre ocho y once horas diarias seis días o noches a la semana excepto en Navidad. No era pobre; podía permitirse comprar diez velas y darse dos baños a la semana. No iba a arrojarse al Támesis, y sabía Dios que la mayoría de los londinenses estaban peor que él. Aun así, tenía la impresión de que la vida no podía reducirse a diez velas y dos baños a la semana.

—Entonces, ¿cree que hoy saltaremos por los aires? —le preguntó el cocinero al servirle la sopa.

Tenía un acento del sur de Riding que le recordaba a su tierra.

—Aquí arriba no. La última vez lanzaron una bomba por la ventana de la planta baja, ¿no? —Le divirtió la expresión desconcertada del cocinero—. De todos modos, saltar por los aires nos distraería del papeleo.

El cocinero se rió, quizá demasiado alto.

Al acercarse las nueve de la noche empezó a aflojar el ritmo de trabajo en la oficina. A medida que los telegrafistas aguzaban el oído para comprobar si se producía una explosión, el repiqueteo del código morse era cada vez más espaciado. En la oficina más amplia del otro lado del pasillo los mecanógrafos perdieron el ritmo y bajaron la voz. Thaniel vio cómo los nudillos de Park palidecían sobre la palanca de su telégrafo. Se inclinó y la cogió con suavidad por él, y se levantó para cruzar el pasillo. En la sala de telegrafía no había ventanas, pero la sección de mecanografía tenía grandes ventanales con vistas a Whitehall Street. Los demás lo siguieron.

Sonaron nueve campanadas en el Parlamento y la ciudad conservó su imagen de siempre, sin iluminarse con destellos ni con humo. La lluvia repiqueteaba contra los cristales de las ventanas. Los funcionarios se miraron, aunque ninguno se movió. Thaniel sacó el reloj. Transcurrió un minuto, dos, pero siguió sin ocurrir nada. Diez. Luego llegó una ráfaga de carcajadas procedente de la calle. Eran los funcionarios del Ministerio de Asuntos Exteriores que ya regresaban a sus casas. Compartían paraguas.

El jefe administrativo tocó el timbre.

—¡Buen trabajo! El primer turno ha acabado. El segundo empezará dentro de dos minutos. Pueden marcharse, y si se encuentran a un irlandés por el camino, denle un buen puntapié de parte del personal del Ministerio del Interior.

Hubo una ovación, y Thaniel respiró hondo por primera vez desde hacía meses. No era consciente de que respiraba tan bien. Sucedió poco a poco; era como si alguien le hubiera puesto un penique en el pecho cada hora desde noviembre y de golpe se hubiese quitado de encima el peso de un millar de peniques.

Todo el mundo se dirigía al Rising Sun y a otros bares y clubes de los alrededores de Trafalgar Square. Thaniel echó a andar por Whitehall Street entre el éxodo de empleados, pasando por delante de la larga hilera de coches de punto que esperaban bajo la lluvia. Siempre tenía un paraguas en la oficina, y en cuanto lo abrió entrecerró los ojos para oír el tamborileo de la lluvia sobre la lona. Formaba una estela de colores ondulados. Mientras detrás de él alguien contaba un chiste de un inglés, un irlandés y un escocés, inclinó el cuello y levantó los hombros para estirar la columna vertebral.

Desde la puerta del Rising Sun se veía la entrada de Scotland Yard, motivo por el que se lo consideraba el pub más tranquilo de Londres. Thaniel la abrió de un empujón y se vio inmerso en el olor a cerveza, cera para muebles y ropa húmeda. El local se estaba llenando rápidamente de oficinistas y agentes de policía y, aunque ninguno estaba borracho aún, se llamaban a gritos y se reían. Dolly Williamson estaba en la barra, charlando con la joven camarera. Era un hombre corpulento con una barba que parecía haberse recortado desde la última vez que Thaniel se había topado con él. Lo vio en el espejo y se volvió con una sonrisa radiante.

—¡Ya está aquí! ¿Una copa? ¿Qué le apetece?

—Un brandy, gracias —respondió Thaniel. Le estrechó la mano y Williamson le dio un puñetazo en el brazo.

La joven, que se llamaba señorita Collins, servía el brandy cuando Thaniel advirtió que el reloj que llevaba en el bolsillo se había puesto en marcha. Al abrirlo, se dio cuenta del intrincado mecanismo que había detrás de las agujas avanzaba deprisa, cada vez más deprisa. Apenas tuvo tiempo para preguntarse qué hacer cuando el reloj empezó a sonar. No era una alarma, sino una desagradable sirena que gemía. Le dio la vuelta buscando el cierre, dolorosamente consciente de las miradas sobresaltadas a su alrededor y casi esperando ser alcanzado por un disparo. No había cierre.

—Lo siento —le gritó a Williamson por encima del ruido, y se escabulló con el reloj al callejón desierto situado a la derecha del edificio. Varios cocheros que esperaban en la acera de enfrente lo miraron con curiosidad junto con sus caballos. Thaniel logró mantenerse fuera de la vista apretando la espalda contra la pared del Rising Sun, que formaba un ángulo.

El reloj enmudeció. Fue entonces cuando una explosión de dimensiones colosales hizo saltar el suelo por los aires. De Scotland Yard salieron humo y llamas rugientes. Una ráfaga de calor lo empujó, y vio a un cochero cruzar volando la calle y estrellarse contra las ventanas delanteras de la taberna. Del interior llegó una sucesión de sonidos estrepitosos cuando las pesadas mesas empezaron a caer por un efecto dominó. El ruido creó estallidos blancos por todas partes. Un manojo de teclas de máquina de escribir pasó flotando por su lado. Al volver la cabeza se notó la piel rígida bajo una capa de hollín. En el callejón estaba casi totalmente protegido excepto por unos cuantos cascotes de vidrio y ladrillo que salieron disparados del otro extremo y se desparramaron alrededor de sus zapatos. Luego el ruido cesó y se hizo un largo silencio lleno de espirales de humo, cortinas de papel flotante e incendios aislados.

Se quedó inmóvil. No oía nada, aunque veía a otras personas gritar. En la palma de su mano, el reloj parecía funcionar demasiado despacio. Un joven agente de policía le agarró el brazo y lo miró a los ojos. Thaniel le leyó los labios lo bastante bien para saber que le preguntaba si estaba herido. Negó con la cabeza. El agente le indicó que volviera al Ministerio del Interior para no herirse con los cascotes. Estaban en todas partes, obstruyendo por completo la calle que debería haber conducido a Trafalgar Square.

Del interior del Rising Sun salía humo. Los barriles habían estallado y el mostrador ardía. Salieron varios hombres tambaleándose, dándose palmadas en las mangas para apagar las cenizas naranjas que las cubrían. Dolly no estaba entre ellos. Pasando por alto al agente, se agachó por debajo de lo que quedaba del marco de la puerta.

—¡Dolly! —No se oía su propia voz, y no podía saber si había gritado con suficiente fuerza para que alguien lo oyera por encima del fuego.

El local era pequeño y no tardó en encontrar a Williamson medio atrapado bajo una de las grandes mesas. Tenían capacidad para doce personas sentadas, al estilo vikingo, pero el estallido las había arrojado contra la barra. La esquina de una mesa se había desplomado sobre las tablas del suelo donde estaban antes de salir y las astillas se amontonaban junto a un hoyo que se abría directamente a la bodega. Encendidas por las llamas que corrían a lo largo del brandy derramado sobre la barra, eran de un rojo sangriento. No se paró a mirar pero la visión se le quedó grabada en la mente, y un dolor imaginario le recorrió las costillas, donde se le habría incrustado la mesa de haber permanecido allí dentro.

Tiró de Williamson para sacarlo de allí. Este se tambaleó mientras salía, pero pareció recuperar el equilibrio después de que Thaniel lo sostuviera unos instantes. Entre los dos liberaron a la camarera, que tuvo que pasar por encima de las espitas de los barriles. No lograron dar con la puerta en medio del humo, por lo que salieron por las ventanas hechas añicos.

—Tengo que irme —dijo Williamson, cogiendo a Thaniel del brazo—. Debo ocuparme de todo esto, ¿comprende? Váyase…

Lo interrumpió un estallido lejano.

—Por Dios, otra. —Williamson se quedó mirando en esa dirección—. Váyase a casa. Lejos del centro de la ciudad, por el amor de Dios. No se aparte del río; no se acerque demasiado al Parlamento. Y usted, señorita Collins, vamos. —Sin detenerse, corrió tras los agentes que ya se dirigían en tropel hacia los edificios en ruinas de Scotland Yard.

La joven miró a Thaniel sin comprender y empezó a abrirse paso entre los cascotes. Él se quedó inmóvil un instante y luego echó a andar por donde había llegado. Williamson tenía razón; lo único que podía hacer era marcharse a casa y confiar en que los irlandeses no tuvieran interés en Pimlico.

El humo de la explosión lo acompañó a lo largo de Whitehall Street. Mientras caminaba se convirtió en una compañía de fantasmas. Notaba el tictac del reloj a través de la palma. Tendría que dárselo a Williamson, en realidad ya debería haberlo hecho antes. Solo el fabricante de una bomba sabía con exactitud cuándo esta estallaba. Esa alarma había sido programada como una advertencia. Las luces de la estación de metro de Westminster se filtraron por las escaleras y a través del humo.

—¡Apartaos, apartaos!

Se hizo a un lado a la izquierda para dejar pasar a dos hombres con una camilla. Corrían hacia un hospital; los médicos ya estaban arremangándose en las puertas mientras esperaban a los heridos, con las batas blancas ya grisáceas a causa del hollín suspendido en el aire. El hombre de la camilla estaba muerto. Thaniel se quedó mirándolo. Todavía tenía los ojos abiertos y había muerto con una expresión de pasividad absoluta. Tenía unas gafas en el bolsillo delantero y los dedos manchados de tinta. Un simple oficinista. Parecía haber visto las llamas y haber dejado que se acercaran.

Podría haber sido él. Thaniel volvió a ver destellos blancos, aunque no se oyó ningún ruido que los hubiera causado. Lo vio con toda la claridad de la memoria, como si hubiera escapado tan por los pelos que se hubiese extraviado mentalmente en una bifurcación temporal equivocada y todavía tuviera que regresar. Habría oído la explosión y se habría vuelto; las ventanas de cristal se habrían hecho añicos hacia dentro, y la fuerza del estallido lo habría echado hacia atrás contra la barra mientras las mesas caían. La esquina de esa mesa cercana le habría aplastado la caja torácica y en menos de un minuto habría fallecido de la punción en el pulmón, con las yemas de los dedos plateados por la mina de lápiz de las transcripciones del telégrafo.

Abrió la tapa del reloj, que estaba manchada de humo excepto por donde los dedos la habían rodeado. En el interior seguía estando el papel redondo con la inscripción. «K Mori, Filigree Street, 27, Knightsbridge.» Estaba a quince minutos en metro. El fabricante del reloj sabría a quién se lo había vendido. Una familiar y bien diseñada presión en la parte posterior del cráneo lo instaba a regresar a casa, como le había aconsejado Williamson. Pero si lo hacía al día siguiente Williamson quizá habría enviado a otro hombre para averiguarlo, y a esas alturas ese tal Mori ya estaría al corriente de lo sucedido y se negaría a hablar con la policía.

Bajó los escalones de la estación. En el vestíbulo todavía había empleados vendiendo billetes, en actitud alerta después de enterarse de la explosión. Algunos estaban cubiertos de polvo; debían de haber salido a la calle para echar un vistazo. Thaniel compró un billete a South Kensington, consciente de que el empleado lo observaba mientras sacaba cuatro peniques del bolsillo.

—Hemos oído una explosión —dijo con tono titubeante—. Alguien nos ha dicho que la mitad de Whitehall ha saltado por los aires.

—Solo Scotland Yard —lo corrigió Thaniel—. ¿El andén está a este lado o al otro...?

—A este lado. ¿Se encuentra... bien?

—Sí. Gracias —añadió, sosteniendo en alto el billete mientras se alejaba.

Un vapor granuloso se arremolinaba alrededor del andén de los trenes con rumbo al oeste. Sabía a hollín y las paredes estaban ennegrecidas por él. Thaniel se apoyó contra una columna mientras esperaba. Empezaba a sentirse mareado, y no sabía si era debido al ruido de la explosión o al aire denso. Él casi nunca se desplazaba en metro. Pimlico estaba lo bastante cerca de Whitehall para dar un agradable paseo; además, no quería sufrir de la insuficiencia respiratoria que causaban los recorridos frecuentes. No era una simple neurosis. Frente a él, al otro lado de las vías, había carteles pegados a las paredes. Los dos más cercanos anunciaban una nueva clase de elixir restaurador para los problemas bronquiales. Notó una vibración y se dio cuenta de que todavía tenía el reloj en la mano. Como esta le temblaba, la cadena repiqueteaba en la caja.

Dos mujeres lo observaban por encima del hombro. Él les sostuvo la mirada y se volvió cuando ellas desviaron de nuevo la vista. Hubo un movimiento extraño en la pequeña multitud que esperaba. Al reparar en él, los hombres dejaban a sus mujeres en el andén para regresar a la salida y ver qué ocurría en la superficie. Debían de haber percibido la detonación de la bomba, aunque podía haber sido cualquier cosa —un tren chocando con demasiada fuerza con las toperas o trabajadores en uno de los nuevos túneles—, pero él estaba cubierto de polvo y el polvo lo seguía por las escaleras. Oyó voces gritar que fuera solo había niebla e incendios. Un agente de policía apareció en el andén y se detuvo junto al revisor, cerca de Thaniel.

—¿Qué profundidad tienen estas líneas? —preguntó—. ¿Alguna de ellas pasa por debajo de Scotland Yard?

—No, ¿por qué? No son lo bastante profundas…

—¡South Kensington! —gritó un guardia.

Thaniel dio un respingo que le provocó una dolorosa punzada en la parte posterior de la cabeza. Se apretó la nuca con una mano. Las dos mujeres volvían a observarlo.

El tren llegó envuelto en una nube de vapor a través de la cual las luces delanteras emitían un resplandor rojo. Prácticamente en cuanto se subió, el tren se puso en marcha y partió de nuevo. Las luces de la estación quedaron atrás, y todo lo que había más allá de las ventanillas se volvió oscuro. Apoyó la sien en el cristal y pensó en que el tren sería un lugar extraordinario para colocar otra bomba. La gente subía y bajaba de los trenes a lo largo del día, y no había suficientes guardias para registrar todos los vagones. Se sobresaltó cuando el tren se sacudió a un lado y la luz de gas parpadeó por encima de él, pero solo eran hoyos en las vías.

Tenía todo el vagón para él solo. Gris como estaba, su reflejo le hizo pensar en su padre, que ya era anciano cuando nacieron sus hijos. Había vivido hasta que Thaniel cumplió quince años y Annabel dieciocho y, una vez cumplido su deber, murió de repente. Al no dejar testamento habían acudido a una sesión de espiritismo en Lincoln. En ella el anciano les pidió a través del médium que ayudaran al duque a contratar a un guardabosques sustituto, y les dijo que sus ahorros estaban en su caja de aparejos de pesca, detrás de los anzuelos de bronce.

Solo había unos veinte pies de escalera hasta al nivel de la calle de South Kensington. Los guardias, distraídos por la capa de ceniza y polvo que lo cubría, no comprobaron su billete. Estaban demasiado lejos de Westminster para que se hubieran enterado de algo. Fuera, Thaniel se despistó antes de que su sentido de la orientación se reajustara y situara la estación en lo alto de Knightsbridge. Llovía con tanta fuerza que del suelo se elevaba una bruma en la que cada gota rebotaba de nuevo en el aire. Tras abrir el paraguas, que le había dejado una mancha húmeda en las rodillas justo donde lo había apoyado en el tren, echó a andar por la larga calle.

Filigree Street consistía en una hilera de viviendas medievales cuyos pisos superiores se inclinaban unos hacia otros. Al final de la calle el espacio entre los gabletes era tan reducido que los vecinos podrían haberse estrechado la mano a través de la ventana de sus respectivos dormitorios situados uno frente a otro. Estaba demasiado oscuro para distinguir los números de las casas, pero el veintisiete correspondía a la única tienda cuyas luces seguían encendidas. En el escaparate, una sola lámpara iluminaba la maqueta de una ciudad en la que se elevaban nuevas torres y puentes hasta que aparecía Londres gracias a un mecanismo de relojería. Al empujar la puerta, la encontró abierta. No había timbre.

—¿Hay alguien? —gritó hacia el taller vacío.

Su voz sonó algo ronca. Las luces eléctricas se encendieron con un zumbido al entrar y se quedó inmóvil, no muy seguro de qué había hecho para encenderlas y esperando con la espalda rígida a que pasara algo más. Las luces colgaban del techo formando festones. Solo las había visto en las iluminaciones festivas, nunca en una casa particular. Los filamentos brillaron primero de color naranja y luego de un blanco amarillento mucho más intenso que el de una lámpara de gas. El zumbido de la electricidad le dio dentera. No sonaba bien, del mismo modo que la gran explanada de vías de la estación Victoria creaba una impresión errónea. Pero al final no pasó nada. Bajo la nueva luz todo lo que lo rodeaba brilló. En la pared que tenía al lado había un alto reloj de péndulo cuyo movimiento era regulado por las alas y las articulaciones de una langosta dorada. Una maqueta mecánica del sistema solar daba vueltas en el aire, flotando sobre imanes, y dos escalones arriba en el suelo de gradas había pequeños pájaros de bronce posados en el borde del escritorio. Uno de ellos saltó sobre el microscopio y golpeó con el pico los accesorios de latón, esperanzado. Por todas partes brillaron y repiquetearon cosas.

Junto a la puerta había un letrero:

SE ALQUILA HABITACIÓN. PREGUNTEN DENTRO.

Thaniel se disponía a llamar de nuevo cuando se abrió otra puerta detrás del escritorio. Un hombrecillo de cabello rubio apareció por ella caminando hacia atrás porque llevaba dos tazas de té. Al volverse le saludó con la cabeza. Tenía los ojos rasgados. Era oriental. Thaniel no sabía qué decir.

—Hum, ¿habla mi idioma?

—Por supuesto. Vivo en Inglaterra —respondió el hombre. Le tendió una taza. Tenía las manos delgadas y la piel de un color que Thaniel habría adquirido tras una semana al sol—. ¿Le apetece un té? Fuera hace un tiempo de mil demonios.

Thaniel dejó el paraguas mojado y cogió la taza. Era té verde. Inhaló el vaho con sabor a madera que disolvió el hollín que se le había acumulado en el fondo de la garganta. Habría empezado a hacer preguntas inmediatamente, pero el menudo extranjero lo había pillado por sorpresa. Vestía con ropa inglesa aunque ajada, y la mala postura y los ojos negros le daban el aspecto de una marioneta cara abandonada en lugar de una criatura que respiraba. Thaniel no podía pensar en un país que fuera famoso por producir hombrecillos semejantes a juguetes rotos. Luego meneó la cabeza para sí. No era preciso que existiera un país. El carácter de un hombre no tenía que ver con su país de origen. Sus pensamientos empezaban a adquirir un timbre extraño; se habían deformado con respecto a su tamaño habitual y la buhardilla corriente que solía ser su mente parecía una catedral por la noche, con interminables galerías y vigas perdidas en la oscuridad, y nada aparte de ecos para indicar dónde estaban. Se obligó a beber el té. Los ecos disminuyeron.

El hombre miraba con el ceño fruncido la ropa manchada de Thaniel.

—Está sangrando.

—¿De veras? —La sangre pegajosa se había filtrado a través de la manga de la camisa justo por encima del hombro. La notaba—. Estoy bien. ¿Es usted el señor Mori?

—Sí. Creo que debería entrar y…

Thaniel cerró la mano en el aire para detenerlo.

—Uno de sus relojes… me ha salvado de la explosión de Whitehall.

—Un…

—Sonó una alarma —continuó Thaniel. Le dolían los huesos, estaba mugriento y tenía frío, porque había salido sin abrigo esa cálida mañana que ahora le parecía muy lejana, pero intuyó que si se sentaba no podría aferrarse a sus pensamientos—. Yo no compré el reloj; no sé de dónde salió. Alguien me lo dio hace seis meses. Lo dejó en mi piso con una tarjeta de regalo. No se ha abierto hasta hoy. Dentro había un papel redondo con su nombre y esta dirección. ¿Recuerda a quién se lo vendió?

Mientras hablaba le tendió el reloj, y el extranjero lo cogió con cuidado. Le dio un par de vueltas.

—No lo vendí. Pensé que me lo habían robado.

—¡Yo no lo robé!

—No, ha dicho que se lo dejaron. Venga, siéntese, por favor, el brazo…

—¡Al demonio el brazo! ¡Era una bomba! La alarma… no era una alarma corriente, sino una sirena; usted debió de programarla. Era un sonido tan desagradable que me obligó a salir, y habría muerto de no haberlo hecho. ¿Qué propósito tenía?

—En realidad no lo sé…

—La mitad de Scotland Yard pensará que yo sabía cuándo iba a explotar la bomba. ¿Qué propósito tenía esa sirena?

—Programé varios relojes para que sonaran. —El relojero alzó las manos como lo hace la gente cuando habla con niños histéricos o animales salvajes. Le temblaban las yemas de los dedos, pero era difícil saber si era a causa del miedo o el frío. La estructura poco familiar de sus huesos faciales lo volvían impenetrable. Había entrado una corriente de aire cuando abrió la puerta. En el escritorio, uno de los pájaros de cuerda hinchó sus plumas metálicas y estas se estremecieron como móviles colgantes—. Los viernes tengo la tienda abierta hasta tarde —añadió—. Un ruido desagradable es una forma práctica de empujar a los clientes a marcharse sin tener que conducirlos yo mismo hasta la puerta…, son los niños de la casa de al lado, que entran y rompen cosas. Detesto a los niños.

El relojero miró a Thaniel con aire de impotencia, como si temiera que no fuera una explicación satisfactoria. No lo era.

—Pero entonces la alarma tendría que haberse disparado cada viernes.

—Yo… le explicaba la razón de la alarma, no la del temporizador. Cualquier persona puede programarlo de nuevo.

—¡Ese maldito trasto tenía una tarjeta de regalo!

—Eso es… interesante y extraño —repuso él, y miró la puerta como calculando si era lo bastante rápido para escabullirse por ella antes de que Thaniel perdiera los estribos.

Thaniel dejó escapar el aliento.

—No sabe nada, ¿verdad?

—Creo que no. —Se hizo un breve silencio. Thaniel estaba agotado. Le ardían los ojos y todo se volvió un poco más nítido cuando las lágrimas aumentaron la cantidad de luz como lo habrían hecho unas lentes.

—No..., no. Venga, siéntese, por el amor de Dios, antes de que se desmaye y muera desangrado en el suelo. —Mientras el hombre lo decía, la voz se fundió en un dorado rojo que no armonizada con su tamaño. Debía de haber visto cómo se relajaban los hombros de Thaniel, porque extendió el brazo para enseñarle la puerta trasera del taller por la que acababa de salir con el té—. En la cocina hace calor.

Sostuvo la puerta abierta y esperó a que Thaniel la cruzara. Había dos escalones de piedra muy viejos y desgastados como los que se veían en las iglesias, que conducían a una pulcra cocina en la que flotaba un olor dulce como a pastel recién horneado. Thaniel se dejó caer en una de las sillas y deslizó las manos entre las rodillas. Había lámparas pero no vio luces eléctricas. Las que había visto en el taller debían de ser de muestra. Se alegró; la luz tenue le irritaba menos los ojos.

Miró a su alrededor esperando encontrar pipas de opio y telas de seda, pero todo era inglés. En la mesa que tenía ante sí había una fuente llena de bollos y una tetera que todavía humeaba. Solo las tazas eran chinas, pensó.

—¿Esperaba a alguien? —le preguntó, pero no oyó la respuesta. Ahora que no tenía nada más en que pensar, el brazo le palpitaba y sentía en la nuca como si se le fundieran los huesos. Tenía la ropa rígida a causa de la sangre y la humedad—. ¿Tiene un poco de agua para que pueda...?

El relojero llenó la palangana de latón y la dejó frente a él, junto con una pastilla nueva de jabón con olor a limón.

—Iré a la casa de al lado para ver si el doctor Haverly tiene una camisa de su talla que pueda prestarle. Creo que debería pedirle también que lo examine.

—No, no, me iré a casa...

—No pasaría de la puerta —lo interrumpió el relojero. En su acento había un deje del norte. Era extraño, y sin embargo no había motivos para pensarlo; los orientales tenían tanto derecho como cualquiera a vivir en York o Gainsborough, aunque costaba imaginar por qué iban a querer hacerlo—. Enseguida vuelvo.

—Estoy bien —insistió Thaniel. Habría preferido que lo viera un médico, pero no quería abusar de la buena voluntad del relojero y pedirle que pagara la consulta.

—Bueno, al menos necesitará una camisa.

—Yo..., gracias entonces. Pero solo si tiene una que no quiera.

El relojero asintió una vez y salió por la puerta trasera, y la cerró de nuevo antes de que entrara la lluvia.

Thaniel se apretó los ojos con la manga limpia hasta que los tuvo secos, luego se quitó el chaleco. Era preferible quedarse quieto a sentir el desagradable tacto de la tela al moverse. La manga izquierda estaba marrón. Se la enrolló a la altura del codo para ver el corte. Era largo y profundo, y todavía había clavado en él un fragmento de vidrio. Le dolía mucho más ahora que lo veía, de modo que asió con las uñas el borde del vidrio que sobresalía y se lo arrancó. Fue más impactante que doloroso, casi como caer rodando por unas escaleras. Tiró el vidrio al agua, donde aparecieron unos penachos rojos.

El relojero regresó en ese momento, empapado a causa de lluvia y con una camisa limpia en las manos. La dejó en la silla al lado de Thaniel junto con una venda, y al ver el vidrio en la palangana se detuvo.

—Santo cielo.

—Es menos grave de lo que parece —mintió Thaniel.

Resultaba difícil creer que hubiera ido desde Westminster hasta Knightsbridge sin darse cuenta. El dolor era más agudo ahora que se había calmado. Cada vez que se movía sentía espasmos en el cuello que le bajaban por la columna vertebral.

—Será mejor que coma algo. El azúcar va bien para las conmociones.

—Gracias —respondió Thaniel, que estaba demasiado cansado para discutir.

Thaniel se puso la camisa nueva lo más deprisa que pudo y se sintió mejor. El relojero debía de estar atento a oír el frufrú de la tela, porque entonces lo miró y le ofreció más té y un bollo; luego se sentó frente a él. Vio que Thaniel lo observaba y sonrió. Aparecieron unas pequeñas líneas alrededor de sus ojos. Thaniel pensó en las finas grietas que se veían debajo del barniz de la porcelana vieja.

—¿Sabe si hay algún lugar por aquí donde pueda pasar la noche? —preguntó—. Creo que he perdido el último tren.

—Puede quedarse aquí si lo desea, tengo una habitación de huéspedes.

—No quisiera causarle más molestias.

El relojero alzó el hombro.

—En Sloane Street hay hoteles, si lleva dinero encima.

Le quedaban dos peniques en total.

—No, no llevo.

—También puede probar en casa de los Haverly. Reservan la buhardilla para los huéspedes. —Casi antes de que hubiera dejado de hablar se oyeron golpes y gritos a través de la pared—. Esos son sus hijos.

—En realidad puedo volver a casa caminando.

—No le habría ofrecido la habitación si fuera una incomodidad. No tengo madera de samaritano. Hace meses que la tengo preparada para alquilar, pero nadie la quiere. Y no puede volver a su casa andando —añadió, dejando que sus ojos negros como el carbón describieran una línea desde la cabeza de Thaniel hasta el suelo.

Thaniel comprendió que estaba en lo cierto cuando miró la puerta y no se vio con fuerzas de recorrer esa corta distancia. La impotencia se extendía a través de él como la humedad. Cuando era pequeño, a Annabel le horrorizaba incluso comer mucho en otra casa que no fuera la suya. Él nunca había impuesto su presencia a alguien toda una noche, y menos a un desconocido. Nunca se le había pasado por la cabeza. Le parecía atrevido además de interesado, pues no podría devolver el favor.

—Entonces deje que le pague por las molestias —dijo por fin, y oyó lo duras que sonaron sus palabras. Cerró los ojos un segundo—. Lo siento. No era mi intención ser grosero. Es que resulta humillante entrar aquí tambaleándome y...

—Por favor, no se mortifique —replicó el relojero en voz baja—. Usted no tiene la culpa.

Thaniel le dio las gracias y se concentró en extender una uniforme capa de confitura sobre su bollo. El agudo gemido regresó de un tono verdoso. Cuanto más tiempo permanecía callado más alto sonaba, hasta que se convirtió en el estruendo de un muro de ladrillo que se derrumba.

—¿Cómo funcionan las bombas de relojería? —preguntó para sofocarlo.

El relojero dejó la taza. Si le pareció que la pregunta era algo brusca no dio muestras de ello.

—Son explosivos conectados a un disparador que están conectados a su vez a un temporizador, y este puede ser un reloj de pared o de pulsera, o algo más parecido a un cronómetro marino, si tiene que permanecer sin que nadie lo toque durante días en lugar de horas. Evitan la necesidad de encender personalmente una mecha. La única razón por la que no se han utilizado de forma generalizada antes de ahora es porque hasta hace poco no se contaba con suficiente tecnología para que los temporizadores fueran exactos cuando hacía mucho frío o mucho calor. Se trata de los muelles. El metal se expande y se contrae. Se puede llegar a perder media hora al día en invierno.

Mientras hablaba se levantó y llevó el plato de Thaniel al fregadero, donde abrió el grifo.

Thaniel hizo ademán de ponerse en pie.

—Pensaba hacerlo yo…

—Siéntese.

Se oyó un golpe debajo del fregadero. Thaniel dio un respingo, pero el relojero no se inmutó mientras se inclinaba para abrir el armario. Del interior cayó un pulpo. Era un muñeco de cuerda y brilló a la luz de la lámpara, pero tenía un aspecto tan real que Thaniel retrocedió. El pulpo pareció considerar la situación por un instante y a continuación agitó dos de sus tentáculos. El relojero lo levantó del suelo y lo sumergió en una pequeña pecera que había en el alféizar de la cocina, donde dio vueltas dando grandes muestras de contento.

—Hummm… —dijo Thaniel.

—Se llama Katsu.

—Entiendo.

El relojero miró a su alrededor.

—Solo es un mecanismo de relojería. No es un fetiche extraño.

—No, no. Verá, es que ha sido un tanto inesperado. Es una maravilla.

—Gracias —respondió él, apaciguado. Inclinó la cabeza hacia el pulpo, que lo imitó—. Así las cosas, supongo que ya no es un gran misterio por qué no consigo alquilar la habitación.

Thaniel también observó el pulpo. Era hipnótico. Las junturas mecánicas se movían con fluidez acuática, brillando con los colores distorsionados de la cocina. Tardó un rato en darse cuenta de que el pulpo lo observaba a su vez, o eso le pareció. Se irguió como si lo hubieran pillado en falta.

—¿Me he presentado?

—Creo que no.

—Steepleton. Nathaniel de nombre, pero puede llamarme Thaniel si lo prefiere. Sé que es un poco…, pero mi padre se llamaba Nat.

—Me ceñiré a señor Steepleton, si no tiene inconveniente.

—¿Por qué?

—En Japón solo se utilizan los nombres de pila para tratar a las personas casadas o cuando se quiere ser grosero —aclaró el relojero—. No me parece adecuado.

Japón. Thaniel no conseguía tener una idea clara de dónde quedaba eso.

—¿Podemos quedarnos con Steepleton a secas? Señor Steepleton me suena a gerente de banco.

—No —replicó el relojero.

Thaniel se rió, pero se tocó la nuca con torpeza cuando se le ocurrió que el hombre tal vez no pretendía ser gracioso.

—Entonces no debería preguntarle cuál es su nombre de pila.

Pero el relojero volvía a sonreír.

—Keita.

—Perdone, ¿cómo...? —Era un sonido simple, aunque sabiendo que era japonés y por tanto difícil, su cerebro se negó a oírlo debidamente.

El relojero se lo deletreó.

—Rima con deleita —añadió, y sin darse por ofendido, sirvió más té para los dos.

El cuarto de huéspedes tenía una forma irregular, como si hubiera sido diseñado en forma de L y en el último momento hubiesen cambiado de opinión. En una pared había una ventana con una vidriera de rombos que formaba ondas; debajo, una cama con sábanas limpias, y en el suelo, las tablas de madera descoloridas por el sol tenían un diseño romboidal. El relojero encendió la lámpara y dejó la puerta abierta al salir. Su habitación se encontraba a solo unos pasos de distancia, justo delante. Thaniel se sentó en el borde de la cama para supervisar el vendaje del brazo y miró en esa dirección. Las dos puertas formaban un doble marco alrededor de la otra habitación, donde el relojero se sentó también en la cama bajo el círculo de luz proyectado por la lámpara y se puso a escribir en un diario. Deslizaba la mano por la página de derecha a izquierda. Al cambiar de posición el cuaderno que sostenía sobre las rodillas para empezar a escribir en la página siguiente, la anterior quedó a la vista. La escritura consistía en diminutas imágenes caligráficas.

El relojero alzó la vista y Thaniel, dándose cuenta de que estaba espiando a un hombre que escribía un diario, aunque fuera en un idioma que no conocía, entornó la puerta y apagó la luz. Aunque se movió despacio, notó que las articulaciones le crujían agarrotadas. Tuvo que desvestirse sin inclinarse mucho. Cuando se metió en la cama, se quedó de rodillas unos instantes armándose de valor antes de mover la columna vertebral, pues sabía que el nervio de la nuca se resentiría.

Pese a las nubes de tormenta no era una noche cerrada y una luz plateada se proyectaba en un entramado de franjas en el suelo. Se recostó en el alféizar, apoyando la mejilla en la pared. Debajo había un jardín donde se distinguían las toscas formas de los matorrales y los árboles a través de la lluvia. A la izquierda se veían las luces de la ciudad, pero más allá del jardín debía de haber alguna extensión cubierta de brezo, tal vez Hyde Park —se había desorientado—, porque todo estaba negro en esa dirección.

Una serie de luces cobraron vida en el jardín. Frunciendo el entrecejo, encontró el picaporte viejo pero bien engrasado de la ventana, y lo abrió. No alcanzó a ver qué eran las luces, solo que flotaban por encima de la hierba. Lanzó una moneda hacia ellas pero no se dispersaron. De pronto todas se apagaron. Nada se movía excepto la lluvia.

5

Katsu era un pulpo. Todavía medio dormido, Thaniel intentó recordar cómo lo sabía y de dónde había salido semejante ocurrencia. Tras varios falsos comienzos, acudió a su mente el recuerdo de un extranjero y una vivienda medieval llena de mecanismos de relojería. Se acurrucó de lado y oyó el sonido de su barba incipiente al rascar la funda de algodón de la almohada, y a continuación el de sus pestañas al abrir los ojos. La habitación estaba bañada en la dorada luz matinal. Creía que lo había soñado todo, pero el suelo torcido seguía estando torcido y la piel todavía le olía a jabón de limón. Oyó los pasos del relojero bajar las escaleras sin que crujieran. Había estado parado en el rellano, y hablando, porque a medida que se alejaba se llevó consigo el dorado del aire dejando paso a la luz del sol corriente. Thaniel observó cómo se apagaba. Era un tono muy poco inglés.

En alguna parte un reloj dio las ocho. Ya eran las ocho. Se incorporó hecho un ovillo y se puso la camisa prestada del día anterior; acto seguido soltó una maldición, ya que la sangre seca del brazo había traspasado el vendaje. Se subió la manga con cuidado y retiró la venda para ver la herida. No era peor que lo que habían soportado sus rodillas de niño. Se hizo a la idea, y pasando por alto el pitido en los oídos buscó los calcetines.

Se los estaba poniendo cuando por las escaleras se colaron las primeras notas de una pieza de piano. Era una canción matinal. La tonalidad era vidrio cortado con los colores del prisma alrededor de los bordes. Distraído, casi pasó por alto que el cajón superior de la cómoda se abría por sí solo.

El pulpo de cuerda salió. Alargó un tentáculo con un chasquido de articulaciones metálicas. Alrededor tenía enrollada la cadena de su reloj. Thaniel titubeó antes de cogerlo. La cadena se resbaló del tentáculo metálico con un sonido agudo y sutil como el del mar al subir la marea. Era toda una coincidencia para una criatura marina mecánica, y Thaniel seguía absorto haciendo hipótesis sobre si era posible que lo hubiera hecho a propósito cuando Katsu le arrebató el otro calcetín y lo arrojó al suelo con un golpe, después de lo cual salió por la puerta abierta y se deslizó por la barandilla.

Al verlo el hombre exclamó algo, pero fue ignorado y salió tras él justo a tiempo para verle desaparecer en el interior del salón. Al localizarlo de nuevo, se subía por la pata del taburete del piano. El relojero confiscó el calcetín y se lo lanzó a Thaniel por encima del hombro, y este lo atrapó con la punta de los dedos. El pulpo se acomodó en el regazo de relojero.

—Gracias por encontrarlo —dijo Keita. Sobre las teclas del piano, sus manos eran de demasiados colores cálidos para esa mañana desvaída—. Lo he estado buscando. Le gusta jugar al escondite.

—¿No cree que le resultaría más fácil encontrar a un inquilino fijo si lograra persuadirlo de no hacer eso? —sugirió Thaniel, entornando los ojos hacia la criatura mientras esta lo observaba por encima de la cadera del relojero.

—Lo he intentado. No, puede quedárselo —dijo cuando Thaniel le devolvió el reloj.

—¿Cómo? —Thaniel se detuvo—. No, no puedo. Solo lo romperé…

—No lo romperá porque está hecho a prueba de elefante. Lo he probado en el zoo. ¿Cómo tiene el brazo?

—Mucho mejor, gracias. Disculpe, ¿ha dicho en el zoo?

—Sí.

Thaniel se quedó quieto un instante, pero el relojero no le dio una explicación. En la habitación no había más muebles que el piano y una mesa baja junto a la chimenea. Se sentó en el suelo para ponerse el segundo calcetín. Frente a él, el relojero solo se molestaba en utilizar un pedal; al inclinarse sobre él, el piano aporreaba con suavidad y las notas llegaban a través del suelo. En los talones de sus botas marrones estaba grabada la marca de un fabricante japonés en su densa escritura pictográfica.

Thaniel frunció el entrecejo. Los chinos no eran una visión insólita en Londres y sabía Dios qué había visto realmente George. No quería pasarse el resto de su vida mirando los zapatos de la gente. El pitido del día anterior empezó a sonar de nuevo. Cerró los ojos, aunque siguió viendo las manchas blancas.

—Señor… Mori, ¿lo pronuncio correctamente? —le preguntó, quizá más fuerte de lo necesario.

—Morey.

Thaniel asintió.

—Gracias por alojarme en su casa. Ha sido muy amable, pero ahora tengo que irme a trabajar.

El relojero ladeó la cabeza para mirar por encima del hombro sin volverla.

—Es sábado.

—No importa. Trabajo en Whitehall. Esperarán que vayamos todos.

—Tonterías, estuvieron a punto de matarle. No saben que ha sufrido una fuerte contusión.

—No la he tenido.

—Pero tampoco puede decirse que esté en plena forma. —Apartó las manos de las teclas y la última cadencia flotó borrosa durante un rato—. Voy a comprar algo para desayunar. ¿Por qué no me acompaña?

La mente de Thaniel dejó de funcionar por un instante, abrumada por la afabilidad.

—Me deducirán un día de mi paga.

—¿Es necesario que vaya por su cargo profesional? —le preguntó el relojero sin un ápice de ironía. Era una pregunta real y esperaba una respuesta real.

—No, solo soy un empleado. Pero necesito el dinero —respondió Thaniel con tono débil.

El relojero se levantó.

—En ese caso aprovechará el tiempo de manera más eficaz si se presenta más tarde y se desmaya sobre su escritorio. Eso sería considerado un esfuerzo heroico, con lo que no le reducirían la paga y al final solo habría estado cinco minutos. Pero no se lo aconsejo si no es usted capaz de fingir —añadió, igual de serio.

—Hummm..., está bien —respondió Thaniel. Sonrió. Empezaba a creer que merecía la pena perder la paga de un día—. Lo intentaré.

El relojero le tendió una mano, que resultó ser inesperadamente fuerte.

La tormenta del día anterior había dejado grandes charcos en la calle y convertido en islas los adoquines más altos. El relojero hizo un gesto de desaprobación al advertir el frío. Mientras caminaban uno junto al otro, Thaniel vio que era más alto de lo que le había parecido la noche anterior, pero seguía siendo un hombre menudo.

—Señor Mori, ¿es usted medio inglés? —le preguntó cuando dejaron Filigree Street para internarse en Knightsbridge.

La neblina se enroscaba en las estelas de los coches de caballos y resonaba con silbidos incorpóreos cada vez que una bicicleta doblaba una curva. Había un halo de luz brillante procedente de la otra dirección. Thaniel lo miró con detenimiento y vio que en el centro se leía «Harrods». Un letrero eléctrico. Eso no era Pimlico. Se alegró perversamente de haberse visto obligado a pasar la noche allí. Llevaba meses yendo de casa a la oficina sin cambiar de recorrido.

—No. ¿Por qué?

—Tiene el cabello claro.

—Me lo tiño. Me gusta ser extranjero, pero no de los que se identifiquen a cientos de yardas. Ningún inglés tiene el cabello negro.

—Eso no es cierto —protestó Thaniel.

—Lo tienen castaño —declaró Mori con firmeza.

Thaniel sonrió.

—¿Cómo es Japón?

El relojero reflexionó unos instantes.

—Muy parecido a Inglaterra —respondió por fin—. La gente

tiene sus fábricas, su política y su preocupación por el té. Pero ya lo verá.

Thaniel estaba a punto de preguntar cómo lo vería cuando pasaron por debajo de una puerta roja destartalada y se encontraron en medio de Tokio.

Unos farolillos de papel iluminaban el camino a través de la niebla. Colgaban de marcos de madera por encima de pequeñas tiendas que ya habían abierto al público sus puertas correderas. Arrodillados en el suelo de los porches junto a braseros de latón, los artesanos trabajaban. Uno los saludó con la cabeza y se concentró de nuevo en un delgado marco de madera con una función indefinida. Thaniel aminoró el paso para observarlo. Tenía las manos tan morenas que costaba distinguir si era suciedad o tinte; sostenía las herramientas con cierta torpeza, si bien trabajaba sin descanso y el marco de madera no tardó en convertirse en el armazón de una sombrilla.

—Tres chelines —dijo al ver que Thaniel la miraba.

Su inglés era malo pero inteligible. Thaniel negó con la cabeza lamentando no disponer de tres chelines. A Annabel le habría encantado tener una auténtica sombrilla oriental, aunque no habría resultado muy útil en Edimburgo.

Más allá de la tienda de las sombrillas había un ceramista que acababa de esmaltar un jarrón alto. Había mezclado los colores en cuencos toscos, pero la pintura era brillante y perfecta. No muy lejos un sastre hablaba en un inglés precario con una mujer blanca vestida con la sencillez de una institutriz. No había más occidentales allí. Thaniel se sobresaltó al oír un golpe y sentir de nuevo el pitido en los oídos, pero solo era una mujer que abría la puerta de un salón de té. Al ver que él la miraba inclinó la cabeza. Mientras se volvía, el dobladillo de su vestido verde rozó el suelo. En la parte posterior del cinturón llevaba un abanico cerrado.

—Pero es...

—Todo importado de Japón —respondió el relojero—. Forma parte de una exposición que se inauguró la semana pasada. En ese salón de té sirven un desayuno inglés.

—¿Es realmente así Japón? —preguntó Thaniel.

El relojero asintió.

—Se acerca bastante. En Japón hace mejor tiempo y cuesta encontrar comida inglesa. Aunque creo que aquí no transigen con el té negro.

Thaniel reconoció el olor amargo del té verde.

—¿Qué tiene de malo el negro?

—No sea necio.

Él resopló y dejó que el relojero lo precediera.

Había un grupo de hombres sentados bajo el pórtico de bambú del salón de té. Se pasaban una especie de revista que les hacía sonreír. Algunos levantaron la vista y al ver a Thaniel se quedaron mirándolo. Él aminoró el paso. Esos individuos tenían un aspecto rudo; todos iban arremangados a pesar del frío de la mañana, dejando ver unos brazos musculosos y morenos, y unas manos poderosas. Con las piernas cruzadas y echados hacia delante, parecían ocupar más espacio del que en realidad ocupaban.

—Buenos días —los saludó el relojero.

El escalón que conducía al salón de té era pronunciado. Las puertas eran correderas como las de las demás tiendas, y en el papel, encerado e impermeable, había un dibujo a tinta de dos grullas vadeando un río. En el interior tintineaban las tazas. La mujer del vestido verde pálido se acercó a ellos deslizándose por el suelo e hizo una pequeña inclinación, con las manos pegadas a los muslos y los dedos juntos. Por encima de ella Thaniel vio que en el local había un piano, un desvencijado trasto con candelabros de plata alrededor del atril de partituras. La tapa estaba levantada.

—Buenos días, Mori-sama. ¿Desea sentarse junto a la ventana?

—Por favor.

Ella sonrió y los condujo hasta la mesa. Las ventanas eran como las puertas correderas aunque con los paneles de vidrio en lugar de papel. Más allá de los pequeños escalones que descendían al césped de fuera, había un tramo inundado y seis pequeñas garzas formando una deslucida hilera.

—La señora Nakamura está preparando el desayuno —continuó ella viendo que él la observaba algo impaciente—, pero no lo hace muy bien. ¿Aun así lo quiere?

—Por favor.

—¿Y té? Se le da mejor el té.

Él asintió y la observó alejarse, y se dio cuenta de que el relojero se había quedado impasible.

—¿Hay una señora Mori en Japón?

—No —respondió el relojero—. Las mujeres creen que la profesión de relojero es inseparable de una buhardilla llena de trenes en miniatura.

—Así es por lo general —señaló Thaniel.

—El mío está lleno de peras accionadas por cuerda. Aunque supongo que eso está de acuerdo con el principio general —reconoció.

—¿Por qué peras?

El relojero echó los hombros hacia atrás.

—Empecé a hacerlas como regalo de cumpleaños para mi viejo tutor, que era botánico, y luego no podía parar. Es como esos cisnes de origami.

Thaniel miró el salero con los ojos entrecerrados, preocupado por si «origami» era una palabra que debía conocer.

—¿Qué cisnes? —preguntó por fin.

—¿No ha…? —Hizo uno con una servilleta de papel y lo deslizó por la mesa hacia Thaniel, que tuvo que deshacerlo para ver cómo lo había hecho.

Sirvieron el té mientras intentaba copiar el modelo. Le salió más parecido a un pato. El relojero se rió, abrió un poco la ventana y arrojó las dos aves al charco hacia las cautelosas garzas.

—¡Oh! —dijo el relojero. Luego se inclinó y recogió la bola de papel de periódico que acababa de golpear el hombro de Thaniel. Lo hizo despacio, como si atrapara una araña en el aire. Thaniel no entendía de dónde había salido la bola de papel hasta que vio al chico en la puerta.

El muchacho los miraba fijamente. Iba vestido como los hombres del porche, con la indumentaria tradicional de colores apagados y las mangas enrolladas, pero él era diferente. Mientras que los hombres habían hecho gala de su malhumor, los ojos del muchacho eran planos e inexpresivos. Thaniel sintió un escalofrío en la nuca. Los ojos de los lucios que colgaban fuera de la pescadería tenían ese mismo brillo mortecino. El muchacho cortaba a tiras otra hoja de periódico entre las yemas de los dedos, lágrimas perfectamente espaciadas de longitud uniforme.

—Has fallado —le dijo el relojero.

El muchacho le respondió algo en japonés. Thaniel no lo entendió, aunque las palabras iban acompañadas de un brusco movimiento de la cabeza en dirección a él.

—Esto es Inglaterra. Descubrirá que aquí viven muchos extranjeros. Creo que tu padre te buscaba, Yuki-kun. Más vale que lo encuentres.

—Yuki-san.

—Solo tienes quince años. Es inútil crecer demasiado deprisa; no puedes librarte de la mitad del proceso —le dijo el relojero al chico, con talante de maestro que amonestara a un alumno. Eso llevó a Thaniel a mirarlo de nuevo, porque había supuesto que era joven y de pronto no estaba seguro.

Desaparecido el muchacho tras lanzar el resto del periódico hacia la tapa del piano, entre los demás clientes se hizo un silencio que se prolongó durante un período incómodamente largo. Todos eran blancos, advirtió Thaniel. La gente había acudido a ese lugar como habría acudido a una feria, y el silencio no era incómodo sino más bien irritado, como si los actores hubieran abandonado el guión en mitad de una obra de teatro para pelearse. Al final, una mujer sentada a dos mesas de distancia deseó en voz alta que los lugareños mantuvieran sus enemistades alejadas de la mirada del público.

—Al contrario de las nuestras, que siempre son discretas y nunca entrañan volar edificios —murmuró Thaniel, lo bastante alto para que ella lo oyera. Se quedó satisfecho cuando el relojero bajó la mirada hacia el té. Volvían a haber grietas de porcelana alrededor de sus ojos—. ¿Por qué estaba disgustado el chico? —preguntó bajando la voz.

—Me apuntaba a mí —comentó el relojero. Mientras hablaba, se acercó al piano para recoger la pelota de papel de periódico. Volvió a levantar la tapa—. Los hombres que ha visto fuera son nacionalistas, quieren que los japoneses sean japoneses, y él se lo ha tomado más a pecho que el resto. Lo siento.

—Ayer me hicieron volar por los aires. Puedo soportar un periódico.

Thaniel entrelazó las manos alrededor de la taza con el presentimiento de que si preguntaba algo sobre el piano, su pasado de músico saldría a la luz. El relojero regresó a su asiento.

—¿Se encuentra bien? —le preguntó—. Tiene mala cara.

—Pensaba en cómo habría sido mi vida si me hubiera dedicado a otra cosa —respondió Thaniel, apretando las puntas de los dedos en la taza caliente.

—¿Por qué no lo hizo?

—No tenía dinero.

—Lo siento. Parece algo bastante común.

—¿Solo lo parece? —preguntó Thaniel, mirándolo de nuevo.

El relojero movió la cabeza con torpeza.

—Soy primo de un noble. Crecí en un castillo. Luego fui ayudante de un ministro del gobierno, de modo que... sí. —Se hizo un breve silencio—. Yo pagaré el té.

Thaniel dejó la taza.

—Entonces, ¿por qué demonios necesita compartir el alquiler de la casa?

—Pues... Me siento solo. —En cuanto el relojero lo dijo se mordió los labios.

Thaniel estuvo a punto de decir que él también se sentía solo. Se tragó las palabras.

—¿Qué fue de su ministro?

El relojero parpadeó una vez, muy despacio, como si se hubieran dirigido a él dos personas a la vez y tuviera dificultad en distinguirlas, aunque las conversaciones alrededor de ellos todavía eran un débil murmullo tras la desaparición del extraño muchacho.

—Nada. Ahora está negociando en China. Pero prefiero ser relojero a trabajar en la administración. —Titubeó—. ¿A qué se dedica usted ahora?

—Soy telegrafista en el Ministerio del Interior.

—Bueno, apuesto una guinea a que pronto encontrará otro empleo.

—¿Qué le hace pensar eso?

—¿Cuántos años tiene, veinticinco? A los veinticinco años la gente no suele quedarse donde está el resto de su vida.

Thaniel se encogió de hombros.

—Acepto la apuesta. No me vendría mal una guinea.

6

Hagi, abril de 1871

A pesar de que no se encontraba mucho más al sur que Tokio de acuerdo con la latitud, en Hagi hacía sin duda más calor que en la capital; también se daba una vegetación que no se encontraba en el norte, y cuando el carruaje tomó la última curva de la carretera montañosa, Ito vio cómo las flores amarillas cabeceaban en los jardines del castillo, donde unos obreros trabajaban en un tramo de la muralla. Los jardines se perdían detrás de la antigua mampostería y el cochero continuó avanzando durante unos cientos de metros, dejando atrás las verjas del castillo. Ito le había pedido que se detuviera delante, pero no se sorprendió al ver que lo desobedecía. En lugar de ello se pararon a un lado de la amplia carretera, justo delante de un mercado. Todo seguía tal como lo había dejado siendo niño.

Se bajó con rigidez al aire libre que olía a polen y a verano, y agradeció la oportunidad de estirar las piernas. Recorrer ochocientos kilómetros en cuatro días le había resultado mucho más pesado que la santurronería del cochero. Los miembros de la legación diplomática británica siempre llegaban a su puesto con la misma pregunta: ¿dónde están los malditos trenes? Él les aseguraba que el gobierno estaba haciendo todo lo posible, pero lo cierto era que habría que esperar hasta el año siguiente incluso para una línea entre Tokio y Yokohama, una distancia que equivalía a un breve paseo vespertino. La comunicación con el sur formaba parte de un futuro más lejano. Extendió los brazos ante él deseando acelerar ese futuro, aunque solo fuera para no contraer artritis tan joven.

Se miró las manos. Eran pálidas y lánguidas, al igual que sus tres ayudantes. El sol de la campiña tenía la franca costumbre de dejar ver todas las arrugas y surcos faciales que la neblina de Tokio ocultaba educadamente.

—¿El señor Ito?

A menos de dos metros los aguardaba un hombre. A diferencia de Ito y de sus ayudantes, casi resplandecía. Tenía la tez dorada y el cabello brillante recogido en una larga cola, y su indumentaria, tradicional exceptuando el reloj de bolsillo sujeto al cinturón, parecía fresca y cómoda para el clima caluroso.

—Me envían del castillo para recogerle —se presentó—. Me llamo Keita Mori.

Ito se inclinó al oír el apellido Mori. El hombre se inclinó a su vez, de manera innecesaria. El padre de Ito había sido librero; los Mori eran caballeros. Caballeros cultos.

—No he avisado de mi llegada —replicó Ito, perplejo—. Teníamos previsto pasar la noche en la posada de la calle Kamigoken.

—No puede alojarse en una posada cuando tenemos ocho habitaciones vacías. —El caballero sonrió.

—Es muy amable, señor —repuso Ito, preguntándose cuál de sus hombres era el espía. Casi cualquiera de ellos podía serlo. Los cocheros no eran los únicos que seguían mostrando respeto hacia las grandes mansiones.

—Por aquí.

Ito acompasó su paso al suyo. Detrás de ellos, uno de sus ayudantes murmuró en inglés:

—Alguien les ha avisado. El señor Takahiro no suele ser tan generoso con los funcionarios.

Mori miró hacia atrás.

—Ha tomado la precaución de suponer que, dada la poca antelación con que el ministro del Interior ha comunicado su llegada, se trata de una visita importante y urgente. —Hablaba inglés con acento británico.

Todos se quedaron mirándolo.

—Lo siento, señor —murmuró el ayudante en japonés—. No era mi intención ofenderle.

—No me ha ofendido —lo tranquilizó Mori.

Ito lo observó con más atención. De entrada creyó que era mucho más joven, pero debía de tener su edad. Ito cumpliría treinta años en octubre y en los últimos tiempos sentía cierta desazón por las canas que empezaban a asomarle. Mori no tenía ninguna.

—Entonces…, ¿ahora se habla inglés en el castillo? —preguntó—. Cuando vivía aquí nunca se oía.

—Sigue estando prohibido. Pero a mí me gusta.

La carretera que conducía a las verjas del castillo estaba abarrotada, y a Ito le preocupó que se le arrugara su traje ya polvoriento, pero los carreteros, los barrenderos y las mujeres del mercado se esfumaron ante ellos. Un vendedor de manzanas no los vio hasta que los tuvo a pocos metros de distancia, y, avergonzado, se arrodilló en el acto y apretó la frente contra los adoquines polvorientos. La genuflexión iba dirigida a Mori, no a la comitiva de Ito.

—Levántese —le dijo Mori con suavidad, y el hombre volvió a disculparse antes de alejarse encorvado en un esfuerzo por parecer más menudo.

El castillo de Hagi se hallaba en el otro extremo de un puente corto. Ito había crecido viéndolo, pero el paso de los años había desdibujado los contornos. Bajo el cielo azul, el castillo se veía de un austero blanco y negro. Se alzaba desde el río sobre cimientos de seis metros de altura, y por encima de ellos las murallas se elevaban dominando la ciudad. Construido a lo largo de décadas, era en realidad una serie de castillos menores unidos entre sí. Mori los precedió a través de las verjas negras. Ito aminoró el paso. Nunca había estado en el interior; los plebeyos no emparentados o no empleados por el clan Mori tenían prohibida la entrada.

De un enorme cerezo nevaban pétalos en un viento que los rozó al arremolinarse sobre las losas de piedra. Marrones por los bordes, habían dejado atrás su lozanía. Sirvientas de mejillas sonrosadas, que estaban lejos de haber dejado atrás su lozanía, se deslizaron por su lado con las manos juntas ante sí y la mirada baja incluso cuando un grupo de jóvenes con arcos y aljabas pasó ruidosamente. Si Keita Mori le hubiera dicho en ese momento que en la torre de entrada había unas ingeniosas lentes empotradas que permitían al visitante mirar hacia el pasado, Ito lo habría creído. Ni un solo detalle de la gente o de los edificios habría estado fuera de lugar un centenar de años antes.

—El señor Takahiro está ocupado en estos momentos —dijo Mori. Había seguido andando para esperarlos junto a la puerta del salón principal—. Pero si quieren pasar, les indicaré dónde pueden esperar.

—Gracias —respondió Ito.

Dudaba que Takahiro estuviera ocupado. Fingir ocupaciones era una táctica común entre los nobles que se enfrentaban con empleados de la administración pública. Había pasado la mitad de su vida esperando en vestíbulos y salones exteriores, pero la paciencia siempre era la clave. El tiempo de espera era tiempo para planear.

Mori los condujo al interior. En cuanto Ito lo siguió, el suelo de madera dejó oír un lento crujido. Hizo una mueca. No soportaba los suelos de ruiseñor. El nombre los asociaba a trinos y gorjeos cuando en realidad era un sonido horrible. Las pisadas de Mori eran silenciosas e Ito las siguió con la máxima precisión posible, pero fue en vano. Por encima de ellos había dos plantas de galerías en las que largos estandartes de seda ondeaban con la corriente de aire. El resto del salón estaba vacío y se oía el eco.

Más allá de unas puertas correderas había un largo pasillo flanqueado por escudos de armas. Ito contó diez antes de llegar a las siguientes puertas. El décimo estaba cubierto de agujeros de balas.

—¿Son de la guerra? —preguntó.

Mori no miró.

—Sí, la mayoría de nuestros caballeros lucharon por el emperador. Más tarde recuperaron sus armaduras.

En el interior de la habitación les esperaba una bandeja de té, y la ventana ofrecía una espléndida vista de los jardines. La vieja muralla estaba casi en ruinas. Las obras de restauración que habían visto al entrar en la ciudad deberían haberse iniciado mucho antes. Mori esperó con ellos y sirvió él mismo el té.

—Estoy seguro de que una de las sirvientas puede hacerlo —dijo Ito, desconcertado.

Mori levantó la cabeza ligeramente.

—La mayoría de ellas son más importantes que yo.

Ito lo observó. Con un movimiento fluido de las manos, agitó agua caliente en cada una de las tazas para impedir que se agrietara la porcelana. Hacía tiempo que Ito no asistía a una verdadera ceremonia del té —siempre duraban una cantidad de tiempo desmesurada—, pero las recordaba lo suficientemente bien para saber que Mori había doblado el paño rojo de forma correcta antes de utilizarlo para coger el hervidor por el asa de hierro. Cuando le cayó la manga hacia atrás, dejó a la vista cuatro cardenales en forma de dedo alrededor de la muñeca. Ito fingió que no los había visto y le preguntó por la vida en el castillo. Como era habitual entre los de su clase, Mori respondió de forma sucinta y cortés. Mientras hablaba retorció el paño rojo entre las manos. Ito se hizo una vaga idea de qué quería decir en realidad.

Mutsuhito, el emperador, había citado a Ito en su gabinete a primera hora de la mañana el martes anterior. Había sido nombrado hacía poco, con solo diecinueve años, tras una guerra de cuatro años para subirlo al trono; la misma guerra que había mermado las tropas de los caballeros Mori. Temeroso de que los titanes de la corte siguieran poco convencidos de que se mereciera las molestias tomadas, Mutsuhito tenía la costumbre de levantarse antes del amanecer y leer todo lo que cualquier ministro le daba. En las fotografías aparecía con el ceño fruncido; en persona, tenía un rostro franco y joven, tan joven que era posible intuir cómo había sido de niño. Ito quería decirle que dejara hacer al gobierno y disfrutara de la juventud mientras durara, pero un consejo tan personal no era prerrogativa de un ministro ni de nadie.

—Ministro —lo saludó el emperador. Estaba de pie junto a una ventana con las manos en la espalda, una postura que había adoptado para parecer mayor de lo que era. Iba vestido con un exquisito traje de mañana—. El señor Takahiro Mori aún no ha asistido a la corte. Lo invitamos expresamente.

Ito asintió una vez.

—No me ha pasado inadvertida su ausencia, Su Majestad.

Mutsuhito se volvió hacia él girando solo la cintura.

—Takahiro se comporta como un rey, siempre lo ha hecho. No quiero ser emperador de todo Japón excepto de la ciudad de Hagi. Tiene su propio ejército y una fortaleza del tamaño del monte Fuji, y se muestra deliberadamente grosero. Si no se somete, los otros caballeros pensarán… —Las palabras quedaron suspendidas en el aire—. Vaya hoy mismo a Hagi y haga algo al respecto.

Ito levantó la vista. Era el ministro del Interior, pero Mutsuhito no era un monarca constitucional; resultaba imposible dividir el gobierno en interior y exterior, o distinguir un ministerio de otro mientras el joven emperador, sentado en el centro de ellos, jugueteaba.

—¿Algo, Su Majestad?

—Cualquier cosa —replicó Mutsuhito. Se le veía muy solo—. Acordó ser gobernador de la prefectura como los demás. Acordó que en adelante las decisiones políticas provendrían de Tokio, no de él. ¿No comprende este hombre lo que eso significa?

—Creo que lo comprende, Su Majestad, pero ha optado por pasarlo por alto.

La frustración de Mutsuhito se dejó ver en sus maneras cuidadosas.

—Pues no lo entiendo. ¡Ni en Inglaterra ni en Estados Unidos se permite que los señores feudales lo controlen todo! ¡Es medieval!

—Ya no lo hacen aquí, Su Majestad.

—Takahiro no parece haberse percatado. —Desvió la mirada y tragó saliva—. ¿Qué puede hacer usted? ¿Sería posible confiscar su castillo? ¿Necesitará soldados?

—No —respondió Ito con suavidad—, no necesitaremos soldados. Los contables se prestarán a hacerlo sin problema.

Mutsuhito frunció el entrecejo.

—¿Cómo se toma un castillo con contables?

—Se compra, señor.

—Pero… el señor Takahiro no tiene ninguna intención de vender su castillo.

—Lo hará —prometió Ito.

Ito se irguió al oír pasos en el pasillo. La puerta corredera se abrió y el señor Takahiro Mori la cruzó a grandes zancadas. Todos los que estaban sentados alrededor de la mesa se levantaron con la excepción de Keita Mori y la joven que había llevado el té, que se postraron tan deprisa que Ito creyó que se habían desplomado. Se le erizó el vello de la nuca. La mayoría de los cortesanos respondían con menos presteza ante el emperador.

—Entonces usted es Ito. —Takahiro lo observó sin disimulo. Tenía el rostro curtido. Detrás de él cuatro criados aguardaban de pie contra la pared, con los brazos cruzados. Todos eran sureños de tez morena—. Siéntese. Me suena su nombre. ¿A qué se dedica su padre? ¿Está a mi servicio?

—No, señor. Era un samurái de clase baja de la ciudad —respondió Ito mientras todos se arrodillaban de nuevo.

—Un samurái. No lo vi tomar las armas en la rebelión de Satsuma.

—No, señor. Vendía libros.

Takahiro resopló.

—¿Qué desea?

Ito entrelazó las manos alrededor de su taza de té. Nunca había sido cruel, o esperaba no haberlo sido, pero no pudo evitar advertir que Takahiro se conducía con elegancia.

—Al gobierno le gustaría comprar este castillo.

El silencio cayó como un ladrillo. Los únicos sonidos que se oían eran los gritos de los obreros a medida que avanzaban a lo largo de la muralla exterior, y el tictac del reloj de bolsillo de Keita Mori.

De pronto Takahiro se rió.

—¿Con qué? Les saldría más barato comprar Corea.

—Con bonos del Estado —respondió Ito.

—¿Que serán reconocidos cuándo, dentro de cien años?

—Es posible.

De refilón, Ito vio a Mori encogerse. Takahiro dejó la taza con una mezcla de tintineo y porrazo.

—Adelante, inténtelo —declaró con rotundidad.

—Dudo que le guste —respondió Ito en voz baja—. El emperador está deseando contar con su lealtad. Si declina, mañana verá un ejército de contables y abogados del ministerio lanzarse sobre todos los archivos que guarda aquí. Sospecho que descubrirán muchas cosas interesantes.

—No tiene derecho…

—El gobierno tiene todo el derecho a investigar la situación financiera de una oficina de sus prefecturas. —Ito levantó ligeramente una mano para abarcar el castillo.

Takahiro echaba fuego por los ojos. Ito dudaba que lo hubiera interrumpido alguien en toda su vida.

—Sigo siendo gobernador de la prefectura y me he sometido sin rechistar a la indignidad de permitir que la administración pública me cargue con un representante...

—Sí, es un hombre afortunado. Tengo entendido que recibió de usted diez mil yenes y una bonita residencia en Kyushu, donde ahora cría abejas. Debe ser un largo viaje para hacerlo a diario.

—¡Cómo se atreve a hablarme de este modo!

—Estoy aquí para negociar las condiciones, por supuesto.

Takahiro se quedó mirándolo, pero guardó silencio durante largo rato. Cuando habló, su tono era duro.

—No veo qué hay que negociar. No he hecho más que vivir en las propiedades de mi familia ciñéndome a sus nuevas leyes. Mi autoridad para gobernar en mi propia tierra está sometida a todos los caprichos de Tokio. Mis criados, leales a mi familia durante generaciones, ahora son funcionarios remunerados por el gobierno. Nuestros libros están al día. Traiga a sus contables.

Ito asintió con rapidez, aunque quedó decepcionado. Los funcionarios llegarían al castillo y Takahiro armaría un gran revuelo, y a la semana siguiente los demás gobernadores habrían prendido fuego a sus libros mayores. La táctica empleada en Hagi sería irrepetible.

Keita Mori apretó la muñeca de Ito por debajo de la mesa.

—Solo tiene que darle algo que ya tiene —dijo en inglés, levantando la tetera como si le preguntara a Ito si quería más té.

—¿Cómo dice?

—Los sirvientes —dijo—. Se les remunera a través de la oficina de la prefectura tal como lo Tokio exige, es cierto, pero el gobernador es el señor Takahiro. Esta es la oficina de la prefectura. Él les está pagando mucho más que el sueldo del gobierno. Ninguno de ellos es en realidad un funcionario gubernamental. Constituyen su ejército privado. Mírelos.

Ito los miró. Los cuatro hombres que estaban detrás de Takahiro lo miraron sin parpadear.

—No pierde nada si le ofrece recuperar el control de sus propios hombres. Él no podrá admitir que ya lo tiene.

Todos lo miraron.

—Sí, por favor, más té —respondió Ito rápidamente en japonés.

Takahiro no se dejó engañar.

—Mi primo debería tener más cuidado y evitar atarse los cordones de los zapatos en un campo de melones —observó casi con suavidad—. Cualquiera pensaría que está robando.

—Le estaba preguntando si los occidentales toman el té con leche —repuso Mori.

—Lo dudo. No volverás a hablar hasta que yo te lo diga.

Mori inclinó la cabeza.

—Señor Takahiro, nadie desea verle partir de forma ignominiosa —dijo Ito—. Si accede ahora a la venta, el emperador se prestará gustoso a concederle el control financiero de sus propios sirvientes.

Takahiro permaneció imperturbable.

—¿Por qué?

—Sabe a qué le está pidiendo que renuncie. Esperaba un gesto de buena voluntad; no desea sacarlo de aquí por la fuerza.

—O tal vez se lo ha sugerido Keita.

Ito sintió de nuevo cierta incomodidad. El cantarín tictac del reloj de bolsillo de Mori volvía a ser lo único que se oía en la habitación. Lo tenía entre las manos para amortiguarlo, pero estas eran un aislante insuficiente.

—¿Es necesario que siempre tengas algo que hace ruido? —le preguntó Takahiro.

—De hecho, podría ser el mío —dijo Ito, llevándose una mano a la cadena de su reloj. Fue una mala excusa para intervenir, pero no se le ocurrió ninguna mejor.

—Las modas de Tokio. Relojes y gafas de oro y fulares de seda; ¿qué será luego, corsés y enaguas?

Sus criados sonrieron con suficiencia.

—¿Y el asunto que nos ocupa? —le preguntó Ito.

Ya había oído esa cantinela antes. A los periódicos conservadores les gustaba enumerar las malas prácticas de los políticos modernos; la incapacidad para hablar sin salpicar sus argumentos de expresiones inglesas, los cuellos occidentales que llevaban, los elogios que hacían en público a sus propias esposas o cómo se olvidaban de hablar en japonés. El mismo Ito hacía todas esas cosas con la excepción de la última, y no tenía intención de vestir quimonos y de maltratar a su mujer. La señora Ito le habría atizado con el zapato.

Takahiro se cruzó de brazos.

—Acepto, por supuesto. Lo que sea por servir al emperador.

Ito hizo una pequeña reverencia desde donde estaba sentado.

—Tiene la gratitud del emperador, señor.

—Sí. —Takahiro se levantó y se acercó a la ventana.

Los obreros de la muralla dejaron de hablar y bajaron la cabeza. Sin previo aviso, él agarró el cuello de su primo y le dio una bofetada tan fuerte que Ito oyó cómo los dientes chocaban entre sí.

—Si vuelves a interferir en un asunto familiar, te cortaré las manos como al plebeyo que eres. Dame eso —añadió, arrancándole de las manos el reloj de bolsillo—. Una estupidez para afeminados.

Lo arrojó con fuerza por la amplia ventana. El reloj se estrelló contra el muro en ruinas entre dos obreros que se sobresaltaron bajo una lluvia de piñones y vidrios rotos. Los demás obreros también lo vieron y se esfumaron, dejando atrás las herramientas y el almuerzo a medio comer. La luz del sol se reflejó melancólicamente en unos rollitos de pescado.

Los ayudantes de Ito miraban sus tazas; los criados de Takahiro parecieron satisfechos.

—Largo —dijo Takahiro.

Mori se inclinó y se marchó con celeridad. Mientras desaparecía por el pasillo, Ito vio que escupía algo en la mano.

Takahiro sonrió.

—Bien. No nos vendrá mal un poco de vino.

Después del vino, una de las criadas omnipresentes acompañó a Ito y a los tres ayudantes a sus alcobas individuales. Ito se detuvo frente a ella cuando salía. La joven se asustó, como si esperara que él la agarrase, y él levantó las manos enseguida. Dónde podía encontrar a Keita Mori era una pregunta sencilla, pero la formuló de un modo tan educado que podría estar preguntando decorosamente por la emperatriz. La alarma inicial de la joven se convirtió en un atisbo de perplejidad que daba a entender que le preocupaba la salud mental de Ito; sin embargo, no tardó en recuperar su neutralidad e indicarle que debía dirigirse al fondo del pasillo y girar a la izquierda. Cuando Ito llegó, llamó a la puerta con los nudillos.

—¿Señor Mori?

No hubo respuesta.

Abrió un poco la puerta y casi tropezó con un niño. Este tenía en las manos un libro viejo y una expresión culpable. En cuanto vio a Ito se escondió el libro a la espalda.

—Hola —lo saludó Ito.

—No lo he robado.

—¿No deberías dármelo?

El muchacho torció la nariz y se lo entregó. Ito le alborotó el cabello.

—Puedes irte.

El muchacho salió con el paso cohibido de quien sabe que ha obrado mal. Ito volvió a llamar y entró. La habitación formaba un ángulo recto, y había otra puerta corredera a través de la cual oyó un débil tictac semejante al del mecanismo de un reloj al darle cuerda. Dejó el libro robado en la mesa más cercana mientras cruzaba la puerta. Al hacerlo el libro se abrió y no podía cerrarse debido a lo que había pegado en él. En la página por la que se abrió había una fotografía de Mori y cinco hombres más, y uno de ellos lo rodeaba por detrás en un fuerte abrazo. Todos eran muy parecidos entre sí y no se parecían a Mori.

Ito llamó a la segunda puerta. En el interior de la habitación, Mori estaba sentado ante un escritorio occidental de espaldas a la puerta, juntando muelles y ruedas dentadas con unas pinzas. El escritorio estaba por lo demás vacío, solo había un pergamino y una pluma en la esquina más visible desde la puerta. Mori miró hacia atrás y deslizó el mecanismo del reloj en el cajón del escritorio con la mano izquierda. Se oyó un débil ruido metálico cuando lo cerró con llave. La llave desapareció en su manga. Junto a él había una taza. En ella se veía un diente con las raíces sanguinolentas.

—Lo siento —dijo Ito rápidamente—. No quería importunarle. Yo, hummm, he sorprendido a un niño con uno de sus libros.

Mori asintió.

—Es Akira, el hijo del señor Matsumoto. Pasa aquí los veranos y roba todo lo que encuentra interesante.

Ito sonrió.

—¿Se encuentra bien?

—Por supuesto. —Mori se llevó una mano al cinturón, donde debería haber estado el reloj de bolsillo, luego se detuvo y juntó las manos en el regazo—. Supongo que no sabe qué hora es.

Ito miró su reloj.

—Las ocho y diez.

—Takahiro siempre da un paseo por los jardines a las ocho. —Miró la puerta como si no estuviera del todo convencido de que Takahiro no fuera a derribarla y a reñirle por su secreta afición a la relojería.

—¿Le pega a menudo? —le preguntó Ito.

—Solo se ha sobrepasado porque estaba usted. —Mori guardó silencio. Por el modo en que movió la mandíbula, exploraba con la lengua el espacio vacío dejado por el diente—. Es mucho más amable cuando no se sulfura. —Sonó, si no triste, al menos apesadumbrado—. Es una lástima que ahora siempre esté lleno de cólera. Nos llevábamos bien antes de que obtuviera el título.

Ito miró hacia la ventana en medio del silencio. De hecho, no era tanto una ventana como otra puerta. Estaba abierta y conducía a un balcón. El cielo lucía un rojo brillante y sobre el horizonte pendía la estrella Dorada. Ito nunca había contemplado unas vistas semejantes en Hagi. La ciudad centelleaba debajo; era la ciudad en la que había vivido, y sin embargo qué desconocida parecía desde allí. Tuvo la sensación de haber descubierto una habitación secreta en su propia casa después de pasar por delante durante años.

—No me vendría mal un poco de aire —propuso Mori, levantando una mano para dejarle salir primero.

Ito salió agradecido, intentando ir despacio. Siempre había deseado ver el palacio por dentro, y ahora que estaba allí sospechaba que su curiosidad de colegial era palpable. Mori fue lo bastante caballeroso para callárselo.

El aire aún era cálido, y en la brisa ligera las flores rosa pálido del cerezo habían caído en el balcón. Los pétalos reposaban encima de la madera enmohecida como pompas plateadas de aire sobre coral.

—Gracias por el consejo —dijo Ito.

Mori negó con la cabeza.

—¿No le entristece que le quiten el castillo a su familia?

—Se está viniendo abajo de todos modos.

—Hablo en serio.

Mori contempló la barandilla. Cuando volvió a hablar lo hizo en inglés.

—El honor está en dejar atrás a tu familia porque tu propia conciencia es más importante. Este lugar lo crea. Los lugares como este lo hacen.

—Lo siento.

Mori se encogió de hombros.

—La armadura del pasillo…

—Era de mi hermano. Yo tenía otros cuatro, pero sus armaduras están un poco quemadas, de modo que no hay mucho que ver.

—¿Usted era demasiado joven para ir con ellos?

—No, soy bastardo del lado equivocado. —Levantó un poco los brazos dando a entender que no se le permitía llevar una espada.

Así que sus hermanos legítimos habían acudido a participar en las guerras y lo habían dejado a merced de Takahiro. Ito intentó pensar cuándo había sucedido todo ello. Tres o cuatro años atrás. Mucho tiempo, por inmune que pudiera parecer Mori al temperamento de su primo.

—¿Sabe? Necesito a alguien como usted a mi servicio —dijo Ito por fin. En invierno regresaremos a Estados Unidos. Su inglés es asombrosamente bueno. Es casi imposible encontrar a secretarios que hablen con fluidez, pero no puedo prescindir de ellos.

—No tiene por qué ser educado —replicó Mori.

—Lo sé.

Por debajo de ellos, un gato gris saltó sobre la nueva muralla desde la rama de un árbol. Había visto los rollitos de pescado abandonados. Justo en el momento en que el gato aterrizaba sobre la piedra, Takahiro pasó por debajo de uno de los amplios arcos, ya de regreso de su paseo vespertino. Se detuvo, inmóvil solo en apariencia, para contemplar los lirios que habían crecido a través de la piedra.

El muro se derrumbó. No poco a poco o por partes sino todo de una vez, como si lo hubieran dejado caer desde cierta altura.

Ahí estaba el muro en pie en la silenciosa tarde y un instante después había desaparecido. El estrépito retumbaba por todo el castillo, con ecos deformados por los ángulos rectos de los tejados. El polvo se elevó en plumones irregulares a lo largo de la obra de ladrillo en ruinas. Ito se quedó mirándolo. El gato salió disparado y se detuvo a pocos metros del derrumbe, bufando. Takahiro no salió.

—El peso del gato... —dijo Ito, perplejo.

Notó algo extraño en las uñas y cayó en la cuenta de que se había aferrado a la barandilla al derrumbarse el muro. Las tenía llenas de musgo.

Mori se cruzó de brazos. Ninguno de los dos habló durante un rato. Se asomaron por la barandilla para observar mientras los criados se acercaban a la obra de mampostería desmoronada llamando a Takahiro.

—Será mejor que llame al juez de instrucción.

—Eso ha sido... —dijo Ito. Nunca había visto morir a nadie.

—No es una tragedia —repuso Mori, que había visto muchas muertes.

—Mi ofrecimiento iba en serio. Sobre Estados Unidos.

—Lo sé. —Mori titubeó—. Quiero ir. Pero no puedo comprometerme a toda una vida de servicio. En diez años tendré que marcharme.

Ito se rió.

—Qué específico. ¿Qué ocurrirá dentro de diez años?

—Me iré a Londres. Habrá alguien..., bueno, tendré que ir a Londres.

—Entiendo —respondió Ito, sorprendido.

7

Londres, 31 de mayo de 1884

Pese a las aprensiones de la camarera cuyo nombre era Osei, fue un buen desayuno. Thaniel se habría quedado mucho más tiempo, pero a las nueve Mori anunció que lo esperaban en un taller de Saint Mary Abbot para comprar unas piezas de relojería. Como la estación de tren estaba cerca, se marcharon juntos. Casi habían llegado a las puertas rojas cuando Mori le entregó una pequeña esfera dorada del tamaño de un lirón acurrucado. En cuanto Thaniel lo tocó, cobró vida con un gemido y se deslizó hábilmente entre sus dedos hasta aferrarse casi en cualquier rincón, caliente como una criatura viva. Emitió un pequeño pitido y le echó humo a la cara.

—¿Qué es esto? —preguntó riéndose—. ¿Y por qué lo tengo yo?

—Es un juguete con motor de vapor —respondió Mori—. Es un viejo diseño. Los antiguos griegos los tenían.

—¿Los antiguos griegos? Si tenían motores de vapor, ¿por qué no trenes?

Mori sacudió el hombro.

—Eran filósofos; sumaron dos y dos y salieron con esto. En cuanto a por qué se encuentra en su posesión, los objetos tontos ayudan a calmar los nervios. —Inclinó un poco la cabeza hacia el este, donde se encontraba Whitehall—. Al menos eso creo yo.

Thaniel empezó a decir que no estaba nervioso, pero habría sido una mentira y no quería mentirle a él.

—Gracias. ¿Es oro de verdad?

—Sí. Tranquilo, puede enviármelo por correo. O devolvérmelo en persona —añadió mirándolo.

—Eso haré. Quiero decir que se lo traeré yo mismo —repuso Thaniel—. De todos modos tengo que devolverle la camisa a su vecino.

Bajó la vista hacia el juguete de vapor que se le enroscaba sin cesar en las manos por muy despacio o deprisa que se moviera. El peso le daba solidez, y la superficie brillaba de tan pulida que estaba. Por encima de ellos, el cielo se despejó, y había un trecho azul claro que el dorado estaba volviendo verde. Apareció un reflejo negro. Justo delante de ellos se había detenido un caballero alto.

—¿De dónde lo ha sacado? —le preguntó, mirando el juguete.

—Lo ha fabricado él —respondió Thaniel señalando a Mori con el dedo.

—¿Lo ha hecho usted? Apreciado amigo, ¿puede darme su tarjeta?

Mori se la entregó. Era casi tan hermosa como el juguete en sí. Mostraba el contorno de un mecanismo de relojería ribeteado de plata, pero el caballero no pareció especialmente impresionado.

—Señor Mori —leyó, sin equivocarse en la pronunciación—. Creo que he oído hablar de usted. Le iré a ver más tarde; llevo semanas buscando un buen relojero. —Le entregó a su vez su tarjeta—. ¿Le va bien a las cuatro?

—Por supuesto. Estaré esperándole.

Thaniel se quedó mirando al caballero un momento y echó a andar de nuevo.

—Ha sido una suerte.

—¿Hummm? —pregunto Mori. Sonrió de pronto—. Oh, sí. Ya lo creo. —Examinó la tarjeta del caballero antes de preguntar—: ¿Qué pone?

—Fanshaw —leyó Thaniel.

—¿Desde cuándo Featheringstonehough se deletrea Fanshaw?

—Las clases altas acumulan letras innecesarias. Eso mismo pasa con otros nombres. Risley se deletrea Wriothsley. Villers en realidad es Villiers. Eso hace que parezcan antiguos e importantes. —Se llevó las manos de nuevo a los bolsillos y rodeó con la izquierda el juguete de vapor mientras cerraba la derecha alrededor del reloj—. Oh. Iba a… No se lo he dicho. El reloj estaba cerrado cuando me lo encontré. No se abrió hasta ayer. ¿Cómo lo hizo?

—Dentro hay un temporizador. Ya sabe, para regalarlo en aniversarios y demás. No se abre hasta el día en cuestión.

—¿Cómo se programa?

Mori le tendió una mano, y cuando Thaniel le dio el reloj, torció el cierre en el sentido contrario a las agujas y el reloj se abrió por detrás. Por ese lado había pequeños discos que mostraban los meses y los días, y por último las horas.

—Aquí está. ¿Por qué?

—Me preocupaba estar volviéndome loco. —Guardó un silencio incómodo—. ¿Está seguro de que puedo quedármelo? Debe de costar una fortuna.

—Lo estoy. Creía que me lo habían robado. No lo echaré de menos.

Al llegar a la verja, Mori levantó la mano para indicar que iba a girar a la derecha. La estación se encontraba a la izquierda.

—Hasta mañana —dijo Thaniel, sosteniendo en alto el juguete de vapor.

Mientras se separaban miró atrás. Mori ya había desaparecido en la neblina, por lo que no había nada que le demostrara que lo ocurrido era real salvo el peso del juguete en el bolsillo.

Whitehall era un enjambre de obreros. Estaban despejando las ruinas de Scotland Yard, y amontonaban a un lado los ladrillos recuperados mientras se llevaban los cascotes en grandes carros. En el Ministerio del Interior había ajetreo a pesar de ser fin de semana, y como la bomba había destruido la mitad de los cables de telégrafo, la escalera de caracol amarilla se había convertido en un desvío para un torrente de oficinistas. Thaniel se detuvo y esperó que cesara el gemido que lo teñía todo de verde, con una mano cerrada alrededor del juguete de vapor. Cuando este no se paró, lo sacó del bolsillo y observó cómo daba vueltas a su manera alegre. Mori tenía razón; era lo bastante bobo para aliviar cualquier pensamiento serio, temor o la necesidad de fingir un desmayo.

Apenas había llegado a las escaleras y el jefe administrativo ya le había puesto un montón de papeles en los brazos a Thaniel. No reparó en la mueca que hizo él.

—Llévelos al sótano.

—¿Cómo? ¿Por qué?

—El sótano —insistió el jefe administrativo.

Thaniel suspiró e hizo lo que se le ordenaba. Le palpitaron los brazos bajo el peso de los papeles y al llegar al sótano tenía la manga manchada de rojo. Maldijo en voz baja, lamentando que se le manchara de sangre una camisa prestada. Debido al almidón, la sangre se detuvo al llegar al puño. Se puso los papeles bajo el otro brazo para que no se mancharan, aunque no sabía por qué se tomaba la molestia. El sótano servía de almacén. Era un laberinto de archivos, todos llenos de expedientes desfasados sobre asuntos que se habían resuelto años atrás. Volvió a considerar la posibilidad de desmayarse.

Abrió con el hombro las puertas batientes y se vio envuelto en el olor a papel viejo. Y a lámparas. Había luz en todas partes. Después de la penumbra de la escalera lo vio todo con mucha nitidez durante unos segundos hasta que sus ojos se adaptaron. Un agente de policía con los botones destellantes le sonrió y señaló los papeles.

—¿Son para nosotros?

—Hummm...

El agente le señaló la parte superior del primer archivo.

—Allí encima. Póngalos en la bandeja de asuntos pendientes.

Sin saber muy bien qué ocurría allí abajo, Thaniel se abrió paso entre los escritorios que de pronto llenaban los amplios pasillos entre los archivos. Eran escritorios viejos que habían sido abandonados en el sótano por tener las patas rotas o las superficies estropeadas, pero los agentes los habían vuelto a nivelar con papeles y trampas rotas para ratones. La mayoría de ellos estaban desocupados, si bien entre los archivos de la A a la P correspondientes a 1829 encontró a Dolly Williamson utilizando de papelera el sombrero de alguien. Tenía unos rasguños en la mejilla que Thaniel no había visto el día anterior en medio del humo y que todavía parecían estar en carne viva.

—Thaniel, ¿dónde se había metido? —le preguntó con delicadeza—. Ayer mandé a un hombre a su casa pero… Está sangrando —añadió señalándole el brazo.

Thaniel dejó caer los papeles en la bandeja. En realidad no era una bandeja, sino un espacio del escritorio con el rótulo «asuntos pendientes» escrito en tiza.

—No es nada. ¿Qué está pasando?

—Traslado temporal. Scotland Yard ha dejado de existir. Esa otra explosión fue en el Carlton Club, de modo que no me extrañaría que… también abrieran un salón para fumadores aquí abajo en algún rincón. —Williamson guardó silencio unos instantes—. ¿Dónde se había metido?

—No soy del Clan na Gael o no le habría dicho lo del…

—Lo sé. He hecho unas cuantas averiguaciones esta mañana. —Cogió una hoja de papel y la sostuvo a cierta distancia para leerla—. Nació en Lincolnshire, al igual que su familia. Su madre murió al darle a luz; su padre era guardabosques en una casa señorial hasta que murió a los setenta y cinco años. No tiene amigos. Ni esposa. Se cartea con una hermana viuda que vive en Escocia y que cada mes recibe la mitad de su sueldo por giro postal, pero que apenas le contesta. ¿Me he dejado algo? ¿Algún pariente irlandés?

—Que yo sepa no. Pero no sé gran cosa de la familia de mi madre. ¿Le hablo del reloj o necesita algún papel?

Williamson negó con la cabeza.

—No, adelante.

Él se lo tendió. Williamson lo cogió y le dio dos vueltas antes de abrirlo.

—Ya le conté cómo lo encontré. Anoche fui a ver al fabricante. Se llama Keita Mori y es japonés. Dice que el reloj desapareció de su taller hace seis meses. No sabe quién se lo llevó. Pero mire esto. —Thaniel lo abrió por delante y por detrás, le enseñó los discos y le comentó cómo funcionaba la alarma—. No creo que nadie robara un reloj así por casualidad. Este es perfecto para advertir a alguien de una bomba, aunque es imposible saber cómo funciona solo mirándolo. Lo tengo hace meses y no lo sabía. Mori o alguno de sus clientes debía de conocer al hombre. Alguien tuvo que explicarle cómo utilizarlo.

Williamson se frotó la barba y guardó silencio durante un rato. Se le veía mucho menos complacido de lo que cabía esperar.

—Estoy en un apuro, ¿verdad? —le preguntó Thaniel en voz baja.

Williamson levantó la vista y agitó rápidamente una mano.

—No. Nos ha asustado al desaparecer de ese modo, nada más. Su piso estaba casi vacío. Parecía que se había marchado.

—Lo despejé por si mi hermana tenía que...

—Por Dios, sí, lo entiendo. —Williamson suspiró—. ¿Entiende algo de relojería?

—No.

—Yo sí. Llevo desde febrero refrescando la memoria. Lo importante es que... resulta dificilísimo programar con exactitud. Por eso antes la gente nunca construía bombas de ese modo, no eran de fiar...

—Los muelles...

—Cambian según la temperatura, sí. El caso es que... no hay muchos artefactos capaces de controlar el tiempo al segundo. Hay premios navales por esa clase de proeza. Ese reloj es exagera-

damente exacto. Pero si su función era advertir a alguien, entonces contaba con que la bomba fuera igual de precisa. Me… cuesta
creerlo, a no ser que las haya fabricado la misma persona.

Thaniel guardó silencio.

—Dolly…

—Me gustaría mandarlo a analizar. Tenemos un hombre al
que le hemos consultado todos los casos de bomba desde el de la
estación Victoria. Hay que pedirle que compare el mecanismo del
reloj. Y mientras tanto deberíamos tener vigilado a ese tal Mori.
Usted ya lo ha conocido. ¿Se le da bien hacer amistades?

Thaniel pensó en las marcas japonesas en las botas marrones
de Mori. Y en las dos tazas de té con que lo había encontrado la
noche anterior. Mori esperaba a alguien. Se había sorprendido
al verlo a él, pero sin duda se debía a que por algún error se había presentado la persona equivocada. Cualquier idiota lo habría
visto, mejor dicho, cualquier idiota que no hubiera estado tan
ocupado compadeciéndose a sí mismo que la promesa de un té
y unas palabras amables le causaran una ceguera selectiva.

—¿Thaniel?

—Al mendigo que vive fuera de mi edificio le pareció ver a
un chico con unas letras extranjeras en los talones de sus botas.
Las de Mori… —Se apretó los nudillos en la clavícula, luego
dejó caer la mano y se la golpeó con el bolsillo, donde todavía
tenía el juguete de vapor—. He quedado en ir a verle mañana.

—Excelente. Sé que le estoy comprometiendo —dijo Williamson, como si contara con que se opusiera. Sin embargo, en
su tono había una aspereza casi imperceptible y Thaniel se dio
cuenta de que si discutía con él le recordaría en silencio que
hacía cinco minutos estaba bajo sospecha.

—No. —Thaniel se equivocó de tono. Lo intentó de nuevo—. No, es sensato. ¿Qué debo buscar?

—Por el momento solo infórmeme si desaparece de repente. ¿Puede darme de nuevo ese reloj?

—No —dijo Thaniel. Tuvo que aferrarse al borde de la silla para mantener su resolución cuando Williamson entornó sus ojos grises—. Si está involucrado y aparezco sin él mañana, sabrá que pasa algo. Es un tipo listo. ¿Quién es su asesor?

—Preferiría…

—Por favor, voy a colaborar y lo haré encantado, pero no me ponga trabas. Se dará cuenta si no tengo el reloj. —Thaniel tragó saliva—. Y sé que no llevo uniforme, aunque estoy seguro de que he firmado más juramentos de confidencialidad que usted.

—Está bien. —Williamson suspiró mirando su escritorio, dejando claro que no se daba por satisfecho. Thaniel esperó—. No tengo una tarjeta para no dejar cosas por ahí. ¿Puede memorizar un nombre y una dirección?

—Sí.

—Frederick Spindel. Throckmorton Street, cerca de Belgravia.

Thaniel se frotó la nuca, que volvía a dolerle. Se sentía tenso, no sabía si de alivio o de preocupación.

—Entonces no es un chino de Limehouse.

—Los ricos son más difíciles de sobornar —respondió Williamson secamente—. Y él es el mejor.

—Si es el mejor, quiero saber por qué no me plancha la ropa un criado mecánico cantando «Die Fledermaus». Porque Mori tiene un pulpo de cuerda.

—Está enfadado —repuso Williamson, demasiado sorprendido para replicar—. Sé que es difícil para usted, pero si él ya le conoce...

—Lo siento. Santo cielo, no era mi intención contestar de ese modo.

—No se preocupe. Todos tenemos los nervios destrozados.

Thaniel se rindió.

—Fue amable conmigo, Dolly. Hizo que me sentara en su cocina y me ofreció té. Con bollos, por el amor de Dios. No recuerdo la última vez que... —Se interrumpió y bajó la vista hacia su escritorio, con la bandeja de asuntos pendientes marcada con tiza—. Parece que esté jugando al tejo. Voy a encargarle material de oficina de verdad.

—Mire, podría haberle ocurrido a cualquiera. Sobre todo a cualquiera en su posición...

—Y una papelera. No puede utilizar ese maldito sombrero.

—Gracias. —Williamson suspiró.

Thaniel asintió y subió de nuevo las escaleras para rellenar los formularios de pedidos. Estaba falsificando una firma cuando el jefe administrativo se detuvo junto a él.

—Santo cielo, Steepleton, váyase a casa. Antes de que se desangre sobre los telégrafos.

—Gracias, señor.

—¿Esa es mi firma?

—Sí.

La miró con detenimiento.

—Bien. Continúe.

8

El juguete de vapor lo despertó. Salió rodando de uno de sus bolsillos y se deslizó por la manta, donde se impulsó alrededor en zigzags.

Había regresado a la pensión creyendo que estaba más o menos bien, y siguió creyéndolo hasta que se desplomó sobre la cama.

Cuando se levantó, la manga de la camisa prestada estaba marrón y tiesa. Tuvo que desprenderla poco a poco porque se le había pegado al corte y al vello. Tras limpiarse la sangre del brazo, puso agua a hervir y dejó la camisa en remojo en el fregadero, pero no sirvió de nada. Tendría que pedir disculpas al vecino de Mori. La idea de regresar a la relojería le produjo una nueva oleada de letargo. Lo que Williamson esperaba de él no era complicado, aunque conseguirlo sí lo sería. Él estaba muy lejos de ser la persona indicada para una misión que consistía en espiar objetivamente a un individuo que era todo amabilidad paternal.

Se echó agua fría en el pelo. Eso lo espabiló. Cortó un pedazo de los faldones de la camisa estropeada y lo utilizó como venda a falta de otra cosa, luego se puso una camisa limpia y buscó un mapa de Londres. Throckmorton Street se encontraba junto a

Belgravia, tal como le había indicado Williamson. Desplazó la mirada hasta Knightsbridge, donde la curva hacia dentro que describía Filigree Street era tan pequeña que no tenía nombre. El mapa crujió al doblarlo.

La relojería de Spindle no quedaba muy lejos de la de Mori, o de las otras tres o cuatro relojerías que había en las calles adyacentes. Cuando Thaniel abrió la puerta, haciendo sonar con fuerza una campanilla, Spindle en persona diseccionaba una maraña de mecanismos con unas pinzas. Sobre el escritorio había un paño de terciopelo verde con cuatro cuadrados numerados, y en cada uno había una pieza diminuta. Spindle levantó la vista. Detrás de las diversas lentes de sus gafas, el ojo izquierdo, de un verde pálido, se veía más grande que el derecho. Se las quitó y extendió otro paño sobre el objeto que estaba diseccionando, ocultando todo menos el contorno.

—Me ha cogido por sorpresa —dijo sonriendo—. Estaba bastante absorto en este artefacto. Trabajo para el gobierno, como sabe. Son los restos de la bomba de Scotland Yard. ¿Ocurre algo?

Thaniel se detuvo a unos cinco pies del escritorio. Williamson le había dicho que ese hombre era asesor, de modo que debería haber sabido que la bomba se encontraría allí, pero no había contado con verla.

—No —respondió, y se acercó a él—. En realidad me envía mi superior, Williamson.

—Aún no he terminado mi informe...

—No, quería que echara un vistazo a esto.

Spindle frunció el entrecejo hasta que Thaniel le tendió el reloj y cambió de expresión. Lo cogió con sus delicados dedos y lo abrió.

—Lo ha fabricado Keita Mori.

Thaniel asintió.

—¿Qué puede decirme de él?

—¿En qué sentido?

—En todos.

—Bueno, los mecanismos que utiliza para marcar el tiempo funcionan a la perfección. Como de costumbre —añadió Spindle con amargura. Sacó algo del cajón y levantó la cara de cristal dejando ver los dientes de debajo, y guardó silencio. Al cabo de un momento se puso de nuevo las gafas y colocó dos lentes más. Examinó el reloj el tiempo suficiente para que Thaniel perdiera interés en él y se dedicara a recorrer el taller con la mirada. En las vitrinas solo había relojes; nada que evocara los arranques de fantasía de Mori. Detrás del escritorio había una mueble lleno de cajones cuadrados, cada uno con una etiqueta escrita en caligrafía uniforme. Constaba de diecisiete cajones a lo ancho y de diecisiete a lo alto. Buscó algún indicio que probara que unos hubieran sido más utilizados que los otros, pero todos presentaban señales de desgaste en los tiradores. Nada que ver con el caos de piezas sueltas que había visto sobre el escritorio de Mori.

Spindle masculló algo, mostrando interés. Thaniel deseó que se diera prisa. Pese a la amplia cristalera del escaparate, la tienda era oscura, y la luz que entraba solo destellaba en las motas de polvo. La bomba muerta cubierta en su mortaja no cesaba de atraer su mirada.

—El engranaje que hay detrás del mecanismo principal ha sido fabricado para funcionar solo durante catorce horas y media —declaró por fin—. Accionado por resortes que se dan cuerda a sí mismos. —Deslizó el reloj bajo el microscopio situado junto a él—. Sabe Dios qué se suponía que tenía que hacer. Típico de Mori. ¿Le han pagado para que venga a molestarme con esto?

Thaniel parpadeó.

—No.

—No, discúlpeme, olvídese de lo que he dicho. ¿Sabe? Yo trabajaba de relojero para la familia real. No he vuelto a hacerlo desde que llegó Mori a Londres. —Sonrió con lo que esperaba que pareciera deportividad y sorna, pero resultó ser más bien una mueca.

—¿Podría decirme qué utilidad tiene el engranaje extra?

Spindle ajustó tanto el microscopio que casi rozó con la lente las entrañas del reloj.

—No puedo decirle para qué servía, pero sí qué hizo. Está compuesto por una brújula microscópica y un calibrador de energía a los que está conectado todo lo demás. Este reloj detectaría cada tic que hiciera usted. Es tal la precisión que esta rueda dentada gira aquí... —la levantó y la hizo oscilar de forma experimental por la cadena—, sí, gira y engrana con otra con cada paso que usted da. Lo compara con una distancia preestablecida, representada por una pieza de piñones finos que gira despacio en el centro, y a esta se le conecta un timbre de alarma, que se programó para que se disparara con tres o cuatro segundos de margen, o para que no lo hiciera, dependiendo de dónde estuviera usted. ¿Cuándo se disparó? El estrépito debió de ser enorme.

—Hacia las nueve y media de la noche.

Spindle se quedó inmóvil. Dejó de mover las manos sobre los mandos del microscopio.

—Entiendo. Justo antes de la bomba.

Thaniel guardó silencio. Spindle volvió a quitarse las gafas y miró la bomba con los labios apretados. Parecía casi feliz poco antes al quitárselas, pero ahora se le veía preocupado.

—Mori —dijo, como si tuviera que contemplar la idea desde distintos ángulos.

Thaniel pensó en decir algo más, Spindle respiró hondo y meneó un poco la cabeza.

—Para llevar encima doscientas libras en diamantes, le veo muy tranquilo.

—¿Doscientas libras?

El relojero asintió.

—En los cojinetes que ve aquí dentro hay diez veces más diamantes que en los mejores cronómetros. Algo así es..., bueno, podría ser una forma de esconder joyas evitando llevarlas.

—Esconderlas.

—Así es. —Spindle deslizó los dedos por la larga nariz y se retocó el nudo de la corbata ya perfecto. Después de echar otro vistazo al reloj, apartó el paño con que había cubierto los restos de la bomba y cogió un alambre ennegrecido con unas pinzas—. Muelles reales bimetálicos —murmuró.

—¿Cómo dice?

—Uno de los problemas de la relojería es el tiempo perdido. Una solución es utilizar un muelle real compuesto por dos metales diferentes. Estos se expanden y se contraen a diferentes niveles de calor y de frío, lo que compensa la pérdida de tiempo causada al utilizar solo uno. Es típico del señor Mori utilizar acero y oro para contrastar los colores, como puede ver aquí.

Sostuvo en alto el reloj. Thaniel se inclinó. El muelle real brilló plateado por fuera y dorado por dentro. Sin pronunciar una palabra más, Spindle levantó las pinzas para presentar el resorte principal de la bomba. Aunque estaba chamuscado, todavía se apreciaba la diferencia de color.

—¿Los resortes no vienen de fábrica?

—Las piezas toscas sí, pero el hombre que mencionara el bimetalismo en las fábricas sería linchado. Los fabricamos nosotros mismos. Cada relojero hace sus mecanismos de distinta forma. No es cuestión de patentes. Si las fábricas se hicieran con nuestros secretos estaríamos acabados.

Thaniel respiró hondo para decir que lo entendía, pero Spindle se le adelantó.

—No existe lo que llamamos un piñón estándar; llegan con un corte tosco y nosotros mismos los afilamos. Cada reloj tiene unos piñones únicos, pues cada fabricante tiene su propio método y sus propias invenciones. No cabe duda de que este es de Mori. Claro que cualquiera podría haberlo extraído de uno de sus relojes y puesto allí. Por eso aún no me atrevo a sugerir la procedencia de esto. —Tocó la bomba y Thaniel cerró los puños—. Sin embargo, este reloj está lleno de diamantes, y fuera cual fuese el propósito de estos engranajes extra, midieron dónde se encontraba su portador a las nueve y media de ayer. ¿Puedo preguntar quién lo llevaba?

—Yo.

Siguió un silencio.

—Entonces, ¿conoce a Mori?

—No. Ese reloj apareció en mi piso hace meses. Pensé que estaba destinado para otro Steepleton.

—Sin duda. —Spindle parecía preocupado.

—¿Sabe? Williamson se está tomando muchas molestias por ocultar sus señas y aquí está usted divulgando por doquier que tiene la bomba de Scotland Yard. ¿Está seguro de que es lo correcto?

La preocupación se convirtió en indignación.

—Cómo hago mi trabajo es asunto mío, ¿no le parece?

—Está bien —dijo Thaniel.

Después de pagar una tarifa de castigo —probablemente en venganza por estar en posesión de un artilugio de Mori— por la inspección, Thaniel salió de la tienda despacio y se detuvo bajo el sol. A poca distancia de la relojería de Spindle había una oficina de Correos. Thaniel entró en ella y escribió un breve telegrama a Williamson, subrayando lo que Spindle había dicho sobre el mecanismo y los diamantes. Cuando lo llevó al mostrador, la mujer vio que el mensaje ya estaba escrito en código y le sonrió.

—¿Telegrafista?

Él asintió y tocó el código de llamada que había anotado de manera automática en lugar de la dirección.

—Me conozco la mitad de los cables de Whitehall. ¿Todavía es posible hacer llegar esto al cuartel general de la policía?

—En realidad todo lo que va dirigido a Whitehall debe pasar por el Ministerio de Asuntos Exteriores. Sus líneas son las únicas que funcionan. Creo que en estos momentos hay bastante retraso —añadió la mujer, mirando la casilla de servicio en la que él había marcado una cruz—. Quizá sea inútil enviarlo urgente. Puede enviarlo como una carta corriente.

—No, lo intentaré de todos modos. El funcionario del otro lado podría llevarlo al sótano antes de comer en lugar de después.

—No le cobraré —dijo ella—. Ha hecho todo el trabajo por mí.

—Oh, gracias.

—¿En qué oficina trabaja?

Ella se refería a qué oficina de Correos y al cabo de un instante él cayó en la cuenta de que debería haberle mentido, pero no estaba del todo alerta y le salió decir la verdad.

—En la del Ministerio del Interior.

—Oh —dijo ella, y su expresión se nubló con una mezcla de compasión y cautela—. Bueno, encantada de conocerle.

Cuando se marchó, se encaminó hacia la estación de trenes, pero al llegar a ella aminoró el paso. El reloj estaba lleno de diamantes. Williamson se pondría furioso si averiguaba que se había ido a casa y había dejado a Mori sin vigilar. Cruzó la calle y echó a andar hacia Knightsbridge.

En aquel caluroso día Filigree Street había cobrado vida. Pasó por una papelería que vendía plumas de cristal atadas con cintas a un par de cuernos grandes, y por una panadería en cuyo escaparate una noria en miniatura daba vueltas a unos pastelillos de fantasía. Cuando encontró la puerta de la tienda de Mori abierta y a Katsu tomando el sol en los escalones, el pulpo de cuerda no le pareció fuera de lugar, y era evidente que nadie más parecía pensarlo. Los transeúntes que se detenían a mirar el escaparate de la tienda iban bien vestidos y algunas de las señoras llevaban paquetes de Harrods atados con cintas azules. Sintiéndose desaliñado, Thaniel pasó por encima del pulpo.

—Buenas tardes —lo saludó Mori desde su escritorio—. ¿Le funcionó la táctica del desmayo en el trabajo?

—No la probé. En lugar de eso me he desangrado por todas partes. —Tuvo que tomar otra bocanada de aire, aunque después de una frase tan corta debería haber tenido suficiente resuello—. Me gustaría alquilar esa habitación, si sigue libre.

—¿De veras?

—Sí, la mía es muy deprimente.

Mori ensanchó los hombros. Solo trataba de enderezar su postura normalmente incorrecta, pero hizo que pareciera más menudo, como un niño al que le piden que recite un poema.

—¿Por qué?

—Yo… Bueno, la tengo casi vacía desde anteayer.

Mori no volvió a preguntar por qué. En lugar de ello cogió un hervidor con la mano izquierda y sirvió agua en dos tazas. Esta se volvió verde al echar el té en polvo. Se inclinó sobre el escritorio para pasarle una taza a Thaniel, que la aceptó y se quedó sorprendido al comprobar que casi estaba demasiado caliente al tacto, como si el agua acabara de hervir.

—Tiene un verdadero don. Ah, tome. —Thaniel le tendió el juguete de vapor—. Me fue muy útil. Gracias.

—Creo que bebo demasiado té —comentó Mori mientras cogía la bola dorada.

Con el calor del hervidor varias de las lunas del sistema solar que flotaban por encima de su cabeza giraron sobre sus ejes una fracción más rápido. Los anillos de Saturno se habían desplazado hacia arriba. Cuando Thaniel miró, había demasiados planetas; en el borde exterior vio dos extra que rotaban uno alrededor del otro como soles. No se sorprendió. Leer el periódico durante el turno de noche era una buena forma para perderse la mayoría de los descubrimientos astronómicos.

—¿Puede probar Seis? —preguntó alguien más.

Thaniel dio un respingo. Junto a Mori había una niña pequeña. A pesar de estar a la vista, había permanecido sentada tan quieta y echada hacia delante que no había reparado en ella. Era como un ratoncillo. Llevaba el pelo muy corto y un vestido hecho de un tejido negro y tosco, apenas más fino que la arpillera. Mori le dio su taza y ella probó el té con solemnidad antes de hacer una mueca y devolvérsela.

—¿Es suya? —le preguntó Thaniel, confuso.

—No, es Seis; está haciendo una cadena de caracol para el señor Fanshaw. Hoy día el asilo de pobres es el único lugar que las fabrica, pero ellos las tiran a la basura; al parecer los niños solo las hacen para mantenerse ocupados. —Bajó la voz al citar el eslogan de la institución—. De modo que he tenido que contratarla hoy. Seis, te presento al señor Steepleton.

—¿Seis? —repitió Thaniel.

—En el asilo están numerados. —Mori se dirigió a ella—. Devuélvelas.

La niña clavó en él sus ojos de lechuza.

—Seis no tiene nada.

—En el bolsillo izquierdo. Y creo que ya eres lo bastante mayor para hablar en primera persona.

Con expresión enfadada, la niña sacó unas gafas de múltiples lentes como las que Thaniel había visto utilizar a Spindle. Thaniel las miró con detenimiento. Sabía cómo se llamaban, pero su agotado cerebro no le permitía pensar con claridad.

—Gracias. —Mori las recuperó—. En la cocina todavía hay bollos, si quiere —añadió volviéndose hacia Thaniel—. Como si estuviera en su casa.

—¿Puedo tomar otro? —preguntó Seis.

—Sí.

Seis se bajó de su silla alta y salió por la puerta trasera del taller. Golpeteó el suelo con las botas, pues le iban demasiado grandes. Thaniel la siguió despacio y con cautela, porque al igual que Mori ella parecía más frágil que un ser humano corriente.

La niña no llegaba a la mesa, de modo que él le pasó un bollo.

—Hace un día bonito, ¿verdad? —comentó él, por decir algo.

Mori debía de haberla obligado a lavarse las manos, porque las tenía impecables en contraste con el resto de su cuerpo mugriento y desaseado. No debía de tener más de cuatro o cinco años, y si habían permitido a Mori sacarla del asilo era por su condición de huérfana. Thaniel podía disculparla por robar.

—Seis ha visto una oruga.

—¿De qué clase?

—Verde con zigzags morados y blancos.

—Ya veo —respondió Thaniel despacio. El hecho de que le gustaran los niños no impedía que lo desconcertaran. Hacía poco se había vuelto demasiado mayor para recordar con claridad su propia niñez—. Imagino que ha sido emocionante.

Ella lo miró con cautela.

—No. Solo era una oruga.

—¿Sabes en qué se convierten las orugas? —intentó él de nuevo.

—Sí. Eso lo saben hasta los niños de pecho. —La niña dio un rápido mordisco al bollo, como si pensara que él podía arrebatárselo—. ¿Cómo decide si quiere ser una mariposa o una polilla?

—Hummm, no lo sé.

—Son especies distintas —respondió Mori desde el taller—. Del mismo modo que tú decidiste no ser un mono cuando naciste.

Seis reflexionó.

—La enfermera dice que soy un mono —replicó.

—La enfermera descubrirá que está muy equivocada.

Asintiendo para sí, Seis regresó ruidosamente al taller con el resto del bollo. Thaniel la siguió, pues quería ver qué fabricaba y por qué Mori no lo hacía él mismo. En cuanto ella dejó de comer, cogió unos alicates con una mano y levantó algo invisible con la otra. La luz se reflejó en aquello y Thaniel creyó ver una hebra solo un poco más gruesa que un cabello.

—Devuélvele al señor Steepleton su reloj —le ordenó Mori.

—Tiene un estúpido nombre de chica —murmuró ella, pero le tendió el reloj a Thaniel.

Él lo tomó sintiéndose avergonzado. Le costaba sentirse en su casa y se vio a sí mismo vagar sin rumbo. Seis se comportaba de un modo posesivo; le había sustraído el reloj para ofenderlo y empujarlo a marcharse. Quería a Mori para ella sola.

—No. Eso sería Keiko. Yo soy Keita. Lo que tú entiendes por un marcador de género es subjetivo, ya que cambia según cada país.

—¿Qué quiere decir eso? —replicó ella.

—Boba. Haz tu trabajo.

Ella gruñó pero obedeció.

—¿Para qué es eso? —le preguntó la niña.

Mori se había puesto las gafas y volvió a quitárselas.

—¿Sabes cuando das cuerda a un resorte y dejas que se agote, y el resorte se mueve rápido al principio y luego más despacio?

Ella asintió. Thaniel también miró.

—Los resortes regulan el movimiento de los relojes. Un reloj no puede funcionar demasiado deprisa y a continuación demasiado despacio. De modo que si das cuerda a esa cadena alrededor del resorte, y das cuerda al otro extremo que rodea la forma cónica, que es el barrilete del muelle real, el reloj mantendrá el tiempo uniforme. Los relojes modernos funcionan de otro modo, así que ya nadie fabrica estas cadenas. Casi nadie puede fabricarlas aunque quiera. Los eslabones son demasiado pequeños. Yo he conseguido hacer cuatro en una hora.

La niña sonrió, satisfecha.

—Seis puede hacer ciento cincuenta.

Mori volvió a ponerse las gafas.

—Keita está impresionado. —Levantó la vista hacia Thaniel y abrió mucho los ojos preguntándole qué hacía todavía de pie y con sombrero.

—Lo siento, estaba mirando.

—¿Qué tal se le da la mecánica?

—A veces… reparo telégrafos.

—Siéntese —le pidió Mori, y luego dejó frente a él un mecanismo de referencia, un resorte y seis o siete ruedas dentadas.

Los separó con delicadeza y le enseñó a encajarlos en sus respectivos ejes y a nivelarlos. Como tenía que inclinarse mucho, a Thaniel le llegó el olor a jabón de limón que desprendían su piel y su ropa. El color de su voz y el aire cálido que entraba por la puerta abierta creaban la impresión de que el taller estaba lejos de Londres. Cuando Thaniel levantó la vista de nuevo, le sorprendió ver la calle medieval que había al otro lado de la ventana y el coche de caballos negro deteniéndose fuera.

—Oh, aquí está Fanshaw.

Seis pareció interesada y Mori le dio un golpecito.

—No.

—¡No he hecho nada!

—Ve a jugar al jardín si no quieres que te arresten y te envíen a Australia.

—No hay nada en el jardín —gruñó ella.

—Bueno, está el gato, y hay unas hadas y una regadera. Tienes cinco años, te las arreglarás.

Ella levantó la vista.

—¿Hadas?

—Hummm…

La niña desapareció antes de que Fanshaw alcanzara la puerta.

—¿No se llevará un chasco cuando vea que no hay hadas? —le preguntó Thaniel.

—Sí que hay. He construido varias.

—¿Cómo? ¿Por qué?

Mori señaló con la cabeza la casa de Haverly.

—Esos pequeños diablos de la casa de al lado han dejado de entrar en la tienda y romperlo todo desde que tienen esas criaturas mágicas que perseguir en el arroyo.

—¡Buenas tardes! —exclamó Fanshaw desde la puerta. Se detuvo para quitarse el sombrero y el abrigo—. Cómo aprieta el calor, ¿verdad? Bueno, debo decir que he venido con pocas esperanzas, porque parece ser un trabajo peliagudo. —Dobló el abrigo en el brazo y se detuvo en seco justo delante de los escalones de la puerta—. ¿Qué… es eso?

—Un pulpo —respondió Mori, sin hacer ademán de rescatarlo.

Thaniel pasó por delante de él y recogió a la criatura. El mecanismo estaba tan bien articulado que resultaba perturbador, como si estuviera vivo. Lo dejó en la mesa de trabajo, desde donde cayó en el regazo de Mori y se escondió bajo su brazo. Él lo acarició distraído.

—Me estaba hablando de su reloj.

Fanshaw pareció hacer cierto esfuerzo por alzar de nuevo la vista. Carraspeó.

—Sí, sí..., verá, es bastante antiguo, y tiene una especie de cadena que al parecer nadie fabrica hoy en día. Algo relacionado con caracoles. Ah, pesa bastante, puede que necesite esa otra mano...

Mori cogió el viejo reloj con una sola mano y dejó la otra sobre Katsu. Abrió el panel posterior.

—No hay problema. He fabricado varias cadenas de caracol esta mañana. Lo repararé mientras espera.

—¿De veras? Gracias.

—¿Le apetece una taza de té?

—Oh, ¿es verde? Muchas gracias. Perfecto —dijo, y miró las vitrinas mientras se tomaba el té.

Antes de que hubiera escogido dos relojes para sus sobrinos, Mori ya había terminado. Fanshaw se marchó prometiendo con su brío característico recomendar sus servicios a todo el mundo en el trabajo.

—Les dirá que no vengan a no ser que quieran tener una experiencia perturbadora con un pulpo —bromeó Thaniel observando cómo Katsu se deslizaba por la pata de la mesa entre crujidos—. ¿Cómo sabía que le pediría esa cadena? Él no se lo dijo.

—No, pero comentó que hacía tiempo que buscaba a alguien que se lo reparara y la mayoría de los relojeros pueden hacer casi cualquier cosa. Solo las antigüedades son difíciles de arreglar, de modo que pensé que probablemente... —Se interrumpió con una exclamación cuando el pulpo cayó sobre un pesado interruptor de pared situado cerca del suelo. Se encendieron las luces eléctricas, y una bombilla estalló como si la hubieran pillado desprevenida.

Mori se mordió los labios—. ¿Le da miedo la electricidad? —Las demás luces que no habían estallado ya se estaban apagando.

—No.

—¿Puede cambiar esa bombilla entonces? —Le tendió una nueva que sacó del cajón que tenía a su lado. Era una bombilla de cristal perfecta con una maraña de finos cables en su interior.

Thaniel la cogió y se sintió poco preparado para hacer algo con ella.

—¿Por qué no lo hace usted?

—Tendría que subirme a la mesa. —Mori cambió de postura—. Tengo vértigo.

—¿No puede subirse ni a una mesa?

—¿Podemos dejar el tema? —replicó Mori con un tono más agudo del habitual.

—No, no, solo que… —Thaniel empujó a dos de los pájaros de cuerda hasta el borde del escritorio y se subió. La bombilla fundida se desenroscó sin problema, y al sacarla de su aplique observó el interior. La maraña de alambres se había roto. Los extremos tocaron el vidrio al darle la vuelta—. ¿Quién suele hacerlo?

—Le doy una propina a algún mendigo —murmuró Mori.

Thaniel enroscó la bombilla nueva. No pasó nada. Frunció el entrecejo, creyendo que lo había hecho mal, pero Mori se inclinó para accionar el interruptor junto a la puerta. Las luces se encendieron con un sonido crepitante y Thaniel sintió casi al instante el calor a través del cristal. Se bajó sintiéndose muy satisfecho consigo mismo. Era muy moderno hacer algo así; por un momento, al menos, comprendió por qué la gente se emocionaba tanto con los engranajes motorizados y los molinos automáticos.

Mori seguía observándolo con ansiedad en la mirada.

—No puedo tomarle el pelo cuando a mí me asusta esa criatura —le dijo Thaniel señalando a Katsu, que se había tendido bajo un nuevo rayo de sol.

—¿Por qué le asusta?

—No lo sé. Tengo la sensación de que me va a trepar por la camisa.

—No se preocupe. Lo programo cada mañana para que haga ciertas cosas a lo largo del día. Tiene marchas aleatorias, de modo que no está predeterminado si gira a izquierda o derecha en el taller, pero eso es todo. No piensa ni decide nada por sí mismo. Mire, puedo enseñárselo. —Mori cogió el pulpo y abrió un panel.

Thaniel se puso a su lado y Mori le ofreció unas gafas de múltiples lentes. Él no las necesitaba para ver el mecanismo por dentro, denso como un panal, que destellaba con un centenar de piedras preciosas diminutas, proyectando colores sobre las paredes.

—Son diamantes.

—Sí —dijo Mori, como si fuera lo más normal del mundo—. Los mejores cojinetes siempre son de piedras preciosas. Cuanto más duros, menos se tuercen y más precisos son. El diamante es el más duro de todos, de modo que utilizo los industriales para el mecanismo interior. Si hay que dejarlos a la vista los rubíes son más bonitos, pero nadie excepto yo ve estos, así que no importa.

—¿No son caros?

—Carísimos. Aquí dentro hay cerca de mil libras.

—Mil… libras. —Era el sueldo de un año de un hombre como Fanshaw—. Entonces, ¿es usted rico?

—Sí.

Thaniel observó cómo los diamantes giraban y se agitaban. Tuvo la sombría sensación de estar viendo cómo se había financiado la bomba de Victoria.

—Lo que me recuerda el alquiler.

—Las tareas domésticas. Tendrá que procurarse su propia comida y demás.

—Pero en Knightsbridge...

—Mire, aquí están las marchas aleatorias —lo interrumpió Mori señalando con el extremo de un pincel una serie de imanes diminutos que daban vueltas en medio del engranaje—. No le atacará, pero puede que intente vivir de forma permanente en el cajón superior de su cómoda, y sobre eso me temo que no tengo control. Al menos no sin destriparlo y construirlo de nuevo, y no pienso hacerlo.

Thaniel asintió, despacio.

—Las tareas domésticas me parece justo.

—Eso creo yo. —Mori cerró de nuevo el panel posterior de Katsu. El pulpo le robó la pluma y se alejó con ella. Él bajó la vista hacia el microscopio—. Estaba a punto de hacer algo —añadió con la mente en blanco.

—¿Llevar a Seis al asilo?

—Aún no.

—¿Un reloj? ¿Más... pulpos?

—No, le he visto y he pensado... Ah, sí. —Mori cogió una de las aves de cuerda y la abrió. Del interior emanó el agradable pero inconfundible olor de la pólvora—. ¿Quiere más té?

Thaniel se sentó de nuevo.

—Por favor.

9

Oxford, junio de 1884

Hacía una bonita mañana. La llovizna había refrescado el ambiente sofocante de las calles y salvado la hierba reseca. Con la ventana abierta le llegaba de los anchos parterres de flores el quejoso zumbido de los abejorros junto con la fragancia de la lavanda húmeda. Grace intentaba leer, pero en algún momento de la semana anterior había perdido el reloj y seguía preguntándose adónde habría ido a parar. Había buscado en todos los bolsillos, cajones, cajas, le preguntó al bedel, que no lo había visto, y en la Biblioteca Bodleiana, donde le enseñaron tres relojes, ninguno de los cuales era el suyo.

Leyó en camisón y con un chal encima hasta que se le cansó la vista, y entonces, reacia a ir a buscar a alguien que le ajustara los cordones del corsé, se puso una de las viejas prendas de Matsumoto. Era agradable levantarse, y de pronto sintió deseos de salir y dar un paseo por el jardín, o llevarse el trabajo consigo. Pero las poco armoniosas campanas tocaron la una del mediodía en toda la ciudad. Ir a alguna parte, aunque solo fuera el jardín, le parecía una desmesurada pérdida de tiempo. A las doce de la noche anterior había pasado una página del calendario. El final del trimestre estaba señalado la semana siguiente con un círculo rojo. Se sentó de nuevo en la incómoda silla y apoyó la barbilla en la rodilla mientras hojeaba el ensayo buscando dónde se había quedado.

Dio un respingo cuando alguien llamó a la puerta.

Apareció Bertha.

—Ha venido una señora que afirma ser su madre.

—Mi madre es una inválida crónica.

Bertha asintió e indicó por señas que iba envuelta en chales.

—He considerado que era mejor no mandarla aquí arriba, no sea que se muera de vergüenza. —Paseó la mirada por la habitación. No estaba tan mal, aunque había amontonado tazas en una pirámide en lugar de llevarlas al piso de abajo.

—Gracias. Siempre tan magnánima. Ahora bajo.

—Vístase como es debido.

—¿Hacen falta los corsés y los lazos si no hay tribuna? Lo siento, no ha tenido gracia. Tengo toda la ropa en la lavandería. No esperaba recibir a nadie hoy.

—Bueno, tal vez podría pedir algo prestado —sugirió Bertha con manifiesta y particular cortesía.

—Más vale que no lo haga. Podría quemarlo o derramar algo sobre él.

Bertha se limitó a poner una expresión impaciente y salió. Grace la siguió esperando oír la risa de Matsumoto, pero en la bien ventilada sala de estar del fondo del jardín, con su bonita vista de los parterres de lavanda y la larga hierba que se ondulaba hasta el río, se encontraba su madre. Su madre, que no había salido de Londres en años.

—Mamá, ¿qué ha pasado? ¿Es William? ¿O James? Creía que los dos iban a venir de permiso, ¿qué…?

—No, no, no es nada de eso —se apresuró a decir ella. Se cerró bien el chal sobre los hombros a pesar de estar al sol—. Santo cielo, ¿qué llevas puesto?

—Tengo la ropa en la lavandería… ¿Qué pasa entonces? ¿Papá?

—No. —Su madre respiró hondo—. Francis Fanshaw va a asistir al baile del Ministerio de Asuntos Exteriores del día catorce.

Grace notó que se le formaban arrugas en la frente.

—¿Cómo dices? —preguntó con impotencia.

—Francis. Crecisteis juntos, ¿no te acuerdas? Solíais pescar renacuajos en el lago de la casa de Hampshire de su padre. Tiene unos años más que tú.

—Sí. Lo recuerdo. ¿Está… enfermo?

Su madre la miró sin comprender.

—No. Asistirá al baile, ya te lo he dicho. ¿Sabías que su primera mujer murió hace unos años?

—Creo que lo leí en alguna parte —respondió Grace, todavía sin saber qué decir.

Se sentó en el sillón de pelo de caballo situado enfrente, que crujió bajo su peso, y le llegó una ráfaga familiar de perfume de violetas.

—Bueno, el viejo conde está muy enfermo —continuó la madre en voz baja. Tenía los ojos acuosos a la luz brillante y sacó del bolso las gafas de sol y se las puso. El estuche estaba hecho con un antiguo bordado en negro—. Y tu padre también ha sido invitado al baile, por supuesto. No podría suceder en un momento más oportuno, ¿no te parece? —La miró con una sincera y alegre sonrisa. Como el azúcar y el café le sentaban mal, todavía tenía los dientes de un blanco prístino que contrastaba con su rostro arrugado. De pronto Grace advirtió que se había puesto los pendientes para salir, pero los lóbulos de sus orejas habían perdido elasticidad y los pendientes de oro le caían. Era una anciana y aún no tenía cincuenta años.

Ella malinterpretó la expresión de Grace.

—¿No ves lo romántico que será? Os volveréis a encontrar después de todos estos años y bailaréis, y si tienes suerte antes de que acabe el mes te habrá pedido en matrimonio. Es un buen partido y no tendría mayor complicación.

—Sí, entiendo, mamá... Pero yo no…, esto es muy repentino.

Su madre asintió, compasiva.

—Estas cosas siempre lo son. ¿Sabes? Al principio yo no quería casarme con tu padre, me daba pavor, pensaba que tenía un aspecto feroz con su uniforme militar. Habría preferido casarme con un clérigo y vivir en una bonita casa de campo. Pero, como es natural, acabé acostumbrándome, y ahora no querría que hubiera sido de otro modo.

Grace se mordió la lengua y no hizo ningún comentario sobre su imaginación, o la falta de ella.

—No, no, lo sé. Por supuesto. Pero…

—¡Oh, Grace! —prorrumpió su madre, y se oyó un débil golpe detrás de la puerta.

Grace no miró en esa dirección. Le pareció poco amable hacerle saber a Bertha que estaba espiando con menos discreción de la que pensaba, sobre todo después de haber sido ya grosera con ella esa mañana.

—¡Eres demasiado mayor para vivir con nosotros! Necesitas una casa y un marido. Se acabarán las discusiones entre tu padre y tú en cuanto dejéis de vivir bajo el mismo techo, ¿no lo ves? Y podrás continuar con… lo que sea que haces aquí, una vez que recibas la casa de tu tía.

—Sería más sencillo que pudiera disponer de la casa de mi tía sin necesidad de casarme con alguien para que lleve las llaves por mí.

Su madre se quitó de nuevo las gafas de sol, dejando ver una mirada de reproche.

—Eso no tiene remedio. Si de mí dependiera la recibirías de inmediato, pero no entiendo una palabra del asunto. La ley es muy complicada. Estoy segura de que tu padre sabe más que yo.

—Sí, lo sé. Lo siento. Discúlpame. Lo que quería decir es que prefiero mantenerme por mí misma. Estoy a punto de hacer un experimento que podría ser importante. Si sale bien no necesitaré casarme con nadie. Obtendré una beca y habitaciones aquí.

—Sí, pero ¿y si no sale bien?

—Bueno, yo… creo que saldrá bien. —Grace tragó saliva e intentó pensar en un modo sencillo de explicárselo—. El experimento ya se ha hecho antes, aunque no se realizó bien. Voy a corregir algunas partes. Debería ser fácil.

—Pero ¿y si no lo es? —insistió su madre—. Dime que irás al baile. Y me daré por satisfecha. No soporto la idea de tenerte de nuevo en casa y verte enmohecer.

—Si vuelvo a casa, me pondré a dar clases en una escuela —replicó ella, e intentó mostrarse entusiasta ante la perspectiva.

—Y eso sería mejor que casarte con Francis Fanshaw, ¿no?

La paciencia de Grace llegó a su límite.

—Verás, si me caso con alguien me convertiré en la esposa de alguien. Y las esposas tienen deberes. Si tengo hijos perderé la cabeza durante un año y medio… No pongas esa cara, a ti te pasó con James y con William, fue aterrador… Me pasaré un año y medio llorando sin motivo y con el cerebro tan deshecho que no podré trabajar. Y volverá a ocurrir con el siguiente niño, y poco a poco perderé el interés en trabajar, y acabaré agotada, y solo seré…

—¿Qué? —replicó su madre, alzando la voz—. ¿Serás qué? ¿Como yo? ¿Tan horrible es eso? Te burlas de mí, pero he conseguido llegar hasta aquí, ¿no? Y te diré algo. ¡Hay muchas mujeres que no se atreverían a recorrer solas cincuenta millas!

Grace no le llevó la contraria porque, como siempre, tenía la sensación de estar pegando a un gatito, y notó lo frágiles que eran los huesos de su mano. Se disculpó una y otra vez, y luego, muy despacio, porque su madre no podía caminar deprisa, la acompañó al comedor vacío para tomar una taza de té. Mientras la tetera reposaba echando humo entre ellas, Grace comentó en un tono que pretendía sonar despreocupado que tal vez sería divertido ir al baile.

Todo pareció arreglarse a partir de ese momento. Como la señora Carrow no había reservado habitación en un hotel y estaba demasiado cansada para subirse enseguida a un tren, Grace la instaló en la casa de huéspedes de la acera de enfrente. Sabiendo lo inquieta que se sentiría en un lugar nuevo, se quedó con ella el resto del día. Cuando regresó al *college* era noche cerrada. Un saltamontes había entrado por la ventana abierta y se había posado en su ensayo sobre el éter. Ella lo apartó con un golpecito. Inclinada un tanto desmañadamente sobre el escritorio, se quedó largo rato mirando las páginas. Empezaba a dolerle la espalda. Le habían hecho la cama mientras estaba fuera y esta ejercía una atracción magnética, pero ya había perdido demasiado tiempo. Se dejó caer de nuevo en la incómoda silla, encendió la lámpara y se dio pellizcos para despertarse y acabar de leer.

Solo cuando terminó, pasada la medianoche, encontró el reloj encima del montón de libros que acababa de cerrar. Enfadada consigo misma, lo cogió y abrió la caja para darle cuerda. Sin embargo, ya se le había dado toda la cuerda posible. Y la hora era la correcta. Alguien lo había bruñido y en el interior de la tapa, cortada en forma circular, había una nueva copia de la garantía original del fabricante. Perpleja, miró la puerta cerrada de su habitación y se propuso preguntar al bedel a la mañana siguiente, pero como tuvo que acompañar a su madre a la estación de tren, se olvidó.

10

Londres, junio de 1884

El jefe administrativo pasó por su lado sobre patines. Thaniel no hizo preguntas. Al levantarse esa mañana se había encontrado a Katsu acurrucado en su maleta, lo que había alterado su capacidad de asombro para el resto del día. De la maleta ya faltaban calcetines y cuellos. No le importó. Sentado en la limpia cocina con la puerta del taller abierta, oyendo los chasquidos y suspiros de los mecanismos, tenía la sensación de estar junto al mar. En cuanto Spindle presentara su informe y los hombres de Williamson acudieran a la relojería, todo habría acabado.

Se apretó los párpados con las yemas de los dedos y contempló los colores del código entrante mientras reunía la fuerza de voluntad necesaria para ir a ver de nuevo a Williamson. Quería asegurarse de que había recibido su telegrama y mencionarle los diamantes de los mecanismos de relojería de Katsu. Aún no había acudido porque tenía una visión clara de su futuro, viviendo de nuevo a la sombra de la prisión y en la húmeda orilla del río, después de haber mandado a la horca a un hombrecillo que utilizaba sus diamantes, por cuestionable que fuera su procedencia, para fabricar relojes. Dio un respingo al notar una mano en el hombro.

—¡Por Dios, es usted! ¿Qué está haciendo aquí escondido? —Era el caballero del día anterior, el señor Fanshaw.

—Buenos días —lo saludó Thaniel—. Si hubiera sabido que trabajaba aquí le habría dicho algo ayer.

—En realidad no trabajo aquí —susurró Fanshaw—. Soy un subalterno del Ministerio de Asuntos Exteriores y me estoy llevando a gente. —Miró a Thaniel intrigado—. Me sorprende que todavía no le hayamos reclutado con la experiencia que tiene en asuntos relacionados con Oriente.

—¿Mi qué?

—¡Croft! Croft, le robo a este. El último, se lo prometo.

—No sé por qué el Ministerio del Interior tiene que caer presa de las fiestas del Ministerio de Asuntos Exteriores —replicó el jefe administrativo con tono mordaz.

—¿Alguna razón en particular para desplazarse con patines?

—La movilidad.

Fanshaw sonrió.

—Se lo devolveré el próximo viernes, no se preocupe. Por aquí, señor…

—Steepleton. —Thaniel tuvo que apresurarse para no quedarse atrás. Fanshaw caminaba con brío.

Muy pronto estuvieron de nuevo en la planta baja, en la larga galería ornamentada que comunicaba el Ministerio de Interior con el de Asuntos Exteriores. Un retrato a tamaño natural de la reina colgaba de la pared de las escaleras, que crujieron con ecos solemnes. Caoba.

—Lo siento, señor. No sé qué está ocurriendo…

—Lo que ocurre es que el Ministerio de Asuntos Exteriores va a celebrar un baile —replicó Fanshaw— y los bailes del Ministerio de Asuntos Exteriores vienen con la etiqueta administrativa de colosal. Es de crucial importancia que asistan varios embajadores, pero cada uno tiene que hablar con fulanito y con menganito en un momento determinado, y no, no pueden sentarse con los indios, y, ¿cómo, no tenemos té verde?, y ¿va a venir Italia?, porque entonces Hungría no vendrá…, usted ya me entiende. —Lanzó una mirada pícara a la reina—. Y eso, por supuesto, tiene prioridad sobre cualquier golpe de Estado que esté teniendo lugar en China o sobre si Kiyotaka Kuroda quiere volver a invadir Corea. Las negociaciones diplomáticas que rodean el baile apartan inevitablemente al personal de las áreas consideradas menos clave. A nadie le importa si no tenemos ciudadanos británicos en el país. A mi modo de ver, ese es un criterio necio, así que estoy reclutando a personas de otros departamentos. Aquí nadie habla japonés y necesitamos a alguien aparte de mí en esta sección.

—Pero yo no hablo…

—Pero sabrá cómo suena, eso ya es algo, y está en posición de aprenderlo con rapidez viviendo donde vive —añadió Fanshaw, girando con brusquedad a la izquierda para entrar en lo que podría haber sido una sala de operaciones.

Las paredes estaban completamente cubiertas de mapas, y seis o siete hombres trabajaban en escritorios colocados en hilera como en una escuela. En todas partes había libros amontonados, y con uno de los montones alguien había construido una práctica otomana en la que en esos momentos descansaba una bandeja con lo necesario para preparar el té. Uno de los hombres hablaba por teléfono al parecer con un periodista. Fanshaw señaló a Thaniel el escritorio libre de la esquina.

—Allí está Japón. Yo andaré cerca, por supuesto, y cuando usted no esté ocupado hará lo de siempre. Telegrafía, contabilidad y demás.

—Un momento, ¿ha dicho aprender rápido? ¿No acaba de decir que me devolverá al Ministerio del Interior antes del viernes?

—Es evidente que he mentido.

—¿Cómo? Pero yo no sé qué hacen ustedes aquí.

Fanshaw agitó una mano.

—Siéntese. Sobre todo tratará con los organizadores de la exposición japonesa de Knightsbridge, pero hay otros japoneses desperdigados por Londres, y como no hay suficientes para abrir una embajada, vendrán derechos a nosotros si se ven en apuros. El embajador, un tal Arinori, no está aquí hoy, pero tenga cuidado con él o ló habrá incorporado al servicio diplomático antes del martes; hace horario de oficina tres días a la semana. Usted se encargará del extravío de documentos, el asesoramiento sobre la vivienda, el idioma… y toda clase de problemas que la gente pueda tener. Ese montón de papeles de allí debería haberse archivado la semana pasada. Haga lo que pueda y devuélvame el resto. Johnson le explicará cómo rellenar cualquier formulario.

El hombre que había mencionado, Johnson, levantó la vista y reparó por primera vez en Thaniel. Le dedicó la fugaz sonrisa propia de una persona ocupada.

—Buenos días.

—Johnson, le presento al señor Steepleton. Lo he robado de la sala de telégrafos del Ministerio del Interior.

—Oh, gracias a Dios —dijo él, arrojando el libro de códigos y haciendo señas a Thaniel para que se acercara—. Tome, envíe esto por mí. Estoy hablando con Shanghai pero va para largo, y Fanshaw nos ha robado a nuestro telégrafo para los tipos de la sección de Estados Unidos. Hasta luego, Francis —añadió.

Fanshaw había desaparecido. Thaniel se sentó de lado ante el telégrafo con un suspiro y sacó con suavidad el papel de transcripción. Era un modelo muy superior a los aparatos destartalados del Ministerio del Interior, pues funcionaba más rápido y con mayor suavidad, y por el chasquido de los engranajes supo que el papel no se arrugaría al cabo de tres pulgadas y media. Lo sostuvo de todos modos por la fuerza de la costumbre. El mensaje era una petición de un impreso que confirmara que en Gran Bretaña se estaba al corriente del extravío del pasaporte de un tal Feversham y lo dejarían entrar por Dover.

Tras enviar de nuevo el mensaje a través del operador de la centralita, enrolló el papel con más firmeza para evitar que se agitara como había hecho antes. Estaba cerrando la máquina cuando se dio cuenta de que Johnson lo observaba.

—¿Enviaría este también por mí? —preguntó mansamente—. Lo haría yo, pero nuestro último compañero no era ni la mitad de rápido que usted y al ritmo que usted va no le llevará ni un minuto. ¿Puede oír el código?

—Sí. Empiezas a oírlo al cabo de un tiempo.

—¿En serio? Es extraordinario.

—No es difícil.

—No, claro, y estoy seguro de que las matemáticas puras tampoco lo son una vez que les pillas el truco. —Johnson se rió—. En cualquier caso, me alegro de tenerle entre nosotros. Será agradable salirnos de la norma y contar para variar con un colega operativo que sabe lo que se hace, en lugar de un inútil recién salido de

Eton que hace tiempo aquí hasta que su viejo le consiga un puesto en la embajada.

—Estoy seguro. —Thaniel meneó la cabeza una vez. A él le caían bastante bien los hombres de Eton; había muchos por Whitehall, y aunque eran una especie diferente, solían fingir de buen grado que no lo eran. Levantó la vista al darse cuenta de que Johnson no le estaba dictando nada y vio que los demás funcionarios se cruzaban miradas significativas por encima de la cabeza, aunque no supo interpretarlas—. ¿Listo?

—Hummm, sí. Bien, hola Henry, stop. Tengo un nuevo tipo en el telégrafo, stop…

—Puede hablar de corrido —ofreció Thaniel, vuelto hacia la palanca.

—¿En serio? Creía que tenía que marcar específicamente cada frase, ya sabe.

—Si lo hago yo iremos más deprisa.

—Perfecto. Santo cielo, conoce bien su trabajo, ¿eh?

—Si hay hasta monos que lo conocen. Telégrafo, stop…

Al oír eso Johnson se lanzó. Con frecuencia se interrumpía en mitad del dictado para explicar de qué iba el asunto y los demás empleados participaban. Parecían satisfechos de tener a alguien ante quien exhibirse, y Thaniel escuchó y lo memorizó todo, porque nunca había oído nada igual. El mensaje a Shanghai era una respuesta a despachos diplomáticos, y por tanto se extendía bastante; había chanchullos en las aduanas chinas, un extraño culto en el este, y el problema de los botánicos británicos que se introducían en regiones prohibidas para coleccionar muestras de té. Tras el mensaje de Shanghai llegaron los despachos procedentes de Tokio, apenas inteligibles porque el ministro hablaba una mezcla de japonés e inglés salpicada de *gozaimases* y *shimases* que Thaniel había oído a medias en la exposición del pueblo japonés el día anterior, pero cuyo significado ignoraba. Al cabo de un rato Johnson confeccionó una lista de términos.

Pese a su entusiasmo, los demás parecían recelar de Thaniel y no lo invitaron a ir con ellos a la hora de comer. A él no le importó. El silencio era una oportunidad para recapacitar. Se quedó sentado ante el escritorio de Japón y se aprendió la lista de palabras. Cuanto más las miraba, más extraordinario le parecía que Mori pudiera hablar en su idioma sin una pizca de acento. Seguía leyendo las palabras cuando miró de reojo el archivo que tenía ante sí. En él se leía el rótulo «Inmigrantes japoneses».

Se levantó despacio y abrió el cajón de la M a la R, que estaba dominado por Nakanos y Nakamuras. Solo había dos personas con el nombre Mori. Keita era el segundo. En el interior del delgado expediente había copias de formularios de inmigración. Estos eran una especie de certificados impresos divididos en columnas, donde la información estaba escrita a mano y firmada por el funcionario de aduanas, en ese caso de Portsmouth. Leyó rápidamente los datos:

Nombre: barón Mori, Keita, n. 14 de junio de 1845
Nacionalidad: Japonesa
País de embarque: Japón
Profesión: Ayudante gubernamental del señor H. Ito, ministro
del Interior
Fecha del certificado: 12 de enero de 1883

No había nada más aparte de una carta de recomendación del señor Ito que servía de prueba de identidad. Tenía un sello de aspecto oficial en japonés, y en la parte superior de la hoja aparecía el emblema del emperador. Thaniel dejó caer el expediente sobre el archivo. Mori había mencionado que su primo tenía un título nobiliario. No debería haberle sorprendido averiguar que su nombre empezara por «barón», pero nunca se le había ocurrido pensarlo. Con el corazón encogido, volvió a leer la carta y los certificados y comprendió que tenía que informar a Williamson antes de que la policía intentara detener a ese nombre por tener diamantes.

El telégrafo repiqueteó.

«Scotland Yard, a la atención del Ministerio de Asuntos Exteriores...»

Los aparatos del Ministerio del Interior imprimían el código solo a lápiz, pero este lo hizo con una letra fluida semejante a la caligrafía. El primer mensaje fue seguido con celeridad de un segundo y un tercer mensajes. La central debía de haber recopilado todo lo de Scotland Yard y lo había enviado enseguida como correo ordinario.

«Para A. Williamson. Pedí a Spindle que examinara el reloj tal como me pidió...»

—¿Va todo bien? —Fanshaw se había acercado sin hacer ruido—. Tiene una expresión bastante sombría.

Él se irguió.

—No, es mi cara normal.

—Los demás están fuera comiéndose sus sándwiches, ¿sabe? Parecen asustados. ¿Ha dicho algo grave acerca de los molinos de algodón?

—No. No sé nada de molinos de algodón.

Fanshaw se rió.

—Ya veo. ¿Qué tal va?

—He buscado a Mori en ese archivo. Al parecer es un barón.

Fanshaw abrió los ojos con interés.

—¿Pertenece a los Mori? ¿De veras?

—¿Son famosos?

—Son un enorme clan de samuráis de Japón. Muy ricos y muy conservadores por lo general. Hoy día lo encabeza el duque de Choushu, que viene a ser como el duque de Northumberland aquí. Oh…, ahora caigo; entre el personal del ministro Ito había un Mori. Se marchó hace tiempo. Recuerdo que alguien comentó que había recogido sus bártulos para irse a hacer relojes a Inglaterra. Nunca pensé que lo conocería. Es extraño.

—Tal vez se aburrió del trabajo gubernamental.

Fanshaw se rió.

—Lo dudo. Ito será primer ministro en cuanto consiga agenciarse un sistema de gabinete, no me cabe la menor duda. De todos modos, le traigo un regalo —añadió, y dejó caer un diccionario de japonés sobre el escritorio de Thaniel. Aterrizó con un golpe que hizo saltar los papeles—. Apréndaselo.

—¿Todo?

—Todo.

Thaniel abrió la tapa con la uña de un dedo e hizo una mueca; había utilizado la mano izquierda. El pequeño esfuerzo bastó para que se le abriera la cicatriz del brazo. Sobre las páginas del grosor de un pañuelo de papel, el texto era minúsculo.

—Pero ¿no lo habla usted…?

—Yo estaré aquí solo una tercera parte del tiempo; tengo otras muchas cosas que hacer.

—¿Como qué?

—Todo. —Fanshaw se dejó caer en la silla con un suspiro.

—¡Las entradas! —exclamó de pronto—. Los empleados del ministerio están invitados al baile. Puede coger una en la oficina de Chivers, está aquí mismo. No puede perdérselo. No después de todo el esfuerzo que he puesto en ese maldito acto. Ah, y no me extrañaría que tenga que firmar más documentos de confidencialidad. Si se pensaba que el material del Ministerio del Interior era delicado, espere a ver lo que sale aquí de los cables. Debo decir que el sueldo es desde luego más elevado.

—Yo…, Dios mío, ¿habla en serio?

—Totalmente en serio.

—Gracias.

Fanshaw lo rechazó con un ademán.

—No puedo permitir que alguien que habla japonés trabaje en la sala de telegrafía del Ministerio del Interior. —Suspiró de nuevo, retirándose en su anterior letargo. Introdujo luego una aguja en una tela con una hiedra a medio bordar.

—¿Qué está haciendo? —le preguntó Thaniel, que se había contenido aunque no por mucho tiempo.

—¿Cómo dice? Ah, el bordado. Síntoma de exceso de trabajo, me temo. Si no hago un poco de vez en cuando me pongo fatal.

—¿Y bordar le ayuda?

—Creo que tiene que ver con hacer algo con las manos que no requiera mucho cerebro. Sospecho que podría ser una neurosis en ciernes. Me proponía ir a que me lo vieran. Abunda en la familia. Aunque no tengo ni punto de comparación con mi hermano, ¿sabe? Él tiene que ir por la finca contando las barandillas, y hay muchísimas. Supongo que los números, al ser inmutables, resultan reconfortantes cuando crees que no controlas del todo las cosas. El tres siempre será el tres.

—Estaba a punto de preparar té —dijo Thaniel asintiendo despacio—. ¿Le ayudaría?

Fanshaw juntó las manos y se recostó en la silla como si hubiera llegado a la Tierra Prometida después de cuarenta años vagando en un desierto sin té.

—Ya lo creo, gracias. Por cierto, están enviando aquí todos los telegramas de Scotland Yard. Llévelos al sótano cuando lleguen, ¿quiere?

Durante la última semana se habían ido secando las grietas en los lodosos márgenes del Támesis, pero el sótano del Ministerio del Interior era frío. Parte del desbarajuste de papeles, y por tanto de su aislamiento, había desaparecido, y cuando Thaniel bajó, el joven oficial del mostrador tenía las manos alrededor de la lámpara. En medio de los viejos archiveros y del estrépito de los hombres moviéndose de un lado para otro con pesadas botas, Williamson parecía un criminal con unos mitones.

—Me ha parecido ver a la expedición de Franklin en un armario del fondo —dijo Thaniel.

—Solo faltan los equipos de perros y… los piolets —respondió Williamson apesadumbrado—. ¿Son los telegramas del Ministerio de Asuntos Exteriores? ¿Qué piensa hacer con ellos?

—Francis Fanshaw me ha reclutado esta mañana.

—Oh, excelente. —Cogió las transcripciones y las notas escritas a mano por Thaniel, y las dejó a un lado—. Bien —añadió, y bajó la voz como cuando su tartamudeo estaba a punto de desaparecer momentáneamente—. Frederick Spindle ha estado aquí esta mañana para hablar de diamantes escondidos y mecanismos de repuesto.

Thaniel acercó una silla y se sentó, con los brazos cruzados para entrar en calor, pues iba en mangas de camisa.

—También he venido por eso. Acabo de buscar a Mori en los archivos orientales. Es un barón de Japón. Su familia es rica. Fanshaw dice que están forrados. No creo que los diamantes tengan importancia.

—¿Qué hace fabricando relojes en Knightsbridge?

Thaniel meneó la cabeza. Si bien no era imposible explicar la originalidad de Mori, se mostraba reacio a intentarlo. Temía idealizarlo demasiado.

Williamson apoyó los codos en la mesa y deslizó las yemas de los dedos bajo la bufanda.

—Lo veo raro.

—Tampoco es para tanto.

Williamson clavó los ojos en él y le leyó el pensamiento.

—Aun así —dijo, más despacio—, el reloj llegó a su piso la noche de la amenaza, se abrió el día del atentado y la alarma se disparó poco antes de que estallara la bomba. ¿Un mecanismo especial que indica dónde se encuentra su portador en un momento determinado? No sé qué se proponían, pero Spindle dice que es una de las piezas más sofisticadas que ha visto en su vida. No fabricas el mecanismo más sofisticado que jamás ha visto uno de los mejores relojeros de Londres solo para poner una alarma, ¿no?

—Me he instalado en la habitación que Mori tenía en alquiler —murmuró Thaniel—. Para tenerlo vigilado. No digo que sea inocente. Sin embargo, no puede dar por hecho que esos diamantes son la recompensa por algo cuando es tan rico. Por lo que dice Fanshaw, es dinero de familia.

Williamson se recostó un poco.

—Bueno, eso está bien. Eso está muy bien. —Parecía arrepentido, pero no lo dijo—. ¿Sabe?, debería formar parte de la Rama Especial en lugar de teclear para Fanshaw. Es usted un hombre fiable.

Thaniel sonrió.

—Solo por curiosidad, ¿con qué frecuencia mueren los oficiales de la Rama Especial cuando sueltan sin querer algo a los irlandeses?

—¿Si lo sueltan? Siempre.

—Aunque es bueno rodearse de gente eficiente, ¿no? De modo que todo tiene sus pros y sus contras.

William tosió mientras él se reía.

—Hábleme de Mori.

—¿Qué quiere saber?

—Aparte del misterio de los relojes, ¿qué impresión tiene de él?

—Es amable —respondió Thaniel. Bajó la vista al suelo, que estaba cubierto de semicírculos—. Sufre de vértigo, no le gustan los hijos de los vecinos. Su mascota es un pulpo hecho con un mecanismo de relojería que colecciona calcetines. Parece que lo conocen bien en la exposición japonesa de Hyde Park, de modo que no creo que sea el típico solitario.

—¿Se lleva bien con él?

—Bastante bien.

—¿Hasta el extremo de echar un buen vistazo a la casa sin despertar sospechas?

—No podría fisgonear —respondió Thaniel despacio.

—No es necesario. Me gustaría que registrara la correspondencia. Si está relacionado con los irlandeses podría haber quemado algo relevante, o quizá no. La gente se siente segura en su casa; podría haber guardado las cartas, los panfletos..., también podría haber algo relacionado con el chantaje.

A Thaniel le rechinaron los dientes.

—De acuerdo.

—Si averigua algo avíseme enseguida. El último informe de Spindle no tardará en llegar, pero no puedo detener a alguien solo por fabricar mecanismos de relojería ingeniosos, y hay..., bueno, cierta presión de las altas esferas.

—Eso parece...

—No, no, diga lo que piensa en realidad. —Williamson trató de resoplar pero se llevó la mano a la cabeza—. ¿En serio lo parece?

—Dolly, todo irá bien. Creía que ya había arrestado a la mayoría de los hombres involucrados en este asunto.

—Sí. Sabíamos quiénes eran con meses de antelación, aunque no podíamos arrestarlos hasta que encontráramos las bombas. No teníamos pruebas. Pero entre ellos no hay ningún maldito fabricante de bombas. Si no damos con él, será una locura intentar relacionar a los demás cabrones con la explosión, y ninguno de ellos sabe nada; ningún hombre sabe más de lo estrictamente necesario por temor a que lo detengan. Así que vaya con tiento. Si espanta a ese hombre, el caso podría...

Thaniel se recostó en la silla. Williamson debió de ver cómo cambiaba su expresión porque levantó una mano para apaciguarlo y se la acercó.

—No vaya a creer que no sé el enorme fracaso administrativo que supone depender tanto de civiles.

—¿Qué pasará si no averiguo nada?

—Entonces tendré que detenerlo de todos modos y sonsacarle una confesión, y hacerlo rápido, antes de que el Ministerio de Asuntos Exteriores se entere de que he detenido a un noble oriental.

Thaniel notó una opresión en los pulmones y luego un dolor que le impedía respirar.

—Dolly, puede que no sea él. Hay un mecanismo de relojería en la bomba, aunque cualquier relojero podría haber desmontado uno de sus relojes, y tiene usted un reloj raro entre manos, pero cualquier relojero podría haberlo programado para que hiciera explotar la bomba.

—¿Y qué me dice del mendigo de su casa que vio a un niño con marcas orientales en las botas?

—La mitad de los relojeros de Londres son chinos.

—¿Es lo que en realidad piensa o solo quiere que no sea él?

Thaniel se levantó.

—Lo que no quiero es ser testigo de cómo el ministro de Asuntos Exteriores lo despide personalmente en el caso no tan improbable de que un samurái logre plantar cara a unos agentes el tiempo suficiente para que alguien se entere.

Williamson también se levantó.

—Siento todo este lío. —Le tendió una mano.

Thaniel se la estrechó y se volvió antes de que el policía le pudiera ver bien el rostro.

Con una invitación ribeteada de dorado para asistir al baile del Ministerio del Exterior en la cartera, Thaniel entró en la casa por la puerta principal en lugar de por el taller. Le había parecido ver a Mori ocupado, o al menos absorto, a través del escaparate. Dejó el diccionario de Fanshaw encima de la mesa de la cocina, puso agua a hervir, y leyó las primeras páginas mientras esperaba. No era un diccionario de palabras sino de caracteres simples, algunos de los cuales resultaban ser palabras, ordenadas según la cantidad de trazos. Empezaba con los números y con los signos correspondientes a persona, sol y grande. Desplazó el bloque de páginas hacia la izquierda para ver las entradas del final. Eran incoherentes y confusas, y tenían un aire remoto. Los significados eran todos términos filosóficos.

—Veo que está preparando té —dijo Mori cuando oyó silbar el hervidor.

Thaniel cerró los ojos.

—Pensé que no quería que lo molestaran.

—Moleste todo lo que quiera.

Dejó entreabierta la puerta que los separaba. Nunca había estado del todo cerrada, con su rígido picaporte de hierro. Era de roble macizo y más estrecha por la parte superior, pero el peso le resultaba familiar; había pasado años empujando con el hombro una puerta parecida en el altillo del órgano de la capilla del duque. Esta no crujía. Mori estaba de espaldas a él, con la cabeza inclinada sobre un microscopio. Debía de estar trabajando en algo difícil porque no miró atrás para averiguar la razón de tanto silencio. Se pasó un lápiz de la mano derecha a la izquierda y apuntó algo en un prototipo. Era evidente que la ausencia de conversación no le parecía de mala educación.

Thaniel se acercó a él por detrás para agarrarle de un codo y dejarle una guinea en la mano. Vestía una camisa de hilo auténtico, y como había estado un rato sentado en la corriente de aire, tenía el brazo derecho algo frío. Se volvió en su silla.

—¿Para qué es?

—La mensualidad —respondió Thaniel—. Desde esta maña-na trabajo para el Ministerio de Asuntos Exteriores.

Mori inclinó la cabeza.

—Así se hace.

—Gracias, barón Mori.

—¿Quién se lo ha dicho? —le preguntó él, malhumorado.

—Nadie. He leído su expediente de inmigración en la oficina. ¿Por qué no me lo dijo?

—Prefiero ser relojero aquí a samurái en alguna otra parte del mundo.

—Debió de ser terrible para usted ser samurái.

—Calle, plebeyo.

Thaniel se rió sabiendo lo que Williamson diría si lo viera, luego arrinconó el pensamiento en el lugar más profundo de su mente. Williamson no tendría que vivir en Pimlico cuando todo acabara.

Pronto llegó la hora de la cena: pan recién hecho, uvas de verdad y un vino oriental amargo que después de dos copas Tha-niel decidió que le gustaba. También disfrutó viendo a Mori co-mer arroz con palillos, con mayor precisión que la que él tenía al manejar los cubiertos. Mori parecía desaprobar la cubertería como un signo de decadencia innecesario, y para reforzar ese ar-gumento lavó todos los platos excepto el tenedor de Thaniel, que dejó en un tarro como si se tratara de un espécimen químico. Thaniel le dio un codazo y Mori sonrió en el reflejo de la oscura ventana.

Delicadas bolas de luz se elevaban de la hierba entre los abe-dules del jardín. Era lo que Thaniel había visto la primera noche allí, pero al estar más cerca de ellas vio que eran de distintos colores, en tonos ámbar y amarillo. De vez en cuando parpadeaban como si algo se moviera entre ellas. El bebé de los Haverly, al que habían vuelto a dejar fuera junto a la puerta trasera, también las vio y gritó.

Thaniel dejó el plato que había secado.

—¿Qué son?

—Mariposas.

—No son como las de Inglaterra.

Mori sacó una llave del bolsillo. En cuanto abrió la puerta las luces flotantes desaparecieron. Los dos salieron y miraron alrededor, aunque no vieron más que a Katsu lanzándoles burbujas desde una regadera.

SEGUNDA PARTE

11

Oxford, junio de 1884

Grace había trabajado toda la semana en el interferómetro. El trimestre terminaba el 14 de junio —al día siguiente— y luego sería demasiado tarde. Era imposible tomar medidas con exactitud en Londres, donde había trenes por encima y por debajo del suelo, y obras en todas partes. Por esa razón el experimento del estadounidense había salido mal. Él se encontraba en el sótano de una academia naval mientras quinientos hombres taladraban por encima de su cabeza. Sin embargo, ella tenía esperanzas. Lo había hecho todo correctamente: repasó los cálculos originales, halló los errores y los corrigió. Al tomar la última de sus notas de la pila de libros empezó a sentir cómo le subía por el pecho una burbuja de alegría. Al principio era muy frágil, pero ahora le parecía que estaba hecha de algo más consistente. El nuevo experimento funcionaría. Tendría que volver a Londres durante un tiempo, pero no para siempre. Una vez que le publicaran el artículo, la universidad le pediría que regresara.

Se había instalado en el profundo y silencioso sótano de Lady Margaret Hall, donde todos la habían dejado sola. O casi sola. Matsumoto la visitaba todos los días a las tres de la tarde para asegurarse de que no había saltado por los aires. Ella había intentado explicarle que el experimento no tenía nada que ver con explosivos y que por tanto no podía explotar, pero él insistía en el peligro.

Ya eran casi las tres de la tarde. Después de colocar el último espejo sobre el interferómetro, Grace se levantó. Como suele suceder tras un largo período de concentración, la habitación estaba inexplicablemente distinta. Parecía más amplia y más llena. A lo largo de la pared del fondo se hallaba la colección de vinos jóvenes del *college*. Todo lo demás le pertenecía a ella. Había montado una mesa de caballetes, y había esparcido encima fragmentos de espejo y varias sierras de arco. A su lado tenía la pila bautismal que había cogido prestada de la capilla del New College. En el interior había un cepillo plano sobre el que reposaban los cuatro brazos del interferómetro en forma de cruz. Aunque se podía hacer ciencia de verdad con un imán y limaduras de hierro, daba un toque de profesionalidad haber construido algo que se parecía a un molino de viento. La ciencia tenía que poseer cierto misterio, de otro modo todos descubrirían lo simple que era.

La lata le hizo un corte en el brazo cuando vertió la primera dosis de mercurio en la pila. Brilló y nadó. Al verter la segunda lata, el mercurio que ya se encontraba en la pila saltó y salpicó, pero no como lo habría hecho el agua. Pesaba demasiado. Movió la lata alrededor dibujando formas en la superficie que se abolló bajo el nuevo peso que vertió en ella.

Alguien llamó a la puerta con un bastón.

—¡Entro, Carrow! —gritó Matsumoto—. ¿Algo desagradable que deba saber?

—Sí, no te acerques mucho. No deberías inhalar estos efluvios.

Él abrió la puerta con la empuñadura del bastón.

—¿Qué demonios estás haciendo?

—Es mercurio.

—Eso ya lo veo, Carrow. La pregunta es por qué hay mercurio en este sótano por lo demás encantador.

—Espera, ahí va el último —dijo Grace. Estaba sin aliento. Las latas no eran muy grandes, pero pesaban tanto que podrían haber sido de acero—. Al pesar más que el agua, amortigua las vibraciones.

—Vengo con unos amigos. He pensado que te iría bien ver a otros seres humanos.

—¿Cómo? —Grace dejó la lata vacía y se irguió, y encontró a seis de los secuaces de Matsumoto ya en mitad de las escaleras.

Todos iban vestidos con americanas entalladas y corbatas de seda que formaban ondas con los magníficos gestos del petróleo. Al detenerse bajo la luz de la lámpara, hicieron gestos educados y apreciativos hacia la habitación abarrotada. Uno se acercó a ella e hizo una reverencia.

—Albert Grey. Creo que ya nos conocíamos, pero es posible que estuviera absorto en aquel entonces.

Quería decir que no había sido capaz de apartarse de su griego antiguo. Grace le estrechó la mano con cuidado, sintiéndose los dedos entumecidos después de levantar las pesadas latas.

—Disculpe los efluvios.

Él se miró la palma de la mano y se la frotó en los pantalones.

—¿Qué es toda esta maquinaria? ¿Alguna clase de alquimia maravillosa?

—No, mide la luz. —Grace oyó un ruido metálico y tuvo que pasar bruscamente junto a Grey para coger uno de los espejos de las manos de otro secuaz—. No toquen nada, por favor.

—La física es una ocupación un tanto analítica para una mujer, ¿no le parece? —observó Grey hundiendo un dedo en el mercurio.

—Vamos, no seas zoquete —replicó Matsumoto justo cuando Grace abría la boca para defenderse—. Ya sabemos que te precias de ser una especie de hombre de la Ilustración, pero afróntalo, por Dios. Tienes la capacidad analítica de un conejo muerto.

Se hizo un breve silencio de perplejidad. Matsumoto nunca perdía los estribos con nadie. Grey lo miró con la mirada atónita de un niño que acaba de ser reprendido.

—Deberían irse todos —dijo Grace por fin—. Estos efluvios son venenosos si lo inhalan durante mucho tiempo.

Pero Grey intentó reír, nervioso.

—¿Solo venenosos? Matsumoto nos ha hablado de explosivos. Al parecer una vez le faltó poco para volar el *college*. ¿Está segura de que no está detrás de las bombas de Whitehall?

—¿Cómo dice?

Matsumoto abrió los ojos.

—Carrow, cada día te traigo el periódico.

—Me proponía… leerlos más tarde.

—¿La bomba de Whitehall? ¿La que ha destruido Scotland Yard? ¿Los fenianos?

—Dios mío, ¿han muerto todos? Me refiero a los agentes de policía.

—No, estaban fuera.

—¿Por qué es tan grave entonces?

—¿Cómo?

Grace oyó el ruido de algo que se derramaba y se volvió.

—¡Saque los dedos de mi maldito mercurio, Grey! Matsumoto, si quisiera hablar con seres humanos subiría y comería en el comedor. Largo de aquí. He dicho que no se puede tocar nada. —Y golpeó con fuerza la mano de Grey con una regla de acero.

Él la retiró con un quejido.

—Está bien. Os veré en el restaurante —dijo Matsumoto, acompañándolos hasta las escaleras.

Se retiraron en silenciosa procesión con Grey cerrando filas. De lo alto llegó una carcajada y supo que ella era el blanco de la broma.

—¿De verdad creías que me alegraría verlos a todos fisgoneando en mi experimento? —le preguntó a Matsumoto—. ¿El primer experimento importante que llevo preparando una semana? Ser solitario no es una enfermedad que necesite cura…

—Cálmate. El hombre que cuidaba de mí cuando era pequeño pasaba todo el tiempo solo y no tardó en volverse bastante histérico. De todos modos este mercurio tiene sin duda alguna clase de propósito velado para los legos en la materia. ¿Es peligroso? No será como el asunto del magnesio, ¿verdad?

—No es explosivo —respondió ella por cuarta vez esa semana—. Además, el cráter no fue tan grave y tienes las cejas en perfecto estado.

—Creo que si te fijas descubrirás que sigue viéndose en el césped pese a los valientes esfuerzos del jardinero. —Levantó la vista—. Confío en que no hayas ido por ahí involucrando a otras chicas en este asunto químico.

—¿Por qué? ¿Crees que ellas quemarían las cejas de la gente?

—No, porque entonces sabrían fabricar bombas. ¿Y qué pasaría si le dieras a alguien como Bertha una bomba?

Grace se detuvo.

—Ella estudia clásicas. Y las otras son biólogas, lo que significa que se pasan todo el día entre levadura y… lodo.

—Está bien, ¿qué es entonces todo esto si no es letal?

—Esto es un interferómetro. —A Grace le gustaba hasta pronunciar la palabra. Le dio un suave empujoncito y dio vueltas despacio sobre el mercurio, con los espejos parpadeando—. Mide la velocidad de la luz al pasar a través de éter.

—El éter es como el aire respecto al sonido. La luz tiene que… propagarse a través de algún medio.

—Te acuerdas —dijo ella, sorprendida.

—A veces recuerdo sin querer algo de ciencias. —Él suspiró—. ¿Qué propósito tiene?

—El propósito es demostrar la existencia del éter. Por lo general, el éter solo se asienta…, lo penetra todo. Es muy fino. A su lado los granos de azúcar parecen rocas, ¿te lo imaginas? Pero la tierra se está moviendo a través de él, que lo arrastra. Es lo que se conoce como viento del éter o arrastre del éter. Es muy útil porque podemos medirlo. Si logras probar que el éter tiene un flujo, demostrarás que existe.

—¿Cómo? —preguntó él sumisamente.

—Con la luz. Es la única sustancia que se ve afectada puramente por el éter y no por el aire. Y de ahí ese instrumento.

—Entiendo. ¿Y por qué es tan útil averiguarlo?

—Por muchas razones —respondió Grace, pasando por alto la expresión que veía en su rostro—. La demostración de la existencia del éter podría explicar muchas cosas. El éter penetra todo, incluso los espacios vacíos o el cerebro humano, de modo que los impulsos lo afectan sin duda alguna.

—Los impulsos…

—Pensar es un proceso físico, Matsumoto. No es magia sino electricidad que parpadea y sustancias químicas que se mueven. Cualquier desplazamiento empuja el éter.

Él parecía desconcertado.

—¿Has dicho electricidad?

—Sí. ¿Me sigues?

—Sí, sí.

—Y el éter podría explicar el proceder de los médiums, la existencia de los fantasmas y, en general, todos los efectos físicos que tiene el pensamiento más allá del cráneo. Si se pudiera estudiar el éter estaríamos a mitad de camino de comprender qué ocurre en la mente consciente tras la muerte.

—Oh —dijo Matsumoto, con un tono más interesado—. ¿Y ahora qué?

—Ahora tengo que apagar todas las luces y encender las lámparas de sodio de aquí para ajustarlo y hacer algunas observaciones.

—Ya empieza a sonar aburrido —replicó él.

Pero la ayudó a apagar las lámparas del escritorio hasta que solo quedó una encendida. Ella la utilizó para localizar los interruptores de las poderosas lámparas de sodio del interferómetro y entonces también la apagó soplando.

—Voy a asegurarme de que los brazos tienen la misma longitud. Mira esa hoja de papel que hay junto al telescopio.

—¿Qué debo buscar?

Grace ajustó uno de los brazos.

—¿Ves las franjas oscuras que hay en él?

Matsumoto pareció sorprenderse.

—Sí.

—Son las franjas de la luz de las que te estaba hablando. Avísame cuando se hagan más intensas.

—¿Cómo de intensas?

—Como si pudieras trazarlas con un lápiz.

—Ahora —dijo él al cabo de un minuto.

Grace tomó las medidas.

—Bien. Ahora utilizaremos luz blanca. —Encendió de nuevo la lámpara y apagó la lámpara de sodio.

—¿Cómo? ¿Qué diferencia hay?

—La luz blanca se divide en colores. Es más fácil contar las líneas porque los colores cambian al irradiar hacia fuera. Te pierdes si intentas contarlas solo en gris.

—Ah, sí —respondió él inquieto.

—¿Pasa algo?

—No. Pero todo esto es muy raro. Tengo la sensación de que Dios ha puesto unas maliciosas bombas trampa en los objetos cotidianos.

Grace se rió.

—No son maliciosos. Son arcoíris. Bien, vamos allá.

Dejó la lámpara de sodio en el borde del torno para que brillara hacia el espejo central. En la hoja de papel las oscuras franjas se colorearon, salvo una línea negra en el centro.

—A mí todavía me parecen muy intensas —dijo Matsumoto. Dio un brinco cuando una pequeña cámara sujeta al telescopio hizo una foto de las líneas. Grace había programado el obturador para que fotografiara cada cinco segundos después de que la luz se encendiera.

—Hummm. —Ella dio la vuelta al interferómetro en el mercurio. Las líneas parpadearon hasta que la luz se alineó de nuevo a través del telescopio. Eran exactamente iguales que antes. Grace sintió un peso desagradable en el estómago.

—He hecho algo mal.

Matsumoto apagó la lámpara del torno.

—Ya es suficiente por ahora, me estoy mareando con el mercurio. ¿Sería una estupidez afirmar que tal vez no existe el éter?

—Está ahí y lo sabemos. Todos los patrones matemáticos modernos del universo lo predicen.

—Ya basta —repitió él, y tiró de ella.

Una vez en lo alto de las escaleras del sótano, él le dio unas palmadas en el brazo.

—No, no. Necesito intentarlo de nuevo. Debo de haber alineado mal algo o…

—Necesitas una mirada nueva. Y la tendrás dentro de diez minutos. Ven.

Después del resplandor del sótano, la luz del día era demasiado brillante. Entraba a través de la puerta abierta en haces totalmente rectos. La luz se propaga en líneas rectas pero es una onda. Su cerebro se topó una vez más con la pregunta de qué era exactamente lo que producía la ondulación. Era una pregunta cansina y trillada.

—No quiero estar fuera mucho tiempo —dijo—. A partir de mañana ya no tendré acceso al laboratorio.

—¿Por qué?

—Termina el trimestre. Me vuelvo a casa.

—Creía que esa horrible tía tuya te había dejado la casa de Kensington y que te instalarías en ella.

—Me la ha dejado como parte de mi dote.

—Entonces cásate con un pobre desgraciado y sácalo luego a patadas. ¿No ha aprobado alguien una ley diciendo que lo que es tuyo es tuyo con independencia de los hombres de paso? Recuerdo que el grupo de Bertha se mostró bastante eufórico durante un tiempo.

—Sí, pero no es mío. Mi tía no me lo dejó a mí sino a mi padre para que este me lo diera a mí. Él cree que cualquier persona que esté emparentada con mi madre tiene que ser como ella, por lo que no me confiaría ni la eficiente administración de las virutas del lápiz. Nunca estará a mi nombre. Cuando me case será de mi marido, a la antigua usanza. Eso significa que tendría que buscar un marido al que no le molestaran los experimentos en la bodega. Lo que creo que es improbable. A no ser que tú estés dispuesto. Hay una casa en Kensington esperándote.

Él se rió.

—Me encantaría, pero por desgracia una esposa inglesa supondría un terrible escándalo. Las inglesas son demasiado feas.

Grace carraspeó.

—Encantador.

—¿Has visto a las mujeres japonesas? Son unas criaturas tan delicadas. A cualquiera que conociera a una mujer inglesa en Kioto y la tomara por una especie de trol, se le perdonaría la confusión. Ah, y hablando de troles, ¿irás mañana al baile del Ministerio de Asuntos Exteriores? Tu padre es amigo del ministro, ¿no?

—Sí. Por eso no puedo quedarme aquí unos días más. ¿Y tú?

—Me ha invitado el embajador. Te caerá bien. Es como yo.

—Bueno, si te enteras de que me he pegado un tiro antes ya sabes por qué.

Él volvió a reírse.

Grace se metió las manos en los bolsillos mientras empezaban su habitual paseo bordeando la explanada de césped. Su situación no tenía vuelta de hoja. Solo le quedaba buscar a alguien dispuesto a hacer un trato, la casa a cambio de un laboratorio. Como no era encantadora ni afable, no sabía cómo lo conseguiría.

Se le ocurrían dos opciones. La primera: localizaría un estúpido error en el experimento y lo resolvería, y presentaría un trabajo aceptable con el que se aseguraría un puesto docente; y la segunda: no había ningún error, todo estaba mal y, si tenía suerte, tal vez podría dar clase a colegialas sobre cómo preparar pequeños fuegos artificiales de magnesio después de sus clases de literatura y de dibujo. No le gustaban mucho las situaciones en que todo se definía con claridad. Era mucho mejor pensar que podía ocurrir cualquier cosa, aunque fuera imposible. Verlo así hacía que sintiera claustrofobia.

—¿Adónde irás cuando termine el trimestre? —le preguntó ella.

—A Japón. Pero antes daré un rodeo por Europa. No hay prisa.

Grace frunció el entrecejo.

—¿Eso es todo? ¿Después de Londres te volverás a tu país? No me lo habías comentado.

—No me lo habías preguntado.

—¿No te parece que retener información importante hasta que alguien te pregunta es pecar de vanidad?

Él arqueó una ceja.

—Y obstinarse en no preguntar…

—Haga lo que haga pensarás que estoy enamorada de ti —replicó ella con irritación, aunque él bromeaba como de costumbre. Tenía los nervios destrozados a causa del calor y el experimento, y a veces percibía cierta tensión en la jocosidad en él.

—Eres tú la que me ha pedido que me case contigo hace un momento.

—Por Dios, Matsumoto, ¿qué es esto? ¿Camelot? El matrimonio y el amor no son sinónimos. De hecho, tienden a volverse mutuamente exclusivos.

—Antes me cogías del brazo.

Ella se puso rígida.

—¿Cómo?

—Y de pronto dejaste de hacerlo —dijo él sin molestarse en repetirlo—. Me siento halagado, pero confío en no ponerte las cosas difíciles. Ha sido maravilloso conocerte, aunque me temo que mi familia no lo aprobaría.

Ella había dejado de hacerlo seis meses antes cuando se descubrió pensando en lo encantador que era. Era extrañamente difícil continuar resistiéndose a alguien que, si bien no poseía un atractivo natural en ningún sentido, se comportaba como si fuera Adonis.

—La mía tampoco. Dejé de cogerte el brazo cuando empezaste a usar esa colonia espantosa.

—Entiendo. —Él no parecía convencido—. En ese caso te pido disculpas.

—Escucha, debo entrar. Tengo que comprobar si esos espejos están mal colocados. Todavía me queda un día por delante antes de ir a Londres.

—Entonces, ¿te veré en Londres?

—Tal vez, pero si vienes a casa entra por detrás; los criados se reirán si te ven aparecer por la puerta principal.

12

Londres, junio de 1884

La cómoda repiqueteó de forma insistente.

—Sí, bueno —dijo Thaniel dando la vuelta a la llave por encima del nudillo—. Devuélveme los calcetines. Y mi corbata buena. Los necesito para esta noche.

Katsu se rindió. Los muelles debían de haber perdido fuelle a esas alturas, de modo que tal vez su rendición no fue deliberada, pero el silencio sonó malhumorado.

Contando con el secuestro, la noche anterior Thaniel había sacado la ropa, por lo que se vistió sin interrupciones, pero la victoria no tardó en teñirse de culpabilidad. Era demasiado mayor para aventajar a un pequeño pulpo mecánico cuya única ambición era apoderarse de sus calcetines. Se volvió para dejarlo salir. Katsu seguía enroscado en el fondo del cajón. Thaniel lo levantó, pero se quedó rígido. Lo devolvió a su sitio. Después de mirarlo un rato más, le colocó los últimos calcetines que quedaban alrededor de él a modo de disculpa.

De nuevo era sábado, el tercero que pasaba en Filigree Street, y por la tarde debía asistir al baile del Ministerio de Asunto Exteriores. No tenía noticias de Williamson y aún no había registrado la casa. Mori casi nunca salía salvo para hacer la compra, y como la tienda de comestibles se encontraba en la misma calle, se ausentaba menos de la mitad del tiempo que le habría llevado registrar el taller y el dormitorio. Thaniel empezaba a creer que Mori sufría de agorafobia, aunque no era de extrañar. Las figuras rutilantes de la alta sociedad rara vez se convertían en relojeros. Pero esa tarde volvía experimentar la vieja opresión en el pecho. Estaba casi seguro de que Williamson no irrumpiría allí sin avisar, si bien no podía descartarlo por completo, y cuanto más tiempo transcurría más a menudo miraba hacia la calle, esperando ver a hombres uniformados.

Todavía no se había acostumbrado a tener el fin de semana entero para él, y al bajar por las escaleras el tiempo se dilató de una forma extraordinaria. Sin embargo, no conseguía quitarse el hábito de la premura, y mientras esperaba a que el agua hirviera limpió la mesa y cambió el agua de la pecera de Katsu que estaba en el alféizar de la ventana. Tras preparar el té, llevó dos tazas al taller por la puerta trasera. Durante la semana Mori servía el desayuno a las siete de la mañana, además de mantener una conversación en japonés a la medida del vocabulario de Thaniel. Tenía la habilidad de hablar despacio sin dar la impresión de estar hablando con un idiota, y, gracias a ello, Thaniel estaba aprendiendo a la velocidad del rayo. Terrorista o no, se merecía un té.

—Buenos días.

—Oh, buenos días —dijo Mori sin distraer la vista del microscopio.

Estaba construyendo un mecanismo diminuto bajo las lentes, con herramientas muy finas y delicadas, propias de un cirujano.

—Disculpe, estoy contando.

Thaniel se sentó en la silla alta y permaneció callado. Uno de los hijos de los Haverly estaba fuera, con la nariz apretada contra el escaparate. Dio un brinco cuando Mori arrojó un caramelo de menta contra el cristal. Rebotó y aterrizó en la puerta. El niño lo recogió sonriendo y siguió su camino. Mori volvió a mirar a través del microscopio. Thaniel no le veía las yemas de los dedos en movimiento, solo los pequeños cambios en los tendones del dorso de la mano. Junto a él había un tarro vacío. Había desparramado encima del escritorio una serie de piñones y otras piezas cuyo nombre Thaniel desconocía. Mori extendió la mano izquierda sin alzar la vista y levantó un pequeño marco metálico del montoncito más cercano.

—Ya he terminado de contar —dijo una vez que lo colocó.

—Creo que he roto a Katsu —confesó Thaniel—. Estaba...

—Intentó decidir si el hecho de que Katsu hubiera robado casi todos sus calcetines y su corbata buena era un motivo moralmente suficiente para encerrarlo en la cómoda—. Se movía pero de pronto se ha parado.

—Si no encuentra ninguna puede coger una de las mías para esta noche —respondió Mori.

—¿Cómo dice?

Mori se irguió y puso las manos en la parte inferior de la espalda.

—La corbata.

—He dicho que Katsu podría estar roto.

—No le he entendido bien, perdone.

—Ha robado mi corbata buena... —dijo Thaniel, y guardó silencio antes de añadir—: Si el trabajo de relojero le falla, siempre podrá ganarse la vida como adivino.

—Sí. Buenos días —dijo Mori cuando un cartero entró con un gran paquete plano—. Sí, aquí mismo. Gracias.

—¿Qué es? —preguntó Thaniel, intrigado.

El matasellos y los sellos no estaban en inglés ni en japonés.

—Un cuadro. Hay un holandés deprimido que pinta escenas de campo, flores y demás. Son feos, pero tengo que mantener mis propiedades en Japón y el arte moderno es una buena inversión.

—¿Puedo verlo?

—Yo no me molestaría —dijo él, pero Thaniel ya había desatado la cuerda y apartado la mitad superior del papel que lo envolvía. Era un cuadro extraño. La pintura había sido aplicada en capas tan gruesas que sobresalía del lienzo, todo en colores lodosos y pinceladas grumosas. Mori tenía razón, era feo, pero estaba distorsionado como si el viento fuera una fuerza visible en el aire, y en los verdes se oía el sonido del heno moviéndose.

—Debería quedarse con este. Es bueno.

—No me gusta el arte occidental.

—No, pero mire este. —Thaniel lo sacó del paquete. No pesaba—. Es hábil, parece un Mozart ocupado.

—¿Cómo dice?

—Yo… —Thaniel suspiró—. Veo el sonido. Las composiciones de Mozart se parecen a lo que veo aquí. Ya sabe, los acordes rápidos.

—¿Los ve? ¿Delante de sus ojos?

—Sí. No estoy loco.

—Ya lo sé. ¿Todos los sonidos?

—Sí.

Mori esperó, luego lo instó a continuar.

—¿Por ejemplo?

—Por ejemplo, cuando usted habla todo se tiñe de este color. —Sostuvo en alto el reloj—. Los relojes que hacen tictac son…, hummm, como los destellos de un faro. Las escaleras de mi vieja oficina suenan amarillas. No tiene nada de particular.

—¿Alguna vez los ha pintado?

—No, porque parecería que mi sitio está en un manicomio.

—Sería mucho más interesante que un cuadro de un campo con un poco de barro —dijo Mori muy serio.

Thaniel bajó la cabeza, sabía que se había sonrojado. No tenía intención de confesarle esa habilidad y de pronto se sentía expuesto.

—No, no lo sería. Voy a colgarlo.

Hubo un estrépito en el piso de arriba que sonó como si un pulpo hubiera roto la parte trasera de una cómoda.

—Katsu parece estar bien —observó Mori.

—¿Sabe dónde ha dejado mis cosas?

—No, lo siento. Como digo, funciona con marchas aleatorias, de modo que no siempre puedo programar adónde va. Las buscaré más tarde. No puedo dejar esto ahora o se caería a pedazos. Puede tomar prestada una de mis corbatas. En el cajón superior —añadió, señalando el techo. Su dormitorio estaba justo encima.

Thaniel no se movió. Era la oportunidad que esperaba, pero resultaba muy duro.

—Vaya —insistió Mori—. Santo cielo, los ingleses y la privacidad…

La habitación carecía de estilo. No había cuadros ni recuerdos ni lámparas de papel, ni siquiera algún libro. Solo una cómoda y la cama. Thaniel miró en los cajones. Ropa, ningún papel. En el cajón superior izquierdo estaban las corbatas y los cuellos. Miró en el alféizar de la ventana y debajo de la cama, y al no encontrar nada regresó a las corbatas. Había una verde y azul sepultada bajo las grises de un modo que daba a entender que no se utilizaba mucho. Al apartar las oscuras para cogerla descubrió un libro. Se detuvo. Antiguo y resquebrajado, tenía la cubierta en blanco, pero el lomo se había roto y lo habían cosido de nuevo para permitir la inserción de páginas extra. Estaba escrito en japonés. Aunque aún no sabía lo suficiente para leer, lo abrió.

No era un diario. Había texto, si bien la mayor parte aparecía en forma de listas que rodeaban otras cosas: recortes de periódicos, bocetos muy minuciosos a tinta de mecanismos de relojería, personas, mapas con anotaciones. Al cabo de un rato reconoció también fechas, aunque los años se contaban de acuerdo con la duración del reinado del emperador actual, a la manera japonesa. Intentó recordar lo que le había dicho Fanshaw. En Japón hubo una guerra civil en 1867, y el emperador tomó el poder en 1868. Si estaban en 1884, ese era el año 16. Las fechas en el diario solo estaban vagamente agrupadas. También había fechas anteriores al reinado de Mutsuhito, aunque no pudo leer el nombre del anterior gobernante, y se saltaban varios años y meses en ambas direcciones. Más tarde había fechas más cercanas. En un par de ocasiones aparecía ese año. Hacia el final había entradas de ese año y del siguiente, y del siguiente. Frunció el entrecejo y calculó de nuevo la diferencia, pero estaba seguro de que no se equivocaba. Pasó unas páginas hacia atrás. Más o menos en la mitad, junto a una entrada del 12 de abril de 1871, estaba la fecha de ese día, 14 de junio de 1884. La tinta parecía antigua y gastada, como si la entrada fuera de una fecha anterior. La primera palabra de la entrada era su nombre.

Miró alrededor sin ningún propósito. Oyó a Mori subir las escaleras. Cerró el libro y se lo llevó a su habitación, donde el diccionario de Fanshaw seguía abierto encima de la cama. Aprendía cuarenta palabras nuevas al día. Era menos difícil de lo que le había parecido al principio. Ver los sonidos le resultaba útil para memorizar rápido, y el sistema de escritura pictográfica era sensato; la palabra «montaña» se representaba con una montaña, y la palabra «bosque» con tres árboles juntos. Términos como «bonito» lo fastidiaban todo —era una combinación de «grande» y «cordero»—, pero, como había señalado Mori, el contexto ayudaba.

En la parte posterior de la cómoda vio el agujero por donde Katsu había escapado. Barrió las astillas y cerró la puerta. Con el diario abierto en las rodillas empezó a pasar las páginas del diccionario. Cada carácter estaba enumerado por el número de pinceladas que se requerían para escribirlo, y tratándose de una tarea algo lógica aunque laboriosa, tardó un poco en localizarlos todos. Pero Mori tenía una caligrafía pulcra y no confundió ninguno. Después de media hora tenía una especie de traducción.

> 14 de junio de 1884
>
> Thaniel ha comprado algo de música. No sé el nombre del compositor, pero me gusta la canción; hace que me sienta joven. Hay bizcocho azul con un pato de adorno encima. Dice que es un cisne, si bien yo creo que es un pato. Vino tinto también. No me gusta, pero según él debo aprender a disfrutar de él si quiero que se me acepte en la sociedad civilizada. Los dos hemos tomado demasiado, aunque no es una celebración a menos que alguien se avergüence.
>
> Y: puede que necesite una nueva cómoda en su dormitorio.

Cerró el diario y lo devolvió a la cómoda de Mori. Leyó de nuevo su traducción. Nada de todo eso había ocurrido salvo lo de la cómoda rota, y era imposible que Mori lo hubiera sabido antes de esa mañana. No entendió el resto. Debía de haber cometido muchos errores. Sin embargo, fuera lo que fuese, no era nada relacionado con el Clan na Gael o las bombas.

Después de romper la traducción y de tirarla a la chimenea, bajó de nuevo las escaleras para pedirle a Mori su opinión sobre las corbatas. Había permanecido demasiado tiempo arriba y quería dar a entender que estaba decidiéndose por una. Era mejor pasar por vanidoso que por espía del ministerio.

—La azul —respondió en cuanto Thaniel entró.

—Es verde.

Mori lo miró complaciente mientras cogía de nuevo la corbata azul.

—Le he robado la invitación para ver qué harán esta noche. Pone que un pianista tocará hacia la mitad de la velada. Es Endymion Griszt; si le doy el dinero, ¿podría comprarme la partitura?

—Por Dios, ¿está seguro? Es el lunático con la cinta rosa alrededor del sombrero.

—Lo sé, pero aun así. —Mori le tendió la invitación.

—No estoy seguro de que vaya a ese baile —dijo Thaniel—. No habrá nadie que yo conozca, y hay una… sección especial en la invitación en la que se enumeran a todos los embajadores. Mire. ¿Arinori Mori es pariente suyo?

—Creo que no. Su Mori significa bosque. Tres árboles. —Trazó el carácter sobre un pedazo de papel—. Yo soy Mo-u-ri. Se deletrea igual en inglés pero es diferente para nosotros. ¿Tiene que irse?

—Sí. Pero intentaré volver temprano. Creo que pillaré algo de comer y huiré.

Mori soltó una risita gutural hacia el mecanismo que tenía delante. Parecía cansado; aguantaba bien, con el cuello recto e inmóvil.

—Señor Steepleton, si en el baile conoce a…

—¿A quién?

—No importa.

—¿Algún conocido suyo?

—Sí, pero me he dado cuenta de que no me interesa.

Thaniel resopló y le dio unas palmadas en la espalda con suavidad. Mori se inclinó de nuevo sobre el microscopio, alejándose del contacto. Thaniel lo miró. Le pasaba algo. Tal vez había percibido su lectura furtiva del diario, pero era más una inquietud que una prueba.

—¿Se encuentra bien? —le preguntó Thaniel por fin.

—He cogido un resfriado.

—Es verano. Tiene que salir. Se sentirá mejor al sol.

—No es verano. En Inglaterra no hay verano, solo un otoño continuo con alguna variación de unos quince días de vez en cuando. Y los hijos de los Haverly están fuera. Deje de reírse de mí.

Thaniel dejó de reírse porque acababa de ver a un agente de policía por el escaparate. En cuanto llegó al trabajo envió un cable a Williamson pidiéndole más tiempo.

13

La casa de los Carrow de Belgravia era lo bastante espaciosa para que en ella se perdiera la caballería, pero no lo suficiente para que Grace perdiera a su doncella, Alice, o para que sus hermanos estuvieran más allá del alcance de su oído. Los dos estaban en la armería, recién llegados de permiso para asistir al baile de esa noche. Lord Carrow había insistido en ello. Había participado en gran parte de los preparativos y quería presumir de hijos.

Mientras Alice suspiraba por el traje de noche que llevaría Grace, él llamó a la puerta con los nudillos y entró. Tenía la actitud cohibida de un hombre que ve más a sus colegas que a sus hijos.

—Gracie. Trae todas tus cosas de Oxford.

—Hummm. No hay mucho que traer. En Semana Santa ya me vine con casi todo lo que tenía.

Su padre recorrió la habitación con la mirada. Grace hizo lo propio. Cada vez que volvía a casa le parecía más pequeña. En la esquina, justo al lado del escritorio, todavía había un antiguo caballito de balancín. El escritorio estaba cubierto de papel cuadriculado y lápices, y las piezas de una máquina de calcular que había construido durante las últimas vacaciones. Un prisma de vidrio en la ventana proyectaba arcoíris sobre las cómodas, las alfombras persas y las piezas sueltas de un instrumento de astronomía, todo ordenado con paciencia en su ausencia. El balancín chirrió a causa del movimiento en las viejas tablas del suelo. La pizarra estaba sujeta a la pared en posición asimétrica. Había tenido que clavarla ella misma porque las criadas no paraban de bajarla a la bodega.

—Vístete bien —le dijo su padre—. Recuerda que esperamos a Francis Fanshaw.

—Sí, ya me acuerdo.

—Disgustarás a tu madre si no cumples.

Grace levantó la vista hacia el techo. Su madre ocupaba casi todo el piso superior, con las cortinas echadas y las chimeneas encendidas. Los criados decían que estaba enferma, que guardaba cama desde que había regresado de Oxford, de modo que Grace aún no la había visto. Pero al abrir la puerta de su habitación esa mañana se había adentrado en una débil nube de perfume de lilas. Estaba casi segura de que su madre había estado allí, observándola a través de la rendija.

—Mi futuro no puede depender de lo que la irrite o no a ella —repuso en voz baja.

Él arqueó las cejas.

—Disculpa. Me parece recordar que te mandé a Oxford, pasando por alto los deseos de tu madre, y que la salud de ella se deterioró aún más rápidamente a raíz de eso. Llevas cuatro años haciendo lo que te viene en gana y aquí estás con las manos vacías. A menos que esa fabulosa beca esté al caer. ¿Lo está?

—No.

—Bien, entonces voy a hacer lo que pueda por tu futuro y pobre de ti como lo mires con desprecio. Uno de los grandes males de nuestros tiempos tanto para los hombres como para las mujeres es poseer una educación que está por encima de la función que se va a desempeñar en la vida.

—Pensaba que era la malaria... —dijo ella sin reír.

—Tu madre vestirá de amarillo. —Su padre tenía una extraordinaria capacidad para pasar por alto lo que consideraba tonterías—. Espera que lleves algo que se complemente.

—Solo tengo un vestido en condiciones y me temo que es verde.

Sin más él se dirigió a la puerta, pero se detuvo de pronto.

—Dentro de diez años te alegrarás de que te hayamos dado un empujón.

—¿Está haciendo todo esto movido por la certeza de saber qué pensaré dentro de diez años? Vaya estupidez.

—¡Señorita! —exclamó Alice.

—Nos reuniremos todos abajo a las ocho. —Él mantuvo el tono de voz bajo.

Grace ladeó la cabeza como preguntándole por qué no había salido aún.

La puerta chasqueó detrás de él, y Alice le soltó la reprimenda que había preparado desde el principio de la conversación.

—Ya basta —dijo Grace, tras dejarla hablar durante un rato.

Alice se sentó con brusquedad y volvió a concentrarse en la costura. Estaba cosiendo cuentas en un traje de noche verde. Hacía años que no se utilizaba y habían ido desprendiéndose en el fondo del armario. Grace se sentó frente al espejo y observó cómo su reflejo se recogía el cabello con pasadores, aunque lo que vio en realidad fue cómo limpiaban y preparaban su habitación del *college* para quien la ocupara el siguiente trimestre.

Cuando el conserje anunció su nombre, las cabezas se volvieron por un momento. Grace no alternaba con la alta sociedad londinense desde que se había ido a Oxford. Se alegró de ver rostros conocidos, el de Francis Fanshaw sin ir más lejos. Empezó a levantar la mano pero vio cómo él sonreía gélidamente y se volvía. Dejó caer de nuevo la mano y se sintió fea. Mientras sus hermanos salían disparados hacia sus compañeros, ella buscó con la mirada una mata de cabello negro, pero si Matsumoto ya había llegado, no estaba bailando. Solo vio diplomáticos acompañados de sus elegantes esposas, e impecables empleados de las secciones más importantes del Ministerio de Asuntos Exteriores, todos ingleses con el cabello similar y una postura parecida, aunque se hablaran docenas de idiomas bajo las lámparas de araña. No le pareció que ninguno de ellos fuera japonés. Tragó saliva y empezó a buscar un lugar donde sentarse.

Una ráfaga de colonia cara pasó por su lado antes de que un par de manos enfundadas en guantes blancos se posaran en sus brazos.

—Acompáñame, Carrow. Deja de mirar con mala cara a esas pobres mujeres y ven a jugar a un juego de verdad.

Ella se volvió. Matsumoto le señaló con la cabeza el otro extremo de la sala de baile, donde los camareros habían montado un club de caballeros. Había mesas de cartas y una ruleta, y mullidos sillones de terciopelo dispuestos alrededor de la chimenea.

—¿Alice ha escogido el vestido? —le preguntó él al cabo de un momento.

Ella asintió alisándose la parte delantera, aunque no estaba arrugada. Todavía estaba de moda, pero le parecía que era demasiado llamativo y era consciente de que chocaba con su cabello corto.

—¿Qué te parece?

—Bueno, es… una catástrofe con lentejuelas.

Ella se rió, luego le tomó el brazo y dejó que la condujera hacia la mesa de la ruleta. El séquito de Matsumoto ya estaba allí, muy elegante con sus corbatas blancas. Dos de sus ayudantes hablaban animadamente en japonés con uno de los empleados. Grace observó al hombre, intrigada por saber dónde lo habría aprendido. Quien dirigía el juego saludó con la cabeza a Matsumoto y le entregó una funda de dados negra con la bola de la ruleta. Él se la llevó a la nariz.

—Sopla. No es que vaya a afectar un proceso del azar. ¿Lo ves? La ciencia.

—La teoría de la probabilidad pertenece a las matemáticas.

—Cierra el pico.

Grace sopló, y Matsumoto tiró con suavidad la bola en la rueda. Todos colocaron sus fichas mientras la rueda de plata daba vueltas, a negro o a rojo, o para los que no entendían de probabilidades, a un número.

—¿El cero? —le preguntó Matsumoto.

—Hay una posibilidad entre treinta y siete —respondió Grace.

—El juego es diversión, Carrow, no matemáticas. El cero —añadió dirigiéndose a la banca—. Piensa en las carreras de caballos. A la gente le gusta apostar por el que tiene tres patas y resuella. No porque crean que ganará, sino porque imaginan lo espléndido que sería si ganara.

Grace levantó la vista.

—A mí me suena a religión.

Él se rió.

—Pequeña pedante. Tu ciencia tal vez pueda salvar la vida de un hombre, pero la imaginación hace que merezca la pena vivir.

Mira por ejemplo a ese hombre. Lleva escrito en la cara que es empleado —dijo mirando más allá de ella al hombre que todavía hablaba con los dos ayudantes—. El momento culminante de su jornada es probablemente la excursión a la cantina para pedir una sopa de verduras tibia antes de volver a repartir formularios de pasaportes entre los inmigrantes chinos. ¿Cómo crees que sigue adelante? ¿Sabiendo que el mundo son estadísticas y probabilidades, o imaginando cómo sería ver que sucede lo imposible?

—Las estadísticas y las probabilidades son solo métodos para describir cosas, no hacen las cosas menos interesantes.

—Creo que descubrirás que la mayoría de las personas discrepan. Ah, allá vamos —exclamó de pronto.

En la rueda de la ruleta la bola se estaba deteniendo.

Uno de los hermanos de Grace se acercó.

—¿A qué estamos jugando? —preguntó. Ya estaba achispado a causa del vino.

Matsumoto lo miró con la expresión divertida de dandi consumado y le pasó unas cuantas fichas.

—¡Oh, gracias…! —añadió James, reparando por primera en el cabello negro y los ojos rasgados de Matsumoto. Sonrió radiante—. ¡Tú debes de ser el pretendiente japonés de Grace!

—No creo que tenga pretendientes de ninguna clase. Los asusta a todos con cifras y azufre —replicó él. A ella le pareció detectar frialdad en su voz, pero Matsumoto estaba hecho a prueba de balas; todo lo que no fuera un cumplido rebotaba de su persona y alcanzaba a un inocente que pasaba.

La bola se acercó al último número.

—¡Cero! —anunció la banca.

—¡Oh! —Grace se rió, levantando las manos sin querer como Matsumoto y su hermano. Cuando se apartó de la rueda para dejar que Matsumoto recogiera sus ganancias, chocó con alguien que estaba de pie justo detrás de ella. Se volvió y vio que era el empleado que había estado hablando con los ayudantes de Matsumoto.

—Disculpe —dijo él, sonriendo un poco. Sus ojos eran de un gris brillante poco corriente, como una luz de tormenta—. No la he visto.

Grace también sonrió. Tenía un acento norteño de lo más incongruente, no marcado pero que no casaba bien con el Ministerio de Asuntos Exteriores.

—No, ha sido culpa mía. ¿Puedo preguntarle dónde ha aprendido a hablar japonés?

—Oh…, con un diccionario. Y en casa. Mi casero me enseña. No se me da muy bien. —La miró de arriba abajo y no se molestó en fingir que no había reparado en su cabello—. En fin, disculpe…

—¿Puede quedarse un momento? —le preguntó Grace, y acto seguido se sintió torpe—. Es que… Lo siento… Es que creo que mi amigo podría estar enfadado conmigo y no tengo a nadie más con quien hablar.

Sus ojos grises miraron a Matsumoto y luego de nuevo a ella. Tenía las discretas maneras que solían distinguir a los que servían en el ejército, pero por lo demás no parecía que fuera militar. No llevaba el pelo engominado y no se agarraba las manos detrás de la espalda.

—¿Por qué no probamos el próximo baile? —preguntó él—. No soy muy bueno, pero podría ser mejor que la ruleta.

—Por favor. Me llamo Grace, por cierto. Carrow.

—Thaniel. Steepleton.

—¿De Nathaniel?

—Sí, pero mi padre se llamaba Nat, así que... —Él ladeó la cabeza pero se interrumpió de un modo que daba a entender que ya lo había explicado muchas veces esa noche.

—No, no. Lo entiendo.

Satisfecha, ella le dio unos golpecitos a Matsumoto en la espalda para decirle adónde iba.

Él miró a Steepleton de arriba abajo y se volvió sin decir una palabra.

14

Ella tenía un aspecto extraño. Teniendo en cuenta que los colores de moda eran el blanco y el azul pálido, su vestido era de un verde colibrí, y llevaba el pelo muy corto. Se movía como una bicicleta estropeada, con giros demasiado rápidos o demasiado lentos. Le recordó a Mori, o a Mori tal como habría sido si no estuviera tan estrechamente enredado con los asuntos de Scotland Yard. Cuando hablaba lo hacía con la misma austera franqueza que él.

—Tiene usted una voz poco corriente para alguien que trabaja en Asuntos Exteriores.

—Y usted tiene un cabello poco corriente —dijo él. Era arriesgado decir cualquier cosa; acababa de aprender a bailar y a hablar al mismo tiempo. Fanshaw había estado toda la semana dándole clases en la oficina, alegando que si los ineptos de la sección de Rusia eran competentes, él no permitiría que ninguno de sus compañeros avergonzara la sección oriental.

Grace asintió con dos breves movimientos de cabeza, como si sus muelles estuvieran demasiado tensos.

—Antes lo tenía largo, pero me lo quemé una vez y después de eso me pareció que era mejor cortármelo.

—¿Qué ocurrió?

—Estudio física en la universidad. Hubo unos cuantos percances con los experimentos. —Sin darle la oportunidad de preguntar más acerca de ello, Grace añadió—: Imagino que está usted en la sección oriental.

—Así es.

—Entonces, ¿conoce a Francis Fanshaw?

—Trabajo para él. ¿Y usted?

—Íbamos juntos a pescar cuando éramos niños. ¿Es… interesante?

—Menos interesante que estudiar física en la universidad —replicó él, deseoso de retomar el tema antes de que se alejaran demasiado.

—Bueno, el estudio se ha acabado —dijo ella, y le preguntó sobre su trabajo, y qué clase de idioma era el japonés, y si era difícil. Cuando la música terminó, ella hizo una brusca reverencia clavándose las uñas de los pulgares en las yemas de los dedos—. Bueno, encantada de conocerle.

Desde el otro extremo de la sala, un camarero anunció que la actuación de Endymion Griszt estaba a punto de comenzar. Thaniel se volvió hacia él y luego hacia ella. Ella miraba a un hombre de más edad, su padre a juzgar por la mandíbula, que hablaba con Francis Fanshaw.

—Venga a ver la actuación conmigo. No quiero sentarme allí yo solo.

—¿Por qué iba a estarlo?

—Porque el compositor es pretencioso y su música difícil de escuchar.

Ella se rió.

—¿También se está escondiendo de alguien?

—No, pero le he prometido a mi casero que le compraría la partitura. Quiero oírla primero, de modo que sé a qué me expongo.

—De acuerdo —dijo ella, visiblemente aliviada.

Bordearon la sala hacia el piano de cola y las filas de butacas tapizadas. Había otras muchas personas ya sentadas. Quizá no conocían mucho a Griszt. Este ordenaba las partituras del atril con la cinta rosa alrededor del sombrero que siempre llevaba. Se lo colocó bien mirándose en la superficie negra del piano, cuya laca estaba tan pulida que cuando dejó caer sus guantes de seda encima, se resbalaron y aterrizaron sobre las teclas. Grace se arrellanó en su butaca, no mucho pero lo suficiente para que los hombros del vestido se alzaran por encima de ella.

—Entonces, ¿entiende un poco de música?

Él negó con la cabeza.

—No, pero a veces me siento en el fondo del Royal Albert.

—Pues habla como si entendiera —dijo ella bajando la voz.

—¿De veras? —preguntó él, haciendo un esfuerzo por mostrarse halagado—. Está a punto de comenzar.

Ella volvió a juntarse con los hombros del vestido.

Tal como él había esperado, la introducción fue un flujo de colores desagradables y una ejecución inteligente.

La primera pieza dio paso a una melodía apresurada y familiar que era casi como el resto pero sin serlo. Levantó la vista al darse cuenta de que podría haberla tarareado. Miró al techo para tener un espacio en blanco donde ver los colores, pensando que era un error de su parte, si bien los tonos y las formas eran las mismas. Era la pieza que Mori tocaba por las mañanas. En el programa se leía que era una nueva sonata compuesta para la ocasión.

—Esto está mejor —comentó Grace.

Él asintió muy despacio.

Al final del concierto Thaniel se disculpó y abordó a Griszt justo cuando se disponía a ir a la sala contigua, donde la partitura estaba a la venta. Ya había una cola de muchachas esperando para verla. Algunas de ellas discutían sobre el segundo movimiento, cantándose fragmentos unas a otras mientras trataban de recordarlo.

—Disculpe.

—¿Hummm? —Griszt era un alemán fornido de pocas palabras.

—El segundo movimiento, ¿lo ha tocado antes en alguna parte?

—No —respondió Griszt con aspecto cansado—. Nunca. He impreso la partitura esta misma mañana.

—¡Steepleton! —Era la voz de Fanshaw.

—¿Steepleton? —repitió Griszt—. ¿No era usted...?

—Disculpe —dijo Thaniel.

Fanshaw sonrió brevemente a Griszt antes de reclamar el brazo de Thaniel y llevárselo.

—Parece que ha hecho amistad con la señorita Carrow.

—Oh. No ha habido nada impropio...

—No se me ha ocurrido que lo hubiera. Pero usted no ha estudiado en Eaton y tiene la suerte de no ser el segundo hijo de un conde, así que puede permitirse tener malos modales... No, espere a que acabe la frase; ¿le importaría seguir alternando con ella? La idea es que usted la entretenga con tonterías y parezca que yo no logro interponer una palabra entre ustedes.

Thaniel apartó la mano con suavidad, pero Fanshaw le sostuvo los dedos y se los apretó de un modo que daba a entender apremio.

—¿Por qué?

—Lord Carrow quiere que me case con ella, y, ay de mí, soy el hijo segundo de un conde. Usted la ha conocido. ¿Se casaría con ella? La conozco desde que éramos niños y no me malinterprete, es muy interesante, pero siempre ha sido la loca de una buhardilla llena de explosivos. Por el amor de Dios, Steepleton, antes de que tenga que irme de aquí y empezar un bordado en la mesa del bufet.

—A mí me gusta —dijo él, echándose a reír.

—¡Espléndido! Es usted muy comprensivo.

Thaniel tomó una honda bocanada de aire mientras Fanshaw desaparecía entre oficiales de caballería, y se acercó a Grace para insistir en un segundo baile. Ella parecía confusa.

—¿Le ha pedido Fanshaw que me tenga ocupada?

—Sí. Parece que sirvo para eso.

Ella se rió. Pero él la vio mirar hacia donde Fanshaw hablaba con los oficiales. Percibió tensión en sus ojos y en su espalda.

—¿Quiere casarse con Fanshaw?

—Tengo que casarme con alguien si quiero tener un sitio donde trabajar como es debido. Mi tía me dejó una casa. —Grace meneó la cabeza y no entró en detalles. Luego, sin preámbulos, añadió—: De todos modos, mañana estaré en el restaurante del hotel Westminster. Me gustaría invitarle a tomar un té, si no trabaja los domingos. ¿A las diez y media?

—Sí, por favor. ¿Para qué?

—Porque ha sido muy amable y no tenía motivos para ello. ¿No tendrá una hermana científica?

—No, pero tengo un amigo que está… en el mismo asunto, creo.

Ella se rió, y él también, hasta que cayó en la cuenta de que había llamado amigo a Mori, pese a que llevaba dos semanas intentando no hacerlo.

Grace inclinó la cabeza para atraer su atención.

—¿Va todo bien? De repente se le ha ensombrecido la mirada.

Él le contó una vaga mentira que no podría recordar más tarde.

El baile no terminó hasta después de medianoche y era cerca de la una de la madrugada cuando Thaniel regresó a Filigree Street.

Las luces todavía estaban encendidas en la planta baja del número 27. Los acordes de una pieza de piano cesaron y empezaron a sonar de nuevo en el salón. Se golpeó la frente contra la pared. Sí. La partitura. Se había olvidado por completo de ella. Abrió la puerta empujándola con los nudillos.

Mori estaba sentado sobre una pierna doblada, tocando la misma melodía una y otra vez, pero se le escabullía, no lograba ir más allá de un difícil salto de octava. No había más luz que la de una vela encima del atril vacío.

—Lo siento, me he olvidado —dijo Thaniel, enfadado consigo mismo.

—No importa. —Mori dejó caer las manos, flexionando los dedos hasta que le chasquearon los nudillos—. ¿Cómo era…?

—Como lo que estaba tocando hace un momento —respondió Thaniel—. Le he preguntado a Griszt por ella y me ha dicho que hoy era el primer día que la tocaba, pero creo que mentía. Tóquela otra vez. Estoy seguro de que era igual.

—No puedo. La he olvidado.

—No se olvida algo de la noche a la mañana.

Mori echó los hombros hacia atrás como un pájaro que decide si alzar o no el vuelo.

—Usted tal vez no, pero aún es muy joven. ¿Estaba en forma la señorita Carrow?

La sonrisa de Thaniel se quedó paralizada a medio desvanecerse.

—¿Cómo lo sabe?

Mori frunció el entrecejo.

—Acaba... de decírmelo usted.

—Debo de estar más borracho de lo que creía. O ya no soy tan joven. De todos modos, es interesante. Voy a preparar un poco de té. ¿Le apetece un taza?

—No, creo que es mejor que me lleve el resfriado a la cama. No pensaba quedarme levantado hasta tan tarde. Buenas noches —dijo Mori subiendo las escaleras.

Mientras esperaba a que hirviera el agua, Thaniel buscó miel en los armarios. Los limones ya los tenía localizados; Mori siempre tenía un bol lleno en el alféizar de la cocina porque el zumo era lo bastante ácido para limpiar el aceite de las piezas mecánicas. Una búsqueda rápida lo llevó a un pequeño tarro con un pedazo de panal suspendido dentro. Echó un poco en la taza con una cuchara y exprimió la mitad de un limón, y a continuación lo revolvió todo en el agua caliente. Mientras lo preparaba, pensó que no debería estar haciéndolo. No debería importarle si Mori estaba resfriado o no. A Dolly Williamson no le habría gustado si lo hubiera visto. Sin embargo, las viejas campanas de advertencia sonaron cansadas. Cogió la taza junto con su té, fue hasta la puerta de Mori y llamó con el codo.

—Déjeme pasar. Tengo algo para usted.

Silencio, luego el clic de la cerradura.

—¿De qué se trata? —Mori sonaba ronco—. Oh, gracias.

Thaniel se detuvo.

Mori se cubrió los ojos enrojecidos con una mano.

—¿Es limón?

—Y miel. Tómeselo, va bien para... —Thaniel titubeó—. ¿Desea algo más?

—No. Váyase a la cama y deje de dar vueltas. Necesita dormir si mañana quiere estar en el hotel a las diez y media.

Thaniel se detuvo con la taza casi en los labios. Logró convertirlo en una pausa y se obligó a continuar bebiendo, pero le costaba tragar. De modo que habían estado siguiéndolo, o Mori o alguien. Notó que se le ponía rígida la mano con que sostenía la taza mientras intentaba calcular desde cuándo. Si había sido desde el comienzo, eso significaba que sabían que trabajaba para Williamson. Él nunca había intentado ocultar sus largas visitas al sótano del Ministerio del Interior. Pero si lo sabían, ¿por qué no le habían llevado a rastras a un almacén para sonsacarle toda la información con unas fuertes tenazas? Tenía que ser algo más reciente. Notó un hormigueo en la nuca semejante al aliento de un hombre parado detrás de él al percatarse de que su vida podía depender de charlar un poco, acabar el té y marcharse antes del amanecer.

—No necesito dormir tanto, así que si quiere que alguien le cuide...

Sin embargo, la pausa había sido demasiado larga. Mori alzó los hombros al darse cuenta de lo que había dicho, y las dos pequeñas líneas del entrecejo, que siempre estaban fruncidas, se volvieron más profundas. Thaniel se precipitó escaleras arriba, pero

Mori era rápido y se colocó frente a él antes de que llegara a lo alto. Miró la mano que Mori tenía en el pecho y formó una X con los brazos mientras él lo inmovilizaba.

—Le empujaré escaleras abajo si no se aparta ahora mismo —susurró.

—No lo haga. No le he estado siguiendo, si eso es lo cree. Por favor. —Su voz sonaba ronca y Thaniel notó que le palpitaba el corazón a través del chaleco—. No he estado siguiéndole. Creía que me lo había dicho. Estaba a punto de decírmelo. Estoy cansado y confundo cosas cuando…, ya me ha visto hacerlo antes. Respondo la pregunta que no toca, respondo lo que me va a preguntar y no lo que me ha preguntado.

—¿De qué está hablando?

—Soy… Recuerdo lo que es posible y luego olvido lo que se vuelve imposible —respondió sin moverse—. Usted mismo acaba de verlo. Se ha olvidado de comprar la partitura, de modo que yo me he olvidado de cómo se toca la pieza. Usted estaba a punto de hablarme del hotel —insistió—. Debe de haberlo pensado.

Thaniel no le soltó la mano.

—¿Qué quiere decir con que lo recuerda?

—Me refiero a que no lo veo ni lo sé ni lo deduzco.

—¿Cómo es posible?

Mori torció el hombro y aunque no miró atrás, era evidente que no había olvidado que las escaleras estaban detrás de él. Thaniel impidió que se moviera.

—El pasado —dijo Mori, recorriendo una línea en el aire con la punta del dedo—, lo que ha sido y es. El futuro. —Abrió la mano para dejar ver muchas líneas—. Lo que es posible.

—Continúe.

—Las cosas probables son muy claras, como el pasado reciente, lo que… explica que me confunda tan a menudo. Las cosas improbables son fragmentadas, al igual que las cosas que ocurrieron hace mucho, porque hay horas o años de hechos más probables amontonados entre pasado y futuro.

Thaniel guardó silencio durante cuatro largos tictacs del reloj de la langosta que había en el taller. Mori no pudo sostenerle la mirada durante mucho tiempo.

—En su libro…, el diario. Escribió sobre el día de hoy, pero está equivocado.

—No es un diario. Es para… —Mori no encontraba las palabras—. De todas las eventualidades posibles solo ocurre una, pero se me dan a conocer todas. A veces lo improbable es mucho mejor o más interesante que lo probable. De modo que lo escribo para que haya constancia de ello cuando me olvide. El libro es para los recuerdos muertos. La entrada de hoy está equivocada aunque por muy poco, como siempre. La escribí hace diez años cuando no pensaba que algún día abandonaría Japón.

Thaniel cerró la boca. Quería acusarlo de decir sandeces, pero lo que había escrito Mori estaba muy cerca de ser la verdad. Si el dado de la mesa de la ruleta hubiera rodado de otro modo, Grace no habría chocado con él, y Fanshaw no se habría acercado a él justo cuando se disponía a comprar la partitura. Habría tenido tiempo para comprarla, y luego habría recordado que había leído en el expediente del Ministerio de Asuntos Exteriores que ese día, el 14, era el cumpleaños de Mori; habría regresado a tiempo para llevarle el pastel del cisne de azúcar y una botella de vino barato. Habrían salido al jardín en la cálida noche. Era evidente que era un recuerdo en la sombra, tan claro como morir en el Rising Sun.

—Sé que no hay forma de demostrar lo que podría haber ocurrido. Pero mañana —continuó Mori, y asintió ligeramente al ver que Thaniel lo escuchaba con más atención—, en el hotel, el camarero dejará caer la bandeja de té. Tiene un principio de parálisis en la mano derecha, pero cree que se le pasará si no le hace caso. La señorita Carrow irá vestida de verde y en la mesa habrá tulipanes. A usted no le gustan los tulipanes. Quizá llueva a partir de las diez y media. Habrá un hombre allí con un lebrel al que le gusta la mermelada, a no ser que haya un accidente de tráfico en el que choquen dos carruajes en Charing Cross.

Thaniel apartó la mano y se hizo a un lado para dejarlo pasar.

—Entonces supongo que lo sabremos mañana por la tarde.

En cuanto Mori estuvo de espaldas a su habitación se quedó inmóvil.

—Puede cerrar la puerta con llave, si quiere —dijo en voz baja.

Thaniel parpadeó. Había estado preparándose para emprender la larga caminata de regreso a Pimlico aun a esa hora tan avanzada.

—Sí.

Mori le dio la llave sumisamente. La había tenido en el bolsillo todo el tiempo.

—Solo… Sé que yo también me marcharía de una casa si creyera que el casero ha estado siguiéndome por el motivo que sea, pero… ¿por qué ha querido marcharse hace un momento? ¿Qué creía que ocurriría? No soy lo bastante corpulento para hacerle daño.

Thaniel lo observó por un instante. ¿Era una pregunta real o bien todo era una historia demencial inventada por un terrorista soñoliento que había sido pillado por sorpresa y solo quería saber si había sido total o parcialmente descubierto?

—Las personas que persiguen a los funcionarios no suelen hacerlo por su cuenta —contestó por fin—. En los últimos tiempos han cruzado los cables toda clase de informaciones. He firmado casi tantos documentos de confidencialidad como documentos he cifrado. Sabrá de lo que le hablo pues usted también trabajó en la administración pública.

—Sí. —Mori apretó los dientes sobre el labio inferior—. De todos modos, lo siento.

—No se preocupe.

Mori asintió de forma casi imperceptible y luego retrocedió un poco.

—Hay que empujarla —dijo mientras cerraba la puerta detrás de él.

Thaniel introdujo la llave. Esta giró silenciosamente en la cerradura, y del otro lado de la puerta llegó un golpe débil a la altura del hombro. Se imaginó que Mori se había golpeado la cabeza contra el panel.

Se guardó la llave y regresó a su habitación, donde se sentó en la cama para quitarse los gemelos y la corbata prestada. No podía pensar más. Su mente solo podía informarle de que el cuello de la camisa se le estaba clavando en la piel.

15

Cuando se hizo de día Thaniel vio que el armazón de la cómoda era nuevo y que habían colocado en él los cajones originales con todo su contenido, incluido Katsu. El pulpo debía de haberlo aprobado, porque había devuelto los calcetines robados junto con una colección de cuentas de vivos colores y piezas sueltas de relojería. Thaniel cogió un cuello de camisa y se lo estaba poniendo cuando el cajón se cerró solo. Katsu gimió malhumorado desde el interior.

Tras vestirse, Thaniel se dirigió a la habitación de Mori, pero se detuvo en el rellano. A través de los delgados balaustres de madera de roble, que era de varios tonos según su antigüedad, alcanzó a ver la puerta del taller entreabierta. Volvió a guardarse la llave en el bolsillo y bajó.

Las luces eléctricas se encendieron con un zumbido justo antes de que cruzara el umbral. El sonido hizo que se detuviera, pues era fácil oír a través del suelo del piso superior. Dejó transcurrir unos segundos en silencio antes de entrar.

Empezando por el extremo más alejado de la puerta, emprendió un registro de los armarios y los cajones del escritorio. En las vitrinas había relojes dentro de cajas, algunas con una etiqueta en la que se leía el nombre del cliente que lo había encargado. Lo comprobó todo, pero lo más interesante que halló fue un juego de cronómetros marinos que la armada ya había pagado. Los cajones estaban llenos sobre todo de piezas de relojería —ruedas dentadas y resortes, pequeños cojinetes de diamante, cadenas y alambres de distintos tamaños—; en uno encontró papeles, aunque solo eran recibos y un libro de contabilidad lleno de pulcros números japoneses. Encima vio una factura de un orfebre por unas fundas de reloj.

Detrás de los papeles había una caja sencilla, con un cuadrado recortado en la tapa como si estuviera previsto incrustar algo en ella. La abrió un instante y la cerró al ver que dentro solo había un reloj de pared, pero volvió a abrirla al oír un sonido musical. Con la tapa abierta del todo sonó débil una melodía. La pequeña palanca de la música seguía expuesta porque aún no se había colocado la base de la caja. Una diminuta niña de plata empezó a dar vueltas y la sombrilla que tenía en las manos se abrió poco a poco. Thaniel se quedó mirándola más tiempo del previsto. Annabel había tenido una caja de música cuando eran niños, pero como a partir de los cuatro años dejaban de resultar interesantes, Thaniel no había vuelto a ver ninguna. La niña de plata se detuvo bajo la sombrilla a medida que la cuerda se agotaba. Vio cómo los muelles se relajaban. Antes de que ella se detuviera, Thaniel cerró la caja y la guardó.

El último cajón hizo un ruido metálico cuando lo abrió. Había allí una amplia selección de tubos de vidrio. Miró hacia el umbral de la puerta antes de concentrarse de nuevo en ellos. Todos tenían los mismos corchos y no llevaban etiqueta. Al principio creyó que estaban vacíos, pero cuando sostuvo uno a la luz, su sombra dejó ver el gas que se había posado en el fondo. Si lo acercaba mucho, se distinguían las pequeñas partículas que flotaban en su interior. Uno de ellos se volvió azul y un destello fino como una hebra parpadeó hacia el vidrio.

En ese preciso instante un pájaro mecánico se posó sobre el escritorio con una ráfaga del mismo olor a sustancias químicas que había advertido antes. Tuvo que dejar el tubo para cogerlo. En cuanto cerró la mano alrededor de él se quedó inmóvil. Thaniel encontró el cierre del panel que dejaba al descubierto su mecanismo, y se sentó despacio en la silla alta que había junto al microscopio para examinarlo.

En el centro del mecanismo había un espacio cuadrado. Estaba lleno de un papel prensado que olía intensamente a sal y a sustancias químicas, y en un pulcro sello japonés de color rojo se leía que era inflamable.

Apartó las manos de él con demasiada brusquedad, golpeó con el codo el tubo que había dejado encima del escritorio, y no pudo evitar que cayera al suelo y se hiciera añicos. Era tan pequeño que se oyó poco más que un triste tintineo, aunque bastó para romper el silencio. Soltó el pájaro y lo lanzó al aire, donde voló de nuevo hacia la ventana agitando sus plumas plateadas.

De los cristales rotos del suelo se elevó una sustancia gris que no acababa de ser polvo. Casi de inmediato Thaniel sintió una gran sequedad en los ojos y de una taza de té del día anterior brotó un extraño suspiro. El nivel del líquido se retiraba dejando atrás una mancha verde donde las hojas de té estaban pegadas a los lados. Se levantó y retrocedió, pero el polvo ya había formado un cúmulo de niebla oscura justo encima del escritorio. El aire sabía a hojalata. Retrocedió hasta la puerta y se disponía a ir a buscar a Mori cuando se oyó un restallido y la niebla dio paso a la lluvia. El agua repiqueteó en el suelo, y alcanzó el borde del escritorio y la taza medio vacía.

Solo cesó al agotarse la pequeña nube, y todo lo que había cerca quedó como si Thaniel hubiera dejado caer una taza de agua. Permaneció allí un rato, esperando a ver si hacía algo más. Al final tocó con las yemas de los dedos el tramo mojado más cercano. Una vez que se aseguró de que únicamente era agua, lo secó lo mejor que pudo y colgó los trapos de cocina húmedos en los respaldos de las sillas de la cocina para que se secaran. Se trataba de pólvora y sustancias químicas sin nombre que servían para provocar una lluvia de emergencia. Subió las escaleras para asegurarse de que Mori seguía en su habitación. La llave giró con rigidez en la cerradura y le dejó una marca en el índice cuando la empujó. Abrió la puerta, casi esperando ver la habitación vacía. Pero Mori seguía dormido con la cabeza apoyada sobre el brazo y el sol en la nuca, como si alguien lo hubiera dejado caer allí.

En la comisaría trasladada temporalmente al sótano del Ministerio del Interior solo trabajaba un reducido grupo de empleados los domingos, y Dolly Williamson no figuraba entre ellos. Thaniel le dejó una nota en su escritorio, con gruesos subrayados, antes de salir en busca del hotel donde había quedado con Grace. Empezó a llover.

El hotel estaba más cerca de lo que se pensaba. Había pasado por delante de ese edificio en forma de cuña una docena de veces creyendo que era propiedad del gobierno; se encontraba justo delante de la abadía de Westminster y tenía casi el mismo tamaño. Los huéspedes que entraban huyendo de la lluvia dejaban sus paraguas en un mueble de caoba situado junto a la puerta, donde un botones se los llevaba para secarlos. El techo abovedado brillaba con grandes lámparas de araña. Thaniel observó los arcoíris que proyectaban en lugar de mirar a los demás comensales, que vestían ropa de Savile Row y se reían frente a tartaletas cubiertas de frutas de mazapán y copas de cristal. A su lado el repiqueteo de la lluvia en la ventana se hizo más intenso. Cambió de postura. Tenía la sensación de que alguien estaba a punto de pedirle que se marchara, aunque nadie dio muestras de ello.

Grace salió de detrás de un camarero con el cabello mojado. Thaniel solo tuvo tiempo de levantarse a medias cuando ella se dejó caer en la silla.

—Señorita Carrow.

—¿Señorita Carrow? Creía que habíamos quedado en Grace —lo interrumpió ella, apartando los tulipanes para verlo bien. Se desprendieron unos cuantos pétalos delicados, y el roce de las uñas con el borde del pequeño jarrón sonó como un tañido. Ella vestía de nuevo de verde—. ¿Qué tal? ¿Ha pedido ya?

—Aún no. El camarero me ha tomado por un vagabundo.

—Bah. —Grace levantó una mano y el camarero se acercó enseguida. Después de pedir té con bollos, se recostó y observó a Thaniel—. No me ha dicho qué tal está.

—Lo sé, lo siento. Todavía estoy pensándolo.

Ella se rió.

—Interesante.

—¿Algún avance con Fanshaw después de que me marchara?

—No. Creo que estoy condenada a vivir debajo de la habitación de mi madre hasta que me apuñale a mí misma con un compás. O peor, a ella.

Él sonrió.

—¿Tan horrible es?

Ella abrió mucho los ojos.

—¿No tiene madre?

—No, nunca la conocí.

—Oh, disculpe.

—No; como le digo, nunca la conocí. Podría haber sido espantosa. Mi padre era… muy callado por lo general, solo retorcía las moscas de pescar de un modo elocuente.

Ella volvió a relajarse. Se echó hacia delante para apoyar los brazos en la mesa.

—¿Es hijo único?

—No, tengo una hermana. —Al mencionar a Annabel, Thaniel guardó un momento de silencio, porque últimamente había pensado en ella menos de lo habitual. Hacía una semana que debería haberle enviado el dinero con que solía ayudarla—. Vive en Edimburgo con sus dos hijos.

—Oh, ¿y a qué se dedica su marido? Estoy intentado dar con un pariente que no le caiga bien para que entienda lo mío con mi madre.

—Ah. Era soldado. Afganistán. Solo lo vi un par de veces. La verdad es que me parecía un idiota, pero podría haberme equivocado. Era de Glasgow. Todo lo que pasaba de «buenos días» era un poco confuso.

—Entiendo. Todos sus conocidos parecen haber muerto. Pues tendrá que creerme si le digo que las madres se vuelven insufribles para sus hijas en cuanto estas cumplen diecinueve años.

—La creo, la creo. Pero ¿acaso la suya no es una casa muy grande?

Ella bajó la cabeza.

—Lo es. Pero el Sáhara no sería lo bastante grande.

—Oh, de pronto me siento afortunado.

—Tiene motivos para ello. La suerte de los huérfanos está muy subestimada por la prensa. —Grace guardó silencio unos minutos—. Entonces, ¿tiene que ayudar a su hermana?

—No supone un problema para mí.

—Casi seguro que es mentira.

—Lo es —admitió él, y tuvo que reírse con ella.

Al acabar las risas se hizo un silencio extraño en el que ella solo lo observó, con los labios apretados como si se contuviera de hablar más. Él miró alrededor buscando algo que decir y le salvó el camarero al llegar con el té y los bollos. Frente a ellos, un cachorro de lebrel alzó la vista y levantó las orejas esperanzado. Estaba atado a la silla de un hombre corpulento con traje de tweed. Mientras el camarero se ocupaba con los preparativos del té, el perro se subió de un salto al regazo del hombre y metió el morro en el tarro de la mermelada. Thaniel se mordió la punta de la lengua. Como observaba con atención, fue lo bastante rápido para oír el tintineo de la cubertería al temblar y agarrar el borde de la bandeja cuando el camarero la dejó caer.

—Oh..., lo siento —murmuró el hombre.

Thaniel le devolvió la bandeja y lo miró a los ojos, pero era imposible saber si estaba avergonzado o simplemente aterrado de que le preguntaran si le había pagado un hombre oriental por hacerlo.

—Debería ir a que le miren esa mano.

—Yo..., sí. Me proponía hacerlo. —Con las orejas coloradas, el camarero volvió a alejarse.

Grace arqueó las cejas.

—Es usted rápido —comentó con admiración—. ¿Sabe? Dicen que los hombres de Asuntos Exteriores hablan de trabajo administrativo y de telegrafía para despistar. ¿No es cierto?

Él rehuyó su mirada.

—No. Me lo dijo ayer mi casero.

—¿Viene mucho por aquí su casero?

Thaniel titubeó antes de aventurarse a continuar. Ella al menos podría decirle si era posible o si otro científico podía saberlo.

—No. No sé si son ciertas o no, pero él sabe cosas. Estaba al corriente de su existencia, de cómo se llamaba y de que me invitaría aquí. Sabía lo de ese perro y lo de la mano del camarero. Que llovería. Y cómo iría usted vestida.

Thaniel aún estaba enumerando los hechos cuando ella empezó a echarse hacia delante.

—¿Por qué? ¿En qué contexto se lo dijo? ¿Alardeaba?

—No. Yo pensé que me había estado siguiendo y estuve a punto de empujarle escaleras abajo.

—¿Y ha acertado en todo?

—Sí. He oído hablar de la conexión con los espíritus, pero no de predicciones de lebreles amantes de la mermelada. ¿Es posible siquiera?

Ella apoyó la punta de la lengua en los dientes.

—La mayoría son fraudes, por supuesto, pero el hecho de que tantos fraudes tengan éxito prueba que es posible. Es fácilmente demostrable.

—¿Lo es?

—Por supuesto. Solo necesita realizar alguna clase de test ciego. Como colocar siete cartas boca abajo. Si no es un hombre fraudulento podrá predecir todas las cartas.

—Puede que tenga que ser más sutil que eso —replicó él, observando por encima de la taza cómo la lluvia caía contra el cristal. Estaba tan acostumbrado al té verde a esas alturas que el negro le sabía raro—. Seguramente es un fraude. Pero sabe lo que hace. Es posible que domine algunos trucos de cartas.

—Parece que este asunto le ha disgustado.

Thaniel alzó la mirada.

—Si él está mintiendo, eso significa que me ha seguido a menudo. Lo que sería menos inquietante si yo no trabajara donde trabajo.

—Bueno…, ¿por qué no me deja que lo ponga a prueba entonces?

—¿Cómo?

—Oh, buenas tardes. Soy amiga de Thaniel. He traído unas cartas. ¿Juega al póquer? Excelente. —Grace inclinó la cabeza—. Sé qué buscar. Está relacionado con lo que estuve investigando antes de dejar la universidad.

—¿Está segura?

—¿Mañana a las siete de la tarde es demasiado pronto?

—No, está bien. Estaré en casa a partir de las seis —repuso Thaniel, y acto seguido se mordió la lengua. No lograba recordar cuándo había empezado a pensar en Filigree Street como su casa.

Ella asintió enseguida.

—Bien. Mañana a las siete entonces. ¿Me da la dirección?

Él tuvo que pedir al camarero un papel y una pluma.

—Gracias —susurró.

—No, no. Me alegro de ser de utilidad. Así podré subsanar el papelón de damisela que hice anoche.

Al servir más té, se le marcaron los tendones de la muñeca bajo el peso de la tetera. Hablaron del tiempo y de Newton, y ella se marchó al cabo de una hora, después de pagar por los dos. Thaniel la observó por la cristalera, briosa bajo la lluvia y original con su vestido verde. Con el cabello corto parecía una criada.

Mori no estaba en el taller a su regreso a Filigree Street. Confiando en que Mori hubiera salido, Thaniel subió a su habitación para quitarse los gemelos y pensar en cómo le explicaría la visita del día siguiente. Sin embargo, al llegar al rellano oyó un ruido parecido al de agua corriendo. Más allá de su dormitorio, tras una pronunciada esquina, había otra escalera pequeña. Se acercó a ella pensando que conducía a la buhardilla, pero la habitación que había en lo alto era un cuarto de baño con instalación de agua caliente. La parte superior de la casa parecía un lugar extraño para eso, si bien en cuanto Thaniel se familiarizó con la geografía del viejo edificio reparó en que justo encima estaba la caldera. El agua salía hirviendo de los grifos plateados con el intenso olor a limpio de las planchas de vapor de hotel.

—Acabo de poner agua a hervir —dijo Mori a través de la puerta, que estaba abierta.

—¿Puedo pasar?

—Sí.

Thaniel la abrió y la cerró de nuevo.

—Está bañándose.

—¿Qué pensaba que hacía?

—Limpiar.

—No pienso hablar a través de una puerta. Pase, no soy una chica.

Thaniel se sentó en el suelo de espaldas a la puerta, donde solo veía a Mori de hombros para arriba. Con el pelo mojado tenía el rostro más anguloso que de costumbre, y el agua brillaba entre los huesos de la columna vertebral. Aunque a menudo se paseaba con las mangas enrolladas, tenía la piel de los brazos y el pecho del mismo color. No era moreno pero tampoco pálido; no se le entreveían las venas de color azulado como a un hombre blanco. Eso le daba un aspecto más recio.

—He invitado a Grace Carrow mañana por la tarde —anunció Thaniel.

La oportuna lluvia de la mañana más todo lo que había acertado Mori acerca del hotel estaba muy presente para ambos, pero él lo pasó por alto.

—Preferiría que no vinieran mujeres solteras a mi casa —comentó Mori con cautela.

—Es una dama de Belgravia y no viene en calidad de mujer soltera. Además, estoy seguro de que vendrá con acompañante.

—Entonces puedo quitarme de en medio por una tarde.

—Tengo interés en que la conozca.

—Yo no.

Thaniel se llevó una mano a la boca.

—Pero le gustará. Es inteligente. Y es física. Creo que podría ser sufragista.

—No tengo tiempo para el sufragio de las mujeres.

—Pero ella…, ¿cómo?

Mori no se movió en realidad, pero el hueso de su muñeca cambió de posición. Tenía el brazo apoyado en el borde de la bañera.

—Las mujeres no tendrán derecho a votar hasta que al Estado le interese concedérselo por motivos fiscales. Lo tendrán cuando todos los hombres capacitados mueran, no antes. Protestar ahora es inútil.

—Bien. Como de costumbre, es razonable.

—¿Sigue queriendo presentármela?

—Sí —insistió Thaniel, e intentó tragar el nudo que tenía en la garganta—. Mire, ha acertado en todo lo relacionado con el hotel. Si puede hacer lo que dice, sabrá que no pretendo hacer nada indecoroso. Me gusta, eso es todo; es una joven interesante, pero viene de una clase de familia que ordenará que me azoten si no la recibo en compañía de alguien respetable. Los barones son respetables. Por favor.

Mori lo miró y por un instante se convirtió en una criatura extraña, muda y rescatada del mar a quien se le pidiera un favor impío. No volvió a ser el mismo hasta que se movió.

—Está bien. Lo que sea con tal de que no le azoten.

—Gracias.

Mori dejó caer la mano del borde de la bañera al agua.

—Comprará un buen cacao de Harrods, teniendo en cuenta que se olvidó de la partitura, me ha encerrado con llave toda la noche y no me gusta la señorita Carrow.

Thaniel contuvo las ganas de darle un apretón en la muñeca.

—Sí, por supuesto. ¿Mañana a las siete entonces?

—Hummm. Y que no sea esa porquería brasileña. El paquete verde de Perú.

—De acuerdo.

Al llegar al pie de las escaleras, Thaniel se detuvo con una mano plana sobre el pulido pomo del pasamano. La barandilla crujía porque Katsu se columpiaba en ella por dos tentáculos. Mientras observaba cómo jugaba el pulpo, mantuvo la mente muy quieta y se preguntó qué ocurriría si Mori no era un farsante. Pero la cerró de golpe antes de pensar demasiado. Luego salió de nuevo a la lluvia para comprar el cacao.

A la mañana siguiente fue a trabajar mucho antes de lo habitual, cuando el aire todavía era frío. Mientras esperaba en el sótano del Ministerio del Interior abriendo y cerrando la tapa de su reloj, un joven agente le ofreció una taza de té que sabía a polvo. El polvo lo cubría todo; los policías se estaban instalando y lo habían cambiado todo de sitio. Los archivos se alzaban en los extremos de la habitación como edificios apiñados, rodeados de montones de papeles enmohecidos y de una serie de horribles cuadros con marcos de aspecto caro. Regalos rechazados de emisarios extranjeros. Abrió de nuevo el reloj. Williamson apareció detrás de una hilera de archivos y al ver a Thaniel junto a su escritorio se detuvo.

—Thaniel. Encontré su nota. Venga… conmigo —dijo en voz baja.

Thaniel lo siguió a lo largo de las hileras de escritorios y archivos. Cruzaron una pequeña puerta y recorrieron un pasillo sin iluminar, donde tuvo que guiarse por el eco plateado de las botas de Williamson, hasta llegar a una pequeña habitación con escobones amontonados contra una pared. En el centro habían instalado una mesa. El señor Spindle esperaba sentado a ella, con una mano a cada lado de una maraña de piezas de relojería ennegrecidas.

—Si fuera tan amable de repetirle al señor Steepleton lo que ha averiguado —le pidió Williamson. Su tartamudeo volvió a desaparecer.

—¿Por qué? —preguntó Spindle, irritado. Sin sus gafas de tres lentes, sus ojos verdes tenían un tamaño corriente. Era como cualquier otro relojero—. Pensaba que había ido a buscar al ministro del Interior.

—El ministro del Interior no vive bajo el mismo techo que nuestro hombre. Adelante.

Spindle se apretó los labios, pero levantó un par de pinzas largas y le pasó una lupa a Thaniel.

—Como usted diga. Tendrá que acercarse más.

—Ya veo bien.

—De acuerdo. ¿Ve el resorte principal? Ya se lo enseñé el otro día. Oro y acero, al estilo del señor Mori. El mecanismo principal utiliza piedras preciosas a modo de cojinetes, como todos los relojes buenos, pero estos son diamantes de calidad industrial. Los rubíes son mucho más corrientes. Aquí tiene un reloj que compré en el taller de Mori la semana pasada; como ve, en el interior hay diamantes. No tantos como en el suyo —añadió dirigiéndose a Thaniel, y miró a Williamson—. Sigo pensando que es una tontería creer que tiene tanto dinero para...

—He visto su expediente en el Ministerio de Asuntos Exteriores —lo interrumpió Thaniel—. Entró en el país como barón Mori con una carta de recomendación del ministro del Interior de Japón.

Spindle se rió.

—¿Y cómo se verifica la autenticidad de una carta del ministro del Interior de Japón?

—Por cable —respondió Thaniel—. Desde mi oficina. Es Japón, no Marte.

Lo había hecho la semana anterior al responder unos despachos diplomáticos. Solo habían sido unas líneas generales dirigidas al operador en lugar de a los canales oficiales. La respuesta llegó con celeridad apenas unas horas después; el operario ni siquiera necesitó comprobarlo. Había conocido personalmente a Mori, quien solía ir a menudo al consulado como traductor en nombre del ministro Ito. Era el mismo hombre: pronunciado acento norteño, tendencia a vestir con ropa práctica pese a pertenecer a una nación de funcionarios que preferían los chaqués y las flores en el ojal. No se le había visto jugando al bridge.

—Entonces supongo que tendré que delegar en el espía los asuntos de espionaje. ¿Nos centramos en el tema que nos ocupa? ¿Ve esas pequeñas ruedas dentadas? Son insólitamente pequeñas. Hay que tener las manos muy pequeñas para realizar un trabajo de semejante precisión.

—Los niños de los asilos para pobres hacen piezas de relojería.

—También los relojeros orientales. Por último, esta gran rueda dentada. —Spindle la sostuvo en alto. Estaba ennegrecida y doblada a causa del intenso calor de la explosión de la bomba, pero conservaba en ciertas partes un brillo plateado—. ¿Ve el diseño grabado en él? ¿Parras y hojas? Tengo entendido que el apellido Mori significa bosque. —Dejó la rueda dentada y abrió el reloj de muestra. En el interior de la tapa había una de las hojas de garantía dibujadas a mano por Mori—. El mismo motivo. A falta de su firma creo que todo esto es concluyente.

Thaniel se volvió hacia Williamson.

—Todo eso significa que el fabricante de la bomba utilizó un reloj fiable. Los de Mori son los más fiables de Londres. Si el señor Spindle fuera tan buen relojero como él, habríamos encontrado un reloj suyo en la bomba.

Spindle hizo una mueca.

—Lo sé, por eso no he mandado a nadie a arrestarlo de inmediato. —Williamson suspiró y asió a Thaniel del brazo—. Venga conmigo. Gracias, señor Spindle. ¿Puede esperar un momento más?

Thaniel se dejó guiar hasta el sótano principal, pero le apartó la mano del brazo.

—Dolly, no puede acudir al ministro de Interior con eso, y lo sabe.

—Por supuesto que no. Voy a hacerle esperar una hora y luego le diré que el ministro no puede recibirle. Es un pretencioso; me gusta hacerle perder el tiempo si puedo. Estoy harto de verlo. Lleva con nosotros desde que estalló la bomba en la estación Victoria.

Thaniel se tranquilizó, aunque no del todo. Se abrieron paso en silencio hasta el escritorio de Williamson. Los suministros de Thaniel habían llegado, y ya había una papelera de verdad y un paquete de té que hacía las veces de pisapapeles.

Williamson tomó aire y esperó un momento antes de hablar.

—Pero voy a investigar los explosivos que encontró usted.

—¿Ahora? —preguntó Thaniel con tono apesadumbrado.

—Mañana. Hoy habrá otro registro. Todavía estamos persiguiendo a otros hombres involucrados. Los que colocaron el artefacto, de hecho.

—¿Qué le pasará a él?

—¿Qué quiere decir?

—Se presentarán en su casa y...

—Usted lo retendrá allí mientras la registramos. En cuanto encontremos algo lo detendremos.

—¿Y si me he equivocado y no hay nada? ¿Se olvidará de él?

Williamson bajó la cabeza como si hablara con un niño.

—Le sugiero que mañana por la noche se aloje en un hotel. —La conversación había terminado: el tartamudeo volvió. Suspiró aparatosamente—. Sé que ese tipo le cae bien, pero al margen de cualquier otra consideración, me preocupa que haya un paquete de pólvora de una pulgada cuadrada en una relojería. No hay forma de saber cuántos paquetes más podría tener almacenados y… las pequeñas cantidades se están poniendo de moda. Es más fácil esconderlas dentro de un mecanismo que cuesta desarmar. Una bomba ya no es un puñado de cartuchos de dinamita.

Thaniel no tenía nada más que decir. Se estrecharon la mano por encima del escritorio.

—Quédese con él hasta mañana —dijo Williamson—. Ya estamos en la recta final.

16

En el piso inferior se oyó un gran estrépito. Sus dos hermanos se encontraban en casa. Eran las seis de la tarde, la hora en que comía el servicio, y ni el mayordomo ni Alice estaban cerca para reprenderlos. Grace suspiró y volvió a comprobar la baraja de naipes.

Aquella mañana había ido con Alice a la ciudad y había comprado dos barajas idénticas. Después de retirar el as de espadas de una de ellas y de insertarlo en la otra, guardó la versión manipulada en su paquete y lo cerró de nuevo con su precinto. Era una prueba sencilla, pero tras darle vueltas todo el domingo por la tarde, le parecía que era el mejor método. Si optaba por algo más complicado, el amigo de Thaniel se olería algo. Los resultados serían claros. Si sacaba el as extra antes de empezar la partida, quedaría sobradamente demostrada la hipótesis de Thaniel. Si no lo sacaba, era sensato concluir que el tipo era un fraude. Era relojero, y Grace nunca había conocido a una persona hábil con la mecánica capaz de dejar algo por reparar. Cogería el naipe sobrante si sabía que estaba allí. No había razón para que no lo hiciera.

Al lado del espejo, el barómetro hizo clic alrededor del icono de lluvia al tiempo que se encogía la columna de mercurio. Lo observó durante unos segundos, luego se volvió para atisbar a través de la puerta abierta. El pasillo estaba vacío; Alice acababa de bajar a la cocina. Habían acordado salir en veinte minutos. Grace se guardó la baraja manipulada en el bolsillo de su abrigo de verano y se lo puso doblado en el brazo. Sería interesante ver la reacción del relojero ante la llegada antes de tiempo de una mujer sin acompañante.

Estaba al pie de las escaleras cuando sus hermanos pasaron corriendo por su lado. Con diecinueve y veintiuno años, no eran mucho más jóvenes que ella, pero cuando estaban de permiso se volvían como niños.

—¡Apártate, apártate! —gritó James con una pelota de rugby en las manos.

Grace se aplastó contra la pared.

—No estaréis jugando al rugby dentro de casa.

—No, no somos suficientes. ¿Quieres jugar? —le preguntó William sonriendo.

Era el menor, y Grace sospechaba que era él quien había conseguido la pelota de rugby. Cuando ella era pequeña nadie había oído hablar de ese deporte, pero William lo había practicado en Eton al hacerse popular, y ahora se refería a él con un tono reverente que solía reservar solo para las mujeres y los rifles. Desde que ella lo había acompañado una vez a ver jugar a los Harlequins contra Hampstead, intentaba convencer a ambos de que optaran por el críquet. El críquet tenía reglas: a ningún jugador se le permitía golpear a otro en la cabeza y llamar a eso entusiasmo.

—No. —Grace miró por encima de ellos el salón—. ¿Habéis roto vosotros ese jarrón?

—Es posible. ¡James! ¡Aquí!

Grace decidió que eso no tenía nada que ver con ella. Estaba ocupada.

Fuera el calor era tan bochornoso y pegajoso como la miel, y rielaba a lo largo de las fachadas de mármol de las casas adosadas. Mientras caminaba, con el abrigo de verano doblado todavía en el brazo, el contorno de la baraja se veía nítidamente en el bolsillo. Le picaba la piel, y se frotó las muñecas para ahuyentar las moscas de tormenta. Aquel día estaban en todas partes; podía verlas en el aire como el granulado en una fotografía.

Los nubarrones iban por delante de ella cuando salió de Belgravia. Excelente.

Antes de que llegara a Filigree Street la lluvia caía en una cortina y Grace parecía haberse tirado al Támesis. Había contado con que la hicieran esperar tiritando y lamentándose en el porche, pero la puerta del número 27 se abrió en cuanto subió los escalones. En el umbral Thaniel sonreía.

—Siento mucho la lluvia…

Grace observó cómo el agua de lluvia caía dentro de unas botellas vacías colocadas en hilera en el escalón inferior. Había visto a los criados de su casa ponerlas también, pero nadie le había mencionado para qué servían. Los cuellos de las botellas eran demasiado estrechos, lo cual indicaba que esa no era una forma eficiente de recoger el agua de la lluvia.

—Lo sé, hemos visto venir los nubarrones desde el taller. Mori está preparando té. Pase, aquí dentro se está caliente y tenemos la chimenea encendida… —Thaniel se interrumpió y miró por encima del hombro—. ¿No la acompaña nadie?

—No —respondió ella. Mori. El nombre le resultó familiar pero no recordaba de qué—. Lo siento. Iba a venir con mi acompañante, pero mis hermanos estaban jugando al rugby dentro de casa y he decidido que ya tenía bastante, así que me he ido sin ella.

—¿Al rugby? ¿Por qué?

—Sabe Dios —respondió ella. Él se hizo a un lado para dejarla pasar. Tras coger la baraja de naipes, Grace colgó el abrigo mojado en el perchero del recibidor—. Son soldados; cuando no están cargando contra africanos se dedican a cargar el uno contra el otro.

Él la condujo a un pulcro salón. Era pequeño pero acogedor, con un piano en una esquina y una mesa muy baja junto a la chimenea. La butaca había sido relegada junto a la ventana. Thaniel se dio cuenta de que ella reparaba en la extraña distribución.

—Espero que no le importe sentarse en el suelo…

—No, no es ningún problema. Es bohemio. De todos modos estoy congelada. —Grace se dejó caer en la alfombra de espaldas a la chimenea y él se arrodilló frente a ella, muy erguido, como un pianista. De hecho, Grace creía que Thaniel lo era, pese a sus protestas en el baile.

—¿Voy a buscar una manta? —le preguntó.

Grace tosió.

—No, no se moleste.

—Está usted morada.

—Enseguida entraré en calor. —Vio un jersey gris doblado en el brazo de la butaca. Era de los que llevaban los marineros y los obreros—. ¿Le importa prestármelo?

—Oh…, no es mío, pero estoy seguro de que a Mori no le importará. —Thaniel se levantó para cogerlo. Una vez en sus manos, Grace descubrió que era exactamente de su talla. Se lo puso. Olía a limones, y la lana era cara y suave al tacto.

Los dos se volvieron al oír el tintineo de porcelana en la puerta.

Thaniel no le había dicho qué aspecto tenía Mori, y ella se imaginaba a un hombre de aire solemne, vestido de forma tradicional y de la edad del padre de Matsumoto, pero era todo lo opuesto. Llevaba ropa occidental, el cabello corto y teñido, y parecía muy joven. Al inclinarse para dejar la bandeja del té en la mesa sonrió educado. Con la sonrisa aparecieron arrugas alrededor de su ojos revelando su verdadera edad, pero desaparecieron con ella. Grace sonrió a su vez, sintiéndose desaliñada.

—Señor Mori, me alegro mucho de conocerle. —Le tendió la mano por encima de la mesa—. Grace Carrow. Siento haberle robado el jersey. Y siento llegar tan pronto. —Lo observó con atención.

—No se preocupe. —Él le estrechó la mano tal vez con demasiada firmeza para sus dedos delgados y se arrodilló junto a Thaniel—. ¿Dónde está su acompañante? —Tenía exactamente el mismo acento que Thaniel. Debía de haber aprendido su inglés de él.

—Me temo que he tenido que salir sin ella.

Él la miró como si pudiera leer los verdaderos motivos en su mente.

—¿Está segura de que es correcto que esté aquí sola?

—Ya está aquí —señaló Thaniel.

Mori no apartaba los ojos de ella. Grace cambió de postura y se irguió.

—Sí, por supuesto —repuso Mori por fin, y le tendió un plato de pastelillos de colores.

No le eran familiares, pero probó uno de todos modos, intrigada. Era bizcocho relleno de crema y sin duda lo más rico que había probado en meses.

—Santo cielo, ¿de dónde han salido? Son deliciosos.

—Los hace él —respondió Thaniel.

Grace expresó su admiración y solo cogió uno más. Se habría comido media docena, pero se sentía voluminosa al lado de Mori, y eso la incomodaba.

—Y bien, ¿por qué Londres, si me permite la pregunta?

—Aquí se fabrican los mejores relojes del mundo. —Cuanto más hablaba Mori, más extraña sonaba su voz. Era demasiado grave para su cuerpo, y en ella no se detectaban los rastros sibilantes de su lengua materna que a veces se apreciaban en Matsumoto pese a sus lecciones de elocución en Oxford.

—Oh, por supuesto. —Ella se interrumpió y sacó su reloj de golondrina—. Un momento. Es uno de los suyos, ¿verdad?

Él lo tocó con la punta del dedo.

—Sí. Se lo vendí a un tal William Carrow. ¿Su hermano?

—Fue un regalo. Es extraordinario —comentó Grace, abriéndolo por la parte posterior para enseñarle a Thaniel el pájaro del interior—. Sabía que su apellido me resultaba familiar. Por alguna razón pensé que era italiano. Oh, he traído una baraja —añadió nerviosa y consciente de que Mori no tenía nada que decir sobre ese comentario.

Grace no había contado con que fuera tan difícil mantener una conversación con él. Pese a hablar con mayor fluidez, Mori le era mucho más ajeno que Matsumoto. La forma en que se sentó era de persona cultivada, al igual que la delicadeza con que sirvió el té. Giró las tazas de modo que el diseño azul estuviera vuelto hacia ellos, y lo hizo mientras hablaba, como si no quisiera que advirtieran que era un ritual. Pero lo era. La porcelana también era especial. Ella reconoció el diseño. La casa de Belgravia estaba llena de muestras del viejo hábito de su madre de acudir a las subastas. Había porcelana de Jingdezhen de más de trescientos años de antigüedad y todavía sin resquebrajar. En un par de ocasiones Matsumoto había señalado que existía una especie de salto generacional en la casa, pero ella no sabía que fuera tan amplio.

—¿A qué jugamos? —le preguntó Thaniel.

—¿A póquer? —le contestó Grace—. ¿Sabe jugar?

—Seguro que pierdo, pero sí. —Thaniel miró a Mori—. Me he enterado por la legación británica de Tokio de que goza de cierta reputación jugando a las cartas.

—¿Qué hace hablando de mí en los despachos?

—Averiguar si nos conviene o no jugarnos con dinero con usted. ¿Tiene cerillas?

—No era tan temible —repuso Mori, pero sacó una caja de cerillas del bolsillo del chaleco y se la tendió.

—En serio. Me dijeron que en una ocasión hubo una casa en Osaka en juego.

—Nadie quiere una casa en Osaka —replicó él, y fue extraño advertir cómo pasaba a una pronunciación extranjera en mitad de una frase—. Eso supondría tener que vivir en Osaka.

—¿Qué tiene de malo?

—Es como… Birmingham.

—Aun así jugaremos con cerillas —repuso Thaniel.

Grace sonrió. Al mirarla, Mori también sonrió con aire de disculpa. Poseía la serenidad natural de un hombre que no recibe a menudo en su casa. Ella deslizó hasta él la baraja por encima de la mesa. Se había cuidado de poner los comodines en la parte superior y el as repetido se hallaba casi en la base. Él no lo encontraría por casualidad.

—¿Quiere hacer los honores? —le preguntó.

—Hummm. —Mori cogió la baraja y desató la cuerda del paquete. Deshizo el envoltorio, pliegue por pliegue, y lo dobló de nuevo. Al menos eso se lo había visto hacer a Matsumoto, aunque no tenía ni idea de por qué se molestaban. La afectación resultaba ligeramente crispante, pero no hizo más que aumentar su convicción de que Mori sacaría el as si sabía que estaba allí.

—¿Diez cada uno para empezar? —preguntó Thaniel, contando las cerillas.

Mori dejó el primer comodín en la mesa y a continuación colocó el segundo justo encima.

—Roñoso —respondió Grace mientras observaba a Mori con disimulo.

—Hace años que no juego —gruñó Thaniel de buen humor—. La última vez me ganó mi hermana.

—Ah, sí. ¿Cómo dice que se llama?

—Annabel. Vive en Escocia.

Mori levantó tres cuartas partes de la baraja dejando ver un as de espadas que depositó encima de los comodines. Puso los tres en el suelo, apartados, y barajó.

Si hubo truco, Grace no lo vio. Se pasó la primera partida pensando en vano en ello. Mientras tanto Mori jugó como un profesional, sin apenas mirar las cartas. Cuando ganaba, las volvía con tranquilidad para mostrarles su juego. Con las cerillas de sus ganancias construyó una casa con gran concentración. Estaba aburrido, más que aburrido, aunque era lo bastante educado para no demostrarlo. Grace vio que Thaniel también lo observaba y sus miradas se encontraron por encima del hombro de Mori. Ella asintió ligeramente pero Thaniel parecía a punto de derrumbarse. Grace no sabía a qué se debía, pues estaba sentado y charlaba con naturalidad, pero algo en él se mantenía en pie solo con fuerza de voluntad, lo que la hizo sospechar que había algo más que la preocupación de que lo siguieran.

—Juega bien —le dijo a Mori.

—Tenía mucho tiempo libre y demasiados hermanos cuando era niño. —En la casa de cerillas había una chimenea. Mori tenía el pulso muy firme.

—Prepararé más té —se ofreció Thaniel.

Mori se levantó.

—¿Les importa que juguemos a otra cosa? ¿Con dados?

—Arriba tengo un tablero de backgammon —terció Thaniel.

—¿Por qué? Le está yendo bien —señaló Grace.

—No es justo para ustedes.

—Qué palabras más atrevidas.

Él suspiró.

—Más bien son hechos. Lo siento.

Mientras Thaniel salía él se colocó de lado como si evitara algo. Ese algo no tardó en aparecer en forma de un pulpo de tamaño natural pero accionado por un mecanismo. Se acomodó en el regazo de Mori, donde pareció registrar la mesa y enseguida se puso a desmantelar la caja de cerillas.

—¿Qué es eso? —preguntó ella, impresionada.

—Es Katsu. —Mori lo sostuvo en alto y el pulpo se le enroscó alrededor de la mano.

—Ka…

—Katsu. Significa Victoria. En honor a la reina, en realidad.

—Santo cielo, es asombroso. ¿Puedo verlo?

—Sí. Cuidado que pesa. Puede abrirlo y verlo por dentro si lo desea. —Comentó, pasándole el pulpo por encima de la mesa.

Una vez en sus manos, Grace comprobó que era más denso por el centro, como lo habría sido una criatura viva, si bien pesaba mucho más, tal como había señalado él.

—Encontrará el cierre detrás.

Katsu permaneció inmóvil mientras ella abría el panel de la parte posterior de la cabeza. El interior brillaba con sus estratos de piezas de engranaje, ensambladas mediante diminutos diamantes de soporte. Ella sabía lo suficiente de mecánica para seguir las ruedas dentadas hasta las marchas. Eran minúsculas y había cientos de ellas.

—Santo cielo. ¿Son marchas aleatorias? ¿Cómo las ha fabricado?

—Con imanes giratorios —respondió él. No pareció sorprenderle la pregunta—. De ahí el aislamiento, o se estropearía cada vez que se acercara al generador del taller.

—Es… Nunca he visto nada parecido. Su mecanismo es mucho mejor que el de las máquinas de calcular corrientes. —Grace levantó la vista—. Décadas de adelanto.

—No, no. La relojería está mucho más adelantada de lo que cree la mayoría de la gente. Pero nadie patenta nada. Las fábricas dejarían fuera del mercado a los relojeros.

—Supongo. —Grace cerró de nuevo el pulpo y este agitó tres tentáculos mientras ella lo levantaba por el centro para ver cómo se movía. Era perfecto. Le hizo cosquillas y él se enroscó. Fueran cuales fuesen los invisibles avances de la relojería, eso era asombroso. Una máquina de calcular a duras penas podía resolver la tabla de multiplicar del doce; no existía nada en el mundo capaz de imitar la vida. Observó a Mori con atención y decidió que en breve dejaría caer el pulpo al suelo.

Él la miró de una manera extraña.

—Cuidado.

Grace lo depositó con delicadeza en el suelo, donde volvió a escabullirse debajo de la mesa en dirección a Mori y las cerillas. La expresión de él se relajó.

—Es genial —comentó ella.

—Gracias. Tome otro pastelillo. No durarán mucho.

Por fin volvió a salir el sol y a la cálida luz de última hora de la tarde el glaseado de los pastelillos brillaba en distintas tonalidades azules, verdes y rojas, con suficiente intensidad para parecer un grupo de anémonas de mar. Grace cogió uno y ya se había comido la mitad cuando advirtió que él no se había unido a ella.

—¿Usted no come? —le preguntó.

De nuevo se sentía torpe. Estaba más o menos segura de que ambos eran del mismo tamaño si se colocaban una junto al otro, pero él tenía la habilidad de ocupar menos espacio.

—La verdad es que no me gustan mucho. Los hago por el señor Steepleton, que ve colores en la música. Dice que si toca en el piano esos colores por ese orden suena «Greensleeves». —Señaló con la cabeza la cuidadosa colocación.

Grace observó los pasteles dudando si hablaba en serio o solo era una metáfora común que alguien con mentalidad musical utilizaba con los profanos en la materia. Había oído hablar en los mismos términos a uno de los amigos del coro de Matsumoto. Era un tipo extraño.

—Sea cual sea la melodía, podría hacerlos más a menudo. Son deliciosos.

Él levantó la cabeza y en sus ojos se vislumbró una profunda aversión, pero volvieron a convertirse en simple espejos cuando Thaniel regresó con el té. Con la caja de backgammon bajo el brazo, cerró la puerta suavemente con el codo, pues tenía las manos ocupadas con la bandeja. Ella lo observó y pensó que le agradaba su sigilo, pero se detuvo al darse cuenta de que Mori la miraba.

La habilidad de Mori con las cartas no se extendía a los dados. Todos eran más o menos igual de buenos, y aunque se requería más suerte que destreza, él parecía divertirse más.

Ya se había ocultado el sol cuando Thaniel salió con ella para buscar un coche de caballos.

—No hay duda de que es un genio —dijo ella por fin—. Ese pulpo está mucho más allá de lo que es capaz de crear el resto de la humanidad. Puse un as de más en la baraja y lo ha sacado. Una de dos, o se lo ha dicho alguien de casa o bien tiene usted razón acerca de él. —Lo miró—. Dicho esto, ¿por qué se molestaría en hacer algo así? Sé que los genios locos tienen sus pasatiempos, pero ¿engañar a un empleado de Asuntos Exteriores solo por diversión? Es... extraño.

Él guardó silencio un largo rato. Ella vio cómo se le hinchaba el pecho antes de hablar.

—Hace seis meses apareció un reloj en mi habitación de Pimlico. Se le disparó una alarma unos segundos antes de que estallara la bomba de Scotland Yard. Me salvó la vida. Lo mandé examinar, y por lo visto la alarma estaba programada para ese día y esa hora.

Estoy viviendo aquí porque me lo ha pedido la policía. Es posible que él sea el fabricante de la bomba.

—Un fabricante de bombas. Eso aumenta las prisas. —Grace reflexionó sobre ello—. Bueno, si se tratara de un fraude tiene un confidente en mi casa, pues solo así habría podido averiguar lo del naipe sobrante o cómo iba a ir vestida ayer. Será mejor que hable con mi criada antes de llegar a ninguna conclusión. Le enviaré un telegrama en cuanto sepa algo.

—Dese prisa. La policía vendrá mañana.

—Por supuesto. —Ella le asió del brazo. Al principio él casi se apartó, pero luego se inclinó ligeramente hacia Grace y ella le apretó la mano—. Parece confiar mucho en mí —añadió en voz baja.

—Es científica.

—Ya no.

—No me lo ha contado.

—Bueno, he dejado la universidad.

—Pero me habló de la casa de una tía suya, o…

—Es…, sí —respondió ella, sorprendida de que se acordara—. Me dejó una casa, pero forma parte de una dote que solo se entregará a mi futuro marido, por la simple razón de que las mujeres de la familia son tradicionalmente estúpidas y mi padre se niega a ponerla a mi nombre. Si quiero la casa con su espacioso sótano del tamaño perfecto para un laboratorio, debo casarme. También hay dinero, aunque tampoco está a mi nombre. Es muy sencillo en realidad. —Pensó en dejarlo ahí, si bien él era una persona callada y franca que invitaba a hablar—. Sin embargo, no es probable que suceda. El principal candidato era Francis Fanshaw, a quien usted conoce, pero es viudo. Su hijo tiene cinco años. Como es lógico, no quiere que el niño corra detrás de una madrastra que guarda productos químicos tóxicos en un sótano.

—Pues atraque un banco y siga investigando en secreto en alguna buhardilla —ofreció él con una fuerza insólita.

Grace tuvo la impresión de estar pisando terreno resbaladizo.

—Parece saber de qué estoy hablando.

—No sé nada de ciencias.

—Pues sabe algo.

Él pareció reacio a hablar, pero al final se decidió.

—Yo tocaba el piano. Luego el marido de mi hermana se murió y tuve que empezar a enviarle dinero a ella, y la música no es muy lucrativa. Pero hablo en serio. —Y, sin darle tiempo a ella para compadecerlo, añadió—: No importa cómo lo haga, siempre será mejor que renunciar. Puede publicar con mi nombre, si quiere. Le enviaré la correspondencia y nadie se enterará.

Ella alzó la vista.

—¿Lo haría?

—Usted no tenía por qué venir aquí. Si estuviera en mi mano montarle un laboratorio, lo haría.

Guardaron silencio unos instantes.

—Bueno, en realidad sí que lo está —respondió ella por fin—. Todo lo que se necesita es alguien que se preste a ello. Yo quiero mi laboratorio. ¿Quiere usted una casa en Kensington?

Él se rió pero con mesura. Ella lo notó a través de las costillas de él.

—Su familia tendría quejas al respecto.

—No, no. Es muy fácil buscar pretendientes inadecuados si te paseas por Hyde Park después de medianoche. Siguen la deshonra inmediata y cierto apremio. Una de las chicas de Satterthwaite lo hizo hace unos años para casarse con un francés católico. Es como cuando ves un letrero de prohibido pisar el césped y saltas.

Él miraba la larga calle que tenía ante sí y los puntos de las farolas que se prolongaban hasta las oscuras verjas de Hyde Park.

—No, no puedo hacer eso.

—Era solo una idea —murmuró ella—. No pretendía ponerme seria.

—No, me refiero a lo del parque. No es seguro. Allí hay una taberna.

Ella levantó la vista.

—¿Cómo dice?

Él suspiró.

—Mi hermana tiene dos hijos. Vive con una pensión del ejército y lo que yo le mando, que no es mucho, ni siquiera ahora. Creo que van a catequesis los domingos y poco más. Si yo pudiera…

—Podrían ir a Harrow —dijo ella, y él desvió la mirada como si fuera un juego peligroso que no quería tocar o analizar demasiado de cerca.

Grace vio que reaccionaba con cautela, pero no supo qué decir para tranquilizarlo. El dinero no importaba cuando se disponía de él, si bien ella no quería expresarlo en esos términos.

—¿Por qué no deja que le explique lo que eso significaría y entonces usted decide? —le preguntó ella por fin.

Él asintió y le sostuvo la puerta de la taberna para que entrara. Los recibieron el humo de pipa y las risas de los parroquianos.

17

En cuanto cruzó la puerta principal de su casa supo que aún no dormían. En el ambiente no se percibía ese aire inalterable, y las lámparas ardían sobre mechas recién cortadas. Antes de que pudiera quitarse el abrigo, Alice bajó corriendo por las escaleras con los ojos hinchados y la condujo al gabinete de su padre. Grace lo encontró sentado detrás del escritorio; el espesor del humo que lo envolvía era indicio de que llevaba mucho tiempo sin moverse.

—¿Qué es ese asunto de un telegrafista del Ministerio de Asuntos Exteriores? —preguntó él—. Estaba a punto de llamar a la policía.

—Tiene amistad con alguien que podría ser vidente, y como eso está relacionado con lo que yo estudiaba en Oxford he ido a verle. Les he dicho a todos adónde iba.

—¿Y esa amistad vidente es de condición femenina o masculina?

—Masculina.

Él exhaló otra espiral de humo.

—Sospecho que el hecho de que no hayas tenido a nadie que te reprenda por tu conducta indecorosa en el pasado es una desafortunada consecuencia del estado de salud de tu madre —murmuró él—. Lamento no haber pensado en ello a tiempo para impedir que te criaras como una salvaje. ¿Sabes qué hora es?

—Sí.

—¿No se te ha ocurrido pensar que si alguien se entera de que has estado fuera después de la medianoche en compañía masculina tus posibilidades de encontrar un buen partido podrían verse seriamente mermadas?

—Ha sido sin querer.

—Eso poco importa. Además, creo que has vuelto a hacer que tu madre enferme.

—Las polillas y el polvo son lo que hacen enfermar a mi madre. Creo que los esfuerzos por detener todos mis movimientos con la esperanza de que mantenga una buena salud serían en vano.

—¡Por el amor de Dios! —estalló él, alzando de pronto mucho la voz, y aunque eso era lo que ella buscaba, retrocedió temblorosa—. Dime cómo se llama el hombre.

—No irás a acosarlo…

—¡He dicho que me des su nombre! Escribe aquí la dirección. Ahora mismo. —Le tendió una pluma y el tintero.

Cuando Grace terminó de anotar la dirección y de dibujar un pequeño mapa, le dio el papel en la mano en lugar de tirarlo sobre la mesa.

—Bien mirado veo que podrías llegar a arrepentirte de tus actos —dijo él con rigidez—. No estaría de más que le pidieras disculpas a tu madre. Ahora está sedada.

—Sí, por supuesto.

—Me ocuparé de este asunto mañana. Ve a acostarte.

Ella salió al pasillo y se sacudió el olor a puro de la ropa. Se llevó la manga a la nariz, pero el último rastro del jabón de limón del jersey de Mori se había desvanecido. Creyendo que estaba sola, suspiró y se mesó el cabello con ambas manos, pero se hizo a un lado al ver una figura humana moverse a su izquierda. Era Alice, que la esperaba al pie de las escaleras. Todavía lloraba un poco.

Grace se inclinó para hablar con ella por debajo de la barandilla.

—Alegra esa cara. Todo va bien.

Alice sorbió por la nariz.

—¿De veras?

Ella rodeó la escalera para sentarse a su lado. El peldaño crujió.

—Alice, lo que me respondas no cambiará nada en absoluto, así que me gustaría que me dijeras la verdad. ¿Te ha hecho alguien preguntas sobre mí últimamente? ¿Cómo voy a vestirme o qué estoy haciendo? ¿O sobre el truco de cartas del que te hablé? No me importa si lo han hecho.

Alice la miró sin comprender.

—¿Preguntas? No. Jamás le diría a nadie nada de todo eso.

—¿Nada en absoluto?

—Nada. No hablo de usted con nadie, señorita. Soy una doncella, no una chismosa. —Alice tragó saliva—. ¿Es cierto que ha estado toda la noche con dos hombres, señorita?

—Sí. He jugado a las cartas.

—Pero si alguien se entera…

—Sí, sí, soy una perdida, una paria, etcétera, etcétera. Voy a trabajar un rato en mi habitación.

—¿Trabajar? Pero si ya es de noche.

—Una taza de té me vendría muy bien, gracias.

Grace dejó la tiza. La estela de polvo siguió suspendida en el aire entre la pizarra y ella, produciéndole sequedad en la boca. Las anteriores brumas se habían posado en los pliegues de sus mangas, prestando al algodón la ilusión de iridiscencia de la seda. Cuando se echó hacia atrás y vio por primera vez la pizarra entera, le pareció atestada. Atestada y carente de sentido. Fuera cual fuese la velocidad que le asignara al éter, nunca sería equivalente al otro extremo de la ecuación, que era una hipótesis sobre la autenticidad de los padres de Mori. Si un vidente era capaz de percibir movimiento en el éter, si los efectos de un acontecimiento eran zumbar y golpetear a través de él del mismo modo que el aliento de ella describía figuras en el polvo de tiza, no se alejarían mucho antes de que el movimiento de la Tierra destruyera con su viento de cola esas formas. Era posible, hasta ahí lo veía claro, pero solo a muy corta distancia. Si Mori no era un farsante habría podido predecir hechos que estaban a punto de ocurrir, pero solo muy cerca de él. A pulgadas.

—Es un fraude —le dijo a la tiza—. Thaniel está viviendo con un fabricante de bombas que sabe hacer trucos de cartas. Estupendo.

El polvo se levantó con suavidad en el aire y a continuación se arremolinó al entrar Alice con otra taza de té, después de llevarse la primera que Grace había dejado enfriar sin reparar en ella. Observó cómo las partículas blancas se desplazaban flotando hacia un lado.

—¿Qué es eso, señorita?

—Calla —dijo Grace, mirando fijamente el polvo—. Calla, calla.

Alice irguió el cuello, más intrigada que ofendida.

—Esa tiza todavía se está moviendo porque has abierto la puerta.

—¿Tiza?

Grace trituró un poco más contra la pizarra y, cuando el polvo cayó y se amontonó al lado de la mancha blanca que había dejado, deslizó un dedo a través de él y observó las partículas perturbadas.

—Quiero decir que retiene la forma.

—¿Se encuentra bien? —le preguntó Alice. Prefería que Grace no escribiera ecuaciones y hablara de ellas. Parecía reconocer que si bien los números constituían una parte necesaria de la vida, eran tan inadecuados para una dama como las postales francesas.

—No, soy idiota. Todos lo somos. No entiendo cómo vamos a hacer algún descubrimiento en física si seguimos así. El movimiento es relativo. Puedes quedarte inmóvil sobre la Tierra sin darte cuenta de que estás dando vueltas a ciento cincuenta mil millas por hora y precipitándote alrededor del Sol, que a su vez se mueve... y el polvo de tiza puede permanecer suspendido casi inmóvil en el aire, pese a todo.

—¿Qué tiene que ver la tiza con...?

—Alice —la interrumpió Grace, mirando aún la pizarra—. Antes te he preguntado si alguien había hablado contigo sobre mí y te he dicho que no importaba. Mentía; es de suma importancia. Tu empleo depende de la respuesta. ¿Me has dicho la verdad?

—Mi empleo no depende de la respuesta, ya que llevo aquí desde que tiene usted cuatro años.

Grace se volvió.

—Me temo que la lealtad es un fenómeno progresivo. No recibes puntos por acciones pasadas.

Alice titubeó. En lugar de dejar la taza, se levantó con ella. Esta adquirió una fina capa blanca a medida que la tiza caía y empezaba a posarse.

—No, señorita. Pero... le he dicho la verdad, lo juro...

—¿Puedes decirme dónde has estado hoy cuando no estabas conmigo?

—¡Comiendo en la cocina! —Se le volvieron a llenar los ojos de lágrimas.

—Entonces, si le pregunto a la señora Sloam, ¿ella me dirá qué te ha cocinado?

—¡Sí, huevos con jamón!

—Algo raro en ti, pues no parece que te guste mucho el jamón.

—Se ha acabado la carne de vaca, de modo que... ¡No he hablado con nadie!

—¿Has visto a alguien por la casa? ¿Una persona oriental?

—No hablaría jamás con un chino. ¡Son sucios! —Alice se echó a llorar de nuevo—. No puede despedirme ahora. Hablaré con lady Carrow, ella siempre...

—Alice, por supuesto que no voy a despedirte. Solo quería que me dijeras la verdad.

Alice la miró con una mezcla de alivio y resentimiento.

Grace se volvió hacia la pizarra.

—El hecho es que hay dos posibles escenarios. Uno es que mi amigo viva con un terrorista que se ha hecho pasar por vidente de forma muy convincente...

—¡Un terrorista!

—… hasta el punto de que debe de haber gastado cientos de libras en ello. El segundo es que él…, bueno, él es la prueba palpable de la existencia de un éter estático. Así que, como ves, era bastante crucial que me dijeras la verdad. —Grace se frotó el rostro. Tenía la piel demasiado seca después de una tarde frente a una chimenea y una noche cubierta de tiza—. Encontró a la primera el naipe que yo había añadido a la baraja. Y no comenté que hubiera uno. Si tú no se lo desvelaste, entonces no se lo dijo nadie.

Alice frunció el entrecejo.

—No se lo he dicho a nadie, señorita. Y menos aún a un horrible hombrecillo chino. —Titubeó, luego recobró el coraje—. ¿Qué tiene que ver exactamente el éter con los videntes? He oído mencionarlo en sesiones de espiritismo y demás, pero nadie dice qué es.

Grace asintió.

—El éter es a la luz lo que el aire al sonido, pero mucho más eficiente. Te habrás fijado en que cuando hay fuegos artificiales oyes el estallido después del destello. Eso se debe a que el sonido viaja mucho, muchísimo más despacio. Así que podemos decir que el medio del aire transporta el sonido a cierta velocidad. Lo mismo ocurre con el éter. Transporta la luz a una velocidad de unas doscientas mil millas por segundo.

Alice inclinó la cabeza.

—Si la luz puede viajar a cualquier parte, el éter debe de estar en todas partes. Todo se mueve a través de él. Si un ser humano fuera capaz de percibir esas perturbaciones, conocería las posibilidades a medida que se forman y no a medida que se despliegan. Sabría que te disponías a hacer algo en el momento en que decidieras hacerlo y no cuando lo hicieras realmente. Y sabría si te lo estabas planteando, porque eso también provocaría una onda. Oh, por el amor de Dios —exclamó de pronto, con lo que Alice dio un brinco.

—¿Señorita?

—Perdona. Acabo de comprender por qué perdió la partida de dados. El éter es conductor de efectos posibles. Pero un dado presenta…

—¿Probabilidades exactamente iguales? —respondió Alice en voz baja.

—Sí. Lo único que te dice el arrastre de éter acerca de un objeto de lados regulares que cae es que está cayendo. Podrías ser el vidente más sensible del mundo y aun así perder una partida de backgammon. —Grace se llevó una mano a la nuca dolorida—. Será mejor que le envíe un telegrama a Thaniel. Creo que le gustará saber que su amigo ha estado diciéndole la verdad.

—Son las tres de la madrugada, señorita. La oficina de Correos está cerrada.

—Por supuesto que lo está. Mañana a primera hora. —Se apoyó contra la pizarra.

—Oh, señorita, el vestido…

—La tiza se limpia. —Grace cogió el té. A pesar de la capa de polvo de tiza, le supo delicioso después de trabajar tanto tiempo.

Alice suspiró.

—¿Tenía que ser un empleado del Ministerio de Asuntos Exteriores?

—Él es mucho mejor de lo que podría haber sido cualquiera.

—¿Y ya sabe él que mañana recibirá una visita furiosa de lord Carrow?

—Sí. Se lo he pedido yo. He llegado tarde a propósito. Alice, deja de mirarme de ese modo.

—¡Bien! Ah, y me pregunto si ese desagradable hombrecillo chino no tuvo nada que decir sobre su conducta…

—En realidad él no estaba delante cuando hablamos. —Grace guardó silencio antes de continuar—. De hecho, creo que él habría dicho algo al respecto si yo le hubiera dado la posibilidad.

—¿Ah, sí?

—Sí. Creo que él…, bueno. No le he gustado. Thaniel y él parecían muy unidos.

La expresión de Alice se ensombreció.

—Señorita —dijo por fin—. Tiene que ser peligroso contrariar a un hombre que conoce el futuro. ¿Qué lo detendrá si decide arrojarla bajo las ruedas de un carruaje o bajo un montón de ladrillos que caen?

—La decencia humana, como a todos los demás —respondió Grace, pero miró el té y sintió algo parecido al miedo.

18

Grace había prometido enviarle un telegrama en cuanto estuviera segura de lo que estaba sucediendo. Aunque Thaniel se daba cuenta de que era poco razonable esperar algo antes de las siete y media de la mañana, estuvo atento al timbre de la puerta mientras observaba cómo hervía el arroz sobre el fogón. Normalmente le gustaba ver cómo se elevaba el vapor, porque el vapor del arroz era distinto a cualquier otro, pero en esos momentos no podía concentrarse. Cuando abrió la puerta del taller para ver la calle a través del escaparate, encontró a Mori allí. Estaba ocupado trasladando algunos de los mecanismos más delicados de las vitrinas a unas cajas de terciopelo. Thaniel clavó las uñas en el marco de la puerta.

—¿Qué pasa?

Como aún no eran las siete y media, por un acuerdo previo estaba obligado a hablar en japonés.

—Oh, es... —Mori cerró una de las cajas con un chasquido. Thaniel vio que intentaba adaptar la frase a un vocabulario fácil de comprender, pero se rindió. Rompió su norma habitual y pasó al inglés—. Va a venir la policía. Supongo que tengo un apellido que suena irlandés. La gente tiene más cuidado con las cosas si están en cajas.

—¿De veras?

—A veces. Mire…, están irritados y quieren involucrar al primer extranjero que parezca una fácil presa, así que van a detenerme. Sin embargo, la noticia llegará enseguida a su oficina. Los tratados británicos con Japón son muy frágiles en estos momentos y su ministro del Interior se subirá por las paredes en cuanto se entere. Prefiero hacer esto y que me suelten hoy mismo que largarme al Distrito de los Lagos y que este asunto se prolongue durante semanas. Deje de mirarme así y váyase a trabajar.

—Le harán daño.

—Les falta ingenio para eso.

Thaniel miró de nuevo por el escaparate. La calle estaba vacía con la excepción de uno de los hijos medianos de los Haverly, que zigzagueaba entre cosas que nadie más podía ver en la niebla. Tenía a Katsu sobre el hombro.

—¿Espera correo? —le preguntó Mori—. No llegará hasta esta noche. La oficina de Knightsbridge no abre esta mañana.

Thaniel suspiró.

—Lo había olvidado.

—Váyase a trabajar. Si se queda aquí le detendrán también a usted.

—¿Por qué?

—Si alguien le golpea usted devolverá el golpe. A eso se llama… obstaculizar la acción policial, creo. Vamos. Espere un telegrama mío hacia las cinco y entrégueselo de inmediato a Francis Fanshaw, si no le importa.

—Mori…

—Steepleton.

Thaniel hizo lo que le pedía.

Al llegar a la oficina, se detuvo junto a la esquina de su escritorio y se quedó mirando la brillante máquina del telégrafo. El engranaje seguía reluciente y en las ranuras del cilindro para el papel de transcripción todavía no se había acumulado suciedad. Pese a los cambios que se habían producido durante las últimas semanas, era difícil no pensar que todo lo que había hecho en realidad era reemplazar un telégrafo desvencijado por un modelo que hacía lo mismo pero con mayor eficiencia.

Fanshaw entró y le deslizó una carpeta bajo el brazo. Estaba llena de papeles con burdas transcripciones telegráficas pegadas que abultaban mucho.

—Despachos de Tokio y Pekín. Vaya a informar al ministro.

—¿Yo?

—Usted es el único que los ha leído. Dese prisa. Le está esperando.

Lord Leveson no esperó a las presentaciones para empezar a hacer preguntas. Era un hombre corpulento de cabello canoso que bramaba en lugar de hablar. Las preguntas eran estallidos entrecortados. De los despachos solo le interesaban las partes relevantes, pero como las burdas transcripciones estaban salpicadas de fragmentos de código abreviado entre operadores, no podía leerlos él mismo. Estuvieron con ello una hora interminable que se convirtió en dos, y tras decidir que a Thaniel se le daba mejor que a nadie leer las transcripciones, Leveson le entregó también la carpeta de Moscú y volvieron a empezar. Solo había leído unas pocas líneas cuando Fanshaw llamó a la puerta y asomó la cabeza.

—Siento interrumpirles. Steepleton, hay un telegrama para usted. Ha venido un mensajero y se niega a irse si no se lo entrega en persona.

El joven mensajero de la oficina de Correos entró y esperó mientras Thaniel firmaba el cable. Ponía dos veces «urgente». Cuando lo abrió solo había una línea de texto.

«Mori no miente. Grace.»

—Hay una emergencia en casa —dijo. Entregó los despachos a Fanshaw y se marchó.

Cogió el tren de regreso a Knightsbridge, y fue contando las estaciones a medida que las luces se sucedían a través de la oscuridad. Al apearse el sol era demasiado brillante y pegaba demasiado fuerte. Esperaba adelantarse a los agentes de policía, pero antes de ver siquiera el número 27 supo que ya estaban allí. Filigree Street siempre estaba concurrida, porque la clase de personas que podían permitirse vivir en ella no trabajaban en una oficina; sin embargo, la multitud que se había congregado al final de la calle era mucho más densa que de costumbre. Los transeúntes que se acercaban a la relojería aminoraban el paso y se quedaban mirándola, y los que habían pasado de largo volvían la mirada hacia atrás. Thaniel caminó deprisa y su traje de empleado del ministerio le abrió paso entre la gente.

Mori estaba sentado en la acera. A su lado, al alcance de la mano, había un policía alto con un uniforme demasiado grueso para el calor que hacía. Mori no había escogido sentarse allí. Tenía marcas de polvo en las rodillas que delataban que le habían obligado a arrodillarse.

—Deténgase —le ordenó el policía—. El negocio está cerrado.

—Vivo aquí. Mori, ¿se encuentra bien?

—¿Qué está haciendo aquí? —le preguntó él, pero no pareció sorprenderse.

—¿Lleva todo el día aquí fuera?

El policía le propinó una pequeña patada a Mori en la cadera.

—Ni una palabra.

—Jameson —gritó alguien desde la puerta—. Tráigalo aquí. Quiero ver qué tiene que decir sobre esto.

El hombre tiró de Mori por el brazo y lo empujó hacia la puerta. Thaniel los siguió. Un agente de aspecto solemne salió a su encuentro. Tenía en la mano uno de los pájaros de cuerda. Lo habían roto para abrirlo y el paquete de pólvora del interior estaba a la vista.

—¿Cómo llama a esto, eh? Jameson, llame al cuatriciclo, estamos a punto de... ¡Santo cielo!

Mori le había arrebatado el pájaro y la pólvora de las manos. Tiró de la cuerda que colgaba del paquete y hubo un chasquido.

—¡Al suelo! —gritó el sargento.

Thaniel no se agachó. Mori lo miraba como si no hubiera nadie más en la habitación, con el paquete en la palma de la mano para que lo viera. Estalló en llamas, y se elevó un chorro de chispas doradas y purpúreas que se arremolinaron en el aire brillando y crepitando. Era un simple dispositivo pirotécnico e hizo que en comparación el taller pareciera lúgubre. Con las chispas y el olor del humo de la pólvora, por un instante todo se fundió en brillantes recuerdos de ferias y carnavales. Las chispas se desvanecieron. El envoltorio de papel se vio reducido al instante a cenizas. Mori se sacudió las manos y los delicados pedazos grises cayeron flotando al suelo.

Siguió un breve silencio en el que todo permaneció inmóvil. Sin embargo, fue lo bastante largo para que Thaniel viera qué había sucedido en el taller. Habían sacado y vaciado todos los cajones del escritorio, y los armarios que había debajo y encima de las vitrinas estaban abiertos. Su contenido estaba desparramado por el suelo. Si al principio los agentes habían sido cuidadosos, después prescindieron de toda delicadeza.

Uno de los agentes golpeó de nuevo a Mori para que se arrodillara y hubo gritos mientras alguien sacaba una porra.

—¡Williamson!

Thaniel no lo había visto, pero la detención de un terrorista del Clan na Gael era demasiado importante. Tal como esperaba, Williamson apareció detrás de sus hombres. Estaba sentado en el fondo de la habitación, observándolo todo.

—Una de dos —dijo Thaniel—, o mando un telegrama al Ministerio de Asuntos Exteriores y les informo de que está a punto de sonsacar a golpes una falsa confesión de un noble japonés sin justificación alguna y sin más pruebas que un dispositivo pirotécnico, y en vista de que no ha encontrado la bomba de Scotland Yard probablemente lo despedirán, o bien se retira de inmediato con sus hombres. —Y, dirigiéndose hacia el agente de la porra, añadió—: Y si usted no suelta eso ahora mismo, tendrá que vérselas con alguien de su tamaño.

Williamson se quedó mirándolo.

—Mantenga la boca cerrada o tendré que detenerlo a usted también.

—Entonces Francis Fanshaw preguntará por mí mañana al ver que no he ido a trabajar y será lo mismo pero con doce horas de retraso.

—Idiota.

Thaniel meneó la cabeza y esperó.

—¡Largo de aquí! ¡Todos! —gritó Williamson sin apartar la mirada de él—. Sí, ahora mismo. Vamos, salgan. —Y añadió, en voz baja—: Y cuando demostremos que él es culpable, irá de cabeza a Broadmoor como cómplice, estúpido. Apártese de mi camino.

Thaniel se hizo a un lado y se quedó junto a Mori para verlos marchar. En cuanto el último hombre uniformado salió del taller, le tendió a Mori las manos para ayudarlo a levantarse. La multitud que se había congregado fuera empezó a dispersarse. Los hijos de los Haverly que estaban sentados en el muro parecían decepcionados de que no hubiera una pelea de verdad. Thaniel también se quedó un rato mirando, porque dudaba que se viera a menudo a la policía en Filigree Street, y no tenía una opinión lo bastante buena de los londinenses para estar seguro de que atribuirían su presencia a un error. Pasaron unas mujeres hablando detrás de sus abanicos, con las cabezas juntas y mirando de vez en cuando hacia atrás.

—¿Sabía que Gilbert y Sullivan están hoy en el pabellón de Kensington? —le preguntó Mori, haciéndolo volver a la realidad.

—¿Cómo? ¿Por qué?

—Están componiendo una opereta ambientada en Japón y quieren buscar información. Llevan toda la semana anunciándolo.

—¿Le han hecho daño?

—No.

Thaniel le movió la cabeza para comprobar si alguna de las sombras que le cubrían el rostro eran magulladuras. Una lo era.

—Embustero. No debería haberme ido esta mañana. Lo siento.

Mori sonrió solo con los ojos.

—Sé que su intención es buena, pero debo decir que me ofende un poco que crea que no puedo hacer frente a unas magulladuras y unos gritos sin la ayuda de un hombre que nació bastante después de que me encontrara por primera vez en el lado equivocado de la batalla.

—¿Cuándo fue eso?

—Cuando los británicos abrieron fuego sobre Cantón. Bueno…, no me disparaban a mí personalmente, pero aun así creo que debería contar.

—Ya lo creo que cuenta. —Thaniel tosió, porque se le había cerrado la garganta.

—Gracias —susurró Mori.

Thaniel dejó que lo condujera a través de todo lo que había desperdigado por el suelo hasta la puerta delantera.

En el salón de té de Osei, el aire olía a vino de arroz y a flor de azahar de los armazones con incienso sobre los que las mujeres extendían su quimonos después de lavarlos. En el ambiente el humo de pipa retenía la luz de la lámpara tornándola ámbar. Cada vez que alguien se movía el humo se arremolinaba, y formaba espirales por donde la gente iba y venía con copas y dinero. Arthur Sullivan en persona, con un aspecto mucho más juvenil que cuando aparecía en una opereta, tocaba una pieza alegre en el viejo piano. Hacía una mueca al pulsar el do sostenido, que tenía la horrible intensidad del cloro. Era la nota que Mori había cambiado dos semanas antes. Thaniel lo miró para preguntarle por qué, pero Mori hizo caso omiso y pidió sake.

Habían despejado de mesas y sillas el espacio alrededor del piano, y había varias muchachas y niños bailando; otro hombre con un espléndido mostacho gris se esforzaba en explicar una historia a un corro de jóvenes. Supuso que era William Gilbert, aunque nunca lo había visto en persona. Mori lo empujó hasta los asientos más cercanos mientras Osei volvía a pasar por su lado, esta vez para dejar copas entre ellos. Con el cabello entrelazado de flores que hacían juego con el nuevo fajín de su vestido, era la viva imagen del verano. Le sonrió a Mori, pero él leía el periódico japonés en la mesa y no se dio cuenta, o no quiso hacerlo. Thaniel bajó el periódico con la punta del dedo en cuanto ella se alejó.

—¿Qué pone? —Podía leer todos los caracteres del titular pero no sabía decir qué significaban todos juntos.

—Planes del gobierno para destruir el castillo del Cuervo —respondió Mori, siguiendo los caracteres con el nudillo. Para ordenarlos en inglés tenía que dar saltos.

—¿Está seguro?

Mori sonrió.

—Es una política progresista en Japón. Los castillos representan el viejo shogunato, de modo que el nuevo gobierno los ha puesto por la fuerza a subasta. Algunos los demolieron, aunque la mayoría de ellos han sido guarnecidos de nuevo con tropas imperiales o se han vendido. El castillo del Cuervo es de Matsumoto. Es negro. Intentaron derribarlo hace diez años pero los lugareños protestaron.

—Matsumoto. He conocido hace poco a alguien llamado Matsumoto...

Mori ladeó la cabeza y Thaniel observó su expresión pensativa.

—¿Akira?

—Ni idea. Un hombre alto impecablemente trajeado y con aire de dandi. Estaba con Grace. Quiero decir con la señorita Carrow.

—Sí. Es de la misma familia, y el castillo es de su padre.

—¿Adónde se van a vivir los caballeros que vivían en los castillos?

—A mansiones señoriales de Tokio.

—Por el amor de Dios, lo más que puedo acercarme a la Inglaterra medieval es leyendo una novela de Walter Scott. La gente no debería deshacerse de su historia cuando todavía hay un campo de tiro con arco a cuarenta millas al norte de la carretera.

Mori no parecía muy seguro.

—Yo viví en un castillo. Hacía frío.

Thaniel entrechocó la copa con la de él.

Al sentarse se habían quedado por debajo de la bruma del humo de pipa. Se alegró. Creaba una ilusión de distancia. Ahora que estaba allí sentado quería irse. Había visto todas las operetas de Gilbert y Sullivan, pero era diferente ver a los compositores tan cerca, sin tener la cuarta pared de un escenario o la pendiente de butacas en gradas que los separaba de todos los demás. Tiraba de algo que todavía dolía.

—¡Eh! —bramó Gilbert mirando en dirección a ellos. Mori dio un brinco—. Usted, que va vestido como es debido, ¿habla inglés? —Se dirigía a Mori, que asintió—. Venga aquí y ayúdeme.

Mori lo miró, pero Thaniel meneó la cabeza.

—No, yo prefiero…

—Este hombre se cree que el japonés suena como el lenguaje de un crío y está tratando a esos jóvenes de veinte y veinticinco años como si fueran críos. ¿No quiere ver qué pasa?

Thaniel se rió un poco sin poder evitarlo.

—Es usted incorregible…

Rodearon a las muchachas que se enseñaban unas a otras a bailar y lo hacían muy mal, porque no parecían capaces de seguir bien el ritmo. Gilbert les señaló los asientos más cercanos a él. Fumaba en pipa mientras hablaba y alrededor de él ya había una nube volcánica. En cuanto se sentaron, le lanzó a Mori una hoja de papel con la historia escrita y le pidió que continuara él. Thaniel frunció el entrecejo, pero antes de que pudiera decirle que no fuera grosero, Mori le tocó el brazo.

—Basta de cruzadas por hoy. Tranquilícese antes de que unos musulmanes iracundos lo tomen como rehén.

Thaniel le dio una patada en el tobillo, aunque Mori no hizo caso.

—Otro inglés, gracias a Dios —dijo Gilbert, haciendo caso omiso—. Te olvidas de que estás en Londres con toda esta chusma. Es como estar en Pekín. ¿Qué les trae por aquí? ¿Les interesa la música?

—Hemos visto los carteles anunciando el nuevo espectáculo. Se llama *Mikado*, ¿verdad?

—Así es. Una sátira ambientada en Japón. Se supone que la estrenaremos en octubre, y vendrán importantes personalidades extranjeras. Queremos contratar a japoneses de verdad para asistir a los actores, aunque ninguno de ellos parece hablar inglés.

—La mayoría de ellos lo hablan —terció Thaniel. Había frecuentado lo bastante la gente de la exposición para saber que casi todos los niños tenían niñeras inglesas y que no todos eran recién llegados de Japón. Osei y su padre llevaban años en Inglaterra—. Solo les han dicho que deben mostrarse lo más japoneses posible delante de los turistas.

—Ah... trabajan bajo contrato. —El señor Gilbert se vació

los pulmones de humo y golpeó la cazoleta de la pipa contra el borde de la mesa—. Ya veo. Está usted bastante enterado. ¿Habla japonés?

—Solo un poco. ¿De qué trata la opereta?

—De un trovador errante, Nanky-Pu, que se enamora de una joven llamada Yum-Yum y entra en conflicto con el emperador déspota. ¿Qué le parece?

Thaniel se cuidó de no hacer muecas.

—Bien. No se parece mucho al Japón real a decir verdad.

Gilbert se encogió de hombros.

—Para qué. El camino más seguro hacia el éxito es escribir intentando contentar al espectador con menos luces. Si los actores repiten «ping» lo bastante a menudo, todos pillarán la esencia.

Llegó otro sonido vibrante del piano.

—¿Puede alguien arreglar este maldito trasto? —gritó Gilbert a la sala.

—Yo puedo, yo puedo —murmuró Thaniel, que había decidido ir personalmente la siguiente vez que sonara la nota defectuosa, pues le producía dentera.

Volvió a abrirse paso a través de la sala y golpeó con los nudillos la parte superior del piano.

—Deme un segundo y lo afinaré como es debido.

—¿De veras? —Sullivan hablaba de una forma muy entrecortada, y su alivio se coló a través casi sin dejarse notar—. Nunca hay un afinador cerca cuando se le necesita, ¿verdad? Imagino que trabaja usted con pianos.

—Antes sí —respondió Thaniel. Abrió la tapa del piano y se inclinó para aflojar la pequeña llave que tensaba la cuerda defectuosa—. Pruebe ahora.

Sullivan sonrió.

—¿Tiene oído natural?

Thaniel asintió.

—Entonces le estaré muy agradecido si escucha esta parte central. Venga, siéntese aquí conmigo. —Le hizo sitio en el taburete del piano. Era tan rollizo que no había mucho espacio, pero Thaniel era lo bastante delgado para caber—. Verá, es para una opereta ambientada en Japón, y aquí hay un pequeño fragmento oriental en semitonos que se funde con otro tema alegre, si bien la transición es bastante pesada, verá…

—No estoy cualificado para decirle nada.

—Sí, sí, pero ¿qué le parece?

—Yo… creo que es pesada.

—Exacto. Parece conocer este lugar. Supongo que no entiende mucho de música oriental.

Thaniel deslizó las manos bajo los muslos para evitar tocar las teclas del piano, aunque describió lo que quería decir y Sullivan lo tocó despacio un par de veces hasta que lo entendió y el rostro se le iluminó.

—¿Cómo que no está cualificado? Aún no le he preguntado para qué teatro trabaja.

Thaniel negó con la cabeza.

—Para ninguno. Soy un funcionario del Ministerio de Asuntos Exteriores.

—Un funcionario…, ¡qué desperdicio! Pero es pianista, ¿no?

—Hummm.

—Supongo que no querrá aparecer por el Savoy durante los ensayos del domingo. Hace tiempo que busco un pianista y me ha faltado poco para eliminar del todo esta parte. No puedo tocar y dirigir a la vez. No podría pagarle mucho, pero sería una forma excelente de ponerlo a prueba. ¿Vendrá?

—No sé si tendré tiempo —respondió Thaniel despacio, sintiéndose incómodo.

Sullivan barrió el aire con las manos como si pudiera borrar las palabras.

—No es una orquesta sinfónica; no dirijo el foso con un puño de hierro ni grito si alguien no puede tocar *Bolero* con los ojos cerrados. Los ensayos son cortos. Estrenaremos la obra en octubre. ¿Qué me dice?

Thaniel no sabía qué decir. La perspectiva lo asustaba. Llevaba años sin acercarse a un piano; no podía saber si todavía era capaz de tocar bien o, en caso de que así fuera, si conservaría algo de su viejo brillo. Estaba a punto de rechazar el ofrecimiento cuando vio a Mori observándolo y de pronto lo comprendió todo. Mori había modificado la nota semanas antes. Eso era lo que Mori entendía por un regalo. Sintió un extraño hormigueo debajo de los brazos.

—Sí, ¿por qué no?

—¡Excelente! —Sullivan retorció las manos—. Y gracias por su ayuda de hoy. Sería una tragedia que no volviera a tocar en una orquesta. Por Dios, le he contratado para que trabaje conmigo sin saber siquiera cómo se llama, señor...

—Steepleton.

—Bien, señor Steepleton. Deje que le invite a una copa.

La copa dio pie a otras cuatro y las horas se diluyeron, y ya era casi de noche cuando la reunión empezó a decaer. Thaniel buscó a Mori, aunque al principio no lo encontró. En realidad estaba a plena vista en el otro extremo de la sala en compañía de varios de los hombres de aspecto más severo del pueblo. Escuchaba mucho más de lo que hablaba. Por el modo en que ellos movían las manos, le contaban disputas y problemas. Mori se disculpó al ver a Thaniel abrirse paso por la sala, y los hombres también se levantaron e hicieron profundas reverencias.

—¿De qué hablabais? —le preguntó Thaniel cuando se reunieron en la puerta.

Ambos bajaron con cuidado los empinados escalones y salieron al frescor de la noche. Todavía no había oscurecido, pero la luz crepuscular engañaba la vista aplanándolo todo. Resultó más difícil recorrer el camino hasta las verjas con esa luz que en plena noche y a la brillante luz de las farolas. Después del humo del interior, el aire sabía a limpio.

—Varios de los jóvenes han estado asistiendo a reuniones nacionalistas y trayendo consigo a amigos occidentales, pero nadie habla inglés lo suficientemente bien para explicárselo al dueño.

—Sí, tal vez es mejor poner fin a eso. Las reuniones nacionalistas suelen estar presididas por el Clan na Gael.

—La gente es muy libre de ser nacionalista —repuso Mori. No era devoto, si bien unos días atrás, en aras del turismo, le había enseñado a Thaniel a escribir una plegaria en una tarjeta y esta todavía colgaba de la cuerda. Solo había un sacerdote para revisar tantas tarjetas todas las mañanas—. Sobre todo si es la clase de nacionalismo que se presta a que los japoneses vayan a oír hablar a irlandeses en Londres y hagan amistades que llevan a sus casas.

—¿Ha ido...? Oh, entiendo qué quiere decir. Aun así no creo que... —Se atragantó cuando Mori cruzó un brazo delante de su pecho para detenerlo.

Yuki, el muchacho que había conocido durante su primera mañana en el pueblo japonés, los amenazaba con una espada. Tenía la punta frente a la cara, e inclinó la cabeza hacia ellos y la desplazó hasta Mori. Durante lo que pareció un largo tiempo no se movió nada alrededor de ellos, salvo las hojas y la cuerda de las plegarias que se extendía entre los árboles. Los farolillos de papel que colgaban fuera de la tienda de Osei se balanceaban y movían la luz de las velas en ondas.

—Entonces has leído el periódico —le dijo Mori en japonés.

Thaniel siguió andando con la esperanza de atraer la atención de Yuki, pero Mori tensó el brazo con que lo sujetaba.

—Usted podría detenerlo —dijo Yuki. Aunque la mano no le tembló, su voz sonó entrecortada—. Es un Mori, un caballero. Usted podría detenerlo. ¡Japón está cayendo mientras usted fabrica relojes!

—Quiero irme a mi casa, estoy cogiendo frío. Déjanos pasar.

Cuando Yuki hizo una finta, Mori se limitó a apartar la espada con el dorso de la mano. Pareció fácil, pero Thaniel oyó el ruido del acero contra los huesos. El impacto se extendió visiblemente por el brazo de Yuki. Mori lo asió por el codo y le retorció el brazo hasta que dejó caer la espada. Cogió la hoja por la parte inferior, que no tenía filo, y se la tendió a Thaniel por la empuñadura. Era muy ligera, y demasiado corta para un hombre blanco.

—Vamos, te llevaré a casa.

—Apártese de mí…

—Cierra la boca —dijo Mori.

Yuki caminó con él sin que nadie lo obligara, aunque echaba chispas lleno de resentimiento. En una ocasión intentó apartar a Thaniel de un empujón, pero Mori le dio un manotazo en la nuca. A partir de ese momento se tranquilizó. Thaniel no lo entendió hasta que cayó en la cuenta de que el chico abogaba por el mundo samurái y no las costumbres modernas. Eso era lo que había dicho desde el principio.

Yuki los condujo con rigidez hasta una de las tiendas del medio. La luz era casi demasiado débil para ver por dónde iban. Cerca del techo había lámparas de minero cerradas alrededor de llamas bajas que solo se atisbaban a través de rendijas. Pese al aire fresco que entraba por la puerta abierta, el olor a salitre era intenso. En los estantes había paquetes de papeles de vivos colores, todos diferentes; algunos eran cuadrados y rectángulos corrientes, pero otros eran cabezas de dragón o cilindros rojos pintados con perfectas figurillas de caballeros o mujeres con el cabello largo. Todos tenían etiquetas pegadas a los lados, escritas en grandes caracteres japoneses.

—Flores de Fuego Nakamura —leyó Thaniel. Miró a Mori interrogante—. ¿Qué significa?

—Fuegos artificiales.

Al fondo de la tienda había un espacio abierto con esteras tatami y una mesa de trabajo baja, donde un anciano arrodillado cortaba varillas finas y rectas de cañas de bambú. Al verlos pareció avergonzarse y se arrojó a sus pies. Thaniel pensó que se había desmayado, pero solo era una reverencia. Cuando se sentó de nuevo tenía la frente manchada de polvo. Aunque se la limpió, las profundas arrugas siguieron estando más claras. Mori lo ayudó a levantarse. Era más joven de lo que Thaniel pensaba, si bien andaba con cierta dificultad. Detrás de él se agitó una cortina y una mujer empezó a correrla, pero al verlos a todos la soltó.

—No puede hacer eso cada vez que me ve —lo reprendía Mori.

—Mori-sama es muy amable, y sé bien cuál es el sitio que me corresponde. —Nakamura tenía una expresión de impotencia—. ¿Qué ha hecho ahora?

—No ha sido nada. Pero tal vez no debería tener una espada.

—¿De dónde has sacado esa espada? —le preguntó Nakamura a su hijo. Thaniel la dejó en el banco, fuera del alcance de Yuki—. Mori-sama, lo siento tanto…

Mori lo interrumpió en voz baja en japonés. Nakamura empezó a responder, pero bajó la cabeza. Yuki resopló, aunque se percibía cierta incomodidad en su impaciencia.

—Necesita aprender un oficio —dijo Nakamura con aire desgraciado—. No hace más que poner etiquetas a cajas e ir a sus reuniones de la ciudad. —Thaniel miró a Yuki. Probablemente era una figura popular entre los irlandeses más encendidos—. Me preguntaba, Mori-sama, si tal vez usted…

—No estoy seguro de que la relojería sea lo suyo —susurró Mori.

—No le entiendo.

Yuki sí lo entendió. Su expresión se endureció de nuevo y miró hacia los estantes de fuegos artificiales. Thaniel se inclinaba a darle la razón. Prohibir al muchacho que se dedicara a la relojería parecía un vano esfuerzo cuando ya trabajaba en una tienda de artilugios pirotécnicos. Los cohetes más largos estaban en almiares atados con cuerdas o bien envueltos en fardos en los estantes. Había cientos de ellos. La mesa de trabajo estaba cubierta de varillas planas y papel de colores, etiquetas, cuencos y paquetes de polvos cuyos tonos iban de gris plateado a blanco. Había un juego de tarros de un negro opaco que no dejaba pasar el sol. Las etiquetas estaban escritas con antiguos caracteres enrevesados, como los que se pintaban en los primeros tiempos en la arena de las cuevas de azufre para describir aquello para le que no había palabras.

—No importa —dijo Mori—. Creo que el señor Yamashita está buscando a alguien que le ayude.

—Pero él fabrica arcos.

—Es un oficio de cierta solidez y lo bastante difícil para resultar interesante, por no hablar de tradicional. Además, Yamashita es un hombre severo.

—Sí, señor. —Nakamura empujó al hijo por el hombro—. Pide disculpas a Mori-sama. ¡Ahora mismo!

Yuki desvió la mirada como un gato. Tenía lágrimas de frustración en las pestañas.

—Si eres educado —le dijo Mori en voz baja—, Yamashita también podría enseñarte a utilizar la espalda. Tal vez se te dé bien.

Yuki parpadeó, sorprendido por el elogio, y su padre pareció debatirse entre el placer y la vergüenza.

—Buenas noches —se despidió Mori, inclinándose ligeramente.

Nakamura se llevó a su hijo al suelo, donde los dos se quedaron postrados.

Thaniel se dirigió a la salida.

—Quizá sería mejor no mezclar las reuniones nacionalistas con una tienda de fuegos artificiales —comentó al cabo de un rato.

—Es cierto.

—¿No podría haberlo arreglado para que el chico prescinda de uno de los dos?

El relojero guardó silencio.

—El señor Carrow está en la puerta —advirtió Mori al acercarse los dos a la relojería.

Thaniel suspiró, pues se había olvidado de Grace y estaba cansado, y no tenía ganas de discutir con un hombre al que no conocía. Mori no lo miró, pero comentó con aire cómplice:

—No tiene por qué hacerlo.

Thaniel meneó la cabeza.

—Creo que es un poco tarde para eso.

19

El carruaje de los Carrow se había detenido frente al número 27. Debía de llevar un buen rato allí porque los caballos estaban inquietos y sacudían la cabeza. Los faros iluminaban el escudo de armas familiar pintado en azul y blanco, y en cuanto Mori se escabulló solo en el interior de la casa, la portezuela del carruaje se abrió y se apeó una figura alta envuelta en una capa forrada de seda. Se detuvo sosteniendo el bastón ante sí y clavó en Thaniel una mirada penetrante.

—¿Tiene intención de casarse con mi hija?

—Sí. —La expresión de lord Carrow se tensó—. Es una joven muy franca. Me dijo que tenía que casarse con alguien y que no importaba si tenía recursos o no.

—Pero eso es completamente ridículo...

—Sí, pero ella no tiene la culpa.

Daba la impresión de que Carrow se contenía para no atizarlo con el bastón.

—Firmará un contrato comprometiéndose a mantener la casa de Kensington, que no dudo que ella le habrá mencionado, en perfecto estado, por lo que tendrá que vivir en ella. No podrá venderla. La dote se le entregará a plazos, no de una vez. El control seguirá estando en mis manos. Por Dios, si piensa casarse con ella por dinero se va a llevar una sorpresa.

—No quiero el dinero de Grace.

Se quedaron callados. Thaniel miró el escaparate de la relojería, donde se habían encendido las luces. Mori estaba poniendo orden en el caos. Había luces en las otras tiendas y las ventanas eran retablos semejantes a casas de muñecas donde se veía a hombres trabajando, charlando o comiendo.

—Me inclino a pensar —dijo Carrow— que se trata de una maniobra de ella para dejar claro que tiene razón y que luego lo rechazara, así que no habrá modo de encontrarle un marido. Sin embargo, soy un experto en poner en evidencia a las personas. De modo que espero, señor Steepleton, que esté satisfecho ante la perspectiva de vivir con una mujer a la que no conoce. —Volvió a mirar a Thaniel de arriba abajo—. Me parece usted un insolente.

—Debería haber sabido que ella saltaría la valla si ponía un letrero prohibiéndole el paso.

—¡Cómo se atreve!

Thaniel suspiró.

—¿Quiere pasar a tomar un té?

—Por supuesto que no.

—Pues buenas noches.

Carrow agarró con fuerza el bastón pero no lo levantó. En lugar de ello se volvió con brusquedad y se subió al carruaje, que se alejó dando tumbos. Thaniel entró en el taller. Mori había estado colocando objetos en las vitrinas, pero al oír la puerta se volvió y se hizo un silencio que Thaniel no supo cómo llenar.

Mori sacó del bolsillo del chaleco un sencillo aro metálico y se lo tendió.

—Es del tamaño correcto para ella. Tendrá que dárselo mañana al joyero.

Thaniel lo cogió con cuidado. En la mano de Mori parecía más grande. Después de guardárselo en el bolsillo permaneció un momento apoyado en la mesa de trabajo.

—Tómese una copa conmigo —dijo por fin—. Parece… que me caso.

Mori sacó del armario una botella de jerez y se arrellanó en el sillón, dejando que él se sentara en el suelo frente a la chimenea para encender el fuego. Mientras echaba virutas de serrín entre la leña menuda, Thaniel oyó el melodioso ruido del vino al verterse en las copas y le llegó el olor por encima del de las ramas ardiendo. Cuando se volvió, con el fuego crepitando detrás de él, Mori le tendió una copa.

—¿Desea casarse? —le preguntó.

—Ella dice que podremos enviar a los hijos de Annabel a un buen colegio de Londres, así que tendré la oportunidad de verlos.

—Habría tenido más sentido decirle que había regresado desde Whitehall gracias al trabajo de Grace y a sus averiguaciones sobre Mori, pero no pudo. Después de ver lo que la policía había hecho, y de qué manera, quería llevarse a la tumba esa historia en particular—. La gente dice que primero va el matrimonio y luego el amor. ¿Es cierto?

—En este caso, sí.

—Eso sería… —Thaniel dejó la frase en el aire porque no podía encontrar la palabra adecuada. Como siempre había creído que nunca se casaría, jamás se había imaginado cómo sería.

Mori entrechocó la copa con la de él con delicadeza.

—Enhorabuena.

Thaniel tomó aire y una especie de felicidad a un tiempo indignada y sorprendida lo inundó. Le preocupaba tener que tratar con lord Carrow, y cuál sería el estado de esa casa de Kensington que tan poco parecía prometer, y continuó dándole vueltas hasta que se percató de que esperaba que Mori dijera algo sin haberle dejado espacio siquiera para hacerlo.

—Estoy hablando como un necio —dijo, no muy seguro de qué más podía decir sin sonar deshonesto.

La nítida línea de la clavícula de Mori describió un breve ángulo antes de caer de nuevo en la horizontal. La luz del fuego le iluminó el hueco entre los huesos. Se había quitado la corbata y el cuello.

—Es cierto. Pero eso es una buena señal. —Sonrió pero solo a medias.

Thaniel dejó la copa y sacó el reloj. Los ojos negros de Mori siguieron su mano.

—Lo dejó usted en mi habitación, ¿verdad? ¿Por qué?

—Es mi amigo y de otra manera habría muerto. No habría hecho caso a un desconocido en una cafetería. Tenía que ser un objeto que hacía tiempo que le intrigaba.

—Y me intrigaba, en efecto. ¿Para qué servía el mecanismo extra?

—Para establecer dónde se encontraba usted. Si la alarma se hubiera disparado a destiempo, usted se habría visto en medio de la explosión en lugar de fuera de la taberna cuando se detuvo. Usted no sabía que tenía que estar atento a oírla, por lo que tenía que ser variable. Si lo desea puedo extraerlo, para que no pese tanto el reloj.

—No…, no. —Thaniel no podía creer que no lo hubiera deducido. Un hombre que estaba atento a oír una alarma no necesitaba saber dónde se encontraba—. Pero intenté deshacerme de él. Si el dueño de la casa de empeños lo hubiera aceptado...

Mori volvió a sonreír.

—¿Ha leído la garantía?

—Por supuesto que no.

—Párrafo tres. Todos los relojes pertenecerán de por vida a sus dueños. Si el reloj se estropea, lo repararé de manera gratuita, y si se extravía o se vende, le será devuelto a su dueño. En las casas de empeño ya no quieren comprarlos, desaparecen con demasiada rapidez. Como es lógico, no todas las personas que han vendido sus relojes quieren recuperarlos, pero es bueno rodear las cosas de cierto misterio.

—Puede ser inquietante.

—Lo siento. —Mori se miró las rodillas—. Debería acostarme ya. Me estoy emborrachando. —Y le dio las buenas noches.

En cuanto se hubo retirado, Thaniel se acomodó en el sillón. Le dolía la parte inferior de la espalda tras sentarse ante la chimenea. Desde el sillón alcanzaba a ver a través de la puerta entornada la escalera, donde Mori se detuvo. Con los brazos cruzados, miraba concentrado un punto a media distancia. Transcurrió un minuto antes de que continuara subiendo la escalera. La cerradura de su puerta giró pesadamente. Thaniel escuchó un rato más, porque el silencio era tan nítido y profundo que podía oír los espectros de treinta y seis de los treinta y siete posibles mundos en los que Grace no había ganado a la ruleta y no había chocado con él. Deseó dar marcha atrás al tiempo y que la bola se hubiera posado en otro número. De ser así, habría podido quedarse en Filigree Street, tal vez durante años; sería feliz, y no habría privado de esos años a un hombre solitario que era demasiado decente para reprochárselo.

20

Entre tanto barullo, Thaniel había olvidado el ofrecimiento de Sullivan. Encontró la tarjeta de visita a la mañana siguiente, mientras vaciaba los bolsillos antes de llevar la ropa a la tintorería. El primer ensayo era el domingo por la tarde, al cabo de dos días.

Cuando llegó el día fue directamente de Whitehall al teatro Savoy con el tiempo suficiente para echar un vistazo primero a la partitura. Había estado antes allí, pero solo sentado entre el público. Vacío, era enorme y resonante. Caminó hacia atrás para ver los palcos. Había dos hileras dispuestas en forma de herradura alrededor del arco del proscenio. Un par de violinistas se encontraban en el foso, que olía a cera y polvo. Se sentó ante el gran piano de cola y levantó la tapa. Las teclas eran de marfil auténtico. Se quedó mirándolas, observando en ellas el reflejo de su rostro blanco.

Por fin pulsó una tecla. Sintió la vibración de la cuerda que había detrás de ella mientras se desplegaba el sonido alrededor del foso silencioso. La partitura ya estaba en el atril. Tocó la primera línea, muy bajito. Se elevaron pequeñas burbujas de colores. Algo que llevaba años descolocado en su mente encajó de pronto en su sitio, y aunque era un cambio minúsculo, parpadeó. Se recostó y hojeó el manuscrito hasta que dio con una parte más complicada, si bien le pareció demasiado trivial para que le sirviera de prueba. A continuación tocó una parte de un concierto de Mozart que guardaba en un rincón de su mente. Seguía fresco.

Todo volvió. Tallis sin pedal, Händel con pedal, incluso la horrible pieza para órgano compuesta para alguien con tres manos. Pensaba que se le había borrado todo, pero no había hecho más que encerrarse en unas pocas habitaciones pequeñas y dar por sentado que el resto de la casa se había derrumbado. No era así. Había puertas y más puertas, y mucho polvo, aunque cuando descorría las cortinas y quitaba las fundas, todo estaba donde lo había dejado y apenas se había descolorido. Levantó las manos de las teclas y las dejó en el regazo, porque sus pensamientos resonaban en el nuevo espacio.

Alguien pulsó dos de las teclas superiores color púrpura. El señor Sullivan sonrió.

—¿Qué tal la partitura? Santo cielo, ¿se encuentra bien?

—Hummm…, solo es el polvo, creo que soy alérgico. La partitura es fácil de seguir, gracias.

—Excelente, excelente. —El señor Sullivan se inclinó—. Quisiera tenerlo todo perfilado antes de octubre, pues llega un invitado bastante especial. Alrededor del día veinte. ¿Cree que podrá?

Thaniel asintió.

—¿De quién se trata?

—Un ministro de Japón, un tal señor Ito. Estará aquí para algún acontecimiento formal de Whitehall, pero nuestro embajador japonés le mencionó la opereta y ha expresado su deseo de verla. Como es natural, le hemos dicho que sí. Será una actuación especial en el pabellón japonés. —Sonrió con timidez—. Me tomé bastante a la ligera la visita de un ministro oriental, pero resulta que es un pez más gordo de lo que me pensaba. ¿Ha oído hablar de él? Usted trabaja en el Ministerio de Asuntos Exteriores, ¿no?

—Ito es su ministro de Interior.

—Entiendo. —Sullivan pareció preocupado—. Si consigue no pillarse la mano con la puerta la semana anterior le estaré muy agradecido.

Thaniel asintió, aunque pensó que era una gran coincidencia, y tomó mentalmente nota de preguntarle a Mori si no lo había arreglado para que su amigo tuviera un interesante espectáculo que ver muy cerca de su casa, donde los dos podrían reencontrarse sin necesidad de quedar. Una argucia muy propia de él.

Sonó un teléfono, agudo y plateado. Thaniel dio un brinco, lo que hizo sonreír a Sullivan mientras corría a contestar. El aparato estaba empotrado en la pared del foso.

—Al señor Gilbert no le gusta venir todos los días, de modo que hemos instalado una línea que comunica con su piso para que pueda escuchar. —Descolgó el auricular—. Sí, sí, le recibo. ¡Afinen!

Thaniel sintió una opresión en el pecho. Era distinto tocar en una sala llena de profesionales que repasar unos cuantos temas viejos él solo, pero ya no había escapatoria. Sullivan colocó el auricular en posición vertical sobre su horquilla y lo dirigió hacia el foso, Thaniel se inclinó sobre un acorde y la sección de cuerdas produjo una marea de sostenidos y bemoles que le resultó familiar. Todos eran de los tonos de la espuma marina alrededor del azul del Atlántico, casi exactamente iguales que los zumbidos más fuertes de Katsu. Pensar en el pequeño pulpo hizo que se sintiera como en casa. A su lado un joven violinista pareció perderse y él le tatareó la melodía para que advirtiera la diferencia. Mientras afinaban los instrumentos unos con otros, Osei Yamashita pasó junto a él vestida con su quimono claro. Al verla se sintió confundido, si bien enseguida recordó lo que había llevado a Gilbert al pueblo japonés.

Estaba allí para hablar con Sullivan del vestuario que, según ella, necesitaba más complementos si querían que pareciera auténtico. Él pareció titubear al oír su acento y Osei tuvo que repetirlo dos veces para hacerse entender. Avergonzado, él accedió a todo, pese a las chirriantes protestas que llegaban del teléfono por no ajustarse al presupuesto. Si Sullivan las oyó, las pasó por alto. Osei volvió a retirarse, pero se detuvo cuando alguien con vestimenta japonesa pasó junto a ella.

—¡Yuki-kun! ¿Qué estás haciendo aquí? ¡Vuelve!

—Tengo un mensaje del director para el señor Sullivan. —Como siempre, Yuki parecía irritado.

Entregó la nota a un sorprendido Sullivan, y al reunirse de nuevo con Osei le lanzó a Thaniel una mirada hostil. Este intentó esbozar una sonrisa, pero Yuki la pasó por alto. Con las mangas todavía arremangadas y una pequeña daga asomando del ancho cinturón, con la empuñadura envuelta en cinta, parecía un prisionero de guerra. Osei debía de haberlo obligado a ir. Thaniel los observó desaparecer en la penumbra de entre bastidores, intentado pensar en una forma educada de prohibirle llevar la daga.

—¡Oh! —exclamó Sullivan tras leer la nota—. Excelente. Escuchen todos; el Ministerio de Asuntos Exteriores acaba de confirmar la fecha de la visita del señor Ito. Estrenaremos la obra el veintiocho de octubre en el pabellón japonés de la exposición en Hyde Park. Tendrán que actuar al aire libre en pleno otoño, pero después habrá fuegos artificiales y vino. —Su alegría se desinfló y se le vio preocupado—. Parece que se está convirtiendo en todo un encuentro diplomático. El que tenga otros compromisos para ese día será sumariamente decapitado. —Las risas se extendieron por el foso—. Oh, estupendo. Se creen que hablo en broma.

TERCERA PARTE

21

Tokio, 1882

Mori tenía la costumbre de cruzar las calles como si no hubiera tráfico. Ito solía atribuirlo a su ensimismamiento, pero en un lugar como la estación Shinbashi le pareció que lo hacía deliberadamente. Shinbashi era la estación terminal de la principal línea ferroviaria de Yokohama, un imponente edificio de estilo occidental con amplios vestíbulos de venta de billetes que se unían en forma de herradura al final de las vías y que eran el doble de altos que todo lo que había alrededor. Fuera la carretera era un hervidero.

Mientras los demás transeúntes se apiñaban delante de la estación esperando un momento de calma en el tráfico para cruzar, Mori echó a andar en línea recta. Ito se preguntó cuántas generaciones de caballeros hacían falta para producir uno convencido de que hasta un conductor de *rickshaw* de Tokio reconocería su buena crianza solo con verlo y se apartaría de su camino. Al parecer, ser bastardo no era ningún obstáculo. Él era clavado a su madre. Los ancianos de la corte solían comentarlo con cierta reverencia.

Aquel día la buena crianza era por partida doble, pues caminaba con Kiyotaka Kuroda. Siempre vanagloriándose de su apellido, el hombre vestía completamente de negro. Aun dejando aparte su carácter, bastaba esta razón para que Ito sintiera una profunda aversión hacia él. Le parecía de mal gusto que un almirante fuera a todas partes anunciando a bombo y platillo un apellido que traducido sonaba como el de un pirata. Campo negro. Entre eso y sus invasiones trianuales de Corea, podría haberse cosido cerillas en la barba. Pero a Mori siempre le había caído bien Kuroda. En esos momentos caminaba a poca distancia de él, y mientras se acercaban, a Ito le llegaron fragmentos de su conversación, medio barridos por los vehículos que les pasaban alrededor y que nunca los alcanzaban.

—… debería armar jaleo. Es vergonzoso.

—… sin motivo, idiota.

—Un título de barón por los servicios prestados al trono cuando usted debería ser el duque de Choushu. Para el caso, podría haberle arrojado barro. ¿Por qué no ha apuñalado aún a nadie?

—Así estoy mejor. Requisaron los terrenos del castillo pero… —La voz de Kuroda se volvió un sonido gutural indefinido que acabó transformándose en—: Será mejor que le deje con el librero.

Ito esperó a que Mori lo defendiera, pero no dijo nada.

—Acuérdese de venir esta noche.

—¿Qué pasa esta noche?

—La inauguración del Rokumeikan —respondió Mori.

Estaban en la acera, a pocos metros de distancia. Ito les dio la espalda y observó el río para dar al menos la impresión de que no escuchaba. No funcionó. Notó que Kuroda advertía su presencia.

—¿El qué?

—El nuevo alojamiento de los visitantes extranjeros. Quemó la invitación.

—Ah, eso. ¿Es obligatorio ir?

—Eso dice el emperador. Relaciones internacionales.

—Bueno… Entonces estaré allí a las diez.

Se oyó un golpe que sonó como un codo chocando con costillas y a continuación el bramido de Kuroda a un muchacho que conducía un *rickshaw*. Ito no se volvió. No tenía ninguna duda de que Kuroda lo observaba.

Mori se acercó hasta detenerse a su lado.

—Buenas tardes. —Llevaba una carpeta de cuero, pero no era del tamaño adecuado para contener documentos.

—Buenas tardes. —Ito sonó bastante insulso tras la brusquedad de los dos amigos.

—¿Qué estamos mirando?

—Nada en particular.

—¿Sabe? A veces pienso que este país podría ser un buen lugar —comentó Mori en un tono solemne—, libre de la absorbente presencia de los británicos o los chinos, si Kuroda y usted fueran capaces de enfrentarse el uno al otro sin escupirse.

—Y yo creo que sería un buen lugar si él comprendiera que el impacto de estas fiestas sobre la política exterior es mucho mayor que el de cualquiera de sus buques de guerra. —Y añadió—: Espero que se haya traído más ropa.

Vestido en tonos grises y viejo tweed, Mori tenía su habitual aspecto de ciudadano corriente.

—Es de etiqueta. Se lo he dicho diez o doce veces —insistió Ito.

—Me habría puesto la pajarita blanca si usted no le hubiera pedido a uno de sus asistentes que me trajera una.

Ito no le preguntó cómo lo sabía. A Mori se le pagaba para saber cosas y, para ser justos, habría sido extraño que no hubiera sabido el paradero de su propio esmoquin. Aun así resultaba irritante. Tuvo la sensación de que le tendían una trampa.

Mori apoyó la mano libre en la barandilla del puente poco antes de que Ito sintiera también la sacudida. Empezó como un terremoto corriente, pero a continuación el suelo se estremeció y la calle se llenó de conductores de *rickshaw* que caían y de caballos que tropezaban. Las macetas que decoraban los alféizares del piso superior de la estación se hicieron añicos contra la acera. En el río, las embarcaciones se volcaron. Muchos barriles cayeron al agua y, atados entre sí, se alejaron cabeceando en fila.

El temblor se prolongó durante cerca de un minuto; cuando cesó, Ito se irguió y se estiró la americana, conmocionado. Aparte de las macetas y de un carruaje tambaleante, no había desperfectos evidentes, aunque sin duda los habría en las partes de la ciudad donde los edificios eran viejos y estaban construidos con madera en lugar de ser nuevos y de piedra. Las casas de madera tenían una curiosa forma de derrumbarse: caían enteras, como si estuvieran diseñadas para ser guardadas. Imaginó hileras de pequeños montículos planos a lo largo de los canales y se pasó una mano por el rostro.

—Bueno. Vamos a ver si no se ha derrumbado el salón de nuestros canallas —dijo, y partió al instante dejando a Mori atrás.

Mori no tardó en alcanzarlo. Últimamente había demostrado ser uno de esos hombres a quien le sentaba mejor la madurez que la juventud. Mientras Ito empezaba a adelgazar y encanecer, él se había ensanchado a partir de la triste fragilidad de sus veinte años, y se había iluminado.

—Siento lo de Kuroda.

—No, no. Solo bromeaba.

Resuelto a no hablar de Kuroda, Ito dio vueltas en la cabeza a otros asuntos, pero no encontró ninguna cuestión de fondo que abordar. Llegó un momento en que cualquier comentario se habría diluido en el silencio. Mori volvió la cabeza para seguir con la mirada un enjambre de libélulas.

Entraron en el parque Hibiya por la pequeña verja del muro sur. Los llevó al lago, donde los árboles estaban cambiando de color. Las últimas cigarras habían dejado de cantar un par de semanas antes y el lugar estaba silencioso con la excepción de los graznidos de los cuervos. De los árboles que se entrelazaban por encima del sendero colgaban arañas de las ramas más bajas, lo bastante grandes para verlas con facilidad. Se oyó un ruido vibrante e Ito dio un respingo, creyendo que era el grito de guerra de alguna criatura arácnida contrariada, pero solo era Mori arrancando un ramillete de semillas de un tallo de hierba, como hacía siempre cuando se encontraba con uno. Se estiró de nuevo el chaleco y se reprendió a sí mismo. Se había acostumbrado al suelo sólido de Londres y Washington, y los terremotos le ponían nervioso.

Al volver la cabeza vio una figura humana entre los árboles. El hombre estaba inmóvil y los observaba. No era un guardabosques; iba vestido de etiqueta. Ito levantó una mano pensando que era un invitado demasiado puntual que paseaba, pero el hombre no le devolvió el saludo. Inquieto, Ito miró de nuevo hacia delante para comprobar qué dirección tomaba, pero cuando se volvió encontró al hombre todavía observando.

El suelo volvió a sacudirse, no tan fuerte esta vez, pero aun así los árboles dejaron caer una lluvia de hojas muertas e insectos. El hombre había desaparecido al mirar Ito hacia atrás por segunda vez. Se sacudió pedacitos de ramas de las mangas del esmoquin e intentó apartar de la mente el recuerdo de su mirada impávida. Al fin y al cabo, las personas miraban de ese modo cuando veían a un hombre que conocían de los periódicos.

Dejando atrás el lago, salieron a un jardín bien diseñado donde corrían pequeños arroyos bajo puentes rojos y junto a nuevos faroles de piedra. Varios de los ayudantes de Ito estaban apostados debajo de la pagoda, bebiendo té en tazas de porcelana inglesa. Todavía no se habían cambiado para el baile, por lo que seguían vestidos con quimono y sombrero de hongo, y en un caso con fez.

—¡Buenas noches, señor! —gritó uno de ellos—. Estamos a punto de empezar un partido de béisbol. ¿Quiere jugar?

—Oh, cielos, no sé jugar al béisbol. —Ito se rió—. Pero no seré yo quien ponga trabas a los jóvenes y a los vigorosos para que sean jóvenes y vigorosos.

—¿Señor Mori? —preguntó el joven, esperanzado. Todos los asistentes temían a Mori, pues este era bien conocido por sus reflejos—. Se lo ruego. El béisbol es la esgrima del hombre moderno.

—No..., otra vez será, gracias —respondió Mori.

El joven hizo una mueca.

Ito le dio un codazo.

—Sea amable.

—No he dicho nada.

—Bueno, entonces descienda de su alta caballería y quítese la armadura, que está haciendo mucho ruido —respondió Ito. Pretendía ser una broma, pero le salió cortante—. Mientras tanto podría intentar ver menos a Kuroda. Sé que les dije que colaboraran, pero están a punto de convertirlo en una relación estrecha, si aún no lo es.

—De acuerdo. De todos modos, nuestro plan de derribar a todos los que lleven gemelos en los puños ya está casi listo.

Ito suspiró. A veces anhelaba una discusión.

—Avíseme cuando lo ponga en práctica. ¿Lleva bombas en ese maletín?

—No. Va a ser un pulpo.

—¿Un pulpo?

—Quiero una mascota —comentó Mori con tono misterioso.

—¿Se acabaron las abejas?

Mori criaba abejas. Vivía en medio de la nada en Shibuya, junto a un monasterio, y dejaba que los monjes acudieran a recoger la miel. Las colmenas tenían los lados de cristal, lo que permitía ver el estado de los panales y la contracción peristáltica de los zánganos. Ito siempre había detestado las abejas y al comienzo de cada visita le preguntaba por qué se tomaba tantas molestias, puesto que no era lo que se decía un entomólogo, pero nunca obtenía una respuesta satisfactoria.

—No son animales de compañía.

—Sé de un hombre que vende cachorros de perro.

—Los muñecos de cuerda no ladran todo el tiempo y es más fácil subirlos a un barco.

—Ya le he dicho que no irá a Inglaterra hasta que explique el motivo de su viaje.

—Y yo ya le he dicho que tengo un amigo en Londres.

—No, no tiene ningún amigo en Londres. Nunca ha estado en esa ciudad y no se cartea con nadie.

—No tengo ninguna intención de vender secretos a los británicos.

—Pero entenderá que eso me preocupe.

—Hace años que vengo diciéndoselo. No me negará que le avisé con tiempo.

Ito guardó silencio porque era cierto; después de su inicial anuncio de que se marcharía al cabo de diez años, Mori había sacado el tema de vez en cuando para demostrar que hablaba en serio. Sin embargo, nunca había explicado los motivos y últimamente eso empezaba a poner nervioso a Ito. Por esa razón había difundido una fotografía de Mori entre todas las autoridades portuarias desde Nagasaki hasta allí con instrucciones estrictas. No tenía duda de que Mori lo sabía, porque percibía la pesadumbre en momentos en que ninguno de los dos lo mencionaba. O tal vez Mori se disponía a mencionarlo, pues parecía querer decir algo, pero en ese preciso instante se llevó una mano a la cara y atrapó la pelota de béisbol que de otro modo le habría partido la nariz. Llegó un aluvión de disculpas de los ayudantes y lo que Mori estaba a punto de decir quedó olvidado.

Cerca del borde del césped había un peral anciano de gran tamaño. Mori se encaminó hacia él y dejó caer el puñado de semillas entre la larga hierba que había crecido alrededor del tronco. Hacía lo mismo cada vez que pasaban por allí, y a esas alturas había cultivado un frondoso tramo. Mori tenía la manía de romper el orden de lo excesivamente ordenado, lo que casaba con su aversión a las casas nuevas y a planchar las camisas. No era fortuito que hubiera escogido el único rincón que los jardineros no podían segar sin recurrir a un par de tijeras de uñas. Las raíces sobresalían retorcidas y rodeaban todo el tronco formando recovecos y remansos de peras marchitas, y pequeños refugios para semillas.

En la cálida tarde, el Rokumeikan tenía un color rosado. Una hilera doble de arcos romanos se extendía a lo ancho del edificio, una al nivel del suelo y la otra a lo largo de los balcones de encima. Al lado de la estación de ferrocarril, que no era antigua, se veía muy nuevo y reluciente. El terremoto no había movido de sitio ni una baldosa, lo que no le sorprendió ahora que estaba allí. Transmitía una sensación de permanencia muy semejante a la de una iglesia. Mientras se acercaban ruidosamente por el camino de grava se abrieron las grandes puertas dobles del balcón y salió la joven esposa del ministro de Asuntos Exteriores, ya vestida de gala. En la tarde sin viento, Ito alcanzó a oír el frufrú de la seda. Era un vestido parisino, y del corpiño le colgaba una sarta de brillantes perlas grises y rosas.

—Buenas tardes, caballeros —los saludó ella. Hablaba inglés con un hermoso acento estadounidense—. ¡Cuánto tiempo, barón Mori! ¿Qué le parece ahora que han retirado los andamios? ¿Por fin nos tomarán en serio todos esos extranjeros quisquillosos?

Él meneó la cabeza.

—No. Tomarán en serio a Japón cuando derrote a una potencia occidental en una guerra de suficiente relevancia.

Ella se rió con discreción.

—Pero es preferible intentarlo con un salón de baile antes que mandar un millar de acorazados de Liverpool, ¿no le parece?

—Tiene usted toda la razón —respondió Ito, dando una patada a Mori en el tobillo—. Me temo que le he hecho trabajar demasiado, condesa Inoue. Ha olvidado las pocas habilidades sociales que tenía.

—Oh, no se preocupe. Es importante rodearse de hombres que hablan sin rodeos. ¿Por qué no entran?

Ito empujó a Mori hacia la puerta antes de que rechazara el ofrecimiento, y la condesa entró de nuevo. Otro pequeño terremoto hizo temblar la taza de té que había dejado en la barandilla. A sus espaldas, el peral se resquebrajó.

Poco a poco el suntuoso salón de baile se llenó de jóvenes deslumbrantes y altos extranjeros con uniforme militar o pajarita. Ondeaban tantos estandartes morados al calor de las lámparas que a Ito le pareció estar dentro de un globo de aire caliente que se inflaba. Por todas partes había crisantemos imperiales, en las escaleras, alrededor de las puertas o en arcos colgantes alrededor del salón; los suficientes para llenar un bosque. El año anterior, Ito y el conde Inoue habían invertido en ese edificio más del cuádruple de los fondos destinados al nuevo Ministerio de Asuntos Exteriores, y se notaba. Mori, por supuesto, lo veía como un casino, y salió con su maletín al balcón, que estaba vacío salvo por seis damas de la emperatriz que no perdieron tiempo en dejar claro que habían recibido órdenes de asistir.

Ito dio la espalda al bufet con un plato lleno de fresones con chocolate y encontró al hombre del bosque mirándolo desde el otro extremo del salón. Le sostuvo la mirada, pensando que debía de tener algún problema. El hombre empezó a avanzar hacia él y al pasar por debajo de una lámpara de araña dejó ver el contorno de las manos dentro de los bolsillos, con una pistola en el izquierdo. Ito se quedó inmóvil al percatarse de que estaba a punto de morir con un plato de fresones con chocolate en las manos. Incapaz de moverse, solo pudo pensar en lo ridícula que era la situación.

Mori se colocó entre dos parejas que daban vueltas en la pista de baile, interponiéndose así entre Ito y el hombre. Ito se tambaleó porque cada célula de él esperaba un disparo, pero el hombre se limitó a detenerse y a mirarlo fijamente. Mori le entregó un papel doblado. Sin abrirlo, el hombre le dio la espalda y casi echó a correr.

Ito tragó saliva. Después de lo que pareció un rato considerable, dejó el plato y se acercó a Mori.

—¿Quién era ese?

Vio que Mori se disponía a mentir diciendo que el hombre quería saber dónde estaba el balcón, pero cambió de parecer.

—Un asesino.

—¿Qué ponía en el papel que le ha dado?

—No le he dado nada.

—Lo he visto.

—No es cierto.

Ito hizo un gesto de impaciencia que su mujer habría tachado de grosero. Él también, si no hubiera estado hablando con alguien tan impenetrable.

—Miente extraordinariamente mal para ser un oficial de inteligencia. Iré a preguntárselo yo mismo, si quiere.

—Ito…

—¿Sí? ¿Hay algo más que no quiera decirme? —replicó él mientras se dirigía a las escaleras.

Mori levantó las manos, si bien no se molestó en correr tras él. Ito llegó al piso de abajo a tiempo para ver al hombre cruzar corriendo la puerta delantera.

La agradable tarde había dado paso a una noche fría. Se había levantado el viento e incluso desde el camino de acceso se alcanzaba a oír el viejo peral estremecerse. El hombre avanzaba en esa dirección. Ito titubeó antes de salirse al camino y adentrarse en la hierba; irritado consigo mismo, lo siguió más deprisa. En una ocasión Kuroda había comentado que entre los nobles y los plebeyos había la misma distancia que entre los caballos de guerra y los burros. Mori era un hombre moderno pero no liberal. Él era de la misma opinión que Kuroda e Ito lo sabía. Lo había dejado ir porque pensó que, tratándose del hijo de un librero, como consecuencia inevitable de su mediocre crianza, resultaría ser un cobarde.

El hombre aminoró el paso al llegar al peral. Ito se movió hacia la izquierda para esconderse y vio que allí también había un caballo paciendo en el tramo de hierba alta plantada por Mori. El hombre se detuvo y se quedó inmóvil. Había desdoblado el papel. Mientras Ito observaba, el hombre sacó el reloj y se fijó en la hora con más detenimiento de lo habitual, y acto seguido miró en todas direcciones, con lo que Ito tuvo que agacharse detrás de un seto. Luego arrugó el papel y se lo guardó en el bolsillo moviendo la cabeza como si pensara que lo habían engañado. Volvió a llevar una mano al arma y se quedó ahí acariciándola, aunque no regresó al salón. Miró alrededor como si esperara algo, pero no se acercaba nadie.

—¿Qué le han dado hace un momento?

El hombre dio un respingo y levantó el arma.

—Si él le da miedo, no quiera saber cómo se pondrá si me mata a mí —le advirtió Ito rápidamente.

Ver cómo el hombre dejaba caer de nuevo la mano no hizo sino aumentar la vergüenza de ocultarse detrás del nombre de Mori. El hombre sacó el papel del bolsillo con un gesto angustiado, y se lo tendió. Mientras lo hacía el suelo se estremeció un poco con las últimas réplicas, y el peral se desplomó a un palmo del caballo. Este relinchó y salió huyendo. El hombre se quedó mirando el árbol. Ito le arrebató el papel de las manos.

Era una lista de nombres, fechas y horas. Cinco en total. El último nombre tenía la fecha de ese día y a su lado se indicaba la hora, las nueve cuarenta y siete. Ito sacó el reloj. La manecilla del minutero se deslizaba sobre el cuarenta y ocho.

—Entonces, ¿usted se llama Ryosuke? —le preguntó en la resonante quietud. No era silencio; el árbol seguía crepitando, y el aire estaba lleno del zumbido de los insectos alterados por la caída. De las puertas abiertas del club llegaba claramente un vals. En la hierba se entreveía tierra. El árbol se había caído con tanta fuerza que la había removido.

—Sí. —El hombre volvió a apartar la vista del árbol, y añadió con tono distante—: Debo ir a buscar mi caballo.

—Espere. ¿Quiénes son los otros?

El hombre lo miró de forma extraña.

—¿No lo sabe?

—No.

—Ellos también fueron tras usted. Él los mató a todos.

Ito dejó de seguirlo.

—¿Cómo?

—Debo ir a buscar…

—¡Espere! —gritó Ito a sus espaldas, pero él no esperó. Como el caballo se había adentrado corriendo en el bosque más poblado que había junto al lago, al cabo de veinte pasos desapareció en la oscuridad.

Las oficinas de la Compañía Periodística de Choya estaban cerradas cuando él llegó. Después de ganar mucho dinero a base de cuestionar al nuevo gobierno, el dueño había adquirido en el barrio de Ginza un suntuoso edificio de ladrillo de altos pilares y un refinado portón con arco, con vistas a la torre del reloj. La puerta estaba cerrada con llave, aunque en la planta baja había una ven-

tana iluminada. Cuando Ito llamó, salió un joven con una estilográfica prendida en el tirante izquierdo. Se quedó inmóvil al reconocer al visitante.

—Con el debido respeto, señor Ito, no puede presentarse aquí
y gritarnos por difundir las noticias por perjudiciales que estas
sean para el gobierno…

—No he venido aquí para gritar sino para preguntarle si puedo consultar sus archivos. En concreto los obituarios, si los guarda. Lamento mucho la hora que es, pero se trata de algo urgente y
los periódicos guardan mejor los archivos que el ministro.

—Sí, por supuesto —respondió el joven, perplejo—. Guarda-
mos todo en el sótano. Iré a abrir…

Ito entró detrás de él y bajó un tramo de escalones poco empinados hasta un sótano frío. Dejando atrás dos lámparas, el joven
se retiró. Ito tuvo que explorar un poco el entorno para orientar-
se. Había seis o siete años de periódicos almacenados en anchos
cajones: primeras ediciones sin corregir. Estaban bien clasificados,
y no tardó en localizar los ejemplares de las fechas que aparecían
en la nota.

El papel de prensa crujió al hojearlo. Como los cajones eran
de madera y está no había sido sellada, la humedad del verano
había penetrado en unos cuantos periódicos, y las páginas estaban
pegadas en algunas partes, dejándolas tan finas que parecían so-
breimpresas. En una de ellas encontró el primer nombre. Tuvo
que sostenerla sobre una caja de luz para leerla debidamente. Esperaba una noticia de un tiroteo o un robo, pero al hombre en
cuestión lo había matado un rayo. Había estado cazando aves fur-
tivamente en los jardines del palacio y el rayo lo había alcanzado a
través del rifle.

El segundo hombre había muerto en un accidente de tráfico en Kojimachi. A Ito empezaban a escocerle los ojos debido a la escasa luz y la intensa concentración, pero también encontró el tercero. Atrapado en un fuego cruzado durante un robo, de nuevo muy cerca de Kojimachi, tal vez a dos calles de la casa de Ito. Recordaba con vaguedad haber oído hablar de ello, si bien con poco detalle. Del cuarto hombre, sin embargo, no había mención, ni siquiera en las fechas anteriores o posteriores a la señalada en la nota. Se recostó, se quitó las gafas y miró los enormes archivos. Llevaría semanas a todo su personal revisarlos, y aunque intentó pensar en maneras de hacerlo, comprendió que era inútil. No obstante, bastaba con tres para seguir adelante. Tres hombres fallecidos en accidentes, el cuarto desaparecido, y un quinto cuyo posible accidente había sido anunciado con exactitud. Ito se quedó mirando la nota arrugada, translúcida sobre la caja de luz. Siempre había supuesto que la habilidad de Mori para prevenir cosas no era consciente.

Cuando se recostó, pensó que el reloj no iba bien. Solo llevaba una hora y media allí; todavía no era medianoche. Se levantó despacio y rígidamente, y devolvió todo a su sitio antes de subir las escaleras. El joven periodista asintió al verlo salir, esta vez con la estilográfica prendida al bolsillo. Ito salió al aire frío sabiendo que tendría que regresar a pie. La calle estaba desierta. Hacía tiempo que los conductores de *rickshaw* habían cogido frío y regresado a sus casas, y los trenes habían dejado de circular una hora atrás. Era menos de un kilómetro de distancia, pero estaba cansado y experimentó una alegría inmensa al oír ruido de cascos a su lado y a un caballo negro resoplando a una luciérnaga que había pasado demasiado cerca de su morro. La luciérnaga se alejó dejando una estela de luz ante los ojos cansados de Ito.

—¿Señor Ito? —preguntó el cochero.

El ministro levantó la vista.

—¿Sí?

—¿A la Rokumeikan?

—Oh, menos mal que me ha reconocido en la oscuridad.

—Bueno, tengo instrucciones de recoger a un hombre en los escalones de la oficina del periódico y solo estaba usted —respondió el hombre riéndose.

Ito guardó silencio.

—¿No habrá sido el señor Mori quien ha hecho la reserva?

—No me ha dado su nombre, lo siento. ¿Todavía quiere el carruaje? —añadió el hombre ansioso.

—Sí…, sí. —Ito subió y se hundió en el asiento de cuero.

Mientras el coche de punto se detenía con suavidad en el camino de grava, Ito vio a Mori en el balcón. Hacía algo bajo la luz de una lámpara. Debía de haberlos oído llegar, pero no miró hacia abajo. Cruzando el vestíbulo y subiendo las escaleras, abarrotadas de invitados que se habían colocado a lo largo de la barandilla para contemplar la pista de baile desde lo alto, Ito acudió su encuentro. Incluso los occidentales tenían que agacharse para pasar a través de los crisantemos.

La lámpara de Mori se reflejaba en las ruedas dentadas esparcidas sobre la mesa. Entre ellas había destellos que proyectaban arcoíris. Ito se sentó al otro lado. Bajo las manos de Mori el pulpo era reconocible, pero estaba abierto y en el interior había una galaxia de piezas. Más grandes o diminutas y bien escondidas, brillaban de colores diferentes, y todas formaban parpadeantes tramas de formas que se movían con un delicado chasquido, como una criatura dormida.

—Hace seis meses que planta semillas bajo ese árbol —dijo Ito por fin.

—Sí —respondió Mori hacia el pulpo. Llevaba gafas; Ito veía el mecanismo reflejado en los cristales. Los destellos que proyectaban arcoíris eran diamantes. Al engranar una rueda dentada con otra, una nueva sección del engranaje empezó a girar. Los cojinetes móviles lanzaban motas más brillantes dentro de la caja.

—Esos otros hombres, los de la lista. Todos estuvieron cerca del palacio o en Kojimachi. Todos se proponían matarme, ¿no es así?

—Sí. —Mori todavía hablaba mirando el engranaje. Ito no sabía desde cuándo, pero advirtió que los mecanismos cantaban. Era un extraño sonido que le erizó el vello de los brazos, como el de un diapasón al ser golpeado—. El último hombre me creyó y se retiró a un monasterio de Kioto.

Hablaba como siempre, de manera sucinta y clara.

—¿Por qué ha querido que supiera de este? —le preguntó Ito por fin.

Se notó el pecho rígido a causa del horror. Todavía podía ver qué habría ocurrido si no hubiera perseguido al hombre hasta el peral. Estaba claro que Mori era una de esas criaturas en las que era mejor confiar y no examinar con demasiado detenimiento. Se dio cuenta de que Mori esperaba a que terminara la pregunta.

—Es capaz de matar a un hombre plantando unas semillas en el lugar adecuado. ¿Qué puedo hacer ahora que lo sé? ¿Fiarme de usted cuando dice que Kiyotaka Kuroda no lo persuadirá algún día del acierto de declarar una guerra mundial? —Notó que alzaba la voz, pero no pudo evitarlo—. Ya está a punto de hacerlo. Debería encerrarle a usted y tirar la llave.

—Era necesario que usted se asustara. Ahora no enviará a nadie que me persiga cuando me suba al barco —respondió Mori—. No tiene sentido apuñalar a un hombre cuando hay un arreglo para que no estorbe.

—¡Oh, qué filantrópico! ¿Va a aclararme por fin lo de Londres? ¿Qué hay allí? ¿Qué es tan importante?

—Un amigo, ya se lo he dicho.

—No tiene ninguno.

—Aún no me conoce.

—No puedo dejarle ir a ninguna parte.

Mori suspiró. Ya había desaparecido de la mesa la última pieza del mecanismo. Cerró la caja del pulpo con un clic y la criatura cambió de postura, y, despertando, enrolló los tentáculos en sus manos. Él se lo puso en el regazo.

—Lo siento. Era la única manera de hacerle cambiar de opinión.

—Haga lo que quiera, aunque creo que descubrirá…

—Su mujer no lo sabe pero es sumamente alérgica a las picaduras de abeja —lo interrumpió Mori en voz baja.

Ito se quedó inmóvil.

—No.

Mori solo lo observó, como si se encontrara a gran distancia.

—¡Largo! —estalló Ito, y no le importó que las damas de la corte dieran un respingo.

Mori obedeció. El pulpo tenía el morro apoyado en su brazo, e Ito esperó a medias que le dijera adiós con un tentáculo. En cuanto desaparecieron los dos, Ito se apoyó sobre los codos y se mesó los cabellos. Siempre se había jactado de su política, y no porque fuera de izquierdas o de derechas, vieja o nueva, sino por la mecánica: el compromiso, la diplomacia y la habilidad para evitar la guerra, que era lo que sucedía cuando los estadistas fracasaban. La guerra era dar un puñetazo al reloj en lugar de detenerse a analizar los mecanismos rotos. Él nunca había procedido así en toda su vida. Solía reírse de la gente que perdía los estribos. Cerró los ojos y esperó a que los latidos del corazón se le acompasaran, pero este siguió palpitando desbocado.

La puerta del balcón se abrió y Kuroda entró mirando a izquierda y derecha. Ya era la una menos diez.

—No se ha cruzado a Mori por los pelos —le dijo Ito—. Se ha ido a Inglaterra.

—Hummm —murmuró Kuroda, impasible, y empezó a volverse.

—Kuroda —dijo Ito de pronto.

—¿Sí?

—Hablando de Corea... —Ito tuvo que guardar silencio un momento para dar forma a la idea—. Le asusta. ¿Por qué?

El almirante lo miró como si un perro se hubiera incorporado y empezado a hablar.

—Los chinos, por supuesto.

—Pero ¿por qué? Tenemos el tratado...

—Tonterías. Pregunte a sus amigos británicos qué piensan de los tratados.

Ito respiró hondo.

—Solo... siéntese aquí un momento y dígame qué cree que sería lo mejor.

—¿Qué quiere decir?

—Pues que no soy militar. Necesito que alguien me lo explique.

Sin dejar de fruncir el entrecejo, Kuroda se sentó en la silla de Mori y dibujó con la navaja un mapa en la superficie de la mesa de caoba. Ito hizo una mueca, pero calló cuando Kuroda la apuntó hacia él y le preguntó si quería decir algo. Cuando llegó el amanecer las nubes eran como humo. Ito pensó en trenes y barcos, y en que Mori probablemente ya estaría en alta mar. Ahora que estaba más sereno, se sintió confuso. Mori era lo bastante rico para disuadir a cualquiera de seguirlo sin delatarse. Suspiró. Kuroda le dio un salero para que lo colocara en lugar de la flota rusa y le pidió que prestara atención.

22

Londres, octubre de 1884

La casa de Kensington tenía un jardín estrecho con ocho perales, cuatro a cada lado de un trecho de césped que había sido un sendero de grava y que todavía crujía por las partes más pisoteadas. Después de semanas de pintores y carpinteros entrando y saliendo, el jardín era el único rincón en toda la casa que seguía tal como lo había dejado la tía de Grace. Las ortigas crecían tan tupidas como la hierba y la hiedra había fijado un rastrillo octogenario contra la pared del cobertizo, en cuya puerta había una pequeña vidriera. Grace había pasado todo el verano enganchándose el bajo de los vestidos con objetos que sobresalían o pinchaban, e intentando no mirar muy de cerca las ramas de los árboles, donde unos cuervos de alarmantes dimensiones habían hecho sus nidos a la altura de la cabeza. Thaniel, que había resultado eficiente en todos los demás aspectos, se mostraba extrañamente reacio a arreglarlo. Incluso los días que hacía frío se sentaba fuera con su diccionario de japonés sujeto con una piedra en lugar de entrar en la casa. Cada vez que ella sacaba el tema, él murmuraba algo y encontraba alguna tarea más apremiante.

Eso no significaba que él se inventara ocupaciones. Había mucho que hacer, y resultaba aún más difícil debido a que los operarios, como era habitual en ellos, tenían miedo de hablar directamente con una dama. La casa estaba abarrotada de trastos que la tía de Grace había acumulado a lo largo de su vida, y solo vaciarla llevó semanas. Luego arrancaron las tablas destrozadas del suelo para reemplazarlas, montaron el laboratorio y revisaron los conductos del gas, ya que la tía todavía utilizaba queroseno. Poco a poco la casa recuperó su luminosidad, aunque Thaniel seguía refugiándose en el jardín y seguía sin hacer nada en él. Como solo podían ir los sábados por la tarde —Grace tenía terminantemente prohibido ir sola y Thaniel trabajaba durante la semana y los domingos tenía ensayo—, logró prolongarlo. Dos sábados antes de la boda, bajaron las temperaturas de manera drástica y el jardín se cubrió de blanco. Una nieve polvo envolvía de bruma los árboles cada vez que soplaba el viento. Ella trabajaba entre dos estufas Bunsen que ardían con llamas azules, si bien no se planteó siquiera encender la chimenea del piso superior cuando Thaniel llegara. Habría sido como intentar subir a un ciervo allí.

Oyó el hielo de la verja resquebrajarse y levantó la vista. El laboratorio ya estaba terminado, y a modo de inauguración había invitado a Mori a verlo. No lo veía desde su primer encuentro, pero cuando fue a la oficina de Correos para enviarle un telegrama, encontró otro esperándola diciendo que sí, que a las dos menos cuarto de ese sábado le iba bien. Ella le envió el suyo de todos modos porque algo en el redactado del de él le hizo ver que él no se había adelantado exactamente a ella, sino que se había olvidado de que ella aún no lo había invitado.

Faltaba una hora según su reloj, pero al oír la verja se subió al banco de todos modos y abrió la ventana para ver quién era. Era una extraña ventana cuya vidriera estaba decorada con la técnica de la grisalla, pero justo en el centro el vidriero había insertado un círculo de mosaico de vivos colores compuesto de piezas de la mitad de un ángel y de varios escudos de armas familiares, tal vez robadas de una catedral. La luz era a la vez brillante y opaca, y el vidrio proyectó reflejos de colores en el brazo de Thaniel. Iba solo.

—¿Va a venir? —le preguntó ella.

—Aparecerá cuando sea la hora —prometió él. Se acercó a la ventana y se inclinó brevemente para saludarla antes de coger la escalera de mano y apoyarla contra el peral más cercano.

—¿Parecía agobiado?

—No. ¿Por qué iba a estarlo?

—La última vez tuve la impresión de que no le gusté.

Él se rió.

—¿Por qué le has invitado entonces?

—Porque podría haberme equivocado, y me gustaría saber qué tiene que decir sobre mi experimento. Podría serme de ayuda. ¿Qué... estás haciendo?

—He pensado que voy a trabajar un poco aquí fuera.

—¿En serio?

Él sostuvo en alto la cesta que acababa de dejar junto a la escalera y la inclinó hacia ella para que viera lo que había dentro. Estaba llena de peras doradas, de oro macizo o al menos con un revestimiento de oro.

—Mori las tenía tiradas por ahí en la buhardilla, de modo que se las he robado.

—¿No se molestará? —le preguntó ella, pensando en toda la ropa que ella le había robado a Matsumoto y que aún no le había devuelto.

Esa era su intención, pero al llegar el final del trimestre no hubo tiempo y se dijo que, de todos modos, iría a verlo a Londres. Sin embargo, después del baile del Ministerio de Asuntos Exteriores él se fue directamente a París sin despedirse. Era una queja frecuente entre sus amigos. Los amigos eran como unas buenas cortinas para Matsumoto, le gustaba rodearse de ellas durante un tiempo antes de pasar página y olvidarlas, y comprarse otras en otra parte.

Thaniel agitó la mano mientras subía la escalera.

—Me lo habría dicho antes de que yo las encontrara, si la cosa le hubiera molestado.

Mientras colgaba las peras a las ramas mediante sus ganchos magnéticos, charló como de costumbre, pero no durante mucho tiempo porque fue alejándose de la ventana a medida que avanzaba. Su sitio estaba entre los árboles. No parecía importarle tocar las ramas, aunque estuvieran llenas de moho y astilladas por donde el viento las había partido. Ella también quería salir al jardín, pero sabía que si lo hacía repararía demasiado en las astillas y el moho, y no sería lo mismo. Cerró la ventana y se bajó de un salto del banco para empezar a poner rótulos en los cajones de los productos químicos.

—No hace tanto frío —le oyó decir al cabo de un rato.

La voz llegaba de la verja. Mori ya estaba allí.

—Usted no sabe nada; arde a la luz de la vela.

Si a Grace le había chocado su voz mientras lo veía, aún más peculiar le pareció ahora que no podía verlo. Era un pie más alta y tres tonos más pálida que el resto de su persona. Ella creía que tenía un acento del norte, y tal vez seguía detectándolo, pero ese día sonaba mucho más corriente. Se preguntó si lo cambiaba de manera consciente o no.

—Cuidado. Se caerán si no las sujeta bien.

—¿Por qué?

—Es otoño.

—¿Y ellas cómo lo saben?

—Tienen un termómetro interior.

—Entonces no son elfos diminutos.

—Ese era mi plan original, pero no eran fáciles de capturar.

Thaniel se rió.

—Ella está en el sótano.

Grace dejó la pluma y juntó las manos. No sabía de dónde sacaba Thaniel la confianza en sí mismo para bromear con él. Le habría gustado tenerla. Estaba razonablemente segura de que Mori querría ayudarla con los experimentos tanto si le caía bien como si no, aunque solo fuera para acelerar un futuro que sin duda le aburría esperar, pero era mejor si lo persuadía de que merecía la pena el esfuerzo.

Mori era demasiado sigiloso para que ella lo oyera bajar las escaleras del sótano, y el primer indicio de su llegada fue el chasquido del pomo de la puerta al girar.

Entró despacio como un gato en casa ajena. Grace no sabía si lo hacía por cautela, pues tenía una extraña forma de moverse, tan pronto brusca como parsimoniosa en exceso; ella ya lo había advertido cuando lo conoció en Filigree Street. Si la hubieran obligado a presentar una teoría sobre su persona, habría dicho que era lo que ocurría cuando un hombre que se consideraba anciano se acordaba de vez en cuando de que todavía era joven y que no hacía falta que tuviera cuidado con sus huesos. Posó sus ojos negros en la vidriera salpicada de color. Tenía el pelo más oscuro que cuando lo había visto en junio.

—Pase, señor Mori.

—Señorita Carrow.

—Verá, he estado trabajando en un experimento cuyo fin es demostrar la existencia del éter —explicó ella sin rodeos, porque no le gustaba mucho hablar de trivialidades aun cuando no sabía de antemano qué iba a decir—. Está ahí y debe de haber una forma de verlo…, no me refiero a verlo sino a registrar sus efectos, por supuesto, pero hasta ahora no ha funcionado nada. Thaniel me estaba hablando hace un rato de usted y de su don de recordar. Me preguntaba si sabría explicar su funcionamiento.

—Es algo relacionado con la electricidad y… creo que lo que funciona mejor es el azúcar glas.

Ella se rió.

—Supongo que no sabrá cifras o algo parecido que resulte menos vago.

—No, lo siento. No es mi especialidad.

—¿No es su especialidad? ¿Cómo es eso?

Él cambió de postura.

—Bueno, sé que la luz es fascinante y está llena de misterio, pero yo la uso más que nada para no tropezar con objetos, y utilizo el éter sobre todo para no tropezar con los acontecimientos. Está ahí, y es útil, pero… no es algo que pueda estudiar durante más de diez minutos seguidos sin quedarme dormido. Me gusta más la mecánica. No soy la persona indicada para consultar cuestiones matemáticas. La física avanzada consiste en describir cosas que no puedes conocer de forma intuitiva, motivo por el cual las describes en cifras. Yo, en cambio, las tengo delante de mí. —Mori recorría la habitación con la mirada en lugar de mirarla a ella. Pareció gustarle; desde que había entrado se había ido acercando a las estufas—. Es como oír a un ciego sin sentido del tacto probar átomo por átomo la existencia y los posibles rasgos de un elefante cuando ni siquiera le interesan a uno los elefantes. Lo siento —añadió, y parecía lamentarlo sinceramente. Abrió el morral y sacó un libro—. Creo que esto le servirá.

Era una colección de cuentos de hadas. Grace lo cogió despacio y se sintió abandonada por completo. En esas historias siempre había alguien demasiado práctico para oír hablar a los árboles, o para ver a los elfos en las ramas o los bosques cerrarse en silencio por sí solos. A Grace nunca se le ocurrió que podía ser ella.

—Supongo que debo darle las gracias.

Él asintió y se volvió para irse.

—Espere, Mori. Pensé que querría ayudarme con esto. Creo que puede hacerlo, si quiere.

—Lo siento mucho —repitió él sin negarlo—. Pero usted no me necesita. Llegará pronto por sí sola.

—En realidad creo que despierta todo su interés, pero le he robado su juguete favorito y quiere darme un escarmiento —murmuró ella con cuidado de ocultar la impaciencia en su voz.

Él levantó la cabeza y por primera vez la miró directamente a los ojos con más sorpresa que furia. Ella tuvo de pronto la sensación de haber tirado una piedra. Aunque no había dado en el blanco, no dejaba de ser una piedra contra un francotirador.

—Por favor, quédese y olvídelo; usted sabe mejor que nadie que habrá otros juguetes. Esta investigación es importante.

—Me ha robado mi juguete favorito —repitió él despacio, pronunciando con exageración la palabra juguete— y ahora me invita aquí para jugar con un nuevo juguete cuya mente es un motor lógico que circula sobre rieles. Pero a mí no me gustan los trenes, los encuentro aburridos.

Ella tragó saliva.

—Sí, me lo merezco por utilizar una metáfora tan condescendiente. Lo siento, pretendía ser un comentario jocoso.

—En el piso de arriba no hay ningún piano —señaló él, más para sí.

—Los… suelos han de repararse primero.

—Pero este suelo parece nuevo.

—Lo es —respondió ella, confusa.

—Entiendo. De todos modos será mejor que me vaya. Ya han empezado a llegar pedidos de Navidad.

—Oh, no… —murmuró Grace, pero se le quebró la voz al ver que él había empezado a subir las escaleras sin esperar a oír lo que ella decía.

Al cabo de un momento lo siguió, obedeciendo al impulso de evitar que un invitado se fuera sin que nadie lo acompañara a la puerta. Como Grace rara vez percibía una hostilidad real, solo mientras subía las escaleras comprendió que él no solo la había castigado por hablarle con condescendencia. También había habido una amenaza muy directa.

—¿Se convierten en un peral? —le preguntó Thaniel desde lo alto de la escalera de mano.

Ella sintió una punzada en las costillas. Quería llevarlo a rastras al interior de la casa.

—No, no conseguí encajar suficiente engranaje dentro para todo un árbol —respondió Mori. Cogió la pera más próxima y se subió a la rama más baja del árbol para pasársela. En la superficie dorada aparecieron brevemente las marcas de los dedos—. Me voy a casa. Hasta luego.

—¿Tan pronto?

—No he podido ser de ayuda.

—Oh, no importa. Yo me quedaré un rato más. Estoy esperando al hombre de las alfombras.

—Diez minutos —añadió ella.

—¿Por qué no se queda entonces y espera con nosotros?

—No, tengo que irme.

—Mori… —empezó a decir Thaniel.

—No puedo, no puedo, he dejado el pan en el horno —dijo él, de nuevo en el suelo.

Cruzó él solo la verja oxidada y desapareció entre el tráfico.

Grace sostuvo la escalera de mano mientras Thaniel bajaba. Una vez estuvo sobre el césped, él se sacudió de las manos el moho y las ramitas. Olía a hojas.

—No le caigo bien —anunció a ella, y su voz sonó tensa—. No ha estado en el laboratorio ni un minuto.

Thaniel suspiró.

—Siempre se comporta de un modo extraño. No deberías tomártelo a pecho.

—Supongo que no debería sorprenderme. Te echará muchísimo de menos.

Él se echó el pelo hacia atrás y encontró una hoja, que dejó caer desde la altura del hombro. Observó cómo flotaba hasta el suelo.

—Acabará cambiando de opinión.

—¿Cómo? No hay nada que pueda inducirlo a eso; se las sabe todas, y si ahora no está convencido, no lo estará nunca.

Él pareció que iba a contradecirla, pero el viento volvió a soplar y cayó una pera del árbol. Thaniel carraspeó y se adelantó para buscarla en la hierba, pero se detuvo con brusquedad. Antes de que pudiera preguntarle qué ocurría, un delgado tallo dorado empezó a elevarse de la hierba a lo largo del tronco. Se retorció alrededor de este y le salieron pequeños brotes que se aferraron por sí solos a la forma de la corteza y a las viejas raíces protuberantes. Unas pequeñas hojas se abrieron con un ruido metálico, no como las de verdad sino desdoblándose como papel hasta adquirir la forma de una hiedra. Los dos se quedaron inmóviles viendo cómo la hiedra aminoraba el ritmo y se detenía a la altura de una persona, brillando en la tarde fría. Thaniel se rió.

—¡No está mal!

Ella le tocó el brazo. Habían caído otras peras, y alrededor de los otros árboles también había trepado la hiedra dorada. Las enredaderas crujían y trinaban mientras se extendían hasta las últimas pulgadas. A ella le dio dentera. Las hojas y el cielo se reflejaban en su superficie dorada, y miraras por donde miraras parecía agua brillante que andaba revuelta y que subía por los troncos en lugar de bajar. Era un espectáculo de exquisita belleza, pero Grace lamentó que se produjera ante su puerta.

—¿Su nombre no significa bosque? ¿Bosque no sé qué? —Sabía palabras sueltas por Matsumoto.

—Probablemente era así, antes de que interfiriera la grafía aristocrática. ¿Por qué?

Ella meneó la cabeza. Era improbable que él supiera algo de poesía oriental.

—No lo sé. Me inquieta. Creo que acaba de amenazarme. Algo sobre que soy un motor lógico y que a él no le gustan los trenes. Me ha sonado a años de aversión acumulada, hasta el punto de querer golpearme con un motor de vapor.

—Si quisiera golpearte con un motor de vapor, ya lo habría hecho —señaló Thaniel—. En realidad, si te odiara tanto nunca nos habríamos conocido.

—Entonces, ¿por qué lo ha dicho?

—Probablemente para asegurarse de que no volvías a invitarle. Lo siento. Luego le reprenderé.

—No, no lo hagas. No quiero que se enfade aún más conmigo.

Thaniel la miró con ojos risueños.

—Entonces, ¿puede cambiar de opinión para peor pero no para mejor?

—Creo que podría caer en una tentación —respondió ella, con más precisión que humor.

Él no pareció no percibir sus nervios. Se había detenido un carruaje frente a la verja.

—Ya están aquí los de las alfombras.

—Asegúrate de que empiezan por el comedor, ¿quieres? —le pidió ella, nombrando una habitación al azar de la parte trasera de la casa—. Me gustaría tener todo listo, teniendo en cuenta que mi madre quiere hacernos una visita.

Él la miró como si no supiera nada, si bien tenía la costumbre de creerla y hacer lo que se le decía.

En cuanto se dirigió al comedor con el encargado, Grace se plantó frente a un hombre más joven y lo acorraló en el vestíbulo. Él pareció sorprendido, pero no receloso, por lo que ella continuó.

—Hacen toda clase de suelos, ¿verdad? No solo colocan alfombras.

—Así es, señora. Sobre todo madera, mucho roble. ¿Está pensando en algo? —preguntó, esperanzado.

—Bueno, mi marido esperaba que pudieran hacernos un favor. ¿Ve esos árboles de ahí fuera? Ya no los queremos, pero sería una lástima quemar madera de peral. Si los tala puede quedársela gratis.

—¿Está segura, señora? Con todo el dorado…

—Mañana a primera hora vendrá un jardinero, de modo que le pagaré con gusto un extra si lo hace deprisa. A no ser que la madera de peral no esté de moda estos días. ¿Lo está?

—Oh, ya lo creo —se apresuró a decir él—. Bueno, si está segura, señora, lo haré más contento que un carajo. Quiero decir…

—No se preocupe. Me he casado con un hombre que es prácticamente de Yorkshire, no puede ser más mal hablado que él. —Al tratar con los obreros ella solía referirse a Thaniel como si ya estuvieran casados, y otro tanto hacía él: «porque mi marido lo dice», y aún mejor, «porque mi mujer lo dice», eran frases más poderosas que «el señor Steepleton» o «la señorita Carrow». Grace llevaba el anillo de compromiso del revés para que solo se viera el aro.

Él se rió y salió de nuevo para ir a buscar sierras. Grace entró y preparó té, probablemente mal, y lo llevó al comedor, donde el maestro volvía a medir de forma bastante aparatosa las complicadas dimensiones de las alfombras bajo la mirada de Thaniel.

Grace había imaginado que él volvería a salir al jardín a la primera oportunidad y ella tendría que poner alguna excusa, pero el hombre de las alfombras también era de Lincolnshire y habían hecho migas. El comedor tenía su nueva alfombra perfectamente instalada cuando él por fin salió, y a esas alturas todos los árboles habían desaparecido. Las ramas cortadas estaban pulcramente amontonadas junto al cobertizo de la leña, y todo lo que quedaba eran los tocones, muy frescos y amarillos, y una capa de hojas sobre la hierba. Entre ellos parpadeaban pequeños fragmentos dorados. El jardín se veía más grande y luminoso. Thaniel se detuvo como si hubiera chocado con una pared.

—¿Cómo? —fue todo lo que dijo de entrada.

—El carpintero me ha preguntado si podía darle algo de madera de peral y le he dicho que se la llevara toda. Te parece bien, ¿verdad?

—¿Dónde está el artilugio mecánico?

—En esa cesta.

Allí estaba; el carpintero lo había desenrollado con cuidado, y parte de él se había partido como si fueran hojas de verdad, pero estaba en gran medida intacto.

—Será mejor que se lo devuelva —dijo. Lo miró durante un rato y añadió—: Iré ahora. Regresaré dentro de media hora. —Cogió la cesta y recorrió el jardín recién despejado sin mirar a los lados ni hacia atrás.

Ella observó cómo giraba a la izquierda en dirección a Knightsbridge y se dio cuenta de que lo había disgustado mucho más de lo que era su intención.

23

Sin consultar a nadie, lord Carrow había fijado la boda para el día anterior al espectáculo de Gilbert y Sullivan, de modo que Thaniel evitó la decapitación por veinticuatro horas. A este no le preocupaba la actuación, pero había pasado más tiempo al piano que en la casa de Kensington. Había calculado las horas al dirigirse a la casa de Mori con el mecanismo roto. Seguía multiplicando absorto cuando abrió de un empujón la puerta del taller.

—Oh, no importa —dijo Mori antes de que él pudiera ofrecer una disculpa—. Se habrían echado a perder en la buhardilla.

Dejó la cesta junto a la puerta. Durante la ola de frío Mori había adquirido un brasero que los últimos días había permanecido encendido. El calor que desprendían las brasas del centro de la rejilla hacía rielar el aire. Thaniel se desenrolló la bufanda y la colgó junto al reloj de loto. Mori llevaba la suya puesta, y cuando no hablaba encogía el cuello para respirar dentro de ella. La tienda estaba cerrada al público ese día; había que calcular los impuestos. El libro que tenía Mori ante sí consistía en columnas de números japoneses. Como escribía con la mano izquierda en la página izquierda y con la derecha en la derecha, las cifras se inclinaban en una u otra dirección, como si hubiera escrito solo una página y la hubiera impreso sobre la otra mientras todavía estaba húmeda. Una de las hojas de hiedra de la cesta se agitó con el calor.

—¿No va a venir a la boda porque ella no le cae bien? —le preguntó Thaniel.

Mori alzó la vista. En sus ojos se reflejaban los cristales de la ventana cubiertos de nieve. El tinte del cabello se le había descolorido, lo que le daba un aspecto más exótico.

—No. Soy budista. Puede que tengan ustedes la obligación cristiana de pillar una neumonía sentados durante dos horas y media escuchando cómo un bobalicón con sotana les sermonea sobre las virtudes de la vida conyugal, pero por mucho afecto que le tenga, yo no.

—Es como el té negro, ¿no?

—No creo que sea irrazonable.

—Por supuesto que lo es, gnomo xenófobo —replicó Thaniel riéndose para disimular la decepción que se había extendido como aguanieve sobre sus pensamientos. Era una estupidez, aunque había contado con un arrebato de nacionalismo por parte de Mori a propósito de la iglesia, de modo que cuando él le dijo que no por primera vez semanas atrás no se sorprendió—. Entonces no está… enfadado.

—Lo estaría. Un hombre oriental en una iglesia es un blanco de evangelismo.

—De acuerdo. Está eximido si le resulta tan angustiante.

—Me ocuparé de mis impuestos —replicó Mori, e inclinó el cuello de nuevo sobre el libro de contabilidad. Luego, sin levantar la vista—: ¿Va todo bien?

—Hummm.

Thaniel se sentó en la otra silla alta para que le llegara algo de calor. Aun después de haber dejado la cesta de oro en el suelo, se sentía cansado y apesadumbrado. Deslizó hasta él el diccionario de Fanshaw que guardaba en el escritorio, cogió un lápiz y continuó con las pequeñas historias que se había inventado para memorizar los caracteres pictográficos. Dejó que su brazo se apoyara contra el de Mori y a ratos, cuando no conseguía encontrar los elementos constituyentes de los caracteres en el diccionario más pequeño que se había comprado en el pueblo de la exposición, le daba un codazo pidiéndole una explicación. Se le cansó la vista mucho antes de lo habitual negándose a reconocer lo que ya conocía, y la escritura se convirtió en un caos tan carente de sentido que se recostó en la silla.

—¿Qué demonios es un erizo azul?

Mori se detuvo y lo escribió para ver a qué se refería, luego inhaló e inclinó la cabeza.

—¿Pasa algo? —le preguntó Thaniel.

—Acabo de escribir ingresos erizo en mitad de la columna de gastos.

Thaniel no pudo evitar reírse, hasta que Mori le clavó el extremo de la pluma y le dijo que se largara con sus erizos azules a la cocina para preparar más té. Thaniel hizo lo que le pedía, pero se detuvo en cuanto se levantó. Sintió cómo la risa se desvanecía demasiado rápido entre pensamientos por lo demás áridos.

—Mori, ¿por qué ha cambiado de acento?

Mori estaba cortando el error con un escalpelo.

—No lo he cambiado yo, lo ha hecho él solo. Hablo inglés porque lo recuerdo de más adelante, y la mayor parte lo aprendí de usted, pero ya no hablaremos tanto como antes, de modo que ahora lo estoy aprendiendo de charlas casuales y de mis discusiones con la señora Haverly.

—Kensington está a veinte minutos andando.

—Estará ocupado.

—¿Con qué?

—Es…, ya sabe. Los asuntos cotidianos se acumulan. —Cerró el cajón con el codo.

Thaniel no había visto lo que había en él, pero el pequeño golpe hizo que todo zumbara muy débilmente. Era un ruido inconfundible; era lo que se oía al cerrar la tapa de una caja de música.

No permitió que la expresión de la cara le cambiara.

—Nunca estaré tan ocupado —dijo, porque era lo que habría dicho si no hubiera oído el zumbido—. Ya lo verá. Se ha equivocado antes, se equivoca continuamente. En fin, el té.

Mori pareció aliviado. Thaniel cerró la puerta de la cocina detrás de él y se quedó inmóvil mientras esperaba a que hirviera el agua. Le gustaban los niños. La casa de Kensington sería un buen lugar para que creciera un niño. Pero quería encerrarse en el piso de arriba y dormir hasta despertar en otras circunstancias.

Hizo frío toda la semana. Las lodosas orillas del Támesis se congelaron, al igual que los lugares donde el agua era poco profunda. Cerca de Westminster la superficie de hielo era desigual y los pescadores de berberechos abrían hoyos y volvía a filtrarse el agua. Los periódicos se emocionaron ante la posibilidad de un invierno lo suficientemente frío para permitir la celebración de ferias sobre el río, aunque Thaniel tenía sus dudas. Una ola de frío tan temprana solía significar uno de esos inviernos zigzagueantes en que tan pronto todos se veían sepultados bajo la nieve como paseando sin abrigo en Navidad, solo para pillar una neumonía en Año Nuevo. Pero el viento era más recio que nunca el día que Thaniel acudió a la estación de King's Cross para recoger al amigo de Grace, Matsumoto. Cuando el tren procedente de Dover frenó, se deslizó por las vías hasta empotrarse con los parachoques. El estruendo provocó muecas. Una mujer derramó un poco de té que se congeló en una lámina de color ámbar. No por primera vez Thaniel se preguntó irritado por qué los trenes circulaban al mismo nivel que las personas. De haber estado a dos pies por debajo de los andenes habrían sido mucho más seguros.

Tenía previsto encontrarse con Matsumoto en casa de Grace, pero ella se había visto acorralada por su madre, algo relacionado con el vestido de boda, y como Matsumoto regresaba de Francia a propósito para asistir a la ceremonia, era de mal gusto que no acudiera nadie a recibirlo. Grace le había dado instrucciones a Thaniel de buscar a un miembro de la alta sociedad muy acicalado, y no tardó en dar con él. Matsumoto le estrechó la mano y le asió el brazo llamándolo por su nombre de pila, lo que a Thaniel le pareció afectuoso después de meses oyendo a Mori dirigirse a él como Steepleton. Thaniel se pasó todo el trayecto en tren observándolo. Era mucho más joven que Mori, y, como había dicho Grace, iba casi inapropiadamente emperifollado. El lirio que llevaba en el ojal fue más que suficiente para disuadirlo de darle mucha conversación.

Había imaginado que Matsumoto se alojaría en un hotel, por lo que se quedó desconcertado cuando el carruaje se detuvo junto a las verjas rojas del pueblo japonés. Lo cierto era que la familia de Matsumoto poseía un piso en Londres. Estaba en la planta superior del mismo bonito edificio donde el padre de Yuki tenía su taller. Desde la última vez que Thaniel había estado allí habían levantado un andamio a un lado del edificio. En el tejado había obreros sentados con las piernas colgando, compartiendo un pequeño termo. Habían estado trabajando en las chimeneas, y la obra de ladrillo a medio construir se veía nueva y brillante. Uno de los hombres dejó el termo en una cesta y la bajó mediante una polea chirriante hasta que un muchacho que se reía en el suelo la cogió.

En el interior del edificio había un ascensor. Accionando una palanca subieron cinco pisos hasta el pasillo donde se encontraban las mejores suites, dejando atrás atisbos de arreglos florales y alfombras de distintos colores.

El piso era lo bastante amplio para que Matsumoto se lo enseñara mientras esperaban a que hirviera el agua. Debía de haberlo reformado hacía poco porque los suelos brillaban y olían a cera. Había antiguos grabados chinos en todas las paredes menos en una donde colgaban cuatro cuadros de arte contemporáneo casi del mismo estilo del holandés deprimido que Mori había comprado meses atrás. Para vergüenza de Thaniel, este colgaba en el salón de Mori junto al boceto del Kyrie del *Réquiem* de Mozart que él había dibujado. Mori lo había rescatado de la papelera y le fue detrás con una caja de acuarelas y una expresión esperanzada hasta que Thaniel también pintó los otros movimientos. Intentó explicarle por qué no se podía colgar dibujos de un réquiem en un salón, pero Mori demostró ser sordo cuando quería. Cada vez que Thaniel intentaba descolgarlos, Katsu le clavaba un alfiler. Poco a poco llegó a la conclusión de que Mori no solo quería ser amable, sino que realmente le gustaba. La razón se le seguía escapando.

El té era negro. Matsumoto era tan inglés como Francis Fanshaw.

—Espero que no le haya supuesto mucha molestia venir —dijo Thaniel por fin cuando hubieron agotado los temas del tiempo y los cuadros.

Matsumoto negó con la cabeza.

—No, no. Pero debo volver enseguida. —Suspiró—. La verdad es que estoy muy preocupado por el castillo Matsumoto. Mi padre está allí solo y el gobierno ha estado acosándolo para que lo venda. No pensé que hablaran en serio al principio, pero las cartas son cada vez más apremiantes, de modo que me temo que me marcharé justo después del banquete. Existe la llamada Ley de Abolición de Castillos que…

—Lo sé, lo sé —lo interrumpió Thaniel—. ¿Qué pasará si lo requisan?

—Supongo que compraremos una nueva casa en Tokio. Santo cielo, el emperador no suele convertir en mendigos a sus nobles. No es tan malo como parece —añadió Matsumoto, pero parecía desolado—. Caramba, qué frío hace aquí. No le he dicho a nadie que venía y no hay leña.

—Salgamos entonces, si nos quedamos fuera unos minutos nos parecerá el trópico cuando volvamos a entrar.

—No debería haber dicho nada —replicó Matsumoto, pero cogió el té y lo siguió sumisamente.

El balcón tenía una vista panorámica del pueblo japonés y de Hyde Park, aunque habría sido aún mejor si el andamio no hubiera tapado el paisaje por la izquierda. El cielo había adquirido un color añil sobre el horizonte y más abajo centelleaban luces en el pueblo. No muy lejos adornaban la pagoda con farolillos y banderines de papel. Los carpinteros estaban montando un amplio escenario en la parte delantera. Ya habían construido una reproducción de las escuálidas verjas curvadas que había en la entrada del pueblo para crear un arco de proscenio y varios muchachos entrecruzaban las brochas al pintarlas de rojo.

Detrás de ellos, Grace entró en el piso. Tenía en las manos una bengala de la tienda de Nakamura y mientras se acercaba a ellos trazó espirales de luz en el aire.

—Por fin me he escapado. ¿Qué está pasando ahí abajo?

—El espectáculo de Gilbert y Sullivan —respondió Thaniel—. El domingo es el estreno.

—Thaniel tocará el piano —le comentó Grace a Matsumoto, quien dijo algo vagamente educado pero tan bajito que a Thaniel le pareció que no lo había oído.

Los tres se quedaron mirando a las mujeres con los farolillos. Se subían a escaleras de mano para llegar a las vigas del techo de la pagoda y esperaban a que los hombres les pasaran las velas encendidas para probar la integridad de las pantallas de papel. Las llamas alumbraban los pliegues de sus quimonos y hacían rielar los cabellos negros y los cinturones de seda. Las luces atraían a visitantes de última hora que querían ver qué sucedía en el pueblo japonés.

Justo debajo de ellos salió de la tienda de artilugios pirotécnicos la conocida figura tiesa de Yuki.

—¡Eh! —le gritó Grace—. ¡He dejado unas monedas en el mostrador y me he llevado una bengala!

Yuki alzó la vista y asintió, y a continuación atrajo la mirada de Matsumoto.

—Mono occidental —dijo en japonés.

—El mono lo serás tú —replicó Thaniel—. Tú vives en Londres, malnacido.

Matsumoto echó hacia atrás los hombros. Era lo bastante joven para ruborizarse cuando lo criticaban.

—Ya conoces el dicho, allá donde fueres…

Matsumoto meneó la cabeza.

—No estoy seguro. A veces me siento un fantoche con esta
ropa, y me pregunto si al llevarla no estoy contribuyendo a borrar
lo que nos identifica.

—¿De qué estás hablando? —le preguntó Grace.

—Ese chico se ha mostrado grosero con él porque viste ropa
occidental —le comentó Thaniel.

—¿Por qué?

—Porque es un lunático nacionalista en ciernes que quiere
que todos los japoneses se vistan como un samurái y vayan por
ahí gruñendo. La tienda de abajo es de su padre. Yo ya he dicho
que no me parece muy sensato dejarlo con cincuenta toneladas de
pólvora y odiando a todos sus compatriotas que van con americana, pero al parecer no estaría bien echarlo por algo que podría
hacer en potencia —señaló, y tomó mentalmente nota de mencionarle a Mori que Yuki no parecía haber cambiado de ideas políticas. Mori ya lo sabría, si bien le parecía necesario dejar claro
que él también lo sabía.

—Es mejor una americana que esos quimonos ridículos —comentó Grace.

—Voy a hablar con él —dijo Matsumoto.

—¡Matsumoto! No puedes soportar que no te venere todo el
que te pone los ojos encima…, ¿verdad? ¿No estás escuchando? De
todos modos solo hablaba conmigo misma —murmuró ella mientras el ascensor chirriaba.

Thaniel apoyó los brazos en la barandilla del balcón para no perderse las explosiones si había alguna. Vio las manos de Grace aplanarse poco a poco sobre la piedra.

—Te he disgustado, ¿verdad? Con los árboles.

—No. Solo es el nerviosismo del traslado.

Ella guardó silencio unos minutos.

—¿Mori sigue diciendo que no vendrá?

—No vendrá.

—Sé que te gustaría que lo hiciera, pero yo me alegro —soltó ella.

Él la miró de reojo.

—No es mala persona. Solo es un hombre solitario con nadie con quien hablar aparte de una máquina en forma de pulpo.

Ella arqueó las cejas.

—Thaniel, despierta. Él puede recordarlo todo excepto los procesos aleatorios. Es decir, todo lo que no sea tirar unos dados o lanzar una moneda al aire. O los imanes giratorios, como las marchas aleatorias de Katsu. Percibe las alteraciones en el éter. En el momento en que te propones hacer algo, él lo sabe porque la electricidad que se mueve a través de tu cerebro va empujando éter a su paso. ¿No te preocupa ni remotamente? Eso significa que sabe qué hacer para que confíes en él. Sabe cómo hacerte cambiar de opinión, porque puede aislar el instante en que podrías cambiarla.

—Sé que puede hacerlo. Yo nunca habría vuelto a tocar el piano si él no me hubiera puesto frente a Arthur Sullivan. Los actos deliberados no tienen por qué ser malos.

—Pero tú no lo sabrías si él no quisiera que lo supieras. Me asusta porque si algún día se cansa de mí, podrá persuadirte de que tú también estás cansado.

—Sería interesante imaginar que tengo un poco más de sentido común que un mono —murmuró él—. Vivo con él y noto cuándo está tramando algo.

—No estoy diciendo que seas estúpido. Solo que eres un hombre corriente que trabaja en una oficina y a veces toca el piano, y Mori en cambio es un genio capaz de inventar mundos de ingeniería. Yo... solo estoy compartiendo mi preocupación, eso es todo.

Thaniel lo asimiló en silencio. Abajo Matsumoto había encontrado a Yuki junto a la pagoda. Pensó que componían una estampa airosa, uno trajeado y con un lirio en el ojal y el otro con una túnica gastada y arremangada, aunque en ese momento el viento arrojaba nieve.

—Sé qué quieres decir; aunque creo que no has entendido cómo es él.

—Eso no es cierto. Solo creo que no decidirás nada por ti mismo hasta que te alejes de él.

—Grace, vamos a casarnos. Él no quiere que lo hagamos, pero aun así vamos a hacerlo.

—Sí. Eso me pone muy nerviosa —murmuró ella.

Él negó con la cabeza.

Grace guardó silencio un instante.

—¿Se te ha ocurrido pensar que la clarividencia y el terrorismo no son mutuamente exclusivos? Tú sabes que él podría haberlo hecho para llevarte hasta Filigree Street. De todos modos, él sabía que la bomba estaba allí y no la desactivó —soltó Grace de pronto.

—Siempre podrías tirarlo de un tejado, por si acaso.

Ella suspiró.

—Ojalá Matsumoto se dé prisa. Me estoy helando.

—Bajemos entonces. Debo irme, de todos modos.

—¿Por qué? ¿Tienes planes?

—Reservas —mintió él, porque habría sonado provocador confesarle que quería alargar todo lo posible su última noche en casa.

Encontró a Mori intentando camelar a Katsu para que bajara de uno de los armarios, donde había un nuevo nido de papel de plata y muelles robados del taller. El pulpo había desarrollado una pasión por los objetos brillantes, que colocaba fuera del alcance de Mori. Thaniel se estiró para cogerlo con las manos. Katsu se enroscó alrededor de su brazo y se negó a soltarse.

—Debe de ser el gemelo —dijo Mori, impotente—. Lo siento, no lo he programado para que haga nada de esto. Son las marchas aleatorias, es como lanzar doce veces una moneda al aire y que salga siempre cruz…

—O que está vivo —sugirió Thaniel.

—Si de verdad pensara tendría intenciones, y yo habría sabido qué iba a hacer a continuación, aunque…, no lo sé. —Intentó abrir el panel posterior para dejar a la vista el interior de Katsu, pero este balbuceó algo y se escabulló por el suelo. Los dos observaron cómo se encendía la lámpara bajo las escaleras y salía corriendo una araña acalorada—. Oh, casi se me olvida. Tengo un primer regalo de boda para usted. Se lo daría después de la ceremonia, pero entonces no podría cumplir su función. —Lo condujo al taller, donde las luces se encendieron con un zumbido en cuanto cruzó el umbral.

Thaniel lo siguió intrigado.

—¿Qué quiere decir con su función…?

Mori se estiró para alcanzar una caja de madera de cerezo del estante situado encima de la mesa de trabajo. La dejó con delicadeza delante de Thaniel y cruzó las manos detrás de la espalda para darle a entender quién debía abrirla. Thaniel levantó la tapa. En el interior, sobre un forro de terciopelo azul, había tres frascos de vidrio. Todos tenían el tapón de corcho sellado con lacre, y habrían parecido vacíos de no ser por las débiles diferencias de color. En los frascos había diminutas etiquetas con el mismo motivo decorativo por los bordes que las garantías de los relojes de Mori. Todas estaban en inglés y en japonés. En la primera se leía «sol», en la segunda «lluvia» y en la tercera «nieve». Thaniel alzó la vista.

—¿Para qué son?

—Para que escoja el tiempo de mañana. —Mori levantó el frasco de «sol» y lo sostuvo a la luz. El vidrio estaba coloreado de amarillo y en el interior flotaban ingrávidamente unos polvos pálidos que titilaban como motas. Proyectó una sombra dorada en la mano—. Si esparce esas partículas en el aire desde cierta altura, como el campanario de una iglesia, harán efecto en unos segundos. Este frasco dispersará las nubes, y estos dos las formarán. Las nuevas condiciones atmosféricas solo duran unas cuantas horas.

Thaniel tocó los frascos uno por uno, observando las sombras de colores en la yema de su dedo.

—Medio frasco debería bastar. Y si reserva unos pocos polvos, también podrá decidir qué tiempo quiere que haga durante la opereta. Como es lógico, con el frasco del sol el cielo solo estará despejado de noche. Personalmente, le recomiendo que utilice el de la lluvia para que lo hagan en el Savoy como personas civilizadas.

—¿Qué tiene de malo hacerlo al aire libre? —preguntó Thaniel, distraído.

En realidad, los frascos no eran de vidrio. Tenían un brillo distinto y no parecían frágiles. Al abrir la caja había pensado que eran piedras preciosas, y de pronto se preguntó si podían estar hechos de diamante. Cayó en la cuenta de que había dejado caer parte de esa sustancia antes, mientras registraba el taller. A saber qué habría ocurrido si lo hubiera hecho al aire libre. Se llevó las manos a la espalda. A esos frascos les correspondía estar en una vitrina de museo o dentro de una cámara acorazada.

—Esto es Inglaterra. Será horrible haga el tiempo que haga.

—Pero usted asistirá al espectáculo, ¿no? Su amigo Ito estará allí, por…

—Por supuesto que iré; he estado esperando con ilusión ese día. Y olvídese de Ito, estará usted allí. —Mori había levantado las manos con impaciencia mientras hablaba, y al dejarlas caer de nuevo a su manera desmañada, Thaniel le asió el codo para evitar que se golpeara la muñeca con la esquina del escritorio. Mori apartó el brazo y él le agradeció el regalo con excesiva formalidad.

Grace esperaba tiritando junto a la pagoda. Había bajado del balcón para insinuarle a Matsumoto que se diera prisa, aunque él no se había percatado. De entrada Yuki frunció el entrecejo, pero en esos momentos hablaba, y Matsumoto no daba muestras de querer interrumpirlo. Estaba disfrutando el hecho de haber domesticado a alguien. A sus espaldas, el olor a cera caliente de las lámparas hizo pensar a Grace en la Navidad. Todavía faltaban dos meses, y confió en que el tiempo se mantuviera así. Le encantaban las ferias sobre el Támesis helado.

Matsumoto regresó por fin a su lado, eufórico.

—¿Te gustaría asistir conmigo a una reunión nacionalista en la ciudad?

—¿Hay reuniones de nacionalismo japonés en la ciudad? —le preguntó Grace.

—No, irlandés, pero algunos de los hombres que ves por aquí asisten. El sentimiento es el mismo.

—Es la víspera de mi boda —replicó ella—. Preferiría no pasarla con la Hermandad Republicana Irlandesa de Charlatanes sobre los Opresores.

—Ah, sí, qué tonto soy. Saldrás con tus otros amigos.

Grace se encorvó.

—Está bien. Pero no será muy larga, ¿verdad? Ya estoy congelada. —Hundió el talón en la capa de hielo compacto que cubría el suelo.

—Podemos irnos antes de que se acabe. Está en Piccadilly, tomaremos el tren.

Ella levantó la cabeza.

—No, no cogeremos el tren a menos que quieras morir de una bronconeumonía…

—Tonterías —replicó Matsumoto—. Estoy en Londres; tengo que ir en metro.

—¿No entiendes que los trenes funcionan con vapor producido por la combustión de carbón y que este emana efluvios sulfúricos al arder?

—¿Tan nocivos son?

—Vale, vamos en metro. El sistema de educación pública japonesa se quitará un peso de encima si logro matarte antes de que tengas oportunidad de reproducirte.

—Excelente —dijo él, e hizo señas a Yuki para que se acercara.

La estación no quedaba muy lejos, y en cuanto estuvieron bajo tierra el frío dejó de ser cortante. Aun antes de llegar al andén, ella reconoció el olor a hollín en el ambiente, tan lúgubre como las personas a su alrededor. A ella le sorprendió ver tantas. Por supuesto, era más barato que un coche de punto y menos incómodo que un ómnibus, pero aun así resultaba deprimente. Con su ropa japonesa Yuki atraía miradas de curiosidad, pero él las pasó por alto. Tenía una expresión distante, como si divisara algo a lo lejos que nadie más podía ver.

A medida que el tren avanzaba rugiendo se elevaba del motor un aire caliente que hacía arremolinar las partículas de hollín. Matsumoto hizo que Grace se sentara en un vagón de primera por lo demás vacío. Al otro lado de la ventana, la pared del túnel estaba cubierta de un cartel decrépito que anunciaba pastillas para la garganta. Matsumoto se asomó mientras el tren volvía a ponerse en marcha, encantado con la novedad. Durante mucho rato solo hubo negrura, pero luego apareció fugazmente una luz tenue. Procedía de las lámparas de las perforadoras que había en un túnel a medio construir que descendía de manera abrupta. Aunque enseguida la dejaron atrás ella vio brillar la luz sobre el círculo de un marco de protección y sobre los obreros que trabajaban en sus compartimentos cuadrados. Desde que se había extendido el uso de los marcos de protección, que se trasladaban palmo a palmo a medida que los hombres cavaban el espacio que tenían ante sí, era imposible seguir el avance del metro. Ya no había calles cortadas, y los túneles se extendían a demasiada profundidad para que alguien desde la superficie oyera siquiera la excavación. El vagón dio una sacudida y ella se aferró al borde del asiento.

—Aborrezco los trenes —murmuró.

—Estoy seguro de que casi nunca chocan —dijo Matsumoto riéndose—. Vamos, Carrow, alegra esa cara.

La reunión se celebraba en una sala municipal que olía a barniz y a abrigos húmedos. Se sentaron en una hilera del fondo, Grace en el extremo y Yuki junto a un grupo de hombres que lo saludaron con efusividad. Esperando que Matsumoto no se diera cuenta, ella sacó un libro del bolsillo del abrigo. Lo había comprado poco antes ese día. Era de Oliver Lodge, un científico de Liverpool que estudiaba el control de las condiciones atmosféricas. Al parecer había tenido varios éxitos más en el laboratorio, pero, como de costumbre, la falta de fondos estaba obstaculizando su aplicación comercial. Entre página y página Grace se detenía para escuchar, si bien enseguida volvía a abstraerse. No le gustaban mucho los republicanos irlandeses, por la misma razón que no le gustaban las sufragistas. Hablaban mucho y apenas entendían que el problema no desaparecería solo por quejarse.

—Quiero irme —dijo Matsumoto.

—¿Hummm? ¿Cómo? Pero si acabamos de... —Ella se interrumpió—. No me quejo. Vámonos.

—¿No estás escuchando?

—Por supuesto que no.

—Están elogiando el bombardeo de Scotland Yard de mayo —dijo Matsumoto con énfasis—. Y el del Parlamento, y... Carrow, tenemos que irnos. Yuki, lo siento pero no me encuentro bien.

Y de pronto estaban fuera. Grace miró hacia atrás y vio cómo uno de los amigos de Yuki le daba unas palmaditas en el brazo, aunque parecía decepcionado. Matsumoto meneó la cabeza.

—Lo siento. Me ha dicho que solo era una reunión nacionalista. No una reunión extraoficial del Clan na Gael. Por Dios.

—Se volvió hacia las puertas mientras cruzaban la calle—. Era un llamamiento a las armas. No puedo creer que se celebren reuniones así. Podría haber entrado cualquiera.

—No es ilegal —señaló Grace—. Tal vez hay agentes de policía dentro. El Clan na Gael solo es el brazo extremista de los nacionalistas irlandeses. Tienen un representante en el Parlamento llamado Parnell. He tomado el té con él. No son un simple puñado de locos en una pequeña sala perdida.

Él se rió con incredulidad.

—Nunca deja de sorprenderme la indulgencia de un gobierno al que ya han bombardeado la mitad de Whitehall. Pero así son los británicos. ¿Qué hora es? Solo las siete. Podemos volver andando, ya que odias tanto los trenes.

—Espera. ¿No deberíamos sacar antes a Yuki de allí? Si está escuchando todo eso y vive en una tienda de fuegos artificiales...

—Dice que lleva meses asistiendo a ellas y la tienda sigue estando allí. Además, es de su padre; estaría destruyendo su sustento si hiciera algo tan tonto.

Grace asintió. Apenas habían avanzado unas yardas cuando Matsumoto la interrumpió.

—Quería preguntarte si todo está preparado para mañana. ¿Ya ha tenido tu madre una charla contigo?

—Espero que no estés pensando en lo mismo que yo.

Como de costumbre, él no podría haberse mostrado menos avergonzado.

—Mira, conozco tu visión de la biología. Me parece recordar que afirmabas que es el estudio de la levadura y el flujo. Eso no presagia nada bueno.

—Eres muy amable preocupándote, pero no es necesario.

—¿Estás segura? No me fío de tu madre. Imagino que te lo ha explicado como si se tratara de una apendicectomía. Eso no está bien, ¿sabes? Un hombre no quiere sentirse como un cirujano trabajando sin anestesia.

—Por el amor de Dios, Matsumoto, cállate.

—Luego no digas que no te he advertido.

Ella lo miró.

—Nos casamos porque yo quiero un laboratorio y él tiene una hermana viuda con demasiados hijos. Es un trato profesional.

—No, no, contratar un sastre es un trato profesional. Tú vas a vivir con ese tipo y no es feo ni desagradable.

—Matsumoto.

Él tomó aire, pero al exhalarlo su frivolidad desapareció.

—Lo siento, no quería… Uno dice tonterías, ya sabes, cuando está… —Trató de buscar las palabras adecuadas, pero hizo un gesto de negación—. Cuando está en estado shock por la boda de una de sus amigas feas.

Ella le golpeó el brazo y siguieron andando, picándose y resbalando de vez en cuando. Matsumoto se quejó con amargura del tiempo ártico y Grace recordó la agilidad con que Thaniel había caminado sobre el hielo, con las manos en los bolsillos. No sabía cómo lo hacía, pero le sentaba bien el invierno. Tenía los ojos del color adecuado. Con un poco de suerte al día siguiente nevaría para hacer juego con ellos, el viejo cementerio de la pequeña iglesia de Kensington quedaría sepultado bajo una capa prístina, y las flores de su madre brillarían más. Y habría menos probabilidades de que Mori cambiara de parecer en el último momento.

24

El campanario de Saint Mary no descollaba particularmente, pero era lo bastante alto para permitirle ver que los puntos más elevados de la ciudad eran los campanarios de otras iglesias. Thaniel rompió el sello del frasco de la nieve, rociándose las manos de pequeñas partículas de lacre rojo, y lo sostuvo en alto para dejar que el viento se llevara los polvos titilantes. No tenía mucha fe. Londres se extendía bajo un cielo blanco, solo interrumpido por el tramo de césped helado que era Hyde Park; la mitad de un frasco de polvos no era gran cosa al lado de tan vasto espacio. Por encima de él las campanas emitieron un sonido reverberante con el roce de los polvos. Mientras esperaba bajó la vista hacia la calle buscando a Mori, y enseguida lo localizó, ya que su abrigo era el único gris entre todos los negros. Caminaba hacia el oeste, en dirección opuesta a su casa. Se preguntó adónde iba, aunque antes de que pudiera llegar a alguna conclusión, el primer copo de nieve le cayó en la mejilla. Se asomó a través del arco abierto. Las nubes se congregaban y el aire tenía una textura cada vez más granulada a causa del hielo. Cuando Thaniel llegó al altar, la nieve giraba y se arremolinaba, y el barro helado del cementerio había quedado oculto bajo una nueva capa blanca.

Grace llegó con una pequeña sombrilla para protegerse de la nieve. Él vio cómo le daba vueltas para sacudir la humedad antes de dejarla en el portón. Como su padre seguía desaprobando la boda, fue Matsumoto quien la llevó al altar.

La ceremonia terminó pronto, aunque se hizo larga debido al frío, y a continuación todos los asistentes se dirigieron al Westminster. Estaba mucho más caldeado que el interior de la iglesia. En la oscura tarde habían colocado candelabros encendidos a lo largo de todas las mesas. Los sobrinos de Thaniel enseguida se pusieron a jugar con la cera. Hablaban como escoceses, al igual que Annabel, quien había envejecido desde la última vez que Thaniel la había visto. Él se quedó sentado observándolos y escuchando a Grace y a Matsumoto, que estaban sentados al otro lado. Como no lo habían visto desde que eran pequeños, los chicos se mostraban cohibidos en su presencia, y cuando se veían obligados a hablar no paraban de mirar a su madre, inseguros. Él no los presionó porque recordaba vívidamente cómo había odiado que lo obligaran a conversar con parientes extraños que no conocía. Lamentó no tener la habilidad de Mori para hablar con los niños.

A través de las puertas abiertas del otro extremo del comedor entraron dos aves de bronce revoloteando. Varias invitadas gritaron, pero enseguida se hizo evidente que no era un incidente fortuito cuando los pájaros ejecutaron conjuntamente un elegante rizo, emitiendo un brillo extraño. Thaniel los reconoció un instante antes de que ambas dejaran caer una cascada de chispas de colores a lo largo de la mesa. Los invitados prorrumpieron en risas y exclamaciones. Encantados, los hijos de Annabel corrieron tras ellas mientras zumbaban alrededor de la sala describiendo formas con los fuegos artificiales. Los pájaros no tardaron en retroceder en un círculo hasta posarse en la copa de vino de Grace, uno a cada lado. Ella levantó uno. Como una golondrina de verdad, el ave le aferró el dedo con fuerza dejándole pálidas marcas en la piel. Hinchó sus plumas de bronce y tembló con un ruido metálico.

—Siento que Mori no haya venido —comentó ella.

—¿De verdad? —le preguntó Thaniel.

—No —respondió ella—. Pero debería haber venido. Es tu boda.

—Yo también lo creo —murmuró él.

Había creído que si no decía nada, Mori acudiría y se sentaría en el fondo de la iglesia. Sabía que existía la posibilidad de que no lo hiciera, si bien no había caído en la cuenta de lo lúgubre que sería todo sin él.

Al otro lado de Grace, Matsumoto se echó hacia delante.

—¿Puedo ver de cerca uno de esos pájaros?

Agradeciendo la interrupción, Thaniel ahuecó las manos alrededor del más cercano y se lo pasó.

—No quería escuchar, pero estaba hablando de... —Matsumoto titubeó—. Keita Mori, ¿verdad?

Los dos se volvieron hacia él.

—¿Cómo lo sabe? —le preguntó Thaniel.

—Este mecanismo lo ha hecho él. —Matsumoto las miró fijamente y por una vez no sonreía—. ¿Lo conoce mucho?

—Sí —respondió Thaniel.

—Entonces estará al corriente de las circunstancias en que abandonó su ciudad natal.

—No, nunca me...

Matsumoto bajó la barbilla en un gesto de asentimiento casi imperceptible.

—Entiendo. Bueno, deje que se lo cuente. Keita Mori es el hijo bastardo de la esposa del viejo señor Mori. Sus hermanos legítimos fueron asesinados en las guerras civiles, por lo que el castillo familiar fue a parar a manos de su primo, Takahiro. Takahiro no era un hombre fácil, pero tampoco malo. Era honorable; creía en la sangre y en la nobleza, por lo que nunca le gustó mucho Mori. Por supuesto, la aversión era mutua. —Sus ojos castaños se posaron un momento en Grace—. Un buen día discutieron y una hora después Takahiro moría debido al derrumbamiento imprevisto de la muralla del castillo. Yo vi cómo ocurría. Una verdadera coincidencia, aunque las coincidencias siguen a Keita Mori. Imagino que lo habrá advertido.

—Sí —repuso Thaniel—. Pero no derribas un muro sobre la cabeza de alguien solo porque no te cae bien.

—No es eso —replicó Grace—. Matsumoto, has hablado de coincidencias en plural. ¿Estás insinuando que ha habido más muertes?

Los sobrinos de Thaniel se acercaron con disimulo para robar el otro pájaro, que se elevó un poco a lo largo de la mesa y volvió a hacerlo cuando ellos lo persiguieron. Al alzar el vuelo, las alas metálicas batieron tan deprisa que emitieron un nítido zumbido del color del sol. Thaniel tuvo la extraña sensación de estar sentado a plena luz del día, pese a las velas y la oscura tarde de invierno. Meneó la cabeza, consciente de lo que Matsumoto había insinuado.

—… no lo sé. Yo solo tenía ocho años cuando Takahiro murió. Creo que hay que conocer muy bien a Mori para saber si un tren descarrila por casualidad o porque él ha distraído al ingeniero en el momento oportuno.

—Él no descarrila... —empezó a decir Thaniel.

—Thaniel vive con él —lo interrumpió Grace—. Yo no le caigo bien.

—Entonces le sugiero que se busque un puesto en la embajada de Marruecos —le dijo Matsumoto a Thaniel—. Antes de que a ella la arrolle un ómnibus.

—Por el amor de Dios, él jamás haría algo así. Si ha estado estos tres meses sin arrollarla con un ómnibus, dudo que lo haga ahora, ¿no?

Matsumoto se levantó con brusquedad y dijo que tenía que irse si quería coger el tren; ambos lo vieron salir bajo la nieve y se rieron cuando abrió el paraguas con un ademán operístico. Thaniel se disponía a volverse, pero Grace siguió a Matsumoto, y su vestido crujía a medida que se arremolinaba a su alrededor. Él la asió del brazo.

—¿Sabes? —dijo alzando ligeramente la voz—. Mori tardó veinte años antes de arrojar un muro sobre Takahiro. Si piensas quedarte aquí..., bueno. Debes tener claro qué harás si crees que él está a punto de cometer algo lamentable.

Ella se apresuró a asentir.

—Tengo una vaga idea.

—Mejor que no sea muy vaga.

—Al contrario. Si pienso en eso tomaré una decisión y él lo sabrá de inmediato. Intento mantenerme vacía.

Thaniel observó cómo sus voces adquirían el color de la nieve.

Matsumoto la miró con preocupación.

—¿Sabes hacerlo?

—Es como cuando tienes dos cifras muy largas que multiplicar y puedes hacerlo mentalmente con esfuerzo, pero te da pereza y las retienes para cuando tengas a mano un ábaco.

Él miró hacia la nieve.

—Sí —respondió tras un breve silencio—. Entiendo qué quieres decir. Eres lo bastante lista para desconcertarlo si llega el momento. Bueno, buena suerte. Será mejor que me vaya.

Ella le tendió la mano, pero él retrocedió e inclinó la cabeza, y la dejó estrechando el aire.

—Entra ya —dijo Thaniel en voz baja—. No le pasará nada.

Grace se frotó los brazos mientras regresaba.

—Claro que sí. Hay una ópera-ballet en París.

Con aire de gran resignación lord Carrow anunció que se le requería en media hora en la sede de la Guardia Montada. Después de eso el resto de la familia de Grace se fue retirando en grupos de dos y de tres. Grace acompañó a los últimos hasta la salida mientras Thaniel la esperaba al pie de las escaleras del hotel. Tenían una suite para esa noche. Cuando ella regresó, se recogió el bajo del traje para subir las escaleras con torpeza, porque ninguno de sus vestidos corrientes era tan largo. Thaniel fue despacio para mantenerse a su altura, pegado a la pared para evitar el roce de codos.

—¡Thaniel! —exclamó Annabel.

—Pensaba que te habías ido. Enseguida vuelvo —le dijo a Grace, y bajó de nuevo.

Annabel sonrió y lo rodeó con los brazos en cuanto lo tuvo a su alcance.

—Santo cielo —murmuró ella—. Esto es un poco extraño. ¿Estás seguro de ella? Parece un chico.

—Me gusta. ¿Lo has pasado bien?

—Lo hemos pasado en grande, sí. —Ella miró hacia atrás, donde sus hijos esperaban junto a la puerta, lejos—. Siento lo de los chicos. Creía que se acordaban más de ti.

—Se han mostrado más educados que yo con los tíos cuando era niño.

—Todos nuestros tíos eran pescadores gordos que apestaban. —Annabel suspiró y se apartó el cabello de los ojos. Tenían un color más apagado que cuando era joven. En realidad, ella estaba también más apagada. Thaniel no la había reconocido al recogerla en el coche cama procedente de Edimburgo, y en cuanto lo hizo lloró y fingió que era de felicidad—. No había otra chica, imagino. Más pobre pero mejor.

—No. ¿Dónde te crees que puedo encontrar a mujeres? No hay horas durante el día. Vuelvo a casa de trabajar, discuto con mi casero loco sobre gatos o sufragistas y me vuelvo a ir al trabajo.

—Bueno. Entonces es un buen partido. ¿Estás seguro sobre lo de mandar a los chicos a un colegio?

—Por el amor de Dios, ¿para qué estoy, si no?

Ella pareció aliviada.

—Entonces te veré dentro de una semana.

—Es jueves. ¿Te vas?

—Muy temprano, sí.

Thaniel los acompañó hasta el coche de punto y se quedó un rato bajo la nieve, para verlos partir pero también porque en algún rincón de su mente seguía viva aunque agonizante la esperanza de ver a Mori. La calle estaba casi vacía. Volvió a entrar con las mangas salpicadas de nieve.

Cuando encontró la habitación, o mejor dicho, las habitaciones, pues el espacio contaba con un salón contiguo, todo desprendía el habitual olor a limpio, a sábanas planchadas y pintura fresca. Había alfombras mullidas y butacas de distintos tonos de azul y blanco, y sobre la mesa baja situada junto a la chimenea estaban los restos del pastel de boda. Los conserjes los habían subido antes de que ellos llegaran.

—Me estoy cambiando —dijo Grace detrás de unas puertas cerradas—. Espera un momento para entrar. ¿Cómo está tu hermana? No he hablado con ella.

—Está bien. Dice que pareces un chico.

Ella resopló.

—Entonces los dos estáis cortados por el mismo patrón.

—Yo estoy cortado por el de ella. —dijo Thaniel, quitándose la corbata y el cuello.

Las grandes ventanas daban al Támesis y al puente de Waterloo, donde los coches de punto avanzaban a paso de tortuga con lámparas encendidas. El río se había helado por completo a esas alturas y sobre su superficie también se veían lámparas en movimiento a medida que los transeúntes lo cruzaban para evitar subir al puente. La luz centelleaba al reflejarse en los mamparos de los barcos varados en el hielo. La nieve volvía a entrecruzarse. Le pareció ver el campanario de la iglesia de Kensington. Contó hasta que localizó un punto de luz eléctrica que podría haber sido Harrods. Filigree Street estaba en alguna parte detrás de él.

El fuego crepitó y arrojó chispas hacia el tiro de la chimenea, aunque no daba mucho calor pese a su determinación. Él juntó las manos al notárselas frías. Hacía un rato había buscado Japón en el mapa. El sur del país se encontraba a la misma altitud que

Marruecos. Se dirigió a la chimenea para echar otro leño y acercó más las sillas. Grace regresó con un salto de cama blanco demasiado blanco para el color de su tez.

—Creo que me voy a la cama. Oh, pero antes comeré un poco de pastel. Estoy agotada. He pasado demasiado tiempo de pie y aguantando a mis padres.

—Entonces cogeré una almohada y unas mantas, y me las traeré aquí.

—Oh, puedes… No era una indirecta para que durmieras aquí.

—No te preocupes. —Él entró y abrió los armarios hasta que encontró ropa de cama de repuesto.

El vestido de novia de Grace estaba extendido al pie de la cama con dosel. Lo cogió con delicadeza y lo colgó en una percha, luego se volvió y casi chocó con ella.

—Quiero decir que prefiero que te quedes —dijo ella. Hizo una mueca como si le hubiera salido mal y jugueteó con las mangas—. Bien mirado, es nuestra noche de bodas. No debes pasarla en un sofá.

—Soy incapaz de dormir en una cama de plumas, así que no te dejaría pegar ojo.

—No importa. —Ella le cogió la mano y se la apretó. La suya estaba más fría que la de él, lo mismo que la manga de seda. A él le llegó una ráfaga de su perfume, intensa porque provenía del cabello, que habían intentado rizar todo lo posible—. Te mereces una cama como es debido después de todo este asunto.

—Sé que sonará como si me hubiera criado en una mina, pero de verdad que prefiero el sofá —insistió él, retirando la mano para regresar a la chimenea.

Mientras apartaba los cojines del largo sofá, que crepitaron débilmente contra la crin de caballo, ella sirvió una ración de pastel y le tendió un plato a él. Thaniel lo cogió, aunque empezaba a sentir cierta rigidez, como si estuviera cogiendo un resfriado y se le tensaran los músculos del pecho. Le dolió cuando se apretó con las puntas de los dedos debajo de la clavícula. Ella tenía razón; habían estado demasiado tiempo de pie.

—Entonces, buenas noches.

Él sonrió.

—Buenas noches.

Grace lo besó con tanta ligereza que él apenas notó un frío roce húmedo y el olor a tiza de sus polvos. Hizo una mueca y se llevó una mano a la boca antes de que pudiera contenerse.

—Perdona…, estoy cogiendo un resfriado. No quiero darte…

—Oh. Sí, no tienes muy buena cara. Que duermas bien.

Él asintió y apagó las luces en cuanto el umbral de la puerta del dormitorio se volvió oscuro, pero no se tumbó ni se desvistió. Esperó hasta que oyó que ella dejaba de pasar las páginas de su libro y se levantó sin hacer ruido. Estaba demasiado oscuro para buscar el abrigo, de modo que se marchó sin él.

Las luces de la casa estaban encendidas. Cuando entró sin llamar en el taller, le recibió una ola de calor. El brasero estaba encendido como siempre, pero además Mori utilizaba en ese momento un soldador cuya punta rojo incandescente trazaba líneas humeantes a lo largo de una pieza del interior de un reloj. Así era como grababa las ruedas dentadas. El aparato estaba tan caliente que lo hacía de pie, para retroceder a tiempo si se le caía de las manos.

Había empujado su butaca hacia la izquierda. Katsu, ovillado en el asiento, disfrutaba del calor.

—Está calentito el ambiente, ¿verdad? —le preguntó Thaniel, intentando parecer despreocupado.

—Bastante. —Mori se había quitado la corbata y le colgaba de la tira trasera de los tirantes, golpeándole la cadera. Dejó el hierro en un cuenco de piedra lleno de brasas calientes. Una capa de sudor le cubría el espacio entre las clavículas—. Entonces, ¿ha ido todo bien?

—Sí, ha estado muy bien.

Mori vació la taza de té sobre los carbones, y se echó hacia atrás cuando sisearon y se elevó humo de ellos.

—Me alegro. Creía que pasaría la noche en el hotel.

—Así es. Luego volveré. Grace está…, su familia todavía está allí. Debería haber venido —añadió Thaniel de pronto.

—Lo sé. Lo lamento. —Mori lo miró pensativo y empezó a darse la vuelta—. Es tarde para un té, pero hay un poco de vino o…

—Mori, espere.

Cuando se detuvo, Thaniel rodeó el escritorio para alcanzarlo y le apretó la mejilla contra el pelo. Su ropa olía a vapor y a jabón de limón. A través de ella notó su cuerpo sólido. Estrechó a Thaniel con firmeza un instante antes de apartarlo. Tuvo que echar mano de toda la confianza que tenía en sí mismo para no mostrarse emocionado, solo intrigado.

—Ha sido… —empezó a decir Thaniel.

—No hace falta que me lo cuentes. Habrá tiempo para hablar y olvidar…

Thaniel bajó la mirada y acarició la corbata de seda que colgaba por encima de la cadera de Mori, y a punto estuvo de hablar. Mori le asió los codos mientras observaba cómo le enderezaba el nudo. Lo atrajo más hacia sí y alargó el brazo hacia la puerta. Las luces se apagaron evitando que se les viera desde la calle oscura. El naranja de los filamentos apagados se reflejó con claridad en sus ojos hasta que Thaniel lo besó y la luz desapareció. Él echó los hombros hacia delante y Thaniel inhaló el olor a jabón de limón, vapor de agua y carbón que desprendía su piel. Aunque se había afeitado esa mañana Mori tenía la mejilla áspera.

—¿Adónde has ido esta mañana? —le preguntó Thaniel en voz baja, junto a su sien—. No has vuelto aquí. Te he visto desde la torre de la iglesia.

—He ido a ver a Seis.

—¿La niña del asilo?

—Hummm. Hemos ido a ver el vivero de Hyde Park. He estado yendo los sábados mientras tú estabas en Kensington.

—Oh…, eso es estupendo —dijo Thaniel.

Cada vez que iba a ver a Grace se imaginaba que el reloj de Mori se paraba y que permanecía sentado en su taller, esperando a que alguien le diera cuerda de nuevo. Era extraño pensar que él mismo se daba cuerda y se movía por su cuenta aunque él no lo mirara. Se sintió dejado de lado.

Mori retrocedió y dejó caer de nuevo el brazo, y la bombilla se encendió con un zumbido.

—La señora Steepleton viene para aquí para que te vayas con ella.

—¿Te importa que me quede aquí hasta el primer tren de la mañana?

—No —respondió Mori, frunciendo el ceño—. Pero estarás desperdiciando una noche en un hotel. Este lugar ha estado aquí desde el siglo XIII, seguirá estándolo mañana.

—Pero yo dejaré de venir tan a menudo, ¿no?

—Bueno, no es...

—Esa caja de música de tu escritorio, ¿es para Seis?

Mori seguía inmóvil.

—No.

—Ya me lo parecía.

—Será mejor que suba a encender las chimeneas de arriba. —Se detuvo para mirar las farolas de la calle—. La leña está húmeda, así que tardaré un rato.

—No te preocupes —dijo Thaniel.

Se sentó a esperar, jugando distraído con Katsu mientras observaba cómo caía la nieve más allá de las sombras del taller.

25

Grace abrió la puerta del taller de un empujón. Thaniel esperaba solo en el interior, cerca de un soldador que descansaba entre
rescoldos encima del escritorio. Ella lo había oído salir del hotel, pero tardó tanto tiempo en vestirse que no consiguió coger
el mismo tren. Cuando llegó a la curva de Filigree Street, pensó
que no habría nadie despierto, pero las luces de la tienda se encendieron de pronto y vio a los dos dentro. Se quedó inmóvil
un instante, porque no parecía que acabaran de entrar. Estaban
allí desde hacía rato en la oscuridad. Se le revolvió el estómago
de una forma desagradable. Todo el mundo tenía sus malas costumbres, pero ella no había querido saber las de Thaniel, no
hasta que se hubieran acostumbrado el uno al otro y pudieran
reírse en lugar de estremecerse. Por suerte, Mori se retiró a alguna parte. En el interior hacía calor.

—Buenas noches —dijo—. ¿Qué ocurre? Te he oído salir.

Él no pareció sorprenderse. Estaba sentado totalmente inmóvil, y aunque solía sonreír al verla, solo hizo una mueca.

—Nada. He venido a tomarme un té. Pensaba que dormías
o te lo habría dicho.

—Bueno, vuelve conmigo o perderás el último tren.

—Cogeré el primero de la mañana, si no te importa.

—Si que tardas en tomarte un té...

—Pensaba echarme un rato luego —respondió él, sin reírse—. ¿Por qué te importa dónde estoy?

—Porque has estado escabulléndote de la casa de Kensington durante meses y es evidente que no quieres marcharte de Filigree Street, y creo que el lugar donde pases esta noche es decisivo. Claro que si vas a lamentar lo que has hecho y echarte atrás, es mejor hacerlo hoy.

Él frunció el entrecejo.

—Grace, volveré por la mañana. No voy a echarme atrás.

—Tal vez la pregunta suene extraña, pero ¿vas a cumplir conmigo?

—Preferiría no hacerlo por esta vez. Por favor.

—¿Qué clase de té tomas en la oscuridad, por cierto? —preguntó ella en voz baja. Pensó que eso lo asustaría, pero no lo hizo.

—¿Cómo dices? —fue todo lo que él dijo.

—¿Recuerdas que te dije que un día él se cansaría de mí y tú le darías la razón? Ese día ya ha llegado.

Él inclinó la cabeza de un modo casi imperceptible, y la luz que caía en su cabello solo se desplazó en lugar de desaparecer.

—¿Recuerdas que te dije que no soy estúpido?

—Por supuesto que no lo eres...

—No, soy un hombre corriente que trabaja en una oficina y a veces toca el piano...

Ella no reconoció las palabras al principio, pero cuando lo hizo sintió una punzada de irritación seguida de horror. Nunca había pensado que estas palabras suyas hicieran daño a Thaniel.

—No era mi intención...

—Volveré mañana —repitió él.

—No, vuelve ahora. Sé que solo quieres pasar esta noche aquí, pero después querrás otra y otra, y nunca te marcharás. ¿No entiendes qué pasará entonces? Thaniel, si ven que estamos separados... Por el amor de Dios, mi padre es amigo íntimo de lord Leveson. Ya sabes, el ministro de Asuntos Exteriores. Se encargará de que pierdas tu empleo pasando por alto todo lo que yo le diga, y ninguno de los dos veremos el resto de la dote. ¿Qué será entonces de tu hermana?

Él cerró el puño encima del escritorio al oír mencionar a su hermana.

—Quiero quedarme esta noche porque prácticamente no volveré después. Grace, no tardaremos en tener una niña. Y os querré a ti y a ella, y él se quedará atrás, como siempre, pero a mí ya no me importará porque a esas alturas nos habremos distanciado y yo tendré mi propia familia en la que pensar. Quiero pensar en él mientras puedo.

—¿Qué tonterías te ha estado diciendo él? —le preguntó ella, consciente de que había levantado la voz. Una cosa era saber que era inteligente y otra muy distinta ver cómo aplicaba su inteligencia. Si no le hubiera afectado personalmente habría admirado la estrategia—. Thaniel, eso lo dice para...

—No lo creo.

—¡Santo cielo, me siento como Casandra! He estado haciendo profecías que se han cumplido y tú sigues sin creerme. Solo intenta superar el hecho de que no eres tan inteligente como él y mira qué ha hecho contigo.

—No soy un muñeco de cuerda.

Ella quiso zarandearlo.

—Sí que lo eres. Un muñeco de cuerda tan sofisticado que no sabes que lo eres. Por favor, abre los ojos. En tus manos está mi vida además de la tuya. No puedo mantener el laboratorio sin el dinero de la dote.

—Lo sé. Por eso volveré mañana por la mañana —respondió él, con una serenidad que ella había percibido a menudo y que, como una boba, había atribuido a su buen carácter.

Respiró hondo.

—Hasta mañana entonces. Lamento todo este asunto.

La expresión de él se iluminó.

—Sí. Hasta mañana.

—Está bien. Bueno, debo irme y disfrutar de una habitación de hotel enorme yo sola.

Él sonrió.

—Recuerdos a Mori —añadió ella.

Grace salió sola a la nieve. La puerta se cerró tras ella con un chasquido. Con la nieve repiqueteándole en el bajo de la falda mientras el viento soplaba en remolinos desde Knightsbridge, miró hacia atrás a tiempo para verlo cruzar la pesada y vieja puerta del fondo del taller. Tras desaparecer en la cocina, las luces se apagaron solas y solo se vio el tenue resplandor del brasero moribundo.

En el coche de punto que la llevó de regreso al hotel ella cerró los ojos queriendo descansar, pero vio desfilar imágenes detrás de los párpados. Nunca había visto derrumbarse un muro de piedra, si bien Matsumoto le había enseñado una fotografía del castillo del Cuervo. Era, según él, mucho más pequeño que algunos de los grandes castillos antiguos del sur que habían sido derribados a lo largo de la última década, aunque seguía siendo colosal, levantado sobre muros que se curvaban hacia dentro por encima de un lago negro. Grace intentó calcular mentalmente cuánto pesaría una de las piedras y el efecto de ese peso sobre unos huesos humanos. Apenas quedarían huesos de los que hablar después.

—El Westminster, señorita —dijo el cochero de manera desabrida.

Ella se irguió al darse cuenta de que el cochero llevaba más de un minuto parado. A la luz amarilla de una farola la sombra de la ventanilla le caía sobre el regazo, donde parecía volverse líquida. Se levantó y pagó. Se notaba las articulaciones anquilosadas, como un sistema hidráulico mal engrasado.

En el piso superior, empujó la puerta de la suite que había dejado abierta. Las lámparas que había encendido al salir seguían encendidas. El reloj de la repisa de la chimenea dio las once y media y el suelo tembló, de un modo casi imperceptible, cuando un tren abandonó la estación de Westminster bajo tierra. Ella se apretó las sienes con las manos y suspiró. El anillo de compromiso se le enredó en un mechón de cabello.

Mientras se sentaba le cayó del bolsillo un soberano que rodó hasta detenerse debajo de la silla. Cara. Lo recogió e imaginó el éter perturbado moviéndose en oleadas al acercarse a la posibilidad descartada de que saliera cruz. Las cruces estarían en todas partes, amontonadas en capas; habría fantasmas de Grace preparando té, cerrando la puerta con llave, deteniéndose junto a la ventana, haciendo todas las cosas que se proponía vagamente hacer en breve. Habría formas de la mujer de la limpieza que acudiría a las diez de la mañana, y formas desdibujadas de huéspedes que todavía no habían decidido si tomar esa habitación en particular. Las partículas eran tan finas que eran derribadas por la presión de impulsos intermitentes que se alojaban en mentes situadas a diez millas de distancia. A cien.

Grace volvió a lanzar al aire la moneda. Cara. Cara. Cara. Era extraño. Si cada vez que lanzaba la moneda le salía cara, resultaba tentador pensar que era menos probable que lo hiciera la siguiente vez, pero aun así la probabilidades eran las mismas. Un proceso sin memoria. La moneda no sabía que había salido cara cuatro veces seguidas. Antes de cada lanzamiento, el éter siempre se dividiría en dos de la misma manera. No importaba quién lanzara la moneda ni por qué. Las probabilidades serían las mismas e igual de impredecibles aun cuando por algún extraordinario golpe de suerte saliera cara veinte veces. Así era como funcionaba Katsu, por supuesto.

Grace sostuvo la moneda y dio por fin rienda suelta a su pensamiento. Había contenido las ideas durante tanto tiempo que se habían desarrollado por sí solas, con poca intervención por parte del resto de su persona. Miró el reloj. Las doce menos veinticinco. El último tren saldría dentro de una hora. Había tiempo si se daba prisa.

Fuera, el viento silbaba por los canalones y hacía repiquetear las hojas heladas contra los cristales de las ventanas. Algunas quedaban atrapadas en telarañas y arrojaban sombras desiguales por el suelo. De espaldas a la pared y rodeando con el brazo a Mori, Thaniel sentía el calor del fuego en el dorso de la mano y el antebrazo, y el aire más fresco detrás del hombro. Se escondió de la luz ocultando el rostro en la nuca de Mori. Notó que el sueño se apoderaba de él; había perdido el control y sus pensamientos se habían vuelto un espejo. Debajo de su brazo Mori se curvó hacia delante. Si hubiera estado de pie habría dejado caer la cabeza.

—Tengo que irme. La señora Steepleton está a punto de dejar la habitación del hotel.

—¿Cómo?

La silueta de Mori se sentó y se puso la camisa, dejando a Thaniel en un estupor frío antes de que el denso calor del fuego llenara el espacio.

—Todo está destruido o lo estará cuando yo llegue allí.

Él entendió entonces lo que oía. Se sentó también.

—Alguien… ¿se la ha llevado?

—No lo sé. Tú no vas a venir conmigo —dijo él antes de que Thaniel pudiera decirlo—. Deja de preguntar y escúchame.

Thaniel se mordió la lengua.

—No recuerdo dónde puedo encontrarla —continuó Mori—, lo que significa que aún no hay nada decidido. Si voy ahora todavía podré verla. Recuerdo haberla visto por todo Londres después de eso, de modo que intentaré alcanzarla, así estaré cerca cuando pase algo y tendré oportunidad de adelantarme a ella. Me estás entreteniendo. —Titubeó, como si quisiera añadir algo, pero luego se levantó con brusquedad y fue a la puerta enrollándose la bufanda.

Thaniel corrió tras él.

—Sabes algo más —dijo desde lo alto de la escalera.

Mori ya estaba junto a la puerta, poniéndose el abrigo.

—No.

—No mientas. ¿Qué es? ¿Qué pasará si no la alcanzas?

—No hay tiempo —respondió Mori.

La puerta de la calle se cerró. Cuando Thaniel por fin se vistió y lo siguió, volvía a nevar a ráfagas y no había rastro de él. Se quedó mirando Filigree Street a través de los haces de luz que proyectaban las farolas. El viento arrojaba nieve que se le colaba entre los botones de su camisa.

No podía hacer nada aparte de sentarse al piano y esperar. Practicó la opereta para distraerse, poniendo una vela encima del piano aunque ya no necesitaba ver la partitura. Nevaba silenciosamente. También había nieve en su mente confusa. Por encima de los brillantes colores de la partitura de Sullivan se oyó un repentino y violento crujido. Levantó las manos de las teclas y se inclinó para ver más allá de la puerta. Sonaba demasiado fuerte para ser Mori. Siguió el sonido hasta el piso de arriba, pasando por delante del murmullo de los relojes del taller y el silencio aterciopelado de la nieve posada sobre el alféizar de la ventana. En la penumbra que rodeaba la palmatoria danzaban pequeños ecos verdes. Abrió la puerta del dormitorio de Mori dejando que la luz de la vela se filtrara en el interior. Estaba vacío.

—¿Mori? —preguntó titubeante.

La vela solo iluminó a Katsu. El pequeño pulpo estaba tumbado sobre la almohada, rodeando con los tentáculos un hombro invisible. Había incluso una ondulación donde debiera estar la clavícula de Mori. Thaniel notó una opresión en el diafragma.

Se sobresaltó al oír llamar a la puerta. Pensando que era Mori que había olvidado las llaves, bajó corriendo al piso de abajo y no sintió nada cuando la cera de la vela se le derramó en el dorso de la mano.

Fuera esperaba Dolly Williamson.

Thaniel buscó a hombres uniformados detrás de él, pero no vio a nadie.

—Tranquilo —dijo Williamson, levantando las manos—. Siento la hora. He pensado que era mejor venir personalmente.

—¿Qué sucede?

—¿Puedo pasar?

Thaniel retrocedió. Williamson lo precedió hasta el salón y lo observó mientras él encendía las lámparas.

—Su mujer ha desaparecido del hotel —dijo sentándose en el taburete del piano—. Las criadas lo han denunciado hace media hora. Alguien encontró la puerta abierta. Al principio creyeron que usted también había desaparecido pero alguien le había visto salir antes.

—Desaparecido.

Williamson asintió.

—De modo que hemos registrado la habitación de hotel. Parece haber habido una pelea. Hay sangre en la puerta, pero no la suficiente para que se trate de una herida letal. Supongo que su mujer sigue viva.

Williamson se inclinó un poco para obligarlo a sostenerle la mirada.

—¿Por qué se marchó?

—Quería un libro. Me quedé un rato aquí para entrar en calor y perdí el último tren.

—Un libro. En su noche de bodas.

—Los sofás de pelo de caballo son demasiado duros para dormir en ellos.

Williamson tomó aire y respiró hondo.

—Entiendo. ¿Y dónde está el señor Mori esta noche?

—En York. Había una feria de relojes.

—¿No asistió a la boda?

—No, era un asunto familiar.

—¿Cómo se lleva su mujer con él?

—Creo que han hablado en un par de ocasiones.

—Tengo entendido que es una mujer inteligente. Científica. No me extrañaría que una joven como ella se hubiera dado cuenta de que hay algo en él que no funciona como es debido. O que se lo hubiera preguntado directamente.

Quizá hubiera algo que no funcionaba como era debido, pero no en el sentido que creía Williamson, pensó Thaniel. Ella debía de haberlos visto. Si estaba lo bastante enfadada con él, o le asustaba Mori lo suficiente para denunciarlo…, esos casos nunca trascendían, pero de pronto vio claro que Williamson se aferraría a ello y lo utilizaría. No había pruebas para acusar a Mori de las explosiones, pero la segunda mejor opción era encerrarlo por otro delito. Las penas eran largas. Thaniel tuvo que asir con las dos manos la palmatoria para contenerse de cruzarle la cara con la izquierda.

—No fue él, Dolly. Él no fabrica bombas. —Su voz podría haber salido de un fonógrafo muy lejano.

—Solo es una evidente coincidencia, ¿no? Si eso es lo que cree, entonces… —Williamson se interrumpió. En el jardín se encendieron unas lucecitas que proyectaron sombras de colores en los marcos de las ventanas lejanas—. ¿Qué es eso?

—No lo sé. —Thaniel lo condujo a la puerta trasera y la abrió. No se veía nadie, pero las luces flotantes de la primera noche habían regresado. Permanecieron suspendidas sobre la nieve emitiendo un resplandor lo bastante intenso para dejar ver el juego de pisadas que se alejaba de la puerta.

—Entonces estaba aquí —dijo Williamson. Miró a Thaniel—. ¿Me ha mentido o no lo sabía?

—Él no...

—Quédese donde está —le ordenó él, y salió para seguir las huellas alrededor de la casa.

Thaniel se agachó para examinarlas. Mori seguía llevando ese par de botas marrones con la marca del fabricante japonés grabada en las suelas y no había rastro de ellas en la nieve. Williamson regresó al cabo de unos minutos y meneó la cabeza.

—Las pisadas llegan hasta la calle, pero no he podido seguirlas después. —Clavó en Thaniel una mirada penetrante—. Voy a arrestarle, así me dirá algo que merezca la pena.

—¡Las huellas no son suyas! Sus zapatos tienen marcas japonesas en las suelas...

—Thaniel. ¿Cuántos hombres menudos viven aquí?

—Ninguno, pero él jamás compraría una prenda confeccionada en Inglaterra.

—¿Tan imposible es que se haya comprado unos zapatos nuevos sin que usted se enterara? —preguntó Williamson.

—Arrésteme entonces, pero no tengo nada más que decir aparte de lo dicho.

—Está bajo arresto domiciliario. El agente Bloom se quedará con usted —añadió mientras abría la puerta. Un agente de aspecto severo se detuvo en el umbral para sacudirse la nieve de las botas. Williamson debía de haber visto su farol a través de la cristalera del taller.

—Mientras tanto encuentre a mi mujer, por favor.

Williamson se detuvo con una mano en la puerta e hizo un gesto de negación.

—¿Qué demonios le ha dicho ese hombre para cegarle hasta tal punto? Él fabricó la bomba y al ser descubierto por su mujer ahora la ha secuestrado. ¿Qué le hizo cuando llegó usted aquí por primera vez? La verdad, me encantaría saberlo. Lo pondría en un manual de entrenamiento.

—Se lo diré cuando la haya encontrado.

A la mañana siguiente lord Carrow se presentó en la casa. Sin decir palabra golpeó a Thaniel con la fusta y se marchó. Llegó otro agente para relevar al agente Bloom. Todavía nada, dijo. Thaniel lo dejó en la cocina con un buen suministro de té y se sentó en el taller a leer.

A las cinco dijo que iba a subir a echarse un rato, encontró su viejo abrigo en el armario —el nuevo seguía en el hotel— y se descolgó por la ventana de Mori hasta el pequeño porche de la parte trasera. Llegó al suelo con apenas unos rasguños. Escabulléndose detrás de los abetos para no dejar huellas evidentes en medio del césped, encontró el arroyo que bordeaba los jardines de Filigree Street y lo siguió en dirección al norte. Desembocaba en el mismo borde de Hyde Park, tan cerca del pueblo japonés que le llegaron voces y las notas de un violín que practicaba unos compases de la opereta.

Entró despacio, deseando que Mori estuviera allí esperándolo. La multitud y la penumbra le parecían más seguros que su casa, llena como estaba de agentes de policía. Fuera del salón de té de Osei había un compacto grupo de personas que lo utilizaba como punto de encuentro. Se abrió paso a través de ellas buscando un abrigo gris. Podía soportar el arresto y la fusta de lord Carrow, y lo que fuera que le hubiera sucedido a Grace, aunque notaba que se deshacía por dentro. Le dolían las costillas de las ansias de que Mori apareciera y fuera el mismo de siempre, y le dijera que no era lo que él creía, pero siguió sin ver el abrigo gris. Se quedó inmóvil a medida que la esperanza se desvanecía, con las manos inertes en los bolsillos del mismo modo que cuando a Katsu se le acababa la cuerda.

Alguien le rozó el brazo. Solo era Osei. Se inclinó de forma casi imperceptible y levantó la mano en dirección a la pagoda para indicarle que tal vez debía darse prisa.

Thaniel se recompuso, aunque no tan bien como debiera. Los ojos negros de Osei se detuvieron en la marca que tenía Thaniel en el rostro. Él iba delante para no tener que hablar. Debería haber regresado a Filigree Street antes de que el agente advirtiera su ausencia, pero ahí estaba.

Encontró la orquesta a un lado del escenario, y solo cuando se sentó y oyó repiquetear el cristal con la parte inferior del piano recordó que todavía llevaba los frascos del tiempo en el bolsillo. Los cogió con sumo cuidado, no muy seguro de lo que podía ocurrir si se rompían todos de golpe, y los deslizó en los bolsillos del chaleco. No había prisa. Los espectadores seguían buscando asiento. Los músicos enceraban las cuerdas y afinaban los teclados mientras los ayudantes se ocupaban de las lámparas de papel. Fuera entraban y salían hombres de la tienda de Nakamura con cohetes y listas, preparándose para el espectáculo de fuegos artificiales previsto para después del concierto. Thaniel tardó un momento en reparar en un grupo de orientales vestidos de forma impecable cerca de la fachada. La mayoría de ellos eran jóvenes, y rodeaban a un hombre mayor y feo. Se sentó del mismo modo que Mori cuando hacía frío, ocultando las manos en las mangas del abrigo. Thaniel volvió la vista hacia la orquesta, pero seguía un tanto desorganizada. Se alejó con disimulo y cruzó hasta la primera hilera, todavía vacía.

—¿Señor Ito? —le preguntó al hombre poco agraciado.

Él se volvió con brillantes ojos de petirrojo.

—¿Sí?

—Me llamo Nathaniel Steepleton y vivo con Keita Mori. Supongo que no ha hablado con usted hoy.

La expresión de Ito se volvió impenetrable.

—¿Qué va a ocurrir?

—¿Cómo dice?

—¿Qué hace usted aquí? —Tenía un leve acento estadounidense.

—Toco en la orquesta. Pero Mori no ha aparecido. ¿Ha tenido usted noticias de…?

—¿Debería estar aquí?

—Sí.

Ito se deslizó entre los asientos de la primera fila y condujo a Thaniel a un lateral. Era un hombre diminuto, mucho más menudo que Mori.

—Entonces lo ha enviado a usted para que haga lo que tiene previsto hacer aquí. Va a pasar algo esta noche.

—No, no me ha enviado nadie. Voy a tocar el piano, eso es todo.

—¿Quién lo ha arreglado para que toque?

Thaniel abrió las manos y tuvo que cerrarlas con fuerza para contener la necesidad de golpear algo.

—Sí. Lo hizo él.

—Ya lo creo que lo hizo —respondió Ito—. ¿No se le ocurre ningún...?

—No lo sé, maldita sea. Él fabrica un juguete y de pronto yo me veo trabajando para el Ministerio de Asuntos Exteriores. Todo está muy embrollado. —Y añadió en voz más baja—: Lo siento.

—No se preocupe. A mí me pasa lo mismo con el señor Mori. —Ito meneó la cabeza y lanzó una mirada al público y el escenario—. Bueno, será mejor que vuelva a su piano. Esté atento a cualquier indicio... extraño. —Miró a Thaniel—. Ha sido un placer conocer a otro miembro de la Sociedad de Activos del Futuro Mori —añadió, sin dar ninguna muestra de satisfacción—. Aunque a estas alturas esperaba ser un ex alumno en lugar de un socio en toda regla.

—Creía que eran amigos.

—¿Amigos? Lo eché de Japón —replicó Ito. Sacó el labio inferior para humedecérselo con la lengua y añadió—: Podría haber matado a mi esposa, ¿sabe? —Hubo un breve silencio que Thaniel no fue capaz de llenar—. Por favor, discúlpeme —musitó, y regresó junto a sus ayudantes.

Cuando Thaniel se sentó de nuevo ante el piano, el oboe le dio unas palmaditas diciendo que era hora de afinar. Uno de los violinistas le pasó un termo a un compañero y él sonrió. Olía a café. «Podría haber matado a mi esposa.» Nadie le preguntó a Thaniel si quería algo o si estaba bien. Era Mori quien hacía esas cosas.

El señor Sullivan entró y se inclinó ante el público, que aplaudió. Después de ordenar sus partituras, hizo un ademán a la orquesta y contó con la batuta. Thaniel apretó la rodilla contra la pata de la banqueta del piano intentando pensar con frialdad si había algo que pareciera fuera de lugar, pero no vio nada. No miró con mucho detenimiento. Si Mori lo había dejado allí para que presenciara lo que fuera que iba a suceder, no tardaría en ponerse de manifiesto.

La opereta empezó y salieron a escena los actores, que parecían deslizarse por el suelo con sus magníficos quimonos hasta los pies. Thaniel tocó mirando el escenario. Todo estaba saliendo bien.

Durante la primera mitad no ocurrió nada con la excepción de la patada que dio Yuki a la hilera de disfraces en un momento solemne. Thaniel pensó que podía suceder algo al dispersarse el público para estirar las piernas y pedir un té en la tienda de Osei, pero solo hubo conversaciones habituales, con un toque de emoción porque la obra estaba yendo sobre ruedas. Empezó a pensar que Ito se había equivocado y no había ningún plan de acción, aunque desconfiaba de su intuición. La última vez que se había convencido de que no sucedería nada fue en mayo, cuando casi había saltado por los aires.

Ito se había quedado cerca del brasero de la segunda fila en lugar de aventurarse a salir, y mandó a uno de sus ayudantes a por un té. No había rastro de Mori.

Thaniel empezó a notarse el cuello entumecido y se levantó para estirarse. Se detuvo al ver lo que creyó que era un uniforme de policía cerca del escenario, pero solo era uno de los actores disfrazados. De repente, alguien chocó con él. Era el señor Nakamura, el fabricante de fuegos artificiales, que hizo una de sus reverencias serviles.

—Disculpe…

—¿Va todo bien? —le preguntó Thaniel, pensando que parecía aún más preocupado que de costumbre, aunque tal vez se debía a que en la penumbra de su taller no se le veían con tanta nitidez las arrugas del rostro como allí fuera. Estaba impregnado de un intenso olor a pólvora y se apartó del brasero más cercano arrastrando los pies.

—¿Ha visto a Yuki? —Habló con el hilo de voz de un anciano. De pronto Thaniel se impacientó con él. Se preguntó si su hijo habría asistido a reuniones nacionalistas y peleado con samuráis si hubiera tenido a un padre como era debido.

—Estará por ahí. Haciendo destrozos, me figuro.

—Han desaparecido unos paquetes del taller y los necesito para el espectáculo que hay después. Debe de haberlos cambiado de sitio…, el muy tonto…

Thaniel le asió del hombro.

—¿Qué clase de paquetes?

—Solo sé los nombres en japonés. Productos químicos —respondió el hombre con aire de impotencia. Para fuegos artificiales. Oh, allí está. ¡Yuki! ¡Yuki! ¿Qué has hecho con el…?

Yuki estaba en el borde del escenario, mirando al público. Solía quedarse de brazos cruzados, pero esta vez le colgaban a los costados. Tenía una pesada pistola en las manos. Thaniel tiró de Nakamura hacia atrás por el cinturón del quimono y este reaccionó con una débil protesta sorprendida. Era perder el tiempo, porque Yuki ya había echado hacia atrás el seguro del arma. Nadie más lo oyó. Desde el interior del círculo de braseros no se veía al muchacho.

Thaniel arremetió contra él y la pistola se disparó. Nunca

había estado tan cerca de un disparo. El ruido sonó como un relámpago y por un instante no oyó nada excepto un familiar gemido agudo.

A medida que la situación se esclarecía, el silencio llenó la estancia. Nada se movía. Thaniel tenía la mano bajo el martillo de la pistola, con la afilada punta hundida en la piel, porque Yuki todavía apretaba el gatillo en un intento de hacerle suficiente daño para que lo soltara. Era todo lo que podía hacer, puesto que no era alto y apenas tenía músculo en los hombros.

—Baja esa arma —le dijo Thaniel al oído. Normalmente eludía el japonés en cuanto se las veía con un japonés que no fuera Mori, pero esta vez le salió con tanta fluidez como si hablara en su propio idioma—. No quiero hacerte daño.

—Te mataré —dijo Yuki con una calma extraña—. Ese hombre destruirá Japón.

—Podemos hablar de eso más tarde, pero lo que has hecho no es honroso. Esas personas son músicos, no tienen ninguna culpa. Mira, el señor Ito ya se ha ido.

El muchacho miró hacia el lateral, y al ver que Ito y sus subalternos se habían esfumado, le abandonaron las fuerzas. Thaniel sintió una repentina sacudida en las costillas al tiempo que gritaba. Notó cómo la presión del martillo de la pistola aflojaba. Tiró lejos de ellos el arma, que se deslizó por debajo de los asientos y al final se detuvo al chocar con un violonchelo; el pequeño impacto hizo vibrar las cuerdas.

Luego apareció otro hombre, que agarró a Yuki para llevárselo de allí. Alguien gritaba a los espectadores que se marcharan lo antes posible, si bien a la mayoría de ellos no les hizo falta que los avisaran; a esas alturas la marquesina estaba prácticamente vacía. Thaniel retrocedió, alejándose de todos ellos, y cogió el abrigo de la banqueta del piano. Tenía el pulso firme, aunque el martillo del arma le había dejado un rasguño. Cayó en la cuenta de que la bomba de Scotland Yard lo había dejado inmune a los sustos. Después de sobrevivir a ella, un infeliz con un arma en las manos no era una imagen tan aterradora. Mientras se ponía el abrigo con torpeza a causa del cuello dolorido, no pudo evitar pensar que si no hubiera tenido la oportunidad de salvar a Ito un momento antes, no habría salido con vida del fuego del Rising Sun.

Se volvió para irse, intentando pensar en una forma silenciosa de regresar a la casa sin ser visto, y chocó con Mori.

26

Hacia el oeste, las iglesias de Kensington dieron las seis y media y lo tiñeron brevemente todo de color azul. Mori estaba de pie, incómodo. Viendo el estado de su ropa, parecía que lo hubieran arrastrado por una mina de carbón. Thaniel miró hacia donde los violinistas habían encontrado un agente de ronda, y tiró de él hacia el otro lado del escenario con más brusquedad de la que se proponía, lo que hizo que se tambaleara. Se había hecho daño en el tobillo.

—¿Dónde demonios te has metido? ¿Dónde está Grace? Dolly Williamson está en pie de guerra. Me ha detenido…

—Va a haber una explosión —dijo Mori.

—Estupendo. Encantado de participar. ¿Voy a estar involucrado en esta o tengo alguna posibilidad de verla a cierta distancia? —Se contuvo al ver que Mori se esforzaba por entender el sarcasmo como hacía a veces el embajador. Siguió un atisbo de inquietud. Mori nunca había tenido problemas con el idioma. Parecía agotado—. ¿Dónde?

—Allá. En la tienda de Nakamura.

—Será mejor que avisemos a la policía. Ya tienen a Yuki, él les dirá dónde encontrarla. Nakamura dijo que habían desaparecido productos químicos.

—No —dijo Mori—. La señora Steepleton está en el balcón del piso de Matsumoto, esperando los… los… fuegos, el *hanabi*…

—¿Cómo? —Thaniel levantó la vista hacia el edificio y contó los balcones hasta localizar el de Matsumoto. Era el único piso con las luces encendidas, pero las puertas estaban cerradas. Nadie habría oído un grito desde el interior. Clavó las uñas en la manga de Mori, deseando zarandearlo—. No importa. Vamos. —Tiró de él hacia la arcada iluminada que conducía al edificio alto de Matsumoto—. Si tú eres el responsable de esto, significa que puedes ver a través de la puerta, maldita sea. ¿Qué le ha pasado a Grace?

—No lo sé —respondió Mori, y se detuvo mientras hablaba—. Ella estaba en el metro. La he visto esta mañana, pero alguien…, pero me he caído a las vías, y creo que sé quién estaba allí, aunque ahora no lo recuerdo. Nunca debería haber…, pero… no creo que supiera que ella vendría aquí.

—Ve a desactivar la bomba antes de que explote.

—No puedo. No la encuentro. No para de… —Mori meneó la cabeza con frustración y balanceó la mano de un lado a otro— moverse. —Acabó la frase en japonés.

—¿Qué quieres decir?

Él se limitó a negar con la cabeza e hizo una mueca de dolor.

Thaniel frunció el entrecejo.

—¿Dices que te has caído?

—En el túnel. —Mori parecía perdido—. No sé qué hacía allí dentro. He tardado mucho en salir. Y entonces ella estaba de nuevo en los… los… *kisha*.

Trenes.

—Mori, estás olvidando las palabras. ¿Te has dado un golpe en la cabeza?

—No. Estoy olvidando cosas que no volveré a oír —respondió él mirando el suelo, y renunció al inglés hacia la mitad de la frase. Se movía de forma irregular, procurando no apoyar el tobillo—. No recuerdo nada al cabo de cinco minutos.

Thaniel se detuvo. Estaban en la puerta, bajo el trapecio redondeado de luz que proyectaban las lámparas. La necesidad de asustarlo se desvaneció bajo la fría y aguda intuición de que algo había salido mal. Lo vio con claridad por primera vez. Tenía arañazos en las manos, y dos marcas oscuras paralelas en la parte interior de las mangas del abrigo. Se habrían alineado si hubiera extendido las manos. Había caído casi de bruces a las vías del tren.

—Entonces vas a irte ahora mismo de aquí y me vas a dejar que vaya a buscarla —dijo Thaniel, instándole a recuperar su inglés.

No volvió.

—No puedo. Tiene que llover, de lo contrario el fuego…, nunca lograréis salir antes de que los demás edificios estallen en llamas. Todo es de madera aquí. Tú lo tienes —dijo, y le sacó del bolsillo el frasco de la lluvia al ver que no comprendía.

—¿Cuánto dura? —le preguntó Thaniel.

—T…tres minutos.

—Es suficiente. —Tres minutos eran suficientes para tocar una sonata razonable. Eran más que suficientes para subir a lo alto del edificio y bajar de nuevo.

Thaniel abrió la rejilla del ascensor y se disponía a apretar la palanca del quinto piso cuando vio que Mori no estaba con él, sino que miraba la parte superior del ascensor. El techo no era más que una malla metálica de cobre, y a través de ella se veía cómo la oscuridad del hueco del ascensor se prolongaba hacia arriba, interrumpida con franjas de luz de los pisos superiores. Mori se subió tras ese breve intervalo, pero había cerrado los puños con tanta fuerza que se hizo cortes en las palmas. A medida que el ascensor zumbaba hacia arriba se quedó muy quieto, mirando al suelo para no ver los destellos de los pasillos que iban dejando atrás o la enorme oscuridad que se extendía por encima de ellos. Thaniel le puso un pañuelo entre las manos para que absorbiera la sangre. Mori lo observó como si las manos pertenecieran a otro.

—Entonces Grace y yo iremos por las escaleras —dijo Thaniel—. Tú necesitarás el ascensor para bajar de nuevo del tejado. Nos reuniremos en las verjas. ¿Va a ser... tan potente como la de Scotland Yard?

Mori levantó la mirada.

—No lo sé. No lo veo todo.

—No seas tonto. Puedes bajar a tiempo, solo tienes que darte prisa. Mírame. No lo has olvidado todo, solo te cuesta recordar porque es improbable.

—Sí. Seguramente es cierto. Pero aun así sigo sin recordar.

—Por Dios, tus manos...

—¿Qué le ha pasado a tu cara? —le preguntó él en voz baja.

—Ha sido lord Carrow.

Mori cerró los dedos sobre los de Thaniel para impedir que siguiera corriendo la sangre que había vuelto a concentrarse a lo largo de las líneas de sus palmas.

—Ten cuidado, por favor. Ella te volverá mucho más insignificante de lo que mereces ser si no te andas con ojo. No digo que vayas a ser infeliz. Pero serás insignificante.

—No digas eso...

El ascensor se detuvo. Thaniel tragó saliva con dificultad y abrió de nuevo la puerta de rejilla, y antes de salir movió la última palanca hasta el terrado para que Mori no tuviera que hacerlo.

—Hasta pronto —prometió.

El ascensor desapareció hacia arriba. Mori cerró los ojos.

Thaniel abrió de un empujón la puerta de Matsumoto. Esta se golpeó contra la pared y Grace se volvió en el balcón. Thaniel comprendió que esperaba a que empezaran los fuegos artificiales. El balcón estaba orientado de tal modo que ella no podía haber visto lo sucedido en la pagoda, solo la conmoción general. Iba vestida con la ropa de Thaniel, y se cerró bien el abrigo sobre el pecho para protegerse del frío de la habitación sin caldear. La chimenea estaba apagada.

—Thaniel, ¿qué…?

—Hay una bomba en alguna parte. Yuki ha intentado matar al ministro japonés, pero ha errado el tiro. Este debe de ser su plan de emergencia. Por las escaleras, deprisa. Mori está utilizando el ascensor. ¡Vamos!

—¿Qué quieres decir…?

—¡Ahora! —le gritó él.

No podía hablar y contar al mismo tiempo, pero el ascensor debía de haber estado en funcionamiento un minuto. Sacó a Grace al pasillo y tiró de ella. Cinco pisos: unos trece o quince escalones entre cada uno. Las escaleras eran de madera y crujían de lo viejas que eran, y los tacones de sus botas sonaban a hueco a causa del espacio vacío que debía de haber bajo las empinadas contrahuellas.

Aminoró el paso porque le pareció oír algo extraño. Salía del hueco del ascensor, el revoloteo de un objeto de acero contra la pared, moviéndose de forma irregular. No era mucho más grande que una rata, y era de un color pálido, un azul deslavazado que se hizo más intenso a medida que descendía por el hueco del ascensor. Adquirió un tono verdoso cuando se deslizó por el cable de acero del contrapeso, como si hubiera logrado aguantar. El tono le resultó familiar. Le hizo pensar en la marea, y en la espuma que formaba el agua salada en los bordes de las olas que llegaban y rodaban sobre los guijarros.

—¿Thaniel?

El sonido se perdió por encima del de sus propios pasos.

—¿Has visto subir a alguien más? No había luces encendidas, pero…

—No, todo el mundo estaba en la opereta.

Al llegar a la planta baja Thaniel corrió de espaldas al edificio para ver el tejado, y con el corazón en un puño vio que Mori seguía allí arriba. Por detrás de las chimeneas se veía el resplandor naranja de los faroles de Kensington High Street, lo suficiente para recortarle la silueta.

—¡Mori! —gritó—. ¡No es momento para tener vértigo! ¡Baja!

El corazón le latía con fuerza en los oídos tras la precipitada carrera escaleras abajo. Grace ya estaba más cerca de la pagoda que de ellos. Un pequeño viento agitó los farolillos de papel que colgaban alrededor del escenario vacío y las partituras que seguían en los atriles. No había nadie más. Habían transcurrido más de tres minutos, Thaniel estaba seguro; pero seguía sin haber una explosión, ni indicios de ella.

—Baja al balcón. Puedes hacerlo por el andamio, parece…

Se oyó un chasquido. Fue un sonido limpio, la misma sombra acuosa que el objeto que había caído por el hueco del ascensor. De la tienda de fuegos artificiales llegó un extraño suspiro y a

continuación llamas que estallaron hacia fuera. Thaniel se vio
arrojado hacia atrás, pero mientras caía vio cómo la explosión se
elevaba por el hueco del ascensor —vio los destellos a través de las
ventanas a medida que ascendía— y a Mori volverse en el tejado,
hacia donde empezaría la explosión. También lo arrojó hacia
atrás, lejos del borde del tejado. Luego desapareció en el humo, al
igual que Thaniel. Este era profundo y denso, y en alguna parte
del centro brillaban múltiples luces estroboscópicas de distintos
colores, sin otro sonido, se dio cuenta, que el de los fuegos artificiales. Se golpeó la parte posterior de la cabeza contra el suelo. Por
encima de él se elevaban ascuas en una espiral roja. No le pareció
que estuviera herido, pero no se sorprendió cuando todo se desvaneció en un gris interminable. A una gran distancia se oyó un
trueno.

27

Thaniel abrió los ojos. Vio un techo y parte de una ventana. Oyó el chasquido de pisadas que pasaban de largo. Se sentó. Estaba en una sala de hospital. Nunca había despertado en un hospital. Reconoció el temible olor a desinfectante. En el otro extremo dos enfermeras frotaban el suelo de rodillas. Volvió con rigidez la cabeza a uno y otro lado. Debía de haber sido un día tranquilo, porque las camas a su alrededor estaban vacías. Arrellanada a su lado en una dura silla de madera, Grace lo observó por encima de una revista científica.

—Buenos días —le dijo sonriendo.

—¿Dónde estamos?

—En el Saint George.

Él meneó la cabeza, confuso. La sala era amplia y de proporciones armoniosas. No era la clase de lugar donde se atendía gratuitamente a los pacientes. Él no estaba inscrito en ningún hospital porque costaban un dineral, dos o tres guineas al año.

—Pero yo no…

—He pagado yo. ¿Cómo te encuentras?

Thaniel tenía la sensación de que le habían vaciado la cabeza en un tarro y se la habían llenado de lana. La idea de pronunciar una frase entera lo abrumaba.

—Confuso —respondió.

—La enfermera dice que has sufrido una conmoción cerebral. Muchos rasguños y morados.

—¿Te ha pasado algo a ti?

—No, estaba mucho más atrás. Solo me golpeé el brazo.

—No, me refiero a antes. —Thaniel tragó saliva y reconoció el gusto a humo—. Todo el mundo pensaba que te habían secuestrado.

Ella parpadeó.

—¿Secuestrado? No. Puede que rompiera algo. Estaba disgustada y me largué.

—Pero ¿adónde fuiste?

—Di vueltas por la ciudad. Luego me metí en el metro cuando lo abrieron.

A él le dolía la cabeza.

—Lo siento.

—Ya no importa. Los dos estamos bien. Casi todo el mundo lo está. La policía dice que fue un milagro que lloviera. Había sesenta personas en el salón de té cuando el tejado estalló en llamas, pero la tormenta apagó el fuego antes de que el humo los atrapara dentro.

Él bajo la vista hacia la sala vacía.

—Ha muerto, ¿no?

—¿Quién, Mori? No, le están operando.

—¿De qué?

—Ni idea. Thaniel, quédate donde estás. —Ella le empujó el pecho con un dedo.

—Sí —mintió él echándose un poco hacia atrás—. No puedo creer que él no lo viera venir —añadió para distraerla—. El señor

Ito el progresista visita la casa de Yuki el nacionalista loco, cuyo padre fabrica artefactos pirotécnicos. Le rogué desde el principio que sacara a Yuki de allí, pero no me hizo caso.

—Podría haber sido cualquiera —repuso Grace en voz baja—. Había tanta gente en esa tienda cuando entré que hasta un hombre disfrazado de gorila habría pasado inadvertido

—No, tú no conoces a Yuki. Ataca a la gente. Intentó matar a Mori una vez. Trató de disparar a Ito durante el concierto. —Él tosió. Se notaba la parte posterior de la garganta en carne viva y reseca, y el agua que ella le ofreció solo le causó escozor—. Mori habló como si lo hubieran pillado por sorpresa. A él nunca le sorprende nada. Y nada de todo esto me sorprende a mí, así que no veo…

—Ya pensarás en ello más tarde —lo interrumpió ella con suavidad—. Escucha, tengo que ocuparme de los gastos y demás, y luego quiero ir a ver a mis padres, por si se creen que me han secuestrado. Santo cielo, salgo a dar un paseo y el mundo se vuelve loco. Descansa un poco.

Thaniel prometió hacerlo, y esperó a que ella hubiera salido de la sala para llamar a una enfermera y comunicarle que quería el alta. En cuanto hubo firmado los papeles, ella le devolvió la ropa y él corrió la cortina alrededor de la cama. Se vistió detrás de ella. Tenía pequeños cortes en el pecho, y notaba cierta rigidez en mitad de la espalda por donde se la había rasguñado. Nada grave.

Perdió la cuenta de las vueltas al anudarse la corbata y tuvo que empezar de nuevo.

La enfermera le comunicó a Thaniel que en cuanto acabaran de operar a Mori lo llevarían a la sala de los judíos. Esta se encontraba en el piso superior. La escalera estaba llena de óleos de enormes dimensiones que daban paso a las largas ventanas de las salas, todas entreabiertas para dejar correr el aire. Debajo de una de ellas había un cartel que advertía sobre los peligros de los olores mefíticos. Él sabía vagamente que estaban relacionados con la propagación de las enfermedades, pero no tenía una idea clara del tema. Solo alcanzó a oler las sales limpiadoras y, por encima de estas, el olor dulzón a sustancias químicas del ácido carbólico. Cuando abrió las puertas dobles de la sala la encontró casi vacía. Había varios hombres judíos jugando a las cartas. Uno sufría de un ataque epiléptico y dos enfermeras se esforzaban por sujetarlo. Una tercera enfermera vio a Thaniel y le ordenó que saliera.

—¡Las horas de visita no empiezan hasta las tres!

—¿Podría decirme…?

—¡No! Espere fuera del hospital o en las galerías.

Él intentó discutir, pero uno de los médicos más altos lo acompañó a la puerta y lo dejó en mitad de las escaleras, y se quedó mirándolo mientras se alejaba. Todavía le escocían los ojos del humo y se los frotó, si bien se detuvo al fijarse en que tenía las yemas de los dedos húmedas.

En el vestíbulo de la planta baja un par de enfermeras cruzaron corriendo la puerta principal, dejando entrar una ráfaga de aire frío. A Thaniel le pareció que era más prudente no esperar fuera en el estado en que se encontraba. Después de deambular un rato encontró un pasillo. Se hallaba oculto a la izquierda de la puerta trasera, que se abría a una galería acristalada con vistas a un extenso jardín. Todas las ventanas estaban cerradas y el ambiente se notaba caldeado.

Al entrar en la galería crujieron las tablas del suelo. Eran viejas. En unas vitrinas había esqueletos de todos los tamaños, tanto de adultos como de niños, sujetos con cables; en una de ellas destacaban un par de gemelos extrañamente pegados cuyas columnas vertebrales se curvaban desde una sola pelvis. Cada uno de ellos tenía dos brazos y una cabeza normales. Thaniel examinó los cables, convencido de que el montaje era falso, pero enseguida vio que los dos coxis estaban fundidos. El dueño, mejor dicho, los dueños del esqueleto habían medido casi seis pies de altura. Era difícil ver de qué modo habían andado. Debía de haber requerido una pierna de cada uno y mucha complicidad. Era evidente que se las habían arreglado, pues no tenían los huesos combados ni irregulares. Todo era simétrico y fuerte, y relucía con un brillo iridiscente. Siguió mirando las demás vitrinas procurando no verse reflejado en ellas.

Más adelante había cuadros que mostraban disecciones y operaciones. Las personas no parecían de carne y hueso. Había criaturas a medio formar suspendidas en tarros de vidrio con forma de campana. Alrededor de ellos había más vitrinas llenas de figuras de cera. En una había un rostro con un lado desprovisto de carne para dejar ver los complicados músculos de debajo; en otra, una mano desollada. Una familia de esqueletos se inclinaba sobre un libro de anatomía que había resultado ser tan interesante que el hecho de estar muertos no parecía haberlos distraído. Thaniel deambuló un rato, agachándose para mirar en el interior de las vitrinas pero sin tocar nada, para evitar cubrirlas de huellas. Alguien le había limpiado los dedos, si bien aún tenía hollín incrustado en las yemas.

Se alegró de que la galería fuera tan extraña. Lo distrajo de la operación. Lamentó no saber de qué lo estaban operando. Si era grave utilizarían cloroformo. El cloroformo era más efectivo que un whisky generoso, aunque él entendía muy poco del tema. El marido de Annabel había muerto bajo su efecto. Mataba a algunas personas. Provocaba una especie de reacción alérgica, nadie sabía por qué.

Se sentó en el suelo junto a la vitrina de los gemelos e intentó dejar la mente en blanco. Funcionaba mejor cuando contaba. Cada vez que llegaba más o menos a novecientos, las campanas de la ciudad tocaban el cuarto de hora. Hacia la una y media un médico entró y lo levantó asiéndolo por el codo, dando por hecho que había escapado de alguna parte. Thaniel le aseguró que no, pero el médico lo obligó a marcharse de todos modos.

Al principio el frío le pareció paralizante, aunque solo se debía a que había estado inmóvil mucho rato. Después de dar varias vueltas no lo notó tanto. La tormenta del día anterior se había llevado la nieve, pero los charcos se habían congelado y se oía resquebrajar el hielo bajo las botas y las ruedas. Mientras esperaba, fuera de las puertas dobles se congregó una pequeña multitud; otros visitantes que escondían tortas de semillas, fruta o pequeñas botellas de ginebra en los bolsillos. A las tres el grueso conserje abrió las puertas y se plantó en medio de la gente, que empezó a entrar. Cada vez que veía un bulto sospechoso en un abrigo, el hombre lo arrancaba y dejaba el premio en la mesa situada a un lado del pasillo. Pareció decepcionado cuando palpó el bolsillo de Thaniel y solo encontró su reloj, que a pesar de todo no se había roto.

Cuando volvió a localizar la sala de los judíos vio a Mori casi de inmediato. Aún dormía. A su lado un médico anotaba algo en un historial.

—¿Es usted pariente? —le preguntó a Thaniel con escepticismo.

—Un primo. Él es medio inglés. ¿Se pondrá bien?

—Sí —respondió el médico—. Ha sido un maldito milagro. Al parecer se cayó del tejado. Tiene quemaduras en las manos causadas por el roce de una cuerda; debió de agarrarse a algo. Lo encontraron en el portal del edificio. Una suerte asombrosa. Lo tendremos aquí esta noche hasta que se le pase el efecto del cloroformo. Si no se despierta en media hora, avise a la enfermera de guardia.

Thaniel asintió de nuevo y se sentó en la silla junto a la cama. Buscó con la mirada un periódico. No había ninguno. Se instaba a las visitas a no permanecer mucho tiempo. Se inclinó sobre el colchón y, apoyando la cabeza en los brazos, solo escuchó. El gas de las lámparas siseaba. De vez en cuando se oían campanadas. Las tres y media, las cuatro y media. En dos ocasiones unos pasos se acercaron a él, pero nadie le pidió que se marchara.

Una mano fría se deslizó por su cabello.

—¿Duermes?

Él se irguió con brusquedad.

—Estás despierto. Santo cielo, el cirujano me ha dicho poco menos que ibas a morir por culpa de la anestesia…

Mori esbozó una sonrisa.

—No exageres.

—¡No exagero!

—No soy alérgico al cloroformo. No soy alérgico a nada excepto a los surtidos de gominolas y aún no los han inventado.

Thaniel le cogió la mano antes de que se tocara los vendajes que se veían a través del camisón.

—¿Qué me han hecho?

—Te han sacado metralla, eso es todo.

Thaniel lo observó largo rato.

—Bueno —añadió por fin—, ahora ya sabemos por qué tienes vértigo.

Esta vez Mori sonrió como era debido. Las arrugas alrededor de los ojos eran más profundas que de costumbre. Le daban el aspecto de una vieja fotografía, a menudo arrugada pero cuidadosamente planchada de forma que las marcas eran casi imperceptibles. Thaniel le cubrió el brazo con la manta. Con las ventanas abiertas hacía mucho frío en la sala.

—¿Qué demonios estuviste haciendo? —le preguntó—. Grace solo cogió el metro y luego fue al piso de Matsumoto para ver los fuegos artificiales programados al finalizar la opereta. ¿Por qué no ataste a Yuki a un poste hasta que Ito se marchara? Le disparó antes de la explosión; no es que nos lleváramos una sorpresa cuando estalló la bomba, pero, por el amor de Dios, ¿cómo permitiste siquiera que hubiera una bomba? ¿Cómo es que no lo supiste?

—Era tan improbable que ni siquiera me acordaba de por qué tenía vértigo.

—¿Cómo? ¿Por qué era tan improbable? Yo mismo lo vi venir y yo no recuerdo el futuro. ¡Yuki siempre tuvo intención de hacerlo!

Mori se sentó despacio.

—No creo que haya sido Yuki.

—¿Por qué no?

—Porque si hubiera pretendido hacer eso, yo habría hecho algo más útil que caer de un edificio.

—Mori, tú... me dijiste que te habías caído poco antes a las vías del tren. Te hiciste daño en el tobillo. Tal vez por eso llegaste tarde a todo lo demás. Él debió de decidirlo y hacerlo antes de que tú llegaras siquiera al pueblo japonés, sin contar...

Se interrumpió porque Mori ya hablaba tropezando con sus palabras.

—No necesito estar presente para detener las cosas. Si hubiera sido Yuki, habría habido algo allí para detenerlo en cuanto tomara la decisión. Yo no habría permitido que todo dependiera de una caída. No soy tan estúpido, o al menos espero no serlo.

—No, no lo eres. Yo estaba allí para impedir que matara a Ito.

—Incluso eso suena a último recurso. No creo... —Mori meneó la cabeza—. Lo siento mucho. No sé en qué estaba pensando.

—No importa. Estás vivo.

—Debería importarte si te estoy exponiendo a idiotas con armas o a...

Thaniel le asió el brazo.

—No, no. Él no podría haberme hecho daño, soy el doble de corpulento que él, y después de Scotland Yard no creo que mi corazón haya palpitado nunca más deprisa. Estaba bien preparado.

Mori se limitó a menear la cabeza de nuevo. Miraba los pliegues de la manta. Se le nublaron los ojos. Ver cómo su amigo intentaba volver a juntar las partes de sí mismo que había olvidado era peor que imaginarlo sobre una mesa de operaciones. Thaniel se acercó al borde de la cama y confió en que Mori percibiera el futuro en que él se atrevería a rodearlo con un brazo, pasando por alto las miradas de desaprobación de las enfermeras, pero no pensó que pudiera hacerlo.

—Déjalo estar —murmuró—. Lo hecho, hecho está.

—No entiendo por qué se movía la bomba —dijo Mori—. No tiene sentido. Debería haber sido capaz de encontrarla.

—Debió de atarla a un perro o algo así.

—¿Para qué? Eso sería arriesgado. Cualquiera lo habría visto.

¿Por qué no la escondió en el taller de Nakamura? De todos modos, si hubiera estado atada a un perro yo lo habría visto. Estaba... —suspiró— en las paredes. Algo muy pequeño.

—Creo que podría haber sido una rata. Oí algo en el hueco del ascensor. Recuerdo los colores de la espuma marina.

—¿Cómo? —preguntó Mori.

Thaniel lo soltó y se levantó.

—Escucha, tengo que ir a buscar a Grace. Ha ido a ver a sus padres y ya debe de haber vuelto.

Mori fijó la mirada en un punto a media distancia.

—Está abajo en el vestíbulo.

—Descansa. Pero descansa de verdad. No empieces a inventar cosas antes de tiempo o asustar a las enfermeras. ¿Cuándo te darán el alta?

—Mañana por la mañana a las diez y media —respondió él, y luego se detuvo y apretó la mandíbula, y alzó la mirada hacia Thaniel con los ojos llenos de preguntas.

—Vendré a recogerte entonces.

28

Grace se desabrochó el abrigo cuando entró de nuevo en el amplio vestíbulo del hospital, huyendo del aguanieve, y agradeció el silencio aséptico. Su padre casi había parado vociferar en su casa cuando el jefe de policía soltó que ella era una niñata estúpida, lo que le hizo estallar de nuevo. Los dejó discutiendo, no muy segura de por qué se irritaba tanto su padre si en realidad opinaba lo mismo. En lugar de sentarse, dio vueltas por la casa observando los viejos cuadros mientras analizaba la urdimbre de los dos últimos días en busca de cabos sueltos. Desde que Thaniel y ella habían discutido en Filigree Street, Grace había empezado a sospechar que la sencillez con que él hablaba, lejos de reflejar su manera de pensar, era un espectrograma. Grace siempre había visto las extrañas pausas y las líneas oscuras de los mismos colores que las palabras, y había dado por hecho que eran interrupciones accidentales. Sin embargo, eran líneas de emisión. Hizo todo lo posible por asegurarse de que Mori no se enteraba de lo ocurrido, pero Thaniel era otro asunto. No podía saber qué había advertido él. Sabía Dios que no se habían producido accidentes de puro milagro. Se mesó los cabellos e intentó analizarlo todo de nuevo desde el principio.

Había sido a las once y media… No, a las doce menos veinticinco de la noche de la boda. El reloj de la repisa de la chimenea no le pareció simétrico cuando observó cómo el segundero completaba la vuelta. Lo miró un rato como si fuera un metrónomo, con la moneda en la mano.

Luego todo sucedió muy deprisa. Abrió la pequeña maleta que Thaniel había dejado debajo de la cama. Tal como esperaba, encontró una muda. Se quitó la ropa y la dejó esparcida por el suelo, y se vistió con la de él, haciéndose un nudo por detrás de la camisa para que le encajaran los hombros. Se puso la corbata mientras daba vueltas por la habitación tirando cosas al suelo con un codo. Completamente vestida, limpió el largo cuchillo del pastel y se hizo dos cortes en el brazo, y arrojó la sangre al espejo y el pomo de la puerta. No acudiría nadie si no había indicios de violencia. Thaniel había dejado un puñado de monedas en la repisa, y Grace las recogió con la mano junto con su soberano suelto. En el último momento se acordó de quitarse los pendientes y la alianza.

Dejando que la puerta se golpeara al abrirse, cogió la maleta vacía y bajó con celeridad las escaleras traseras. Estaban muy bien decoradas pese a encontrarse en el área del personal. Volvió a dirigirse al caldeado vestíbulo y se detuvo a poca distancia de la esquina del mostrador de recepción, donde no se la veía desde la puerta. Notaba cómo el reloj que llevaba en el bolsillo hacía tictac, casi a la par que el reloj de pared del hotel. Ya eran las doce menos diez. Mori llegaba tarde.

—¡No, no! —gritó el vigilante nocturno justo cuando se abrió la puerta trasera.

Grace dio un respingo al oírlo. En el umbral, Mori lo ignoró y entró.

—Aquí no queremos a los de su calaña.

Grace cerró los ojos con fuerza. Mori echó a andar en dirección a ella antes de que pronunciara su nombre, pero ella ya estaba corriendo hacia la cocina y las puertas traseras. Lo oyó preguntar a uno de los cocineros si había visto pasar a una mujer. El cocinero respondió con sinceridad que no.

La nieve era tan reciente que Grace pudo correr hasta la estación sin resbalar. El tren de medianoche llegó en cuanto ella bajó al andén. Pasó por delante de un inspector de billetes, lo que suscitó un grito, y abrió la puerta de uno de los vagones antes de que el tren se detuviera del todo. Una vez a bordo, se sentó junto a la ventanilla. Notaba un gusto a hierro en la parte posterior de la garganta, y ahuecó las manos alrededor de los ojos para ver la estación. Si el tren arrancaba antes de que Mori tuviera tiempo de subirse, él ya no tendría forma de regresar a su casa salvo en coche de punto, lo que le llevaría al menos diez minutos más. Diez minutos serían suficientes para que ella encontrara a Katsu, si tenía suerte.

Jadeaba tras la carrera, y tuvo que limpiar la ventanilla empañada un par de veces mientras esperaba. Se le hizo eterno, y empezó a apoderarse de ella la fría convicción de que se estaba produciendo un retraso. Mori apareció en las escaleras de la estación, inconfundible con su abrigo gris entre todos los negros, pero justo en ese momento el tren se puso en marcha con un chirrido. Grace cayó de rodillas.

—Ejem… —dijo una voz a su lado. Ella dio un respingo. Pertenecía a un oficinista menudo—. Joven, ¿qué hace viajando sola tan tarde y vestida como un caballero? ¿Va todo bien?

—Voy disfrazada para huir del mejor amigo de mi marido, que tiene el don de recordar el futuro —respondió ella, porque su mente estaba demasiado exhausta para inventar mentiras—. Intento llegar antes que él a su casa para robar el pulpo mecánico que funciona con marchas aleatorias. —Él se quedó mirándola—. Parece confuso. Las marchas aleatorias son las de un mecanismo de relojería dirigido mediante imanes giratorios. El interruptor que cada una controla se activará dependiendo de si el imán mira al polo norte o al polo sur. ¿Que para qué quiero un pulpo con marchas aleatorias? Me temo que esa parte sigue en suspenso…

—Las jóvenes no deberían beber —dijo él con frialdad.

—Y usted no debería llevar una corbata de ese color.

Él se propuso cambiar de vagón en la siguiente estación. Grace volvió a mirar el reloj. Las doce y cinco. Abrió con delicadeza la tapa trasera del reloj y observó cómo el pájaro de cuerda picoteaba migas imaginarias. Se preguntó si Mori había sabido que sería para ella cuando lo fabricó. Si era así no comprendía por qué había escogido un pájaro. Era a Matsumoto a quien le fascinaban las golondrinas. Dejó el reloj en la mesilla del vagón y se recostó en el asiento de madera. Estaba cansada. Al cruzar los túneles negros el vagón escasamente iluminado parecía una cabaña perdida en el campo, replegada sobre sí misma en una noche sin farolas ni estrellas. Pese a todo le entró sueño.

Grace había contado con que él descubriera el modo de llegar a Knightsbridge antes que ella, pero la pequeña estación de South Kensington estaba vacía. Aun así recorrió la distancia hasta Filigree Street a todo correr, dejando que la ropa prestada se empapara poco a poco en la nieve. En el número 27 había luz. Thaniel seguía arriba tocando el piano. Se le veía demacrado a la luz de la única vela, si bien la melodía era alegre; practicaba para el espectáculo de la noche siguiente. Ella quiso llamar por la ventana.

En lugar de ello se deslizó hasta la puerta trasera, con la nieve crujiendo bajo sus pies. No estaba cerrada con llave. En la cocina limpia y caldeada todavía brillaban los rescoldos de un fuego moribundo en la estufa. Katsu no estaba a la vista, aunque ella sabía dónde buscar. Thaniel se había quejado a menudo de que el pulpo vivía en su cómoda. Subió sin hacer ruido por las escaleras. El rellano estaba oscuro. Grace nunca había estado en el piso de arriba, pero la primera puerta que escogió fue la derecha, guiándose por la partitura que había en el suelo. Revisó los cajones uno por uno, pero no había rastro de Katsu. Consciente de que Mori regresaría en unos pocos minutos miró alrededor con impotencia, luego entró en la habitación de Mori. Era espartana. Enseguida vio al pequeño pulpo. Estaba acurrucado sobre la almohada con un tentáculo doblado sobre una forma invisible. Oyó el crujido de una pisada en las escaleras y se quedó paralizada por un instante antes de deslizarse debajo de la cama.

Solo era Thaniel. Se asomó por la puerta llamando a Mori, luego se quedó allí parado mucho rato. Grace se apretó los ojos y trató de no respirar. Alguien aporreó la puerta delantera y él se volvió. Ella se quedó inmóvil un momento más. Mori era un casero meticuloso; debajo de la cama no había polvo ni telarañas. El suelo estaba tan reluciente que ella lo empañó con su aliento.

Katsu permaneció tieso incluso cuando Grace lo cogió, de modo que ella dobló los tentáculos uno por uno y lo encerró en la pequeña maleta. Tuvo que esperar en la penumbra de lo alto de las escaleras mientras Thaniel conducía a un hombre corpulento que ella no conocía al interior del salón. Luego echó a correr de nuevo hacia la puerta trasera. Las huellas que había dejado al entrar ya estaban sepultadas bajo la nieve reciente, que se hundió aún más. Casi al instante de cerrar la puerta una bandada de pequeñas luces se elevó del fondo del jardín. Flotaron hacia ella como criaturas vivas, pero lo hicieron con un zumbido de mecanismo de cuerda. Algún invento de Mori. Grace se internó en el pasadizo entre las casas adosadas sin querer averiguar qué eran esas luces.

Las luces eléctricas de Harrods iluminaban todo el ancho de la calle. Aunque se sintió expuesta al detenerse junto a ellas, esperó allí a que pasara un coche de alquiler; era el único lugar en la noche cerrada donde un cochero podría verla. Aun así, eran pocos los que habían decidido capear el tiempo, y Grace estaba a punto de rendirse e ir a pie cuando uno guió su caballo hacia ella. Se quedó desconcertado cuando le anunció que le era indiferente el destino, y aún más desconcertado cuando eligió la ruta lanzando al aire un soberano. Pero como le prometió darle la moneda a las siete de la mañana siguiente, no hizo muchas preguntas y pareció atribuirlo a una moda de Belgravia de la que no había oído hablar. Dentro de la maleta que tenía a su lado, Katsu se sacudía de vez en cuando e intentaba cambiar de postura y moverse. Era tranquilizador, pues eso significaba que Mori no había contado con que el pulpo estuviera dentro de una maleta. El cochero miró un par de veces la maleta y a continuación clavó la vista en la calzada.

Las siete los sorprendió junto a la torre del Reloj, donde las campanas tocaron la hora. En los contornos del cielo brillaba una línea pálida, apenas suficiente para que se viera a través del vapor que se elevaba del Támesis helado. El hielo era tan sólido que algunos gitanos aventureros habían montado más allá de los atracaderos pequeños puestos con toldos de los que colgaban farolillos.

—Son las siete, señorita. Imagino que querrá ir a alguna parte. Gracias por la carrera —dijo el cochero con cierta precipitación.

Los golpeteos de Katsu se habían vuelto más frecuentes y más llamativos a lo largo de la última hora.

Grace cumplió su palabra. Se notaba la garganta irritada y todavía tenía el gusto de la tarta de boda.

—No debería pasar toda la noche fuera, señorita —le dijo el hombre mientras ella cerraba la portezuela.

—Lo sé —respondió Grace cansinamente—. ¿Puede indicarme dónde está la estación de metro más cercana? ¿Cree que estará abierta a estas horas? —Pensaba subirse a otro coche de punto, si bien en los trenes hacía más calor. Además, cuanto más confiara en el azar, más difícil sería que Mori la siguiera.

—Allá arriba está la estación de Westminster —le indicó el cochero. Grace había vuelto al punto de partida—. El metro siempre abre temprano. Irá muy lleno.

Grace le entregó el soberano y se encaminó hacia la estación cojeando porque se notaba las piernas entumecidas de la carrera del día anterior. No había corrido tanto desde que tenía diez años.

El cochero tenía razón; la estación de Westminster estaba tan abarrotada que resultó fácil escabullirse por delante de los guardias, a quienes no habría podido pagar si la hubieran detenido. El frío le cortaba las orejas y las manos. El vapor condensado se había congelado en gotas a lo largo del techo que cubría las vías. A veces una de las gotas más grandes de hielo caía y rebotaba en los raíles. Mientras ella caminaba de un lado a otro del andén para entrar en calor, pasó por delante de un mendigo muerto en un arco. Vio que otras personas reparaban también en él, pero tenían demasiado frío para arriesgarse a perder un tren por decírselo al revisor.

Tras llegar el tren a la estación echando humo, no se quedó mucho rato. La puerta del vagón apenas se había cerrado detrás del último pasajero cuando un silbato sonó a través del humo y las ruedas se pusieron de nuevo en movimiento. Los oficinistas —todos tenían aspecto de oficinistas— leían periódicos junto a las lámparas. Varios tosían. Nadie la miró, pero hubo cierto revuelo para hacerle sitio en un asiento del borde de una de las mesitas. Ella era la única mujer. Sin fiarse de sí misma para atrapar su último penique al vuelo si el tren daba una sacudida, Grace lo hizo girar sobre la mesa. Al principio dio vueltas tan deprisa que el borde se volvió borroso y se convirtió en la superficie de una esfera de cobre. A medida que giraba más despacio trazó círculos sobre la mesa hasta detenerse. Cara. Se bajaría en la siguiente parada, fuera cual fuese.

Transcurrieron dos minutos, luego cinco, y el tren se detuvo en el túnel para esperar otro. Demasiado tarde Grace se dio cuenta de que la siguiente estación era Victoria, donde se entrecruzaban una docena de líneas al aire libre y subterráneas. Esperaron otros cinco minutos. Ella se pellizcó con fuerza en la muñeca, incapaz de creer lo estúpida que había sido al lanzar la moneda al subirse al vagón. Debería haber esperado a que el tren se detuviera. Acababa de dar a Mori como mínimo diez minutos de ventaja para llegar a la estación antes que ella. Por otro lado, si decidía no bajarse del tren, él sabría en qué línea viajaba solo con que llegara en menos de diez minutos a Victoria y fuera capaz de recordar la posibilidad de verla allí.

Estaba llegando a la conclusión de que lo único que podía hacer era jugárselo al cincuenta por ciento lanzando de nuevo la moneda al aire cuando cayó en la cuenta de que lo mejor era apearse donde había previsto al principio. A esas alturas, Mori ya debía de estar al corriente de lo que ocurría; debía de saber que alguien estaba utilizando una moneda o un dado. Ella había lanzado la moneda, y el hecho de que decidiera apearse en Victoria no parecía por tanto una decisión real sino simplemente la decisión de dejarse guiar por la moneda. Si Mori andaba cerca, pronto estaría allí y la seguiría en cuanto la viera. En una estación que era un laberinto de túneles subterráneos, eso en realidad no era malo. Grace se puso la maleta sobre el regazo y contó ovejas a fin de no pensar en Katsu, pues era como si tuviera engranajes dando vueltas en la mente.

Victoria. Llegó una ráfaga de aire frío de las vías al aire libre. Se cerró bien el abrigo de Thaniel mientras observaba la multitud. El andén estaba iluminado por las grandes esferas suspendidas de cadenas que se veían en todas las estaciones subterráneas y que emitían un brillo misterioso porque eran de vidrio esmerilado. No vio ningún abrigo gris. Recorrió todo el andén sin apartar la vista de la consigna situada en lo alto de las escaleras, más allá de la ventanilla de venta de billetes. Para bajar a las vías había que pasar necesariamente por delante. A través de las puertas abiertas vio el interior. Era una habitación espaciosa, y todo en ella —las puertas, las rejillas para el equipaje, las lámparas redondas y la pintura— parecía nuevo. Una bomba del Clan na Gael había estallado allí en febrero y la compañía ferroviaria debía de haber acabado hacía poco las obras de reconstrucción. Junto a ella pasó en tropel la mitad del funcionariado camino de Whitehall.

Mirando el enjambre de abrigos y sombreros negros, y la infinidad de hombres idénticos, Grace pensó en desaparecer del todo. No sería difícil. Podía ir a París y buscar de nuevo a Matsumoto. Solo tenía que seguir la hilera de bailarinas extasiadas.

Se apretó los ojos con los nudillos. En París no había ningún laboratorio esperándola. Tampoco habría ninguno allí a no ser que llevara a cabo lo que se había propuesto. Y Thaniel; tampoco habría ningún Thaniel. Dentro de muy poco él ya no sería un hombre, solo una simple marioneta, en apariencia inteligente. Que él no pudiera verlo hacía que sintiera estanca y hueca. Era como escuchar el estertor de la tuberculosis en los pulmones de un hombre que se obcecaba en que solo tenía un resfriado. Él había sido bueno y amable, e iba a desaparecer junto con todo lo demás.

Hubo un destello gris en la negrura. Mori estaba en el andén entre las dos vías, dando vueltas despacio mientras la buscaba. Con un sabor a cobre en la parte posterior de la garganta, ella esperó a que la viera y le hizo señas apremiantes antes de precipitarse hacia atrás a través de una multitud de oficinistas, todos más altos que ella. Miró las vías donde había dos ratas jugando. No sintió ninguna ráfaga de aire caliente que anunciara la llegada de un tren. Sin darse tiempo para pensar, saltó entre los raíles y se adentró corriendo en el túnel.

En el interior no había luces, pero más adelante, al tomar una curva, vio un resplandor que caía de lo alto en franjas estrechas. Era la luz de un farol que se filtraba a través de una de las rejillas de la acera de arriba. Grace avanzó despacio por las vías con un hormigueo en la nuca, atenta a oír el ruido de un motor por encima de los pasos a sus espaldas.

Un tren pasó con gran estrépito mientras ella tomaba la siguiente curva. El faro brilló en la oscuridad. Aunque se apretó contra el muro opuesto, la ráfaga de aire caliente procedente de la locomotora fue abrasadora. Poco después de que el tren hubiera desaparecido, el vapor lo inundó todo. Grace tosió notando el sabor del hollín. A través de otra rejilla le llegó una carcajada. Levantó la mirada e intentó pensar en qué momento se había vuelto inevitable que estuviera allí ese día, corriendo a través de túneles subterráneos y huyendo de un hombre con quien nadie en su sano juicio se habría enfrentado. Cada vez estaba más convencida de que fue en el instante en que había chocado con Thaniel en la mesa de la ruleta. Más apremiante era la cuestión de qué se proponía hacer a continuación. Regresar a pie a Westminster si Dios quería. Si Mori la alcanzaba… Golpeó la pared con un puño para dejar de pensar o trazar planes. Una risa extraña resonó alrededor de ella. Dio un respingo antes de caer en la cuenta de que provenía de ella. Cualquiera sabía que era una estupidez correr a ciegas sin pensar, pero pensar era mucho más peligroso en esos momentos. Intentó abrazar el pánico y la parte ilógica del mismo, porque era lo único que podía salvarla de Mori.

En cuanto pasó por debajo de la rejilla se vio envuelta de nuevo en la densa oscuridad. Caminó con una mano en la pared. Estaba rugosa del hollín acumulado. A la efímera luz del tren había visto que todo era de un negro opaco a causa del humo. Tropezó con algo pero no sabía qué era, y cuando se detuvo oyó cómo se escabullía. Respiró hondo y echó a andar de nuevo notando cómo se le contraían los pulmones. Se golpeó la pierna con una esquina de la maleta. Katsu pesaba.

La pared del túnel desapareció.

Retrocedió y la encontró de nuevo, si bien describía una pronunciada curva que conducía de vuelta a la estación. Grace se quedó inmóvil largo rato antes de cruzar las vías con toda la rapidez que pudo. La otra pared se prolongaba uniforme. Había llegado a una intersección en forma de Y, de la que acababa de recorrer el brazo superior izquierdo. De pronto no estaba segura de dónde se encontraba. No visualizaba ningún mapa; no recordaba si había otra línea que comunicara Victoria y Westminster. Atenazada por el pánico, se le ocurrió que la vía se había dividido por el otro extremo sin que ella se percatara, y que en lugar de caminar hacia Westminster estaba bajando por un nuevo túnel a medio construir y sin salida, o una de las vías más viejas y abandonadas donde no habría trenes ni operarios que la encontraran.

—¿Señora Steepleton?

Ella se pegó contra la pared y se llevó una mano a la boca.

—¿Está aquí?

Mori estaba a menos de un pie de distancia. Grace oyó el frufrú de la tela al moverse, aunque la oscuridad era tan absoluta que resultaba imposible distinguir un contorno siquiera. No habló. Si no hablaba él no recordaría más tarde si ella había estado allí.

Esperó a oír la voz a menos de una pulgada y lanzó con todas sus fuerzas el puño directamente contra el pecho en lugar de arriesgarse a no darle en el rostro. Eran de la misma estatura, pero ella pesaba más. Lo derribó de bruces. Oyó el golpe sordo al caer contra una de las vías y esperó, pero él no se levantó. Grace se arrodilló y buscó a tientas el hombro y luego la sien. Mori tenía el cabello suave, y la estructura ósea del rostro le pareció angular y frágil. Notó un hormigueo en el brazo. Al principio le provocó un estremecimiento pero luego la entristeció.

Ella volvió a golpearlo, con mucha menos fuerza y más nerviosismo. No tenía ni idea de lo que un cráneo humano era capaz de soportar. Con los nudillos doloridos y la mano temblorosa, sostuvo la palma de la mano sobre la nariz y la boca para asegurarse de que todavía respiraba. Luego lo arrastró hasta un lado de las vías, cerca de la pared, por si no era una línea muerta.

Poco a poco buscó a tientas la otra pared, la que se prolongaba a partir de la bifurcación en las vías. Se le dobló la uña de un dedo hacia atrás y, haciendo una mueca de dolor, cerró la mano y echó a correr hacia la oscuridad. Notaba cómo le ardían los pulmones por el humo y la carrera cuando el túnel cedió paso a las luces de la estación de Westminster. Al otro lado de las vías esperaba un tren. Al verlo Grace gritó. Aunque Mori hubiera vuelto en sí unos minutos después de que ella lo derribara, tendría dificultades para seguirla. Aun así se subió con todos los demás, y solo lanzó la moneda al aire cuando las luces de la estación se aproximaron.

El taller del señor Nakamura estaba de bote en bote. La gente entraba y salía con artilugios pirotécnicos y listas, preparándose para el espectáculo previsto tras la opereta. Nadie reparó en ella pese a ser la única que no tenía el cabello moreno. Durante el trayecto en tren Grace había considerado las posibilidades que tenía ante sí. La tienda de fuegos artificiales; su propio laboratorio de la casa de Kensington; la armería de la Guardia Montada, detrás del gabinete de su padre. En todos esos lugares había explosivos. Al final el penique decidió por ella. Volvió a intentarlo, confiando en que saliera la Guardia Montada, pero cayó en cruz.

Se apresuró a dirigirse allí. Hacía horas que había huido de Mori y confiaba en que él aún no hubiera logrado salir del túnel subterráneo en el estado en que lo había dejado. Sin embargo, él era fuerte, y tal vez lo había logrado. Como solía hacer en la Biblioteca Bodleiana, Grace echó a andar como si supiera adónde iba. Las etiquetas de los productos químicos estaban en japonés, pero ella sabía lo que quería por el olor. Solo tuvo que abrir unos pocos tarros y paquetes de la mesa principal para encontrarlo. Cogió el paquete entero y se arrodilló detrás del escritorio. Todos los artefactos pirotécnicos que la rodeaban tenían uno de esos detonadores que al tirar de ellos molían unos pocos granos de pólvora entre dos toscas láminas de cartón para provocar una chispa. Grace extrajo uno y pasó un extremo por la argolla de la parte superior de su reloj, luego lo enrolló alrededor de la caja y sujetó el otro extremo con el panel posterior de la golondrina. Apretó el cierre de forma experimental. La tapa se abrió y tiró del papel, restalló y soltó chispas. Perfecto. Con la esfera lateral lo programó para que la tapa se abriera al cabo de media hora e instaló un nuevo detonador.

El pulpo se agitó al sacarlo de la maleta. No tenía peor aspecto tras el largo encierro, y no se le había agotado la cuerda. Grace lo sujetó entre las rodillas mientras le ataba la bomba improvisada. Casi había terminado cuando alguien se detuvo a su lado. Se quedó paralizada, temerosa de mirar, pero no ocurrió nada. Levantó la cabeza media pulgada. Era Yuki, el amigo nacionalista de Matsumoto. Él no la había visto; solo estaba mirando unos papeles. La voz de un anciano lo llamó. Se dio la vuelta indignado y meneó la cabeza haciendo que el pelo recogido en una larga cola se sacudiera. Grace se movió hacia la izquierda, rodeando el siguiente lado del escritorio. El anciano se acercó para hablar con él y se puso a revisar los productos químicos de la mesa. Buscaba lo que ella acababa de coger. Alzó la voz y el muchacho le gritó a su vez, levantando las manos. Grace no tenía ni idea de lo que decían, aunque el lenguaje de signos que utilizaron era universal. Yo no lo he cogido.

El anciano le dio una bofetada y el muchacho pasó con brusquedad por su lado en dirección a la puerta. Casi de inmediato el hombre le chilló y corrió tras él, pero el muchacho enseguida le sacó ventaja. Desaparecieron fuera.

—¡Por qué no hablas inglés! —gritó Yuki—. ¡Deberías! ¡Eres igual que ellos!

Grace permaneció sentada con Katsu en las manos durante diez largos tictacs de su reloj, armándose de nuevo de valor. Una explosión en una tienda de fuegos artificiales no despertaría sospechas a nadie más que a Thaniel. Tuvo que aferrarse a esa certeza, porque la sola idea de que detuvieran a Yuki por ello hacía que quisiera desatar la bomba y llevar a Katsu de vuelta a Filigree Street. Solo era un muchacho infeliz con un imbécil por padre. Grace sabía lo que era eso. Si permanecía junto a él al salir nadie podría acusarlo de nada.

Con cuidado dejó a Katsu suelto en el quinto piso, frente a la puerta del piso de Matsumoto. Temía que no fuera a ninguna parte, que estuviera mal programado, pero se alejó bastante alegremente, explorando las paredes y luego el ascensor, donde desapareció en el pequeño hueco entre este y el suelo. Grace se sintió mal. Era una bonita pieza de maquinaria. Nadie volvería a ver nada parecido a eso en cien años si Mori decidía no fabricar otro.

Cruzó los brazos con fuerza sobre las costillas para impedir que le temblaran las manos y se acercó a la ventana para mirar el reloj de la torre de Saint Mary. Era irritante no poder hacer nada más que esperar. Tenía que estar allí hasta justo antes de la explosión para que alguien la viera salir del edificio, pero lamentó no haber llegado más cerca del intermedio de la opereta. Otros cinco minutos deberían bastar. Se llevó las manos a los ojos. Todavía le escocían del humo del metro. Desde el incidente del túnel, en lo más recóndito de su mente anidaba un claro temor: pese a que Mori era clarividente y fuerte, lo había derribado una mujer que se dedicaba a la ciencia y que no había golpeado a nadie en su vida. Con toda probabilidad se debía a que estaba tan oscuro que ella no sabía cuándo o dónde lo golpearía, y él tampoco. Pero existía la posibilidad de que él se lo hubiera permitido.

Vio cómo los espectadores salían en tropel de la pagoda y decidió que era un momento tan bueno como cualquiera para unirse a ellos. No había necesidad de permanecer allí hasta el último minuto. Se tardaba treinta segundos en bajar por las escaleras. Había tiempo de sobra.

Empezaba a volverse cuando la puerta de abrió de golpe y allí estaba Thaniel, gritándole que saliera. La confusión se apoderó de ella mientras bajaban por las escaleras y ella intentaba comprender qué hacía él allí, pero a esas alturas su mente estaba embotada y ya no podía pensar más que en no tropezar. Al llegar a la planta baja, Grace se dirigió a la tienda de artefactos pirotécnicos y sacó a rastras al señor Nakamura y a su mujer, ambos llorando. No había rastro de Yuki. Dijeron que se lo habían llevado, si aunque no fueron capaces de juntar dos palabras en inglés para explicar por qué o cómo.

Grace dio un respingo cuando alguien le tocó el brazo. Thaniel había bajado las escaleras sin hacer ruido. Ella no supo leer su expresión.

29

Fuera flotaba una bruma vaporosa y la escarcha crujía bajo sus zapatos. Los cuervos posados en los árboles observaban las aves más pequeñas de Hyde Park, que se encontraba al otro lado. Thaniel decidió caminar bajo los robles en lugar de cruzar las grandes explanadas de césped, pues hacía un poco más de calor a su sombra. A su lado, Grace volvía a llevar su ropa y arrastraba el bajo de la falda por encima de ramitas y viejas bellotas. El jardín se encontraba en la parte trasera del hospital por lo que las ventanas de la sala se abrían al aire puro, libres de vapor del tren.

—La única forma de impedir que él detecte una bomba es ponerla sobre algo que se mueve al azar —dijo él por fin—. Estaba atada a Katsu. Lo oí en el hueco del ascensor.

Ella juntó sus cejas castañas.

—¿Estás seguro? ¿Cómo suena un pulpo en el hueco de un ascensor?

—Como agua de mar. Tú entraste y lo robaste, ¿verdad? Oí a alguien. Vi tus pisadas fuera. Y con un reloj y una tienda de artilugios pirotécnicos no creo que te llevara mucho tiempo ensamblar algo. Nadie se habría dado cuenta. Había demasiado ajetreo.

El señor Nakamura creyó que era Yuki quien se había llevado los productos químicos.

Se hizo un largo silencio, lo bastante largo para que él advirtiera los graznidos de los cuervos. Grace suspiró y el aliento formó una espiral blanca.

—No era mi intención hacerle daño. Solo quería que hubiera una explosión, eso es todo… Algo peligroso. Subí al apartamento de Matsumoto y estaba a punto de bajar de nuevo cuando tú llegaste. Pensé que si creías que yo había estado a punto de morir de un modo que él podría haber prevenido, le dirías que nos dejara en paz. Lo único que quiero es que nos deje en paz. —Levantó la vista hacia él—. No tenía ni idea de que él te mandaría. No era necesario.

—Me envió porque necesitaba la lluvia y la tenía yo. Me había regalado unos frascos para que yo pudiera escoger el tiempo el día de nuestra boda. De modo que subió con él al tejado y yo fui a buscarte. Él no sabía que tú bajarías más tarde por ti misma. No recordaba haber vivido lo suficiente para verte.

Thaniel la vio tomar aire antes de preguntarle cómo era posible y acto seguido aceptar que Mori era capaz de escoger el tiempo.

—Entiendo.

—Lo que no comprendo —continuó él— es cómo supiste que tendrías tiempo para ir a Kensington, fabricar una bomba y esperar a que estallara sin que él te detuviera.

—Yo tampoco lo sé. Lo derribé de un puñetazo en el metro. Pero… no debería haber sido capaz de hacerlo.

—Entonces, ¿él permitió que lo hicieras?

Grace se llevó una mano a la boca.

—Se lo vas a contar.

—No, por supuesto que no, porque llevaría todas las de perder si él te arrollara con una locomotora de vapor.

—Supongo que sí. —Grace se abrazó con más fuerza para combatir el frío. Se le veía muy pálida por encima del cuello levantado del abrigo—. Pero debes saber que todo fue una magnífica artimaña. Él lo supo todo desde el principio. Eres lo bastante inteligente para preguntarte si él escoge por ti, pero deja que te alejes conmigo un tiempo para crearte la ilusión de libertad antes de dominarte de nuevo. Sí, llévame la contraria si quieres. Estoy segura de que te ha dicho que todo era tan improbable que no lo recordaba, pero en realidad ha sido perfectamente planeado. Las ruedas dentadas no se introducen por sí solas en un reloj.

—Esto no es un reloj, es un lío.

—Y tú no vas a volver a dudar de él nunca más, ¿verdad? —replicó ella—. Tonto y ciego.

Thaniel guardó silencio y ella desvió la mirada. Habían llegado a la puerta de la galería acristalada. Él la abrió para ella.

—¿Por qué no lo denunciaste simplemente a la policía? Nos viste. ¿Qué clase de té bebéis en la oscuridad?, me preguntaste. Eso habría bastado viniendo de una señora de Belgravia. Pensé que era eso lo que te proponías hacer.

—Esos nunca comparecen ante un tribunal. Es imposible.

—En este caso sí. Scotland Yard lo había acusado de los bombardeos, pero no tenía pruebas. Mi jefe se moría por encerrarlo con algún pretexto.

—Oh, bueno, por suerte para ti yo no lo sabía. Pensé que lo dejarían tranquilo. Pero no te importará mucho si me divorcio de ti —añadió ella. Meneó la cabeza—. Estoy a tu merced, y sé que debería decirte que te deseo lo mejor. Pero… no te lo deseo.

—Deja que antes te ceda legalmente la casa.

—¿Por qué eres tan amable?

—No lo soy. Si me la quedo él sabrá que pasa algo.

Grace pareció preferir eso a la amabilidad. Asintió con brusquedad. Thaniel se volvió y subió las escaleras. Una enfermera intentó detenerlo, pero él se abrió paso igualmente. En la sala de la buhardilla Mori leía un periódico, o fingía hacerlo; parecía que la enfermera acababa de ponérselo a la fuerza en las manos. Se deshizo de él en cuanto Thaniel entró. Mori no soportaba no saber qué ocurría y la irritación se traslucía en su voz. Por un instante Thaniel disfrutó con la idea de saber más que Mori.

—¿Qué ha sucedido?

—Cálmese —le dijo la enfermera.

—Cálmese usted —gruñó él.

—No tardaré mucho —le prometió Thaniel a la mujer.

Ella suspiró, si bien hizo un ademán hacia Mori como si se lavara las manos si el hombre se moría de sobreesfuerzo. Thaniel se sentó en el borde de la cama.

—¿De verdad no lo sabes?

Él frunció el entrecejo.

—Sé lo que pasó en el metro, pero no ahora. ¿Y tú? —soltó Mori.

—No, no lo sé —mintió Thaniel de nuevo. Se mordió el labio inferior. Quería contárselo todo, pero decirle algo en ese momento sería como tentar al diablo, o peor, tentar a Mori. Suspiró—. Escucha, tengo una pregunta. No tengo muchas ganas de hacerla pero ahí va: Yuki trató de matar a Ito ayer. Y yo estaba allí, en la orquesta, a tres pies de distancia de él, y le hablé en japonés. —Thaniel titubeó—. Hablé con Ito. No parecía tener mucho tiempo para dedicarte, pero pronto será primer ministro. ¿Me salvaste de la bomba de Scotland Yard para que yo estuviera allí y detuviera a Yuki? Me metiste en el Ministerio de Asuntos Exteriores, donde aprendí japonés, y conseguiste que tocara en la opereta de Sullivan. Siempre dijiste que detendrías a Yuki si intentaba algo…

—Vine a Inglaterra por ti.

—¿Cómo?

Mori suspiró tan hondo que Thaniel vio cómo se le levantaba el pecho debajo de la camisa.

—Mira, hay pocas personas en el mundo que puedan soportarme, y entre ellas no hay muchas que me caigan bien a mí. Tú eres mi mejor amigo, siempre lo has sido. Trabajé para Ito mientras esperaba a que crecieras. No lo arreglé para que tocaras el piano para Sullivan porque quisiera que salvaras a Ito, lo hice porque eres pianista. Tú lo salvaste porque estabas en el lugar adecuado para hacerlo. Si no hubieras estado tú allí habría habido algo más. Solo fue… una estrategia y bastante chapucera, por cierto. No pensaba que tendrías que hacerlo tú.

—Oh —murmuró Thaniel, desviando la mirada—. Ojalá hubieras aparecido hace cinco años. No era necesario que trabajaras tanto tiempo para Ito.

—No eras mi Thaniel entonces. No eras un hombre hecho y derecho. Yo no te habría gustado.

Thaniel esbozó una sonrisa. Era cierto. Antes de la bomba solo había sido un joven insignificante.

—Lo siento —dijo Mori.

—No te disculpes por haber hecho de mí un hombre mejor. Yo era… —Meneó la cabeza—. Si no hubiera visto saltar por los aires Scotland Yard, habría muerto siendo oficinista en lugar de pianista.

Mori sonrió, luego se volvió y tosió.

Thaniel frunció el entrecejo.

—¿Has pillado algo aquí?

—No, es el frío. No cierran las ventanas.

—Deberías tener más cuidado —dijo Thaniel, consciente de lo maternal que sonaba, y tomando al mismo tiempo conciencia, repentina y bruscamente, de que Mori era mucho mayor que él. En un instante vio que cuando él tuviera cincuenta años, todo habría terminado; sería uno de los hombres solitarios que paseaban por Hyde Park a primera hora de la mañana, dando de comer a los estorninos sin más. Carraspeó—. En fin, será mejor que me vaya antes de que me echen. Regresaré por la mañana. —Se detuvo a medio levantarse—. No te vayas sin mí.

—No lo haré —respondió Mori, desconcertado.

Thaniel miró a la enfermera, que lo observaba detenidamente. Se levantó y estrechó la mano de Mori.

—Que descanses, Keita.

Mori sonrió despacio y asintió.

30

Había leído en un artículo de la revista *Illustrated London News* o en alguna otra publicación que utilizaba la misma tipografía que la mejor manera de curar una fobia era enfrentarse a ella de una manera drástica. No era cierto. Cuando regresaron a Filigree Street Mori se negó a subir siquiera al piso de arriba. En lugar de eso se escondió bajo una colcha en el salón con el ejemplar aún por leer de *Anna Karenina* de Thaniel. Los rusos, dijo, sabían escribir novelas genuinamente aburridas, y él solo conseguía dejar de tener miedo cuando estaba lo bastante aburrido. A eso hay que añadir que resultaban más aburridas aún porque recordaba haber leído el final en un futuro reciente.

Fuera seguía nevando. Londres se paralizó. Normalmente Thaniel se habría quejado del tiempo, pero Fanshaw le había dado una semana libre, de modo que lo más lejos que se veía obligado a ir era a la tienda de comestibles. Como la superficie de la nieve no había tenido tiempo de endurecerse antes de que cayera más nieve, durante días fue más polvo que hielo; las bolas de nieve de los hijos de los Haverly se desintegraban en ventiscas en miniatura, y a lo largo de Knightsbridge el viento soplaba formando olas heladas.

El taller recobró poco a poco la vida. En el escaparate creció un bosque mecánico donde las ramas combadas de los árboles cobijaban a una bandada de pajarillos, y el suelo estaba cubierto del blanco musgo coralino que crecía en Escandinavia. En una pausa entre capítulos de la novela de Tolstói, Mori se paseó por el taller con una cesta llena de pequeñas bolas de cristal, cada una magnetizada y llena de polvos fosforescentes, y fue lanzándolas con delicadeza al aire, donde flotaban y formaban constelaciones alrededor del antiguo planetario. Una tarde, una nube de luciérnagas de cuerda entró flotando por la puerta de la cocina y se introdujo en un tarro, donde vibró en diferentes tonos de amarillo y naranja.

—No quise decirte que las había fabricado yo —le dijo a Thaniel cuando lo sorprendió contemplándolas—. No tenía ninguna que enseñarte. Creo que si vas por ahí diciendo a los desconocidos que fabricas criaturas voladoras mecánicas empiezan a tener dudas acerca de la renovación del contrato de alquiler. Pero te enseñé a Katsu, ¿no? Tal vez no lo pensé. De todos modos las he hecho yo. —Levantó un poco el tarro y suspiró—. He olvidado algo, ¿verdad?

—No.

—Dímelo si lo hago, por favor. Eso me confunde y hace que recele siempre de la persona que he sido.

—No deberías —respondió Thaniel con poca honestidad.

Todo lo demás habría parecido una acusación y quería evitarlo a toda costa. Estaba casi seguro de que Mori había sabido que las luciérnagas desempeñarían un papel importante, pero solo vagamente, como quien ahorra para cuando lleguen las vacas flacas o sin querer hace más amigos de la cuenta porque tiene un mal presentimiento sobre un nuevo negocio y no puede pensar en otra cosa. En los últimos tiempos, Thaniel se había dado cuenta de que estaban rodeados de cosas creadas con un propósito, pero que ahora habían perdido sentido. El reloj dorado de la langosta era llamativo y extravagante, pero no tenía porqué ser una langosta. En el reloj de Grace había golondrinas que también parecían superfluas, y en esos momentos en el cajón del escritorio estaba la caja de música inacabada. Había visto a Mori mirarla el día anterior como si se tratara un fósil cuya forma original no podía distinguir.

Mori miró cansinamente por la ventana.

—Cuando olvido algo también olvido lo que he dicho sobre ello. O lo que he escrito. Es como cuando aprendes un poco de francés en el colegio y luego lo olvidas, pero recuerdas que antes lo entendías.

Thaniel sintió una punzada, como si lo hubiera visto quemarse con la punta del soldador.

—¿Ocurre algo?

—No, pero la policía viene hacia aquí. Han encontrado otra bomba en el nuevo Scotland Yard. Si quieres puedo quedarme y hablamos los dos con los agentes. O puedo irme una hora y… dejar que te ocupes tú, y cuando vuelva todo habrá terminado y habré olvidado que podían venir. Es cobarde, pero aún me siento débil. No suele importarme que me den un pequeño empujón, pero ahora no lo aguantaría. ¿Te importa si…?

—Por Dios, vete. ¿Por qué te quedas ahí preguntándomelo, idiota?

—Lo escribiré para saber lo que has hecho. Mereces algún reconocimiento —respondió Mori con tristeza.

Thaniel le quitó el bolígrafo.

—Prefiero que compres un poco de café en esa pretenciosa tienda de Knightsbridge, si no te importa.

—Café de la tienda pretenciosa. De acuerdo.

—Saldré contigo. Creo que los esperaré en la entrada de Filigree Street. ¿Viene Dolly Williamson con ellos?

—Sí. ¿De qué lo conoces? —preguntó Mori con curiosidad. Le pasó el abrigo, pues estaba más cerca del perchero.

—De hablar por los cables del telégrafo. Tomaba sus mensajes cuando trabajaba en el Ministerio del Interior. ¿Sabes quién fabricó la bomba? Puede que eso me ayude a convencerlo de que no fuiste tú.

No pensaba preguntárselo con tanta brusquedad, y solo se percató de que lo había hecho a mitad de pregunta, cuando vio que Mori dejaba de enrollarse la bufanda y sostenía los extremos cerca del esternón.

—Sí, debería habérselo dicho a la policía antes, lo sé —respondió con cautela. Parecía ser consciente de que se había detenido. Muy despacio, como si sus marchas se movieran en sentido contrario, acabó de anudarse la bufanda—. Pero había…, bueno, no te habrías quedado en mi casa si lo hubiera hecho. No sé por qué. Lo pone en el cuaderno y está subrayado.

Thaniel lo miró fijamente, pero Mori malinterpretó su expresión y bajó la mirada.

—No…, no. —Le asió el codo e intentó pensar qué decir. No quería que supiera que había trabajado para Williamson. Ya era bastante malo que Mori hubiera permitido que seis agentes de policía destrozaran su taller para que él no lo abandonara, sin saber que habían acudido porque él les había dicho que lo hicieran.

—Gracias —fue todo lo que dijo al final.

Mori le dedicó la mirada amable del hombre reprendido.

—Frederick Spindle.

Avanzaron despacio por la nieve, aunque era como polvo y no resbalaba. Caía de los extremos de los canalones como las finas cascadas sobre las laderas de las montañas, repiqueteando en las ventanas y amontonándose sobre las bicicletas apoyadas fuera de las tiendas. Mori lo dejó para dirigirse a Knightsbridge. Thaniel esperó apoyado en un farol. Aún era de día, pero la nieve hacía tan difícil circular que los faroleros ya habían salido.

No tuvo que esperar mucho antes de que el coche de la policía apareciera por Filigree Street, avanzando con lentitud a medida que los caballos luchaban contra el viento.

—Dolly.

Williamson abrió la portezuela del coche.

—Debería agradecer a su buena estrella que no haya tomado medidas después de su fuga. Si no fuera porque en el Ministerio de Asuntos Exteriores no se cansan de repetir que es un maldito héroe, en estos momentos estaría encerrado en una celda. Retroceda y permítanos continuar. —Guardó silencio un instante antes de añadir—: ¿Cómo ha sabido que veníamos?

—¿Para qué han venido?

Williamson suspiró malhumorado y se apeó. Parecía enfermo.

—Me reuniré con ustedes allí —gritó a los agentes, y, volviéndose hacia el cochero, añadió—: Continúe.

Thaniel retrocedió para evitar la ráfaga de nieve que levantaron las ruedas. Williamson se encorvó dentro de su abrigo.

—Hemos encontrado otra bomba. Estaba escondida en el techo de mi oficina. Llena de mecanismos de relojería, por supuesto. Fred Spindle acaba de confirmarme que es del mismo fabricante. Tal vez su esposa pueda decirnos qué le ocurrió realmente ahora que tenemos pruebas de sobra.

—Ocurrió lo que ella ya les ha contado. Estuvo dando vueltas por Londres.

—Y la noche siguiente se salvó de una explosión de una tienda de fuegos artificiales solo por diez segundos…

—Venga conmigo —lo interrumpió Thaniel, demasiado irritado para buscar pretextos.

—¿Cómo? Los demás me están esperando…

—No, va a venir conmigo y voy a demostrarle quién lo hizo antes de que sus agentes arresten al hombre equivocado, maldita sea. —Asió a Williamson del codo y lo condujo hacia Belgravia.

Aunque era poca distancia, tuvieron que tomar un coche de punto porque Williamson empezó a toser.

La campanilla sonó con gravedad al entrar en la tienda del señor Spindle. Detrás del escritorio, Spindle se irguió sonriente.

—Señor Williamson…

Thaniel lo levantó del escritorio agarrándolo por la pechera. Williamson soltó una imprecación y Spindle jadeó al golpearse la parte posterior de la cabeza contra el mostrador ordenado de manera meticulosa. Thaniel los ignoró a los dos.

—Fue usted. Entré aquí con ese reloj y usted pensó que Mori lo sabía todo acerca de la bomba, de modo que se inventó esas tonterías de los diamantes sabiendo perfectamente que él tenía dinero de sobra para comprarlos. Usted ya había utilizado el mecanismo de Mori para asegurarse de la exactitud, de modo que solo era cuestión de asustarme a mí y hacer hincapié en ello delante de la policía. Todo lo que necesitó hacer entonces fue mostrar lo que parecía evidente.

Spindle trató de zafarse.

—¡No! Yo no…

—Dé a examinar la bomba a otro relojero, Dolly, y apuesto mi vida a que le dirá que no es obra de Mori, aunque se hayan utilizado piezas de sus relojes para fabricarla.

—¡Me obligaron a hacerlo! —exclamó Spindle. Los miró con desesperación—. Esa gente no acepta un no por respuesta. Yo... había presumido demasiado de que era asesor de la policía; los tipos se enteraron y uno de ellos se presentó en la tienda. Pensé que quería matarme. Lo habría hecho si me hubiera negado a...

—Tuvo la sangre fría de fabricar una bomba.

—¡Williamson! Ellos habrían...

Williamson cerró los ojos. Parecía más cansado que nunca. En su rostro había nuevas arrugas desde la última vez que Thaniel lo había visto—. Tendrá que acompañarme.

Esperaron mientras Spindle se ponía el abrigo. Williamson lo condujo fuera y tocó el silbato. Un agente llegó corriendo seguido al poco rato de otro. Belgravia estaba bien patrullado. Thaniel resistió el impulso de empujar a Spindle para que chocara con un coche que se acercaba. Williamson esperó unos instantes a su lado en silencio. Aunque la calle estaba llena de coches de punto y carruajes, la nieve amortiguaba el sonido, y lo único que se oía con claridad era el agua corriendo por la alcantarilla.

—¿Cómo explica que Mori se enterara de la bomba de Scotland Yard con tiempo suficiente para dejarle ese reloj? —preguntó Williamson por fin.

—Por la misma razón por la que he salido yo hoy a su encuentro. Es clarividente, Dolly. Y lo es de verdad. Mi mujer lo demostró. Con tiza y pizarra.

Williamson lo miró sorprendido, titubeando.

—¿De qué está hablando?

—Sé que suena ridículo, pero venga a conocerlo.

Williamson sonrió intranquilo.

—No me interesan los clarividentes.

—A él vale la pena conocerlo. Además, en casa no hace frío y usted está enfermo. Él también lo está, así que podrán quejarse juntos.

Con una mezcla de escepticismo e inquietud en el rostro, Williamson accedió.

Mori aún no había vuelto cuando llegaron al número 27. Williamson mandó a los agentes que esperaban dentro del coche de policía que regresaran a la comisaría de Kensington y, sentado a la mesa de la cocina, esperó incómodo mientras Thaniel preparaba té. El hervidor silbó justo antes de que se abriera la puerta de la calle.

—¿Puedes preparar cuatro tazas? —gritó Mori desde el pasillo.

—¿Cuatro? —Thaniel se volvió junto con Williamson. Mori cruzó la puerta acompañado de una niña. Era Seis envuelta en su bufanda. Levantó la vista hacia Thaniel con recelo.

—Mira quién anda por aquí…

Mori parecía resuelto.

—Hace un frío tremendo en el asilo. Seis, no robes nada. Este hombre es policía.

Ella observó a Dolly.

—¿De verdad?

—De verdad. —Mori le tendió la mano a Williamson, quien se la estrechó despacio. Como siempre, se le veía más menudo al lado de una persona de tamaño corriente, si bien el cálido color de su piel hacía que Williamson pareciera demacrado—. Cree que se está muriendo, pero no es cierto. Solo necesita comer fruta y respirar el aire del mar. Aquí tiene la dirección de la casa que tengo en Cornualles. Es un lugar precioso. Le estarán esperando el sábado. Allí hace frío pero no nieva, y el martes habrá una tormenta impresionante. Si viaja en primera en el tren de las diez catorce compartirá el vagón con la mujer del abrigo azul con la que a veces se cruza por Whitehall Street. Ella irá a visitar a su tía.

Williamson lo miró fijamente.

—Si sabe el futuro entonces sabe quién fabricó las bombas.

—Spindle.

—¿Por qué demonios no lo denunció?

—Nadie me habría creído —replicó él—. Soy un oriental insignificante y un rival en el negocio mientras que él es asesor gubernamental.

—Yo…, bueno, es interesante —repuso Williamson con voz alterada.

Thaniel sirvió el té y se sentaron juntos mientras Seis estudiaba el silbato de Williamson. Él parecía agradecido de tener a una niña allí; era una grata distracción, y ella tenía varias preguntas solemnes que hacerle sobre el trabajo de un policía.

—No regrese en tren —le advirtió Mori cuando se despidieron—. En las vías hay un hombre a punto de suicidarse. No llegará a tiempo.

—¿Hay…?

—Fuera le está esperando un coche de punto.

En cuanto Williamson se marchó, Thaniel le sirvió más té a Seis. No pensó que le gustara siendo tan pequeña, pero la niña se había terminado el suyo más deprisa que los demás.

—¿Está aquí ese pulpo tan divertido? —le preguntó ella.

—No. No sé adónde se ha ido —respondió Mori.

Se le veía apesadumbrado, no por primera vez.

A Thaniel le dio un vuelco el corazón. Había esperado que Katsu fuera un mecanismo a prueba de bombas como su reloj, pero habían transcurrido días y nadie lo había encontrado entre los escombros.

Uno de los chicos Haverly tiró una bola de nieve a la ventana. A través del cristal vieron cómo él mismo se sorprendía de haber dado en el blanco. Había trepado la cerca que separaba los dos jardines.

—Te daré pastel si hacia el final de la tarde has logrado tirarlo al arroyo —le dijo Mori a Seis.

—Un momento. No conviertas en delincuentes a los huérfanos, Fagin —lo reprendió Thaniel.

—Pero yo quiero pastel. —Seis frunció el entrecejo—. Además, él no se llama Fagin.

—Quiero decir que no hace falta que tires a nadie al arroyo.

—Nadie consigue nada por nada. ¿Qué quieres tú?

Él se irguió, alarmado.

—Tienes hasta… —Mori miró el reloj—… las cinco. Una ración extra por sus hermanos. Menos el bebé, que aún no ha hecho nada reprobable.

Ella asintió y, estirándose para girar el picaporte, salió por la puerta trasera.

—Eso no se le hace a un niño —dijo Thaniel con rotundidad—. Se quedará con nosotros. Y no solo cuando haga frío.

—No quiero más gente en casa —protestó Mori débilmente.

—La culpa es tuya por traerla de vuelta. Deberías haber sabido que yo diría eso.

Mori suspiró.

—Casi nunca sé lo que vas a decir. Cambias de opinión demasiado a menudo.

31

Era una reunión pequeña pero se había puesto cierto interés en que fuera un éxito. Grace estaba sentada en la segunda fila. Se trataba de un acto para rendir homenaje a Thaniel por haber salvado la vida de un importante ministro japonés durante la opereta de Gilbert y Sullivan. Iba a recibir alguna clase de condecoración, pero como la ceremonia era en japonés ella no podía seguirla. No se había enterado de nada hasta que él le envió un telegrama el día anterior invitándola. Como aún no se había formalizado de manera legal la anulación —no había burocracia más aparatosa que la británica—, a ella le había parecido apropiado asistir. Vestida de negro, pasaba inadvertida entre los hombres impecablemente trajeados. Se respiraba cierta seguridad en el ambiente.

Thaniel la saludó con un hola bien ensayado cuando llegó, porque Mori estaba con él, y le presentó a una niña muy menuda llamada Seis. Sin embargo, Grace fingió que buscaba la ponchera con repentino y apremiante interés y él no tuvo ocasión de preguntarle por qué vestía de negro. La niña ya era una distracción de por sí, aunque no metiera barullo. Se había presentado a los asistentes en japonés. En dos ocasiones fue a consultar algo a Thaniel, quien dibujó líneas en el aire para mostrarle la longitud de las sílabas mientras le corregía la pronunciación. Los japoneses reunidos parecían verlos a ambos como una grata extravagancia, al igual que Mori y su acento de Lincoln que había recuperado.

Por enésima vez Grace dudó de sí misma. Tal vez todo habría salido bien si ella se hubiera cruzado de brazos, le hubiera llevado un pedazo de tarta de boda a Mori en una caja de cartón y solo hubiera dicho cosas agradables sobre él. Thaniel había comentado que habría una niña. Ella no sabía si era una profecía o algo que Mori había dicho para inquietarlo.

Cuando la ceremonia terminó, todos los asistentes se levantaron juntos y se dirigieron al bufet. Grace vio a varios hombres inclinarse ante Thaniel y acto seguido estrecharle la mano al estilo occidental, con las manos enfundadas en guantes blancos. La pequeña multitud estaba dominada por los ayudantes del señor Ito y por unos cuantos nobles japoneses que se hallaban de paso en Europa y se habían enterado del acontecimiento a tiempo para asistir. Ella no se había sentido tan alta en toda su vida.

Alguien se sentó a su lado. Grace miró de reojo con hostilidad. Matsumoto esbozó una sonrisa.

—En la Gare du Nord venden *The Times* y tu marido salía en la página seis. La curiosidad ha podido más que yo. Siento llegar tarde. Viajaba en el tren de París a Berlín y se soltó un pistón a doce pies de la frontera. Nada grave, pero no nos dejaron continuar porque creyeron que había sido un disparo, de modo que el tren tuvo que hacer todo el trayecto de vuelta.

Grace asintió y se cruzó de brazos.

—Ya no es mi marido.

—¿Cómo dices?

—Bueno, ya sabes, decidió que prefería vivir con su relojero.

Matsumoto siguió su mirada.

—Entonces me alegro de que te hayas alejado de todo eso. No creo que sea sano siquiera estar en la misma habitación que Keita Mori. Es…, ¿por qué vas vestida de negro?

—Ha muerto mi madre —respondió ella de manera sucinta—. No armes revuelo; no estoy afectada. No era muy de mi agrado. Parece que por fin he acabado con ella.

—Lo que tú digas —murmuró Matsumoto.

—Me alegro de que hayas venido.

Grace no había querido decirlo y tragó saliva, esperando el aluvión de bromas inevitables, pero él se limitó a asentir. Siguió observando a la gente mientras le daba vueltas a uno de sus gemelos con forma de golondrina. Educado en un colegio en Inglaterra y criado con una dieta inglesa, era más alto que sus compatriotas, o hacía que la escala pareciera equivocada, como si estuvieran más lejos de lo que se encontraban en realidad.

—Te he echado de menos —dijo él por fin—. El mundo no es el mismo cuando nadie te roba tu americana buena.

—No sé de qué te quejas. Todas tus americanas son buenas.

Él alargó una mano hacia la solapa pero juntó las manos para detenerse.

—Entonces, ¿cuál es tu situación ahora? Imagino que estás viviendo de nuevo con tu padre.

—Sí —respondió Grace. Y se obligó a añadir—: Tengo la impresión de que debo irme cuanto antes y buscarme un empleo. No soy bienvenida en casa. Me han ofrecido una entrevista en un colegio de niñas. Profesora de química.

—Oh, no digas tonterías. Estuve hablando a mi padre de ti por telegrama y le encantaría que vinieras a pasar una temporada con nosotros... Dice que al castillo no le vendría mal una mujer interesante, sobre todo desde que por lo visto el gobierno no va a derribarlo. —Lanzó una mirada pensativa hacia Mori, que hablaba con Ito con los brazos cruzados. Ito parecía un aventajado estudiante de doctorado que había llegado a creerse lo bastante brillante para salir airoso y de pronto se enfrentaba con un viejo profesor que le hacía una pregunta difícil.

—Creía que tenías hermanas.

—A ellas les gusta arreglar ramos de flores.

—Por Dios.

—Él piensa igual. Es bastante excéntrico. Lleva pajarita.

Grace no pudo evitar reírse.

—¿En serio?

—Oh, sí. Está un poco chiflado. —Matsumoto inclinó la cabeza—. Entonces, ¿vendrás? Al menos es una excusa para alejarte un tiempo de Londres.

—Yo..., no sé si Alice querrá...

—Olvídate de Alice —la interrumpió él con suavidad—. Podemos contratar a una dama de compañía para el camino. Si crees que necesitas una.

—No sé qué...

—Estupendo. Entonces ya está decidido.

Grace titubeó.

—Escucha, he cometido errores graves en los últimos tiempos. Cosas realmente horribles.

—¿Contra Mori?

Ella asintió.

—A ese tipo habría que abatirlo de un tiro por el bien de la humanidad antes de que se vuelva loco del todo.

Grace no quería echarse a llorar a la vista de todos, pero se dio cuenta de que estaba a punto de hacerlo. Matsumoto le puso la americana sobre los hombros y subió el cuello para ocultarle el rostro. Olía a su colonia cara. Ella intentó quitársela.

—No hay necesidad de que me mimes, Matsumoto.

—Me llamo Akira. Por favor.

Ella levantó la cabeza.

—Entonces yo soy Grace.

Él sonrió y le tendió la mano. Cuando ella la tomó, la suya pareció pequeña en comparación. Consciente de que tenía la piel áspera debido a la exposición a las sustancias químicas, empezó a apartarla, pero él cerró la otra con suavidad para detenerla e inclinó la cabeza con divertida tolerancia. Grace le apretó los dedos pero no la soltó.

—Debería habértelo pedido antes —murmuró él.

Ella se frotó los ojos con la mano libre.

—¿Decías que a doce pies de la frontera?

—Sí. Faltaba un perno del pivote o algo así. Sabe Dios por qué se desprendió, ya que son piezas grandes. Una suerte.

—Me encantaría ir contigo —dijo Grace.

A poca distancia vio a Mori apartarse del corrillo de Ito y dejarse caer en una de las sillas de la primera fila. Se conducía con torpeza, pero como en general tenía una mala postura, no estaba claro si solo era un mal hábito o se debía a las cicatrices de la cirugía. Sacó algo del bolsillo. Al principio pareció que era un reloj, aunque era demasiado pequeño. Lo tiró al aire y dejó que la luz se reflejara en él. Era un perno de los grandes.

Agradecimientos

Quisiera dar las gracias a todos los miembros de la Universidad de East Anglia que leyeron los primeros capítulos de este libro y tacharon lo que no servía; en especial a Tala White, quien subrayó el valor de la fantasía y de los pulpos en la historia, y a la catedrática Rebbeca Stott y su excelente seminario sobre la novela histórica.

Mi agradecimiento asimismo a Jenny Savill, mi agente, y a Alexa von Hirschberg, por convertir entre ambas esta extensa divagación en un relato.

Por otra parte, la Fundación Anglo-Japonesa Daiwa me permitió escribir sobre Japón desde el punto de vista de quien ha residido en el país. Estoy segura de que si hubiera podido arreglarlo para trasladarme al Londres victoriano también lo habría hecho. Así pues, gracias a Jason James y a toda la Daiwa House, y gracias a Katsuya y a Mitsuru Shishikura, y a la familia Uemoto, que cuidaron de mí en Hokkaido y se aseguraron de que no hacía enfadar a los osos y de que tenía acceso a los *fish and chips*.

En cuanto a la fidelidad histórica, si hay alguna se debe sobre todo al *Dictionary of Victorian London* de Lee Jackson y sus brillantes entradas sobre los primeros días del metro londinense, la reproducción de un pueblo tradicional japonés en Knightsbridge, el bombardeo de Scotland Yard y miles de otros interesantes acontecimientos más. El triste y jocoso *La Torre de Londres* de Natsume Soseki da una idea de lo que un japonés pensaba acerca de Inglaterra a comienzos de la década de 1900. Muchas de las políticas del gobierno de Meiji pueden encontrarse en viejas ediciones del *Japan Times*. En el Museo Edo-Tokio hay una maqueta del Rokumeikan así como relatos de una de las fiestas que se celebraron allí.

Por último, gracias a mis padres, que me enseñaron a dar rienda suelta a la imaginación. Y gracias a Jake por asegurarse de que hable a veces con personas que no son tan imaginativas. Una recomendación de sorprendente importancia.

Índice